Leal ante la muerte

TERCIOPELO

Leal ante la muerte

J. D. Robb

Traducción de Nieves Calvino

TERCIOPELO

Título original: *Loyalty in Death*
Copyright © 1999 by Nora Roberts

Primera edición: junio de 2011

© de la traducción: Nieves Calvino
© de esta edición: Libros del Atril, S.L.
Marquès de l'Argentera, 17. Pral.
08003 Barcelona
info@terciopelo.net
www.terciopelo.net

A CPI COMPANY

Impreso por Black Print CPI Ibérica, S.L.
Energía 11-27
08850 Gavá (Barcelona)

ISBN: 978-84-92617-91-3
Depósito legal: 20.002-2011

Para Vanessa Darby, porque de veras quiero ir al cielo.

Somos para los dioses como las moscas para mozalbetes traviesos; nos matan por diversión.

SHAKESPEARE

La política, tal como es entendida comúnmente en el mundo, no es sino corrupción.

JONATHAN SWIFT

Prólogo

*A*preciado camarada,
Somos Casandra.
Ha comenzado.

Todo aquello por lo que hemos trabajado, todo para lo que nos hemos entrenado, todo por lo que nos hemos sacrificado está en su lugar. Un amanecer tras un ocaso demasiado prolongado. Las metas impuestas tres años atrás serán cumplidas. Las promesas hechas, realizadas. Y la sangre del mártir, que fue derramada, al fin vengada.

Sabemos que estás preocupado. Sabemos que eres cauteloso. Eso es lo que te convierte en un general sabio. Cree que hemos tomado tu consejo y advertencias muy en serio. No rompemos la moratoria de esta guerra justa y amarga con una batalla que pretendemos perder. Estamos bien equipados, nuestra causa bien financiada y se han sopesado todos los pasos y opciones.

Te enviamos esta transmisión, querido amigo y camarada, mientras nos preparamos gozosamente para continuar nuestra misión. Ya se ha derramado la primera sangre y nos regocijamos. Las circunstancias han dispuesto un oponente en nuestro camino que encontrarás digno. Adjuntamos con esta transmisión un expediente sobre la teniente Eve Dallas del supuesto Departamento de Policía y Seguridad de la ciudad de Nueva York a fin de que puedas familiarizarte con este adversario.

Mediante la derrota de este enemigo, nuestra victoria será más dulce. Ella es, después de todo, otro símbolo del corrupto y opresor sistema que destruiremos.

Tu sabio consejo nos condujo a este lugar. Hemos vivido entre estos patéticos títeres de una sociedad pusilánime, llevando nuestra máscara sonriente mientras despreciamos su ciudad y su sistema de represión y decadencia. A sus ciegos ojos, nos hemos convertido en uno de ellos. Nadie nos cuestiona cuando nos movemos por estas inmundas calles inmorales. Somos invisibles, una sombra moviéndose entre sombras, tal y como tú, y aquel a quien ambos amamos, nos enseñasteis que debe ser el soldado más diestro.

Y cuando hayamos destruido, uno por uno, los símbolos de esta sobrealimentada sociedad, demostrando nuestro poder y nuestro bienintencionado plan para el nuevo reino, temblarán. Nos verán y le recordarán. El primer símbolo de nuestra gloriosa victoria será un monumento para él. A su imagen.

Somos leales, y nuestra memoria es extensa.

Mañana escucharás el primer clamor de la batalla.

Habla de nosotros a todos los patriotas, a todos los leales.

Somos Casandra.

Capítulo uno

Aquella noche en particular, un mendigo murió bajo un banco en Greenpeace Park sin que nadie se percatase de ello. Un profesor de historia cayó fulminado, cubierto de sangre y con la garganta degollada, a noventa metros de la puerta de su casa a causa de los doce créditos que llevaba en el bolsillo. Una mujer exhaló un último grito mientras se desinflaba bajo los repetidos porrazos de los puños de su amante.

Y no había terminado; la muerte meneó su huesudo dedo en círculos para después apuntarlo alegremente entre los ojos de un tal J. Clarence Branson, copresidente cincuentón de Herramientas y Juguetes Branson.

En vida había sido un tipo rico, soltero y con éxito; un hombre jovial con sobrados méritos para ser copropietario de una importante corporación interplanetaria. Segundo hijo y tercera generación de los Branson en abastecer a la tierra y a sus satélites de herramientas y entretenimientos, había vivido de forma rimbombante.

Y del mismo modo había muerto.

El corazón de J. Clarence había sido ensartado con uno de sus propios taladros portátiles de gran potencia a manos de su amante de acerados ojos, quien le clavó a la pared con él, informó del incidente a la policía, sentándose a continuación a paladear tranquilamente un burdeos hasta que los primeros agentes llegaron a la escena del crimen.

La mujer continuó degustando su copa, plácidamente acomodada en una butaca de respaldo alto frente a un fuego generado por ordenador, mientras la teniente Eve Dallas examinaba el cadáver.

—Está bien muerto —informó con frialdad a Eve. Su

nombre era Lisbeth Cooke, y se ganaba la vida como ejecutiva de publicidad en la compañía de su difunto amante. Tenía cuarenta años, era elegantemente atractiva y muy buena en su trabajo—. El Branson 8000 es un producto excelente... diseñado para satisfacer al profesional y al aficionado. Es muy potente y preciso.

—Ajá. —Eve escudriñó el rostro de la víctima. Mimado y guapo, pese a que la muerte había estampado una expresión sorprendida y afligida en su semblante. La sangre empapaba la pechera de su batín azul de terciopelo y formaba un charco brillante sobre el suelo—. No cabe duda de que aquí cumplió con su cometido. Léele sus derechos a la señora Cooke, Peabody.

Mientras su ayudante se ocupaba de la tarea, Eve comprobó la hora y la causa de la muerte para el informe. Incluso contando con una confesión voluntaria, el asunto de la muerte seguiría fiel a su rutina. El arma sería llevada para analizar; el cadáver sería trasladado y se le realizaría la autopsia; y se sellaría la escena del crimen.

Tras hacerle una seña al equipo de la escena del crimen para que asumiera el cargo, Eve cruzó la alfombra de color rojo escarlata y se sentó al otro lado de Lisbeth, delante del crepitante fuego, que arrojaba una luz y un calor placenteros. Guardó silencio durante un momento, esperando por espacio de varios segundos a ver cuál era la reacción que provocaba en la elegante morena, que tenía sangre fresca esparcida alegremente sobre su mono amarillo de seda.

No obtuvo nada salvo una mirada educadamente inquisitiva.

—¿Y bien... quiere hablarme de ello?

—Me engañaba —dijo Lisbeth taxativamente—. Le maté.

Eve observó sus serios ojos verdes, y vio ira, pero no turbación o remordimiento.

—¿Discutieron?

—Tuvimos unas palabras. —Lisbeth se llevó el burdeos a sus carnosos labios pintados del mismo tono vivo que el vino—. La mayoría mías. J. C. era una persona sin criterio. —Se encogió de hombros y la seda susurró levemente—. Algo que yo aceptaba e incluso encontraba entrañable en ciertos aspectos. Pero teníamos un acuerdo. Le dediqué tres años de mi vida.

La mujer se inclinó hacia delante al tiempo que sus ojos cedían al temperamento que se ocultaba tras la indiferencia.

—Tres años durante los cuales podría haber buscado otros intereses, otros acuerdos, otras relaciones. Pero le fui fiel. Él no.

Tomó aliento, se reclinó de nuevo y casi sonrió.

—Ahora está muerto.

—Sí, esa parte la tenemos clara. —Eve escuchó la desagradable succión y raspado mientras el equipo se afanaba en extraer el largo pincho de acero de la carne y el hueso—. Señora Cooke, ¿trajo usted el taladro con intención de utilizarlo como arma?

—No, es de J. C. Hacía bricolaje de vez en cuando. Debía de haber estado haciendo alguna chapuza —especuló, lanzando una ojeada hacia el cadáver que el equipo estaba ya retirando de la pared gracias a una horrenda danza de movimientos—. Lo vi allí, sobre la mesa, y pensé, bueno, ¿no es perfecto? Así que lo cogí, lo encendí. Y lo utilicé.

No pudo ser más sencillo, musitó Eve, y se puso en pie.

—Señora Cooke, estos agentes la acompañarán a la Comisaría de Policía. Tendré que hacerle algunas preguntas más.

De modo complaciente, Lisbeth apuró el último sorbo del burdeos y, acto seguido, dejó la copa.

—Iré a por mi abrigo.

Peabody meneó la cabeza mientras Lisbeth se cubría el cuerpo con un largo abrigo negro de visón y salía majestuosamente, flanqueada por dos agentes uniformados, con todo el talante de una mujer que se dirige a su siguiente y emocionante compromiso social.

—Colega, lo que hay que ver. Perfora al tipo y luego nos sirve el caso en bandeja de plata.

Eve se puso su chaqueta de cuero y a continuación recogió su equipo. Pensativamente, utilizó disolvente para limpiarse la sangre y el aerosol protector de manos. El equipo de inspección terminaría con su labor y luego sellaría la escena del crimen.

—Nunca la pillaremos por asesinato en primer grado. Y eso es lo que fue, pero me apostaría algo a que lo rebajan a homicidio involuntario en las próximas cuarenta y ocho horas.

—¿Homicidio involuntario? —Con un sincero gesto de sorpresa, Peabody miró boquiabierta a Eve al tiempo que entraban en el ascensor enmoquetado para descender hasta el vestíbulo—. Venga ya, Dallas. Ni hablar.

—Así es como será. —Eve miró los oscuros y severos ojos de Peabody, contempló su rostro cuadrado y circunspecto bajo el cabello cortado a tazón y la gorra de policía. Y casi lamentó hacer trizas esa inquebrantable fe en el sistema—: Si se confirma que el taladro era de la víctima, es que ella no llevó un arma. Eso descarta la premeditación. Ahora es presa del orgullo, y de un buen cabreo, pero después de pasar unas pocas horas en una celda, si no antes, se impondrá el instinto de supervivencia y contratará a un abogado. Es lista, así que se buscará uno bueno.

—Claro, pero contamos con la intencionalidad. Tenemos premeditación. Acaba de realizar una confesión grabada.

Eso era lo que decía el manual. Pero por mucho que Eve creyera en el manual, sabía que las páginas a menudo eran muy ambiguas.

—Y no tiene porqué renegar de ella, tan solo adornarla. Discutieron. Ella estaba destrozada, afligida. Tal vez él la amenazara. En un momento de pasión, o posiblemente de miedo, agarró el taladro.

Eve salió del ascensor y cruzó el amplio vestíbulo con sus columnas de mármol rosa y sus lustrosos árboles ornamentales.

—Enajenación mental transitoria —prosiguió—. Seguramente un argumento apto para alegar defensa propia, aunque sea una gilipollez. Pero Branson medía casi un metro ochenta y nueve y pesaba unos cien kilos, y ella mide uno sesenta y cuatro y pesa cincuenta y un kilos. Pueden hacer que resulte creíble. Luego, en estado de aturdimiento, llama enseguida a la policía. No intenta escapar o negar lo que ha hecho. Acepta la responsabilidad de sus actos, lo cual le haría ganar puntos ante un jurado, si llega el caso. El fiscal lo sabe, así que rebaja el cargo.

—Eso es realmente repugnante.

—Le proporcionará tiempo —dijo Eve mientras salían a la calle y se sumergían en un frío tan glacial como la amante desdeñada ahora bajo custodia—. Perderá su trabajo, se gastará un considerable montón de créditos en su abogado. Hay que conformarse con lo que hay.

Peabody lanzó una mirada a la furgoneta del depósito de cadáveres.

—El caso debería ser pan comido.

—Muchas veces los casos fáciles son los que más enfoques plantean. —Eve sonrió un poco mientras abría la puerta de su vehículo—. Anímate, Peabody. Cerraremos el caso y ella no saldrá impune. A veces es lo máximo que se puede hacer.

—No es que ella le quisiera. —Peabody se encogió de hombros al ver la ceja enarcada de Eve—. Ya lo has visto. Tan sólo estaba cabreada porque él iba ligando por ahí.

—Claro, de modo que ella lo atornilló,* literalmente. Así que, recuerda, la lealtad es importante. —El teletransmisor del coche sonó en el momento justo en que puso el motor en marcha—. Al habla Dallas.

—Oye, Dallas. Soy Ratso.

Eve miró la cara de hurón y los brillantes ojillos azules de la pantalla.

—Jamás lo hubiera imaginado.

Él emitió la entrecortada aspiración que hacía las veces de carcajada.

—Sí, claro. Pues escucha, Dallas. Tengo algo para ti. ¿Y si te reúnes conmigo y negociamos? ¿De acuerdo? ¿Vale?

—Me dirijo a la Central. Tengo trabajo. Y mi turno terminó hace diez minutos, así que...

—Tengo algo para ti. Información de la buena. Vale lo suyo.

—Claro, siempre dices lo mismo. No me hagas perder el tiempo, Ratso.

—Es jodidamente bueno. —Los ojos azules se movían erráticamente en su rostro como si fueran canicas—. Puedo estar en el Brew a las diez.

---

* Juego de palabras con el verbo *screw*, que puede significar «ligar» y «atornillar». (*N. de la T.*)

—Te daré cinco minutos, Ratso. Practica tu coherencia.

Puso fin a la conexión, se apartó de la acera y se dirigió al centro.

—Le recuerdo de tus archivos —comentó Peabody—. Es uno de tus soplones.

—Claro, y acaba de cumplir noventa días limpio. Hice que retirasen los cargos por exhibicionismo. A Ratso le gusta alardear de su personalidad cuando está trompa. Es inofensivo. —Eve agregó—: La mayoría de lo que cuenta no conduce a nada, pero de cuando en cuando, aparece con algo de información sólida. El Brew me pilla de camino, y Cooke puede esperar un poco. Informa del número de serie del arma homicida. Comprobemos si pertenecía a la víctima. Después busquemos a los familiares. Se lo notificaré en cuando fichen a Cooke.

La noche estaba despejada y fría, y un severo viento descendía implacablemente por los cañones urbanos para hostigar a la mayoría del tráfico peatonal de su interior. Los vendedores de carritos aerodeslizantes plantaban cara al tiempo, tiritando entre el vapor y apestando a perritos de soja a la parrilla, a la espera de que algunas almas hambrientas fueran lo bastante osadas como para desafiar las fauces del mes de febrero.

El invierno de 2059 había sido atrozmente frío, y los beneficios habían descendido.

Dejaron la ostentosa vecindad del Upper East Side, con sus limpias e impolutas calzadas y porteros uniformados, y se dirigieron rumbo al sur y hacia el oeste, donde las calles se estrechaban y eran más ruidosas, y los nativos se desplazaban aprisa con la vista clavada en el suelo y las carteras bien sujetas.

Los renegridos y antiestéticos restos desmenuzados de la última nevada se apiñaban contra los bordillos. Desagradables placas de hielo tornaban resbaladizas las aceras a la espera del peatón incauto. Suspendido en lo alto, había un cartel publicitario, donde una rubia pechugona, luciendo poco más que un bronceado, retozaba entras las olas de un cálido mar azul rodeado de arena blanca, e invitaba a los neoyorquinos a ir a juguetear a las islas.

Eve contempló la idea de pasar un par de días en la isla refugio de Roarke. «Sol, arena y sexo», meditó mientras maniobraba por entre el malhumorado tráfico nocturno. Su marido estaría encantado de proporcionarle las tres cosas, y ella estaba casi dispuesta a sugerírselo. Una semana más, o quizá dos, decidió. Después de ventilar algo de papeleo, cumplir con algunas comparecencias en el juzgado y atar un par de cabos sueltos pendientes.

Y cuando lograra sentirse un poco más segura con la idea de apartarse del trabajo, admitió.

No hacía mucho que había perdido su placa, y casi a sí misma, como para que el escozor que aquello le había provocado hubiera desaparecido. Y ahora que había recuperado ambas cosas, no estaba del todo preparada para dejar a un lado el deber por un fugaz ataque de indulgencia.

Para cuando encontró una plaza de garaje en el segundo nivel del aparcamiento público cerca del Brew, Peabody ya tenía los datos solicitados.

—De acuerdo con el número de serie, el arma homicida pertenecía a la víctima.

—Con lo que partimos de homicidio en segundo grado —dijo Eve mientras descendían por la calle a buen paso—. La fiscalía no perderá el tiempo intentando demostrar premeditación.

—Pero tú crees que fue allí para matarle.

—Pues claro. —Eve cruzó la acera hacia el tenue letrero luminoso con la forma de una jarra de cerveza animada con deslucida espuma deslizándose por los lados.

El Brew se especializaba en bebidas baratas y en fanáticos por la cerveza rancia. Su clientela se componía de tahúres sin suerte, borrachos de poca monta y las baratas acompañantes autorizadas que los buscaban, y un reducido número de chaperos sin nadie a quien ofrecer sus servicios.

El ambiente estaba viciado y recalentado, la conversación era confusa y furtiva. Eve recibió varias miradas a través de la difusa luz que no tardaron en desviarse.

Se veía a las claras que Eve era policía sin necesidad de llevar a Peabody al lado, vestida de uniforme. La hubieran reconocido por su porte; su cuerpo, alto y esbelto, alerta; los claros ojos castaños, inconmovibles, centrados e inexpresivos mientras reparaban en rostros y detalles.

Únicamente los no iniciados hubieran visto tan sólo a una mujer de corto cabello castaño, un tanto ondulado, rostro delgado de marcadas facciones y un leve hoyuelo en la barbilla. La mayoría de los que frecuentaban el Brew poseía gran experiencia mundana y podía oler a un policía a kilómetros de distancia.

Divisó a Ratso, que tenía su puntiaguda cara de roedor dentro de una jarra al tiempo que engullía cerveza. A medida que se aproximaban a su mesa, Eve escuchó algunas sillas arrastrarse tímidamente y vio a más de un par de hombros encorvarse defensivamente.

«Todo el mundo es culpable de algo», pensó, y lanzó a Ratso una fiera sonrisa.

—Este tugurio no ha cambiado nada, ni tú tampoco, Ratso.

El hombrecillo le ofreció su entrecortada risa, pero su mirada se había desplazado nerviosamente al reluciente uniforme de Peabody.

—No tenías porqué traer refuerzos, Dallas. Tía, Dallas, pensé que éramos colegas.

—Mis colegas se bañan regularmente. —Meneó la cabeza hacia una silla, indicándole a Peabody que tomara asiento, y ella lo hizo a continuación—. Viene conmigo —dijo Eve, sin más.

—Claro, he oído que estabas adiestrando a un cachorro —intentó sonreír, revelando su aversión por la higiene bucal, pero Peabody lo recibió con una mirada impasible—. Me parece bien que esté aquí, sí, es de los tuyos. Yo también soy de los tuyos, ¿verdad, Dallas? ¿Verdad?

—Pero qué afortunada soy. —Cuando la camarera se dispuso a acercarse, Eve simplemente le lanzó una mirada que le hizo cambiar de dirección y dejarlos a solas—. ¿Qué tienes para mí, Ratso?

—Tengo información de la buena, y puedo conseguir más. —Su calamitosa cara se dividió en una sonrisa que, según supuso Eve, él creía astuta—. Si tuviera algo de crédito suficiente.

—No pago por adelantado. Porque podría no volver a ver tu fea cara en otros seis meses.

Él tomó aire de nuevo, dio un ruidoso sorbo de cerveza y le dirigió una mirada esperanzada con sus diminutos ojos vidriosos.

—Soy legal contigo, Dallas.

—Pues empieza.

—Vale, vale. —Se inclinó hacia delante, doblando su flacucho cuerpecillo sobre su jarra medio vacía. Eve pudo ver un perfecto círculo de cuero cabelludo, despejado como el culito de un bebé, en lo alto de su cabeza. Era casi enternecedor, y resultaba más atractivo que los grasientos mechones de pelo teñido que pendían de él—. Conoces al Manitas, ¿no? ¿No?

—Claro. —Se recostó un poco, no tanto para relajarse como para escapar a los efluvios del repugnante aliento de su soplón—. ¿Todavía sigue vivo? Dios, debe de tener ciento cincuenta años.

—No, no, no era tan viejo. Noventa y dos, puede, y en activo. Puedes estar segura de que estaba activo. —Ratso asintió con entusiasmo, haciendo que aquellos mechones grasientos se movieran—. Se cuidaba. Comía sano, practicaba sexo regularmente con una de las chicas de la avenida B. Se dice que el sexo mantiene a tono cuerpo y mente, ¿sabes?

—Háblame de ello —farfulló Peabody y se ganó una mirada levemente enfurecida de Eve.

—Me estás hablando en pasado.

Ratso la miró pestañeando.

—¿Eh?

—¿Le ha ocurrido algo al Manitas?

—Sí, pero espera. Me estoy adelantando. —Metió sus flacos dedos en el poco profundo cuenco de frutos secos de aspecto nada apetecible. Los masticó con los dientes que le quedaban mientras miraba el techo y recuperaba el hilo de sus dispersos pensamientos—. Hace un mes, conseguí... me hice con una unidad de conexión que necesitaba un pequeño arreglo.

Las cejas de Eve se arquearon bajo su flequillo desfilado.

—Para que la mercancía se enfriara —dijo apaciblemente.

Aspiró, sorbió.

—Mira, estaba sin blanca, y se lo llevé al Manitas para que pudiera trastear con él. Quiero decir que el tipo es un genio, ¿verdad? No hay nada que no pueda hacer que funcione como si fuera nuevo.

—Y se le da de miedo cambiar los números de serie.

—Sí, bueno. —La sonrisa de Ratso fue casi dulce—. Nos pusimos a hablar, y el Manitas sabe que siempre busco algún trabajillo esporádico. Me cuenta que tiene un asunto entre manos. Un asunto gordo. Con mucha pasta de por medio. Le han encargado montar temporizadores y controles remotos, y pequeños micrófonos y esas cosas. Montar algunas bombas, también.

—¿Te dijo que estaba montando explosivos?

—Bueno, ninguno de los dos teníamos muchos amigos, así que me lo contó a mí. Dijo que ellos habían oído que solía hacer ese tipo de cosas cuando estaba en el ejército. Y pagaban muchos créditos.

—¿Quién le pagaba?

—No lo sé. Creo que él tampoco lo sabía. Dijo que un par de tipos fueron a su casa, le dieron una lista de material y algunos créditos. Iba a fabricar las cosas, ¿sabes? Luego tenía que llamar al número que le dieron y dejar un mensaje. Se suponía que debía decir que los productos estaban listos, y que los dos tipos regresarían, recogerían el material y le darían el resto de la pasta.

—¿Para qué pensaba que querían el material?

Ratso encogió sus huesudos hombros y luego miró lastimosamente su jarra vacía. Eve, que ya conocía la rutina, levantó un dedo y lo apuntó hacia la jarra de Ratso. Él se animó inmediatamente.

—Gracias, Dallas. Me he quedado seco, ¿sabes? Seco de hablar.

—Pues ve al grano, Ratso, mientras te quede saliva en la boca.

El soplón sonrió de oreja a oreja cuando la camarera se acercó para verter un líquido de color orín en su jarra.

—Vale, vale. Pues me dice que se imaginaba que tal vez los tipos querían atracar un banco, una joyería o algo parecido. Trabaja en un dispositivo para intervenir circuitos para

LEAL ANTE LA MUERTE

ellos, y sospecha que los controles remotos accionan las bombas que les está montando. Me dice que a lo mejor quieren a un tipo bajito que sepa moverse en las calles. Que puede que les hable de mí.

—¿Para qué están los amigos?

—Claro, eso es. Entonces recibo una llamada suya un par de semanas después. Estaba realmente nervioso, ¿sabes? Me dice que el trabajo no era lo que imaginaba. Que es un mal asunto. Muy malo. No hablaba de forma coherente. Nunca había visto así al viejo Manitas. Estaba cagado de miedo. Dijo algo sobre que se temía que pudiera haber otro Arlington, y que necesitaba esconderse por un tiempo. Que si podía quedarse conmigo hasta que pensara en qué iba a hacer. Así que le dije que sí, claro, vente. Pero no lo hizo.

—¿Tal vez se escondiera en otra parte?

—Sí, se sumergió. Le sacaron del río hace un par de días. En la orilla de Jersey.

—Siento oír eso.

—Sí. —Ratso miró su cerveza pensativamente—. Era un buen tipo, ¿sabes? He oído que le arrancaron la lengua de la boca. —Alzó sus diminutos ojos y los clavó con tristeza en Eve—. ¿Qué clase de persona hace eso?

—Era un mal asunto, Ratso. Mala gente. El caso no es mío —agregó—. Puedo echarle un vistazo al expediente, pero no hay mucho que pueda hacer.

—Le quitaron de en medio porque descubrió lo que iban a hacer, ¿verdad? ¿Verdad?

—Sí, eso diría yo.

—Así que vas a descubrir lo que van a hacer, ¿verdad? Lo vas a descubrir, Dallas, y vas a detenerlos y a arrestarlos por hacerle eso al Manitas. Eres una policía de homicidios, y ellos le asesinaron.

—No es tan sencillo. El caso no es mío —dijo de nuevo—. Si le sacaron en Nueva Jersey, queda fuera de mi jurisdicción. No es probable que a los policías que se ocupan del caso les haga gracia que me inmiscuya en su investigación.

—¿Crees que la policía se va a preocupar por alguien como el Manitas?

Eve estuvo a punto de dejar escapar un suspiro.

—Hay muchos policías que sí se preocuparían. Muchos que se dejarían la piel intentando cerrar el caso, Ratso.

—Tú te esforzarías más —dijo con una simple y casi infantil fe en sus ojos. Y Eve sintió que la conciencia se le removía con inquietud—. Y yo puedo averiguar cosas para ti. El Manitas habló conmigo, así que pudo hablar con otros. No se asustaba fácilmente, ¿sabes? Sobrevivió a las Guerras Urbanas. Pero estaba muy asustado cuando me llamó aquella noche. No se lo cargaron así porque fueran a robar un banco.

—Tal vez no. —Pero Eve sabía que había quienes destriparían a un turista por un teleconector de pulsera y por un par de botas aerodeslizantes—. Le echaré un vistazo. No puedo prometerte más. Si averiguas cualquier otra cosa, ponte en contacto.

—Claro, vale. De acuerdo. —Sonrió—. Descubrirás quién acabó con el Manitas de ese modo. Los otros *polis* no saben en lo que andaba metido, ¿no es verdad? ¿No es verdad? Así que te he dado buena información.

—Claro, muy buena, Ratso. —Se levantó, sacó unos créditos del bolsillo y los dejó sobre la mesa.

—¿Quieres que revise el archivo de este tipo? —preguntó Peabody cuando salieron de nuevo afuera.

—Sí. Para mañana está bien. —Cuando montaron nuevamente en el vehículo, Eve se metió las manos en los bolsillos—. Además, encárgate de investigar lo de Arlington. Comprueba qué edificios, calles, empresas y ese tipo de cosas, llevan dicho nombre. Si encontramos algo, podemos entregárselo al oficial responsable del caso.

—¿El Manitas era el soplón de alguien?

—No. —Eve se puso al volante—. Odiaba a los policías. —Frunció el ceño por un momento y tamborileó con los dedos—. Ratso tiene el cerebro del tamaño de una semilla de soja, pero caló bien al Manitas. No se asustaba con facilidad y era codicioso. Tenía abierta su tienda los siete días de la semana y trabajaba solo. Se rumoreaba que guardaba su viejo lanzagranadas del ejército debajo del mostrador, y un cuchillo de caza. Lo utilizaba para alardear de que podía deshuesar a un hombre con tanta rapidez y facilidad con que podía quitarle las espinas a una trucha.

—Parece que era un tipo muy entretenido.

—Era un hombre duro y amargado, y prefería mearse en los ojos de un *poli* que mirarle a la cara. Si quería salirse del asunto en que estaba metido, es que debía de ser demasiado gordo. No había mucho que hubiera echado para atrás al viejo.

—Pero ¿qué es lo que oigo? —Ladeando la cabeza, Peabody se llevó una mano a la oreja en forma de bocina—. Oh, debe de ser el sonido que haces cuando muerdes el anzuelo.

Eve se incorporó a la carretera con algo más de energía de la necesaria.

—Cierra el pico, Peabody.

Se perdió la cena, lo cual sólo era levemente irritante. Lo que sí resultaba francamente exasperante era no haberse equivocado en lo relativo a la fiscalía y al acuerdo entre la defensa y la parte acusadora en el asunto de Lisbeth Cooke. «Por lo menos, el muy imbécil podría haber esperado un poco más antes de ofrecer el segundo grado», pensó Eve mientras entraba en la casa.

En esos momentos, escasas horas después de que Eve la hubiera arrestado por la injusta muerte del tal J. Clarence Branson, Lisbeth estaba en libertad, y casi con toda seguridad sentada plácidamente en su propio apartamento con una copa de burdeos y una sonrisita engreída en la cara.

Summerset, el mayordomo de Roarke, entró en el vestíbulo para recibirla con una expresión torva y un bufido desaprobatorio.

—Llega, una vez más, muy tarde.

—¿Sí? Y tú eres, una vez más, realmente desagradable. —Dejó la chaqueta sobre la balaustrada—. La diferencia es que yo mañana podría llegar puntual.

Summerset reparó en que no parecía pálida ni cansada, dos señales que evidenciaban un exceso de trabajo. Hubiera preferido sufrir los tormentos de los condenados antes que admitir, ni siquiera para sí mismo, que tal hecho le complacía.

—Roarke —dijo con un tono glacial cuando ella pasó velozmente por su lado y se dispuso a subir las escaleras—, está en la sala de vídeo. —Las cejas de Summerset se enarcaron levemente—. Segundo nivel, cuarta puerta a la derecha.

—Sé dónde está —farfulló, aunque no era del todo cierto. Aun así, lo hubiera encontrado, pese a que la casa era enorme, un laberinto de habitaciones, tesoros y sorpresas.

Roarke no se privaba de nada, pensó. ¿Por qué debería hacerlo? De niño todo le había sido negado, y se había ganado, de un modo u otro, todas las comodidades de las que ahora disfrutaba.

Pero, incluso trascurrido un año, seguía sin acostumbrarse a la casa, al enorme edificio de piedra con sus salientes, sus torres y los jardines exóticamente cultivados. No estaba acostumbrada a la riqueza, supuso, y nunca lo estaría. A la clase de poder económico que a uno le permitía poseer extensiones de madera pulida, reluciente cristal, obras de arte de otros países y siglos, junto con placeres simples como mullidos almohadones de suaves tejidos.

El caso era que se había casado con Roarke pese a su dinero, pese a cómo había ganado la mayor parte de éste. Se había enamorado de él, supuso, de su lado oscuro así como de su lado bueno.

Entró en la habitación con sus amplios sofás, enormes pantallas de pared y su complejo centro de control. Había un bar, encantadoramente tradicional, de reluciente color cereza con taburetes de piel y metal. Un armario labrado con una puerta redondeada que, según recordaba vagamente, contenía innumerables discos de antiguos vídeos a los que tan aficionado era su marido.

El suelo pulido estaba cubierto con alfombras de ricos estampados. Un vivo fuego, no una imagen generada por ordenador, ardía en la chimenea de mármol negro frente a la que se calentaba un rollizo gato hecho un ovillo. El olor a crepitante madera se mezclaba con la fragancia especiada de flores frescas, que asomaban en una urna de cobre casi tan alta como ella, y con el aroma de las velas que bañaban con su luz dorada la reluciente repisa.

En la pantalla tenía lugar una elegante fiesta en blanco y negro.

Pero era el hombre, tendido cómodamente sobre el mullido sofá, con una copa de vino en la mano, quien atraía y reclamaba la atención.

Por románticos y sensuales que pudieran ser aquellos antiguos vídeos, con sus sombras etéreas, sus misteriosos tonos, mucho más lo era el hombre que los veía. Y él era gloriosamente tridimensional.

De hecho, iba vestido en blanco y negro, con el cuello de su suave camisa blanca desabrochado de modo informal. Los pies descalzos al final de sus largas piernas enfundadas en unos oscuros pantalones. Se preguntaba por qué aquello le resultaba tan absolutamente sexy; y no sabía el motivo.

Pese a todo, era su rostro lo que siempre la atraía; aquel glorioso rostro de ángel lanzándose al infierno con el brillo del pecado danzando en sus vívidos ojos azules y una sonrisa curvando su poética boca. Todo ello enmarcado por un lustroso cabello negro, que le caía casi hasta los hombros. Una tentación para los dedos y las manos de cualquier mujer.

En ese momento le sobrevino, como solía ocurrirle con frecuencia, la idea de que había comenzado a enamorarse de él en el instante en que había visto aquel rostro. Había sido en la pantalla del ordenador de su despacho, durante el curso de una investigación por homicidio. Cuando él había formado parte de su corta lista de sospechosos.

Un año atrás, se percató. Tan sólo hacía un año que sus vidas habían colisionado. Y cambiado irrevocablemente.

Él volvió la cabeza en aquel instante, a pesar de que no había hecho ruido alguno, pese a que ni se había acercado. Sus miradas se cruzaron. Y él sonrió. El corazón de Eve ejecutó la prolongada y pausada voltereta dentro de su pecho que continuaba desconcertándola y avergonzándola.

—Hola, teniente. —Alzó una mano a modo de bienvenida.

Eve se acercó a él y los dedos de ambos se entrelazaron.

—Hola. ¿Qué estás viendo?

—*Amarga victoria*. Con Bette Davis. Ella se queda ciega y acaba muriendo.

—Pues menuda mierda.

—Pero lo hace con tanto coraje. —Dio un pequeño tirón a su mano y la apremió a tenderse junto a él en el sofá.

Cuando ella se estiró, cuando su cuerpo se acomodó de modo confortable y natural contra el suyo, Roarke sonrió. Había requerido una ingente cantidad de tiempo y de confianza entre ellos convencerla para que se relajara de esa forma. Para que le aceptara a él y aquello que necesitaba darle a ella.

Su policía, pensó mientras jugueteaba con su cabello, con sus oscuros recovecos y su escalofriante coraje. Su esposa, con su temple y sus necesidades.

Se movió ligeramente, satisfecho cuando ella apoyó la cabeza sobre su hombro.

Eve decidió que dado que había llegado tan lejos, sería una muy buena idea quitarse las botas y tomar un sorbo de su copa de vino.

—¿Cómo es que estás viendo una vieja película como ésta si ya conoces el final?

—Lo que cuenta es cómo se llega a él. ¿Has cenado?

Ella emitió un sonido de negación y le devolvió el vino.

—Tomaré algo dentro de un momento. Estoy preocupada por un caso que se presentó justo antes de que acabase mi turno. Una mujer atornilló a un tipo a la pared con su propio taladro.

Roarke tragó vino con fuerza.

—¿Literal o metafóricamente?

Ella dejó escapar una risita, disfrutando del vino mientras se pasaban la copa el uno al otro.

—Literalmente. Con un Branson 8000.

—¡Qué dolor!

—Puedes estar seguro.

—¿Cómo sabes que fue una mujer?

—Porque nos llamó después de clavarle a la pared, y luego esperó a que llegáramos. Eran amantes, él la engañaba, así que atravesó su corazón infiel con una barra de acero de sesenta centímetros.

—Bueno, eso le enseñará. —Un acento irlandés tiñó su voz como si fuera whisky e hizo que ella ladeara la cabeza para alzar la mirada hacia él.

—Fue a por su corazón. Yo le hubiera ensartado las pelotas. Más directo, ¿no te parece?

—Eve, cariño, tú eres una mujer muy directa. —Bajó la cabeza para rozarle los labios con los suyos... Una vez, luego dos.

Fue la boca de Eve la que se entibió, sus manos las que se alzaron para aferrar su espeso cabello negro y acercarle aún más. Para tomarlo más profundamente. Antes de que él pudiera moverse para dejar la copa, ella se dio la vuelta, arrojando el recipiente al suelo de un golpe al tiempo que se ponía a horcajadas sobre él.

Roarke enarcó una ceja, con los ojos brillantes, mientras utilizaba sus ágiles dedos para desabrocharle la camisa.

—Me atrevería a decir que ya sabemos cómo acaba esto.

—Claro. —Sonriendo ampliamente, se inclinó para mordisquear su labio inferior—. Veamos cómo llegamos ahí esta vez.

Capítulo dos

*E*ve se quedó mirando con gesto circunspecto el teleconector de su escritorio tras haber concluido la conversación con la oficina del fiscal. Habían aceptado un cargo en segundo grado para Lisbeth Cooke.

Homicidio en segundo grado sin premeditación, pensó con indignación, para una mujer que había acabado despiadadamente a sangre fría con la vida de un hombre que no podía controlar su polla.

Cumpliría un año, a lo sumo, en una cárcel de mínima seguridad, donde se dedicaría a pintarse las uñas y a perfeccionar su jodido saque de tenis. Muy probablemente firmaría un contrato para grabar un disco y un vídeo para contar la historia por una cuantiosa suma, se jubilaría y se mudaría a Martinica.

Eve era consciente de haberle dicho a Peabody que uno se conformaba con obtener lo que podía, pero ni siquiera ella había esperado que fuera tan poco.

Ganas le daban de dejar que el fiscal —y así se lo había dicho a ese abúlico gilipollas en términos breves y concisos— fuera quien se encargara de informar a sus seres queridos acerca de por qué la justicia estaba demasiado ocupada como para molestarse, y de por qué había tenido tantísima prisa por negociar que ni siquiera había esperado a zanjarlo hasta que ella hubiera concluido su informe.

Golpeó con el puño su ordenador con los dientes apretados, anticipándose a los caprichos de la máquina, y repasó el informe forense de Branson.

Había sido un hombre saludable de cincuenta y un años, sin enfermedades graves. No había marcas o heridas en el cuerpo a excepción del desagradable agujero realizado por la broca giratoria de un taladro.

No había rastro de drogas ni alcohol en el organismo, advirtió. Ningún indicio de actividad sexual reciente. El contenido del estómago indicaba una última comida sencilla a base de pasta a la zanahoria y guisantes, con una ligera salsa de nata, crujiente pan de trigo y té de hierbas, ingerido menos de una hora antes del momento de la muerte.

Una comida muy anodina, decidió, para tratarse de un mujeriego tan mezquino.

¿Y quién dijo que era un mujeriego sino la mujer que lo había matado?, se preguntó. Con su maldita prisa por limpiar el sumario de causas pendientes, la fiscalía no le había dado tiempo de verificar el móvil para el escabroso segundo grado.

Cuando aquello llegara a los medios, y lo haría, se imaginaba a un montón de compañeras sexuales insatisfechas dirigiendo la mirada hacia el armario de las herramientas.

«¿Tu amante te ha cabreado?», pensó. «Bueno, veamos cuánto le gusta una muestra del Branson 8000; la elección de los profesionales y aficionados devotos.» Ah, sí, estaba convencida de que Lisbeth Cooke podría poner en marcha una bonita y atractiva campaña utilizando aquel enfoque.

Las relaciones debían de ser la forma más incomprensible y brutal de entretenimiento. La mayoría podían hacer que un salón de baile se asemejara a un estadio durante un partido de eliminatoria. Pese a todo, las almas solitarias continuaban buscando, aferrándose a ellas, mortificándose y luchando por ellas, y llorando su pérdida.

No era de extrañar que en el mundo abundaran los asesinatos.

El destello de su anillo de casada captó su atención y la llevó a hacer una mueca. Eso era diferente, se aseguró. Ella no había buscado nada. Le había salido a su encuentro, la había derribado igual que lo hubiera hecho un fuerte placaje a la espalda y las rodillas. Y si Roarke decidía alguna vez olvidarse del compromiso contraído, ella probablemente le dejaría tranquilo.

Eso sí, con todo el cuerpo escayolado a perpetuidad.

Asqueada de pies a cabeza, se giró de nuevo hacia su ordenador y comenzó a ultimar el informe de la investigación que, al parecer, traía al fresco a la oficina del fiscal.

Levantó la vista cuando el detective electrónico Ian McNab asomó la cabeza por su puerta. Ese día llevaba su largo cabello dorado recogido en una trenza, y un único aro iridiscente adornaba su oreja. Obviamente para compensar el toque conservador, se había puesto un grueso suéter en chillones tonos verdes y azules que le llegaba hasta las caderas junto con unos pantalones negros de pitillo. Unas brillantes botas azules completaban su aspecto.

Él le sonrió, sus ojos verdes resultaban descarados en su bonita cara.

—Hola, Dallas, he terminado de revisar los teleconectores y la agenda electrónica personal de tu víctima. El material de su despacho acaba de llegar, pero me figuré que querrías saber lo que tengo por el momento.

—Entonces, ¿por qué no está tu informe en el ordenador de mi mesa? —preguntó con sequedad.

—Resulta que se me ocurrió traerlo personalmente. —Con una amistosa sonrisa, dejó un disco sobre su escritorio, luego aposentó el trasero en la esquina.

—Peabody me está buscando unos datos, McNab.

—Vale. —Movió los hombros—. Así que, ¿está en su cubículo?

—No está interesada en ti, colega. Hazte a la idea.

McNab giró su mano y se examinó las uñas con ojo crítico.

—¿Quién dice que esté interesado en ella? ¿Todavía se ve con Monroe o qué?

—No hablamos de ello.

Sus ojos se cruzaron brevemente con los de ella, y ambos compartieron un momento de vaga desaprobación que a ninguno de los dos les agradaba mostrar por la relación que Peabody mantenía con un escurridizo, aunque atractivo, acompañante autorizado.

—No es más que curiosidad, eso es todo.

—Pues pregúntaselo tú mismo. —«E infórmame», agregó para sus adentros.

—Si lo hago —sonrió de nuevo—, le doy la oportunidad de gruñirme. Menudos dientes tiene.

Se puso en pie y se paseó por el cuchitril que hacía las veces de despacho de Eve. A ambos les hubiera sorprendido percatarse de que sus pensamientos en lo referente a las relaciones discurrían, en ese momento, en direcciones paralelas.

La cita a ciegas de McNab con una asesora aérea interplanetaria se había enfriado e ido al garete la noche anterior. La mujer le había aburrido, pensaba ahora, lo que debería haber resultado imposible dado que se había puesto algo transparente y plateado que dejaba sus magníficos pechos al descubierto.

No había sido capaz de provocar en él el más mínimo entusiasmo debido a que sus pensamientos no habían cesado de retornar al aspecto que cierta policía quisquillosa tenía con su almidonado uniforme.

¿Qué demonios llevaba debajo de aquella cosa?, se preguntaba ahora al igual que, desafortunadamente, se había preguntado la noche pasada. Tal especulación le había llevado a concluir temprano la velada, enfadando a la asesora de tal modo que, cuando recuperara la cordura, y estaba seguro de que lo haría, jamás volvería a tener la posibilidad de echarle un vistazo a tan bonitos pechos.

McNab decidió que estaba pasando demasiadas noches solo en casa ante el televisor. Lo que le recordó:

—Oye, anoche me puse el vídeo de Mavis en la pantalla. Es alucinante.

—Sí, es muy buena. —Eve pensó en su amiga; que en aquellos momentos se dejaba la piel cantando en Atlanta, durante su primera gira promocional del disco que había grabado para la rama del mundo del espectáculo de Roarke. Mavis Freestone, pensó Eve con ternura, había recorrido un largo camino desde que se desgañitaba cantando para clientes inconscientes y colocados de tugurios como el Blue Squirrel.

—El disco comienza a despegar. Roarke cree que la próxima semana llegará a estar en la lista de los veinte mejor vendidos.

McNab hizo tintinear los créditos que llevaba en el bolsillo.

—Y la conoceremos cuando eso suceda, ¿no?

Estaba yéndose por las ramas, pensó Eve, y ella se lo estaba permitiendo.

—Me parece que Roarke está planeando una fiesta para cuando regrese.

—¿Sí? Eso es genial. —Se animó al escuchar el inconfundible sonido de unos reglamentarios zapatos de policía repicando en el gastado linóleo. McNab tenía las manos en los bolsillos y una expresión de absoluto desinterés en su rostro cuando Peabody entró por la puerta.

—El Departamento de Policía y Seguridad de Nueva Jersey ha llamado... —se interrumpió, frunciendo el ceño—. ¿Qué quieres, McNab?

—Orgasmos múltiples, pero vosotras os pusisteis las primeras en la cola cuando los repartieron.

Una carcajada trató de abrirse paso en su garganta, pero Peabody la contuvo.

—La teniente no tiene tiempo para tus patéticos chistes.

—En realidad, a la teniente le ha gustado éste —dijo Eve, luego puso los ojos en blanco cuando Peabody la fulminó con la mirada—. Pírate, McNab, se acabó el recreo.

—Tan sólo pensaba que te interesaría saber que en la inspección de los teleconectores y agendas electrónicas del fallecido no se han encontrado llamadas, entrantes o salientes, a otra mujer que no fuera su agresora o al personal de su oficina. En su agenda electrónica no hay constancia de ninguna cita con sus «relaciones amorosas» —dijo, alargando las dos últimas palabras con una sonrisa de suficiencia dirigida a Peabody—, a excepción de aquéllas concernientes a Lisbeth Cooke, a la que a menudo se refiere como «Lissy, mi amor».

—¿No hay constancia de otra mujer? —Eve frunció los labios—. ¿De otro hombre?

—No, no hay citas en ningún caso, y ningún indicio de bisexualidad.

—Interesante. Revisa las agendas electrónicas de la oficina, McNab. Me pregunto si «Lissy, mi amor» mentía sobre su motivo y, de ser así, sobre el por qué le asesinó.

—Estoy en ello. —Mientras salía, se detuvo el tiempo suficiente para lanzarle un exagerado y ruidoso beso a Peabody.

—Es un auténtico gilipollas.

—Quizá él te irrite, Peabody...

—No hay un «quizá» posible.

—Pero es lo bastante listo como para ver que su informe podría cambiar ciertos enfoques de este caso.

A Peabody le cabreaba la idea de McNab metiendo, una vez más, la nariz en uno de sus casos.

—Pero el caso Cooke está cerrado. El culpable confesó, ha sido acusado, fichado y puesto a buen recaudo.

—Consiguió segundo grado. Si no fue un crimen pasional, puede que consigamos más. Merece la pena averiguar si Branson se la pegaba con alguien o si ella se lo inventó para encubrir cualquier otro motivo. Nos daremos una vuelta por su despacho más tarde, haremos algunas preguntas. Entretanto... —Meneó sus dedos curvados hacia el disco que todavía sostenía Peabody.

—El detective Sally es el agente al cargo del caso del Manitas —comenzó Peabody al tiempo que le entregaba el disco a Eve—. No tiene problemas en cooperar. Básicamente porque no tiene nada. El cuerpo había pasado al menos treinta y seis horas en el río antes de ser descubierto. No tiene testigos. La víctima no llevaba calderilla o créditos encima, pero sí tenía carné de identidad y tarjetas de crédito. Llevaba un teleconector de pulsera, un Carder falso pero de buena calidad, así que Sally descartó un asalto corriente, sobre todo cuando la autopsia reveló que le faltaba la lengua.

—Es una pista —farfulló Eve e introdujo el disco en la ranura de su ordenador.

—El informe indica que la lengua le fue cercenada con una hoja dentada, ante mortem. Sin embargo, hay laceraciones y magulladuras en la parte posterior del cuello, y la ausencia de signos de lucha indica que probablemente la víctima estaba inconsciente antes de que le practicaran cirugía improvisada y que luego lo arrojaron al río. Le ataron de pies y manos antes de deshacerse de él. La causa de la muerte es el ahogamiento.

Eve tamborileó con los dedos.

—¿Hay alguna razón por la que debiera molestarme en leer el informe? —preguntó y aquello le reportó una sonrisa.

—El detective Sally se mostró hablador. No creo que se opusiera en el caso de que quisieras hacerte cargo del caso. Señaló que, puesto que la víctima vivía en Nueva York, está por decidir si fue asesinado aquí o en la otra orilla del río.

—No voy a hacerme cargo del caso, tan sólo le echo un vistazo. ¿Investigaste sobre Arlington?

—Todo lo que encontré está en la cara B del disco.

—De acuerdo. Le echaré una ojeada, luego nos pasaremos por la oficina de Branson.

Eve entrecerró los ojos cuando un hombre alto y desgarbado, que vestía vaqueros gastados y una vieja cazadora, vaciló ante su puerta. El joven, de unos veintipocos años, según estimó Eve, tenía una expresión de inocencia tan sincera en los ojos, de un bonito color gris, que ya podía oír a ladrones callejeros y chaperos haciendo cola para limpiarle los bolsillos.

Tenía el rostro delgado y enjuto que ella asociaba a la imagen de mártires y estudiantes, y llevaba el cabello castaño recogido en una pulcra coleta y generosamente veteado por el sol.

El muchacho esbozó una pausada sonrisa tímida.

—¿Buscas a alguien? —se apresuró a decir Eve. Peabody se giró al oír la pregunta, jadeó y seguidamente emitió lo que sólo podía calificarse como un gritito.

—Hola, Dee. —Su voz pareció chirriar, como si hiciera uso de ella en raras ocasiones.

—¡Zeke! ¡Ay, caray, Zeke! —Dio un brinco y se arrojó a sus largos y acogedores brazos.

Eve se vio obligada a ponerse en pie al ver a Peabody, con su uniforme impecablemente planchado y su calzado reglamentario, suspendida a unos centímetros del suelo mientras reía como una tonta —aquélla era la única forma de describir el sonido—, y plantando alegres besos en la alargada cara del hombre que la sostenía.

—¿Qué haces aquí? —preguntó Peabody—. ¿Cuándo has llegado? Ah, cuánto me alegro de verte. ¿Cuánto tiempo puedes quedarte?

—Dee. —Fue cuanto dijo, y la levantó otro par de centímetros para darle un beso en la mejilla.

—Disculpadme. —Eve se acercó, muy consciente de la rapidez con que los rumores podían desatarse en la unidad—. Agente Peabody, te sugiero que mantengas esta pequeña reunión en tu tiempo libre.

—Oh, lo siento. Bájame, Zeke. —Pero mantuvo un brazo posesivamente en torno a él incluso después de que sus pies tocaran suelo—. Teniente, este es Zeke.

—Hasta ahí llego.

—Mi hermano.

—¿Ah, sí? —Eve le echó otro vistazo, buscando el parecido familiar—. Encantada de conocerte.

—No pretendía interrumpir. —Zeke se ruborizó levemente y tendió una mano grande—. Dee sólo dice cosas buenas de usted, teniente.

—Me alegra saberlo. —Eve vio su mano desaparecer dentro de la otra de consistente granito y tan delicada como la seda—. ¿Y bien, cuál eres tú?

—Zeke es el pequeño —dijo Peabody con tal adoración que Eve tuvo que sonreír.

—Menudo bebé. ¿Cuánto mides, dos metros?

—Y siete centímetros —dijo con una tímida sonrisa.

—Se parece a nuestro padre. Ambos son altos y delgados. —Peabody le dio un enérgico apretón—. Zeke es un artista de la madera. Construye los muebles y armarios más bonitos del mundo.

—Venga ya, Dee. —El rubor se tornó en sonrojo—. Soy un simple carpintero. Un manitas de las herramientas, eso es todo.

—Últimamente hay muchos de esos por aquí —murmuró Eve.

—¿Por qué no me dijiste que ibas a venir a Nueva York? —preguntó Peabody.

—Quería darte una sorpresa. No sabía a ciencia cierta que vendría hasta hace un par de días.

Le acarició el cabello con la mano de un modo que hizo a Eve pensar de nuevo en el tema de las relaciones. Algunas no giraban en torno al sexo, el poder o el control. Algunas sólo tenían que ver con el amor.

—Tengo un encargo para construir armarios a medida para aquellas personas que vieron mi trabajo en Arizona.

—Eso es estupendo. ¿Cuánto te llevará?

—No lo sabré hasta que no haya terminado.

—De acuerdo, te quedarás conmigo. Te daré la llave y te

diré cómo llegar a mi casa. Tomarás el metro. —Se mordis-queó el labio inferior—. No merodees por ahí, Zeke. Esto no es como nuestro hogar. ¿Llevas el dinero y el carné en el bol-sillo de atrás?, porque...

—Peabody. —Eve sostuvo un dedo en alto para atraer la atención—. Tómate el resto del día libre y ocúpate de que tu hermano se instale.

—No quiero causar molestias —comenzó Zeke.

—Causarás más molestias si ella está preocupada porque te atraquen seis veces antes de que llegues a su apartamento. —Eve añadió una sonrisa para suavizarlo, aunque ya había decidido que el tipo llevaba una «V» de «víctima» estampada en toda la cara—. De todos modos, no hay mucho movi-miento.

—Está el caso Cooke.

—Creo que podré arreglármelas sola —dijo amablemente Eve—. Contactaré contigo si surge algo. Ve a enseñarle a Zeke las maravillas de Nueva York.

—Gracias, Dallas. —Peabody tomó a su hermano de la mano, prometiéndose que iba a asegurarse de que no viera la parte más sórdida de aquellas maravillas.

—Me alegro de haberla conocido, teniente.

—Lo mismo digo. —Les vio marcharse, Zeke inclinando ligeramente su cuerpo hacia Peabody mientras ella rezumaba afecto fraternal por los cuatro costados.

Familias, meditó Eve. Continuaban desconcertándola. Pero resultaba agradable ver que, en ocasiones, funcionaban.

—Todo el mundo quería a J.C. —Chris Tipple, ayudante ejecutivo de Branson, era un hombre en torno a los treinta con el cabello aproximadamente del mismo tono que sus en-rojecidos ojos hinchados. Incluso en ese momento en que llo-raba sin avergonzarse, las lágrimas rodaban por su agradable y regordete rostro.

Lo cual podría haber sido un problema, meditó Eve, y aguardó una vez más mientras Chris se restregaba los mofle-tes con su arrugado pañuelo.

—Lamento su pérdida.

—Lo que sucede es que resulta imposible creer que no volverá a cruzar esa puerta. —Su aliento quedó atascado cuando miró fijamente la puerta cerrada del gran y reluciente despacho—. Nunca más. Todo el mundo está conmocionado. Cuando B. D. hizo el anuncio esta mañana, todo el mundo se quedó sin palabras.

Se llevó el pañuelo a la boca como si la voz le fallara de nuevo.

Eve sabía que B. Donald Branson era el hermano y socio de la víctima, y esperó a que Chris terminara.

—¿Quiere un poco de agua, Chris? ¿Un tranquilizante?

—Ya me he tomado un tranquilizante. No parece servir de nada. Estábamos muy unidos. —Secándose sus ojos llorosos, Chris no reparó en la mirada reflexiva de Eve.

—¿Tenían una relación personal?

—Oh, sí. Llevaba casi ocho años con J. C. Era mucho más que mi jefe. Era... era como un padre para mí. Discúlpeme.

Obviamente abrumado, enterró el rostro entre las manos.

—Lo siento. J. C. no hubiera querido que me derrumbara de este modo. No sirve de nada. Pero no puedo... no creo que ninguno de nosotros pueda asimilarlo. Vamos a cerrar durante una semana. Cesará toda la actividad. Oficinas, fábricas, todo. El servicio funerario... —su voz se fue apagando, luchando—. El servicio funerario está previsto para mañana.

—Qué rapidez.

—J. C. no hubiera querido que se dilatara. ¿Cómo pudo hacerlo? —Apretó el pañuelo mojado en el puño, mirando fijamente a Eve con la vista perdida—. ¿Cómo pudo hacerlo, teniente? J. C. la adoraba.

—¿Conoce a Lisbeth Cooke?

—Por supuesto.

El hombre se levantó para pasearse, y Eve no pudo menos que estar agradecida. No resultaba fácil ver a un hombre adulto llorar mientras estaba sentado en una silla rosa con forma de elefante. Pero claro, ella estaba sentada en un canguro morado.

Resultaba evidente, tras echar una ojeada al despacho del difunto J. Clarence Branson, que había disfrutado mimándose con sus propios juguetes. Las estanterías que cubrían una pared estaban repletas de ellos, desde una simple estación espacial a control remoto a la serie de mini androides multifunción.

Eve se esforzó cuanto pudo por no mirar sus ojos inertes y sus cuerpos a escala. Era demasiado sencillo imaginarlos cobrando vida y... bueno, sabía Dios qué.

—Hábleme de ella, Chris.

—Lisbeth —suspiró pesadamente, luego colocó el parasol tintado sobre la amplia ventana detrás del escritorio con gesto ausente—. Es una mujer hermosa. Eso ya lo ha visto usted misma. Lista; capaz; ambiciosa; exigente, pero eso a J. C. no le importaba. En una ocasión me dijo que si no tuviera una mujer exigente a su lado, acabaría haciendo bricolaje y arruinando su vida.

—¿Pasaban mucho tiempo juntos?

—Dos noches a la semana, a veces tres. Por lo general, miércoles y sábados; cena y teatro o un concierto. Cualquier evento social en que se solicitase su presencia, o la de ella, y el lunes para almorzar... de doce y media a dos. Tres semanas de vacaciones todos los meses de agosto si a Lisbeth le apetecía, y cinco escapadas de fin de semana a lo largo del año.

—Parece muy pautado.

—Lisbeth insistía en ello. Quería condiciones detalladas y las obligaciones por ambas partes claras y en regla. Creo que comprendía que la mente de J. C. era proclive a divagar, y deseaba que él le dedicase toda su atención cuando estaban juntos.

—¿Alguna otra parte suya tendía a divagar?

—Perdone, ¿cómo dice?

—¿Mantenía J. C. relación con alguna otra?

—¿Relación... romántica? De ningún modo.

—¿Y sexual?

El redondo rostro de Chris se tensó, sus hinchados ojos se tornaron fríos.

—Si está insinuando que J. Clarence Branson era infiel a la mujer con la que se había comprometido, nada más lejos de la realidad. Estaba consagrado a ella. Y le era fiel.

—¿Está seguro de eso? ¿Sin ninguna duda?

—Yo me encargaba de concertar todos sus planes, de todas sus citas profesionales y personales.

—¿Podría haber concertado alguna por su cuenta, a escondidas?

—Eso es insultante —su voz retumbó—. El hombre está muerto, y usted está ahí sentada, acusándole de ser un mentiroso y un infiel.

—Yo no le acuso de nada —le corrigió Eve con calma—. Sólo pregunto. Es responsabilidad mía preguntar, Chris. Y conseguirle toda la justicia que esté en mi mano.

—No me gusta el modo en que lo aborda —se alejó de nuevo—. J. C. era un buen hombre, un hombre honesto. Le conocía perfectamente, conocía sus costumbres, su carácter. No se hubiera enredado en una aventura ilícita, y mucho menos lo hubiera hecho sin mi conocimiento.

—De acuerdo, pues hábleme de Lisbeth Cooke. ¿Qué ganaría ella matándole?

—No lo sé. La trataba como a una reina, le daba todo lo que ella pudiese desear. Mató a la gallina de los huevos de oro.

—¿A la qué?

—Igual que en el cuento clásico —casi sonrió—. La gallina que ponía los huevos de oro. A él le encantaba darle todo lo que quería, y más. Ahora está muerto. Ya no hay más huevos de oro.

A menos, pensó Eve mientras salía del despacho, que quisiera todos los huevos de una sola vez.

Habida cuenta de que ya había consultado el mapa animado del vestíbulo, sabía que el despacho de B. Donald Branson estaba ubicado en ese piso, en el extremo contrario en que se encontraba el de su hermano. Con la esperanza de encontrarle, se dirigió hacia allí. Muchos de los departamentos se encontraban desiertos, la mayoría de las puertas de cristal cerradas y los despachos tras éstas, vacíos y a oscuras.

El propio edificio parecía estar de luto.

Había pantallas holográficas instaladas a intervalos regulares para exhibir los nuevos productos preferidos de Herramientas y Juguetes Branson. Se detuvo ante una, observando con una mezcla de diversión y consternación a partes iguales, cómo un androide vestido con el uniforme de policía devolvía un niño extraviado a su llorosa y agradecida madre.

El policía miró de frente la pantalla, su rostro serio y fiable, su uniforme tan pulcramente planchado como el de Peabody.

—«Nuestro deber es servir y proteger.»

Entonces la imagen retrocedió, girando lentamente para mostrarle al espectador una vista panorámica del producto y los accesorios mientras la voz computerizada anunciaba los detalles del artículo y su precio. Se ofrecía una figura de acción de un androide-ladrón callejero con patines aerodeslizadores de regalo.

Eve se alejó meneando la cabeza. Se preguntó si la compañía también fabricaba muñecos androides de prostitutas o traficantes ilegales. Tal vez un par de psicópatas, sólo para hacer que el juego resultara interesante. Cierto era, naturalmente, que uno necesita androides víctimas.

¡Por Dios!

Las relucientes puertas de cristal se abrieron cuando Eve se aproximó. Una pálida mujer de ojos cansados operaba una reluciente centralita en forma de «U» y atendía llamadas mediante unos auriculares privados.

—Muchas gracias. Su llamada está siendo grabada y se hará llegar sus condolencias a la familia. El servicio funerario del señor Branson está previsto para mañana, a las dos en punto en Quiet Passages, en Central Park South. Sí, es una gran conmoción. Una enorme pérdida. Gracias por llamar.

Apartó el micrófono y le ofreció a Eve una sonrisa serena.

—Lo lamento, el señor Branson no recibe a nadie. Estas oficinas permanecerán cerradas hasta el martes de la semana próxima.

Eve sacó su placa.

—Soy la oficial al cargo del homicidio de su hermano. ¿Está el señor Branson?

—Ah, teniente. —La mujer se llevó los dedos levemente a los ojos, luego se puso en pie—. Un momento, por favor.

Salió con desenvoltura de detrás de la centralita y a continuación, tras llamar rápidamente a una inmensa puerta blanca, desapareció en el interior. Eve escuchó el suave pitido de llamadas entrantes proveniente del equipo multilínea y a continuación se abrió de nuevo la puerta.

—Tenga la amabilidad de entrar, teniente. El señor Branson la recibirá. ¿Le apetece que le traiga alguna cosa?

—No es necesario.

Entró en el despacho. Lo primero en que reparó fue en que era diametralmente opuesto al de J. C. Éste estaba decorado con colores fríos, líneas elegantes y suntuosa sofisticación. Nada de sillas con formas de animales ni sonrientes androides. Aquí los apagados tonos grises y azules estaban diseñados para producir un efecto relajante. Y la amplia superficie del escritorio desprovista de artilugios, despejada para el trabajo.

B. Donald Branson estaba de pie tras dicho escritorio. No tenía la corpulencia de su hermano, sino que era delgado y llevaba un traje elegantemente hecho a medida. Llevaba el cabello de un dorado mate peinado hacia atrás a partir de una frente prominente. Sus cejas, gruesas y en forma de pico, eran unos tonos más oscuras y se alzaban sobre unos cansados ojos verde claro.

—Teniente Dallas, es muy considerado de su parte venir en persona. —Su voz era tan serena y relajante como la habitación—. Tenía intención de ponerme en contacto con usted con el fin de darle las gracias por su amabilidad cuando llamó anoche para informarme del fallecimiento de mi hermano.

—Siento importunarle en este momento, señor Branson.

—No, por favor. Tome asiento. Todos intentamos asimilarlo.

—Aparentemente su hermano era muy apreciado.

—Era muy querido —la corrigió en tono neutro cuando tomaron asiento—. Era imposible no querer a J. C. Por eso se hace tan difícil creer que nos haya dejado, y de este modo. Lisbeth era como un miembro de la familia. Dios mío. —Apartó la mirada durante un instante, tratando de recobrar la compostura—. Lo lamento —acertó a decir—. ¿Qué puedo hacer por usted?

—Señor Branson, permítame que termine con esto tan rápidamente como me sea posible. La señora Cooke afirma que descubrió que su hermano mantenía una relación con otra mujer.

—¿Qué? Eso es ridículo. —Branson desechó la idea con

un airado ademán—. J. C. estaba dedicado en cuerpo y alma a Lisbeth. Jamás miró a otra mujer.

—Si eso es cierto, ¿por qué habría ella de matarle? ¿Discutían a menudo o de forma violenta?

—J. C. era incapaz de mantener una discusión durante más de cinco minutos seguidos —dijo Branson con cautela—. Sencillamente, no formaba parte de su naturaleza. No era violento, y mucho menos mujeriego.

—¿Usted no cree que pudiera haber estado interesado en otra?

—De haberlo estado, algo difícil de creer, se lo hubiera dicho a Lisbeth. Habría sido honesto con ella y disuelto su relación antes de iniciar otra. J. C. tenía unos principios honestos rayanos en lo infantil.

—En caso de aceptar eso, entonces debo buscar un móvil. Su hermano y usted eran copresidentes. ¿Quién hereda sus acciones?

—Yo —entrelazó las manos sobre el escritorio—. Nuestro padre fundó esta compañía. J.C. y yo llevamos más de treinta años al frente de ella. Nuestro acuerdo laboral estipula que el superviviente, o sus beneficiarios, heredan su participación.

—¿Podría él haber destinado alguna porción a Lisbeth Cooke?

—De la compañía, no. Tenemos un contrato.

—De sus fondos y posesiones personales, pues.

—Ciertamente hubiera estado en su derecho de legar cualquier parte de su patrimonio personal a quien él quisiera.

—¿Estaríamos hablando de una sustanciosa cantidad?

—Sí, creo que aplicaríamos el término sustancioso. —Luego sacudió la cabeza—. ¿Piensa que le mató por dinero? No puedo creerlo. Siempre fue muy generoso con ella, y Lisbeth es, era, un miembro bien remunerado de esta compañía. El dinero no debería haber sido un problema.

—Es un enfoque —fue cuanto dijo Eve—. Me gustaría conocer el nombre de su abogado, y le estaría agradecida si tuviese la amabilidad de autorizarme para que pueda ver las condiciones del testamento.

—Sí, naturalmente. —Posó el dedo sobre la superficie de

la mesa y se abrió el cajón central—. Tengo una de las tarjetas de Suzanna aquí mismo. Me pondré de inmediato en contacto con ella —agregó, levantándose cuando lo hizo Eve para entregarle la tarjeta—. Dígale que le proporcione cualquier información que precise.

—Le agradezco su colaboración.

Eve echó un vistazo a su unidad de pulsera al salir. Probablemente podría quedar con la abogada para mediodía, decidió. Y dado que disponía de algo de tiempo, ¿por qué no hacer un viajecito a la tienda del Manitas?

Capítulo tres

Peabody se cambió de mano dos de las tres bolsas de provisiones y comestibles que había parado a comprar de camino a casa, y buscó su llave. Se había aprovisionado de fruta y verduras frescas, preparado de soja, tofu, judías secas y del arroz integral que detestaba desde niña.

—Dee. —Zeke depositó en el suelo el único petate que se había traído a Nueva York y añadió las dos bolsas de su hermana a la suya—. No deberías haber comprado todo esto.

—Recuerdo lo mucho que comes. —Le lanzó una amplia sonrisa por encima del hombro y no apostilló que su despensa consistía, en su mayoría, en cosas que a ninguna persona de vida saludable que se preciase se le ocurriría consumir. Tentempiés saturados de grasas y productos químicos, sucedáneos de carne roja, alcohol.

—Es un robo lo que cobran aquí por la fruta fresca, y no creo que esas manzanas que has comprado cayeran de un árbol en los últimos diez días. —Además dudaba sinceramente de que hubieran crecido de forma orgánica.

—Bueno, andamos un poco escasos de huertos en Manhattan.

—Aun así. Deberías haberme dejado pagar a mí.

—Esta es mi ciudad, y eres el primero de la familia que me hace una visita. —Abrió la puerta y se volvió para coger las bolsas.

—Tiene que haber cooperativas ecológicas por aquí.

—Ya no voy por las cooperativas ni hago intercambio. No tengo tiempo. Gano un salario decente. No te preocupes, anda. —Se retiró el pelo de los ojos de un soplido—. Vamos, entra. No es mucho, pero ahora es mi hogar.

Entró después que ella, escudriñó la sala con su hundido sofá, sus mesas abarrotadas y sus grabados de brillantes colores. La persiana estaba bajada, algo que se dispuso a remediar de inmediato.

No tenía lo que se dice una vista bonita pero disfrutaba del ajetreo y el ruido de la calle. Cuando la luz se encendió, se fijó en que el apartamento estaba tan desordenado como la calle.

Y recordó, de pronto, que se había dejado puesto en el ordenador un disco de texto sobre la mente del asesino y torturador en serie. Tendría que sacarlo y esconderlo en alguna parte.

—De haber sabido que venías, hubiera recogido un poco.

—¿Por qué? En casa nunca recogías tu habitación.

Él le ofreció una amplia sonrisa y se dirigió a la minúscula cocina para dejar las bolsas de comida. De hecho, le alivió ver que su vivienda tenía mucho que ver con su forma de ser. Inalterable, sin artificios y básica.

Reparó en el pausado goteo del grifo y en una quemadura deslucida en la encimera. Podía arreglarle aquello, pensó. Aunque le sorprendió que no lo hubiera hecho ella misma.

—Yo lo haré. —Se despojó del abrigo y la gorra y avanzó aprisa detrás de él—. Ve a dejar tus cosas en la habitación. Dormiré en el sofá cama mientras estés aquí.

—De eso nada. —Ya estaba husmeando en los armarios para hacer espacio para las cosas. Si le sorprendió el contenido de su despensa, sobre todo la bolsa de dulces Tasty Taster de color rojo y amarillo chillón, no lo mencionó—. Yo me quedaré en el sofá.

—Es extraíble y muy espacioso. —Y creía que seguramente disponía de sábanas limpias para él—. Pero está lleno de bultos.

—Puedo dormir en cualquier parte.

—Lo sé. Recuerdo aquellas acampadas. Dale una manta y una roca a Zeke y estará listo para contar ovejitas. —Riendo le rodeó con los brazos y apoyó la mejilla en su espalda—. Dios mío, te he echado de menos. Cómo te he echado de menos.

—Mamá, papá y el resto, esperábamos que hubieras podido venir a casa por Navidad.

—Me fue imposible. —Retrocedió cuando él se dio la vuelta—. Las cosas se complicaron. —Y no iba a hablar de eso, no iba a decirle lo que había sucedido, lo que había hecho—. Pero pronto encontraré un hueco, lo prometo.

—Pareces diferente, Dee. —Posó suavemente su mano grande en la mejilla de ella—. Una funcionaria establecida. Feliz.

—Soy feliz. Amo mi trabajo. —Alzó la mano hasta la suya y la apretó—. No sé cómo explicártelo, cómo hacer que lo comprendas.

—No tienes por qué. Puedo verlo. —Sacó un paquete de seis tetrabricks de zumo y abrió el diminuto refrigerador. Sabía que comprender no siempre era la solución. La solución era aceptar—. Me siento mal por haberte apartado de tu trabajo.

—No lo hagas. No me he tomado tiempo libre desde... —Sacudió la cabeza mientras apilaba cajas y bolsas en los estantes—. Dios, ¿quién se acuerda? Dallas no lo habría autorizado si hubiéramos estado en un aprieto.

—Me ha caído bien. Es fuerte, con zonas oscuras. Pero no es dura.

—Estás en lo cierto. —Peabody se giró hacia él con la cabeza ladeada—. ¿Y qué te ha dicho mamá de no fisgonear las auras sin consentimiento?

Él se sonrojó un poco y sonrió.

—Es responsable de ti. No miré demasiado profundamente, y me gusta saber quién cuida de mi hermana mayor.

—Tu hermana mayor está haciendo un muy buen trabajo cuidándose solita. ¿Por qué no deshaces la maleta?

—Eso me llevará unos dos minutos.

—Que es el doble de tiempo del que tardaré yo en enseñarte la casa. —Le tomó del brazo y le condujo por la sala de estar hasta el dormitorio.

—Esto es todo. —Una cama, una mesa, una lámpara y una única ventana. La cama estaba hecha; fruto de la costumbre y de la disciplina. Había un libro sobre la mesita de noche. Jamás había entendido por qué alguien preferiría acurrucarse con un lector electrónico y un disco. Pero el hecho de que se tratara de un espeluznante libro de asesinatos y misterio la hizo estremecerse cuando Zeke le dio la vuelta.

—¿Deformación profesional?

—Supongo.

—Siempre te gustaron esta clase de cosas. —Dejó el libro de nuevo—. Se trata del bien y del mal, ¿no es verdad, Dee? Y se supone que al final el bien debe ganar.

—Para mí, así es como debe ser.

—Sí, pero ¿por qué existe el mal en origen?

Peabody podría haber dejado escapar un suspiro, pensando en todo lo que había visto, lo que había hecho, pero le sostuvo la mirada con firmeza.

—Nadie conoce la repuesta a eso, pero debes saber que existe y que tienes que enfrentarte a ello. Eso es lo que yo hago, Zeke.

Él asintió y observó su rostro. Sabía que aquello era diferente a la rutina que había llevado cuando se mudó a Nueva York y se puso un uniforme. Por entonces su trabajo se componía de accidentes de tráfico, riñas que disolver y papeleo. Ahora estaba asignada a la división de homicidios. Se enfrentaba a la muerte cada día y se relacionaba con aquellos que la causaban.

Sí, parecía diferente, reconoció Zeke. Las cosas que había visto, hecho y sentido estaban ahí, detrás de aquellos ojos oscuros y serios.

—¿Eres buena en ello?

—Muy buena —sonrió levemente—. Y voy a ser mejor.

—Estás aprendiendo de ella. De Dallas.

—Sí. —Peabody se sentó en el borde de la cama y alzó la vista hacia él—. Yo la estudiaba antes de que ella me tomara como su ayudante. Leía sus informes, me empollaba su técnica. Jamás esperé poder trabajar con ella. Tal vez fue suerte; quizá fue el destino. Nos enseñaron a respetar ambas cosas.

—Sí. —Se sentó a su lado.

—Me está dando la oportunidad de descubrir lo que puedo hacer. Lo que puedo ser. —Peabody inspiró una prolongada bocanada y la dejó salir pausadamente—. Zeke, nos criaron para seguir nuestro camino, y hacerlo lo mejor posible. Eso es lo que estoy haciendo.

—Crees que no lo apruebo, que no lo comprendo.

—Me preocupa que sea así. —Deslizó la mano hasta el

arma aturdidora reglamentaria prendida de su cinturón—.
Me preocupa lo que tú, más que nadie, sientas.

—No deberías preocuparte. No tengo que comprender lo
que haces para saber que eso es lo que necesitas hacer.

—Siempre fuiste el más benévolo de nosotros, Zeke.

—No. —Chocó su hombro con el de ella—. Lo que pasa es
que cuando eres el último en aparecer, llegas a contemplar
cómo todos los demás la fastidian. ¿Te importa que me dé una
ducha?

—En absoluto. —Le dio una palmadita en la mano y se
puso en pie—. El agua tarda un rato en calentarse.

—No tengo prisa.

En cuanto él cogió su bolsa y se la llevó al cuarto de baño,
Peabody se abalanzó sobre el teleconector de la cocina y
llamó a Charles Monroe para dejarle un mensaje en su contestador anulando su cita de esa noche.

Por sabio, abierto de mente y adulto que Zeke pareciera,
no veía a su hermano pequeño acogiendo de buen grado su
relación informal, y últimamente irregular, con un acompañante autorizado.

Peabody podría haberse sorprendido de lo mucho que su
hermano pequeño podría llegar a comprender. Mientras él
estaba de pie bajo la alcachofa de la ducha, dejando que el
agua caliente mitigara el leve agarrotamiento del viaje, pensaba en una relación que no sería propiamente, que no podía
ser, una relación. Él estaba pensando en una mujer. Y se decía
que no tenía derecho a pensar en ella.

Era una mujer casada, y era su jefa.

No tenía derecho a pensar en ella de otro modo, mucho
menos a sentir ese trémulo calor en el vientre al saber que
muy pronto volvería a verla de nuevo.

Pero no podía sacarse su rostro de la cabeza. Su belleza
pura. Los ojos tristes, la suave voz, su serena dignidad. Se dijo
que era un capricho estúpido, infantil incluso. Terriblemente
inapropiado.

No tenía más alternativa que reconocer ahí, en privado,
donde la honestidad cobraba mayor valor, que ella era uno de

los principales motivos por los que había aceptado el encargo y emprendido viaje a la costa Este.

Deseaba verla otra vez, sin importar que desearlo le avergonzara.

Pese a todo, no era un niño que creía que podría tener cuanto necesitara.

Le haría bien verla allí, en su propia casa, con su esposo. Le gustaba pensar que eran las circunstancias en que se habían conocido, de dónde se habían conocido, las que habían provocado en él dicho encaprichamiento. Ella había estado sola, tan evidentemente sola, y con un aspecto tan delicado, tan frío y dorado en el profundo calor del desierto.

Sería distinto aquí, porque ella sería diferente. Y también lo sería él. Realizaría el trabajo que ella le había encomendado y nada más. Pasaría tiempo con la hermana a la que había echado tantísimo de menos que en ocasiones hacía que le doliera el corazón. Y vería, por fin, la ciudad y el trabajo que la había alejado de su familia.

La ciudad le fascinaba, eso ya podía reconocerlo.

Intentó echar un vistazo a través de la diminuta ventana cubierta de vaho mientras se secaba con la toalla. Incluso así de borrosa, la vista hacía que su sangre bombeara con un poquito más de celeridad.

Había tanto allí, pensó. No se parecía a la amplia extensión de desierto, montaña y campo a la que había llegado a habituarse desde que su familia se trasladara a Arizona unos pocos años antes. Sino que había mucho de todo, incrustado y embutido en un espacio pequeño.

Había tanto que deseaba ver. Tanto que deseaba hacer. Comenzó a especular mientras se ponía una camisa y unos vaqueros limpios, a organizar, a trazar planes. Estaba ansioso por comenzar cuando salió de nuevo a la sala de estar.

Vio a su hermana, afanada limpiando, y sonrió.

—Haces que me sienta como un invitado.

—Bueno... —Había escondido cualquier informe de asesinatos y mutilaciones que pudo hallar. Tendría que bastar con eso. Le lazó una mirada, parpadeando.

¡Vaya!, fue todo cuanto le vino a la cabeza. ¿Por qué no había reparado en ello cuando le sobrevino la primera ráfaga de entusiasmo al verle? Su hermano pequeño había crecido. Y era un auténtico festín para la vista.

—Estás estupendo... algo más relleno, ya sabes.

—Que no es más que una camisa limpia.

—Cierto. ¿Quieres un zumo, un té?

—Ah... lo que de verdad me apetece es salir. Me hice con una guía. Me la he leído detenidamente durante el viaje. ¿Tienes idea de cuántos museos hay sólo en Manhattan?

—No, pero apuesto a que tú sí. —Los dedos de los pies de Peabody se encogieron y flexionaron dentro de sus zapatos reglamentarios. Sus pies, decidió, estaban a punto para ponerse a funcionar—. Deja que me cambie y los veremos juntos.

Una hora más tarde, Peabody estaba terriblemente agradecida a las suelas aerodeslizantes, a la suave lana gruesa de sus pantalones y al forro de su abrigo de invierno. A Zeke no sólo le interesaban los museos. Le interesaba todo.

Grabó un rato con la videocámara que, según le había dicho, se había dado el lujo de comprarse para el viaje. Se la habrían arrebatado una docena de veces si ella no se hubiera mantenido ojo avizor en busca de ladrones callejeros. Daba lo mismo las veces que le advirtiera que tuviera cuidado, que reconociera las señales y movimientos, él se limitaba a sonreír y a asentir.

Subieron a lo alto del Empire State Building, permanecieron en el cortante viento glacial hasta que a ella se le entumecieron las puntas de las orejas. Y los pálidos ojos grises de Zeke brillaban maravillados. Recorrieron el Met, se quedaron embobados ante los escaparates de la Quinta Avenida, alzaron la vista hacia los dirigibles turísticos, se desplazaron accidentadamente por las cintas mecánicas y dieron cuenta de las duras galletas saladas que él había insistido en comprar en un carrito aerodeslizante.

Únicamente el amor profundo e imperecedero podría haberla convencido para que aceptara patinar en la pista de hielo del Rockefeller Center cuando los músculos de su pantorrilla ya se quejaban debido a las tres horas de excursión.

Pero él le hacía recordar lo que era estar deslumbrado por la ciudad, lo que era ver todo cuanto ésta tenía para ofrecer.

Al verle sobrecogerse una y otra vez comprendió que había olvidado pararse a mirar.

Y si había tenido que mostrar la placa, que se había guardado en el bolsillo del abrigo, a algún que otro timador de ojos vidriosos con la intención de robar a los turistas, aquello no les aguó el día.

Pese a todo, cuando finalmente le persuadió de hacer un alto para tomarse algo caliente y comer un bocado, decidió que era imperativo elaborar un pequeño resumen de cosas que hacer y cosas que no hacer. Iba a pasar mucho tiempo solo cuando ella estuviera trabajando, pensó. Puede que tuviera veintitrés años, pero conservaba toda la cándida confianza en sus congéneres varones de un niño de cinco años que había llevado una vida muy protegida.

—Zeke. —Se calentó las manos con un tazón de sopa caliente de lentejas y trató de no pensar en la hamburguesa de carne de soja que había divisado en el menú—. Deberíamos hablar de lo que vas a hacer mientras yo esté trabajando.

—Construiré armarios.

—Claro, pero mi horario... —gesticuló vagamente—. Una nunca sabe. Pasarás mucho tiempo solo, así que...

—No tienes por qué preocuparte por mí. —Le dedicó una amplia sonrisa y tomó una cucharada de su sopa—. Ya he estado antes lejos de la granja.

—No habías estado antes aquí.

Se recostó y le dirigió la mirada exasperada que los hermanos les reservan a las hermanas gruñonas.

—Llevo el dinero en el bolsillo delantero. No hablo con la gente que lleva de un lado a otro esos maletines repletos de teleconectores de pulsera y microprocesadores, y no me pongo a jugar a ese juego de cartas como aquel al que estaban jugando en la Quinta Avenida, aunque parecía divertido.

—Es un timo. No se puede ganar.

—Aun así parecía divertido. —Pero no iba a ponerse a pensar con nostalgia en ello, no cuando su hermana tenía aquel surco entre las cejas—. No entablo conversaciones en el metro.

—No con un yonqui químico con intenciones de robarte. —Puso los ojos en blanco—. Por Dios, Zeke, el tipejo prácticamente echaba espumarajos por la boca. De todos modos —descartó aquello con un ademán—, no espero que pases tu tiempo libre encerrado en el apartamento. Solamente quiero que tengas cuidado. Nueva York es una ciudad estupenda, pero devora personas todos los días. No quiero que tú seas una de ellas.

—Tendré cuidado.

—¿Y no te moverás de las principales zonas turísticas y llevarás tu teleconector?

—Sí, mamá. —La obsequió con una amplia sonrisa, y parecía tan joven que el corazón de Peabody dio un vuelco—. ¿Y bien, estás lista para la visita aérea sobre Manhattan?

—Claro. —Acertó a sonreír en vez de hacer una mueca de dolor—. Cómo no. En cuanto hayamos terminado con esto. —Se tomó su tiempo con la sopa—. ¿Cuándo debes volver al trabajo?

—Mañana. Lo dejamos todo establecido antes de marcharme. Mis clientes aprobaron los planos y los presupuestos. Pagaron mi pasaje y los costes.

—¿Dijiste que vieron tu trabajo cuando estuvieron de vacaciones en Arizona?

—Lo vio ella. —Y sólo pensar en ello hizo que el pulso se le acelerase levemente—. Compró una de las tallas que había hecho para la cooperativa de artistas de Camelback. Luego Silvie y ella... Creo que no llegaste a conocer a Silvie, es una artista del vidrio. Dirigía la cooperativa aquel día y mencionó que yo diseñaba y construía armarios, encimeras y vitrinas. Y entonces la señora Branson mencionó que su esposo y ella andaban buscando un carpintero, y...

—¿Qué? —Peabody levantó la cabeza con brusquedad.

—Estaban buscando un carpintero y...

—No, ¿qué nombre has dicho? —le agarró la mano con fuerza—. ¿Has dicho Branson?

—Correcto. Me han contratado los Branson. El señor B. Donald Branson y su esposa. Él es propietario de Herramientas y Juguetes Branson. Tienen muy buenas herramientas.

—¡Ay! —Peabody dejó la cuchara—. ¡Ay, mierda, Zeke!

El Fixer's era un sucio manchón en un área no precisamente célebre por su limpieza. Justo frente a la Novena, a apenas una manzana de la entrada del túnel, la tienda tenía su destartalada entrada principal minada de barrotes de seguridad, cuajada de intercomunicadores y cámaras de vigilancia, y tan acogedora como una cucaracha.

Las ventanas tintadas ofrecían al transeúnte un lúgubre espacio en negro. La puerta era de acero reforzado y estaba tachonada con una compleja serie de cerraduras que hacía que el precinto policial pareciera un chiste.

La gente que merodeaba por la zona sabía cómo ocuparse de sus asuntos, que habitualmente eran robos de poca monta. Tras echarle un vistazo a Eve, la mayor parte de ellos se fueron a buscar otra cosa que hacer y otro lugar para llevarlo a cabo.

Eve utilizó su llave maestra para acceder a la zona restringida, aliviada de que el equipo de inspección no hubiera vuelto a activar las cerraduras del establecimiento. Al menos no tendría que perder el tiempo en decodificarlas. Aquello le hizo pensar en Roarke y preguntarse cuánto hubiera tardado él en librarse de tal impedimento.

Dado que una parte de ella hubiera disfrutado viéndole hacerlo, frunció el ceño al entrar y cerrar la puerta después.

Aquel lugar desprendía un olor... no del todo fétido, pero casi, decidió. A sudor, grasa, café malo, orín rancio.

—Encender todas las luces —ordenó; a continuación entornó los ojos ante el repentino resplandor.

El interior de la tienda no era más alentador que el exterior. Ni una sola silla invitaba al cliente a tomar asiento y relajarse. El suelo, de un enfermizo color verde semejante al vómito de un bebé, reflejaba la mugre y las huellas de décadas de uso. El modo en que las botas se le pegaban y emitían sonidos de succión al caminar le indicó que pasar la fregona no había sido el principal pasatiempo del difunto.

Una de las paredes estaba cubierta del suelo al techo de grises estantes metálicos, abarrotados con un sistema que desafiaba toda lógica.

Minipantallas, cámaras de seguridad, ordenadores portátiles, agendas electrónicas, sistemas de comunicación y entretenimiento se apiñaban en diversas fases de reparación o a la espera de ser recogidos.

Eve supuso que los ordenadores apilados desordenadamente al otro lado de la estancia estaban reparados, pues el letrero escrito a mano, que pendía por encima de ellos, advertía que la recogida debía llevarse a cabo en un plazo de treinta días o el cliente perdería la mercancía por impago.

Contó cinco letreros de NO SE FÍA colgados en una habitación con una amplitud de no más de cuatro metros y medio de anchura.

Un cráneo humano, que colgaba sobre el mostrador de la caja, ponía de manifiesto el sentido del humor del Manitas, o su falta de éste, mejor dicho. En el letrero que había debajo de la mandíbula oscilante podía leerse EL ÚLTIMO LADRÓN.

—Sí, para partirse de risa —murmuró Eve y exhaló.

Joder, aquel lugar le daba escalofríos. La única ventana se encontraba a su espalda y estaba atrancada; la única puerta de salida llena de cerraduras. Levantó la vista y examinó el monitor de seguridad. Lo habían dejado funcionando y le proporcionaba una vista completa de la calle. En otro, que vigilaba el interior, podía examinarse a sí misma en la cristalina pantalla.

Nadie entraba allí a menos que el Manitas así lo quisiera, decidió.

Tomó nota de pedirle a Sally, del Departamento de Policía y Seguridad de Nueva Jersey, copias de los discos de seguridad, exteriores e interiores.

Se acercó hasta el mostrador y se percató de que el ordenador allí instalado era un feo híbrido de componentes rescatados de la basura. Y con toda probabilidad, musitó, funcionaba con mayor velocidad, eficiencia y fiabilidad que el que ella tenía en su despacho de la Central.

—Encender ordenador.

Frunció el ceño al ver que no sucedía nada e intentó hacerlo de forma manual. La pantalla se encendió.

Advertencia: este ordenador está protegido. Introduzca la contraseña correcta o la identificación de voz en treinta segundos o apáguelo.

Eve lo apagó. Vería si Feeney, el mandamás de la División de Detección Electrónica, disponía de tiempo y ganas para jugar con él.

No había nada más sobre el mostrador salvo algunas huellas grasientas, el apagado lustre dejado por el equipo de inspección y un reguero de piezas que no era capaz de identificar.

Decodificó la puerta que conducía a la trastienda y entró en el taller del Manitas.

Le vino a la cabeza que al tipo no le hubiera venido mal contar con algunos duendecillos. El lugar era un auténtico desorden compuesto por armazones y cables de docenas de dispositivos electrónicos esparcidos por todas partes. Las herramientas colgaban de escarpias o se encontraban allá donde habían caído al ser arrojadas. Minilásers, delicadas pinzas y destornilladores con extremos difícilmente más anchos que un cabello.

«Si hubiera sido atacado aquí, ¿cómo narices iba uno a saberlo?», se preguntó, empujando la carcasa de un monitor con la bota. Pero no creía que hubiera sido así. Tan sólo había tratado unas pocas veces con el Manitas y hacía un par de años que no le veía, pero recordaba que mantenía su casa y su persona en un estado de perpetuo desorden.

—Y no habrían conseguido entrar en esta mazmorra a menos que él lo quisiera —murmuró. El hombre había sido un completo paranoico, musitó, echando un vistazo a unos cuantos monitores más situados por encima de su cabeza. Cada centímetro del lugar y varios metros fuera de la tienda estaban bajo vigilancia las veinticuatro horas del día, los siete días de la semana.

No, no le sorprendieron en el interior, decidió. Si le entró el pánico, tal como había dicho Ratso, hubiera sido muchísimo más cauteloso. Pese a eso, no se había sentido lo bastante seguro como para limitarse a atrincherarse dentro y esperar. Así que había llamado a un amigo.

Se desplazó al minúsculo cuarto más allá y escudriñó el desbarajuste que era la vivienda del Manitas. Un catre con sábanas amarillentas; una mesa con un improvisado centro de comunicaciones; un montón de ropa sucia y un angosto baño con apenas espacio suficiente para albergar un plato de ducha y un inodoro minúsculos. La cocina tenía el espacio suficiente para poder removerse en ella, y estaba provista de un *auto-chef* cargado al máximo y una mini nevera llena a rebosar. Productos enlatados y deshidratados se apilaban formando una pared que le llegaba a la cintura.

—Madre mía, podría haberse refugiado de una invasión alienígena en este lugar. ¿Por qué esconderse?

Meneando la cabeza, enganchó los pulgares en los bolsillos y giró lentamente en círculo.

Ni ventanas ni puertas, se percató. Vivía en una puta caja. Observó el monitor al otro lado de la cama, contempló el tráfico circular por la Novena. No, se corrigió. Ésas eran sus ventanas.

Cerró los ojos y trató de imaginarle allí, utilizando la imagen que recordaba de él. Flaco, canoso, viejo. Mezquino.

«Está asustado, así que se mueve deprisa», pensó. «Se lleva únicamente lo que necesita. Es un ex militar. Sabe cómo levantar rápidamente el campamento. Algo de ropa, algo de dinero. No lleva el suficiente encima para ser un hombre que va a esconderse», advirtió. «Ni mucho menos.»

Codicioso, pensó. Aquélla era otra faceta del hombre. Había sido codicioso, ahorrando su dinero, cobrando de más a los clientes que pagaban debido a sus manos mágicas.

Había aceptado efectivo, créditos, llaves maestras de bancos y cuentas de inversiones.

¿Y dónde estaba su petate? Había hecho una bolsa. Puede que también estuviera en el río, decidió, enganchando los pulgares en los bolsillos delanteros. O se lo llevó quienquiera que le matara.

—Tenía dinero —pensó en voz alta—. No cabía la menor duda de que no se lo gastaba decorando la casa o en higiene personal y mejoras del hogar.

Le había echado un vistazo a sus finanzas.

«Hace la maleta. Se esconde», pensó una vez más. «¿Qué guardó en ella?»

Se habría llevado un teleconector, un microordenador. Hubiera querido tener consigo sus agendas electrónicas, sus transmisores. Y sus armas.

Volvió afuera y se asomó debajo del mostrador. Encontró un armazón vacío con un mecanismo de apertura rápida. Se agachó y lo examinó con los ojos entrecerrados. ¿De verdad había tenido el viejo bastardo un lanzagranadas ilegal? ¿Era aquello alguna especie de soporte para armas? Revisaría el informe del equipo de inspección y comprobaría si se había confiscado algún arma.

Dejó escapar el aire con los dientes apretados y extrajo el armazón para examinarlo. No tenía ni idea de qué aspecto tenía un lanzagranadas del ejército de la época de las Guerras Urbanas.

Luego suspiró y metió el soporte en una bolsa de pruebas. Sabía dónde encontrar uno.

Capítulo cuatro

*E*ve regresó a la central de policía porque quería hablar con Feeney en persona. Tomó la cinta mecánica hasta la División de Detección Electrónica, apeándose el tiempo suficiente para sacarse una barrita nutritiva de una máquina expendedora.

La División de Detección Electrónica era un hervidero de actividad. Había policías trabajando con ordenadores, destripándolos y volviéndolos a montar. Otros estaban sentados en cabinas privadas, insertando y copiando discos provenientes de teleconectores y agendas electrónicas confiscadas. Sin embargo, los pitidos, zumbidos y quejidos de los aparatos electrónicos anegaban el ambiente, haciendo que se preguntase cómo podía alguien conseguir pensar con claridad en medio de tal barullo.

Pese al ruido, la puerta del capitán Ryan Feeney estaba abierta. Él se encontraba sentado tras su escritorio, con las mangas de la camisa remangadas hasta los codos, su lacio cabello cobrizo de punta, los ojos entornados se veían enormes detrás de las lentes de las microgafas. Mientras Eve observaba desde la puerta, él extrajo un diminuto chip transparente de las entrañas del ordenador que estaba boca arriba sobre su mesa.

—Ya te tengo, pequeño hijo de puta. —Y metió el chip en una bolsa de pruebas con la delicadeza de un cirujano.

—¿Qué es eso?

—¿Eh? —Sus ojos de sabueso parpadearon tras las gafas, a continuación se las levantó hasta la frente y fijó la vista en ella—. Hola, Dallas. ¿Te refieres a esta cosita bonita? Es básicamente un contador. La cajera de un banco, mañosa con la electrónica, lo instaló en su ordenador de trabajo. Cada veinte transferencias, se transfería rápidamente un depósito a una cuenta que se había abierto a su nombre en Estocolmo. Muy hábil.

—Tú eres más hábil.

—Muy cierto. ¿Qué haces aquí? —Continuó trabajando mientras hablaba, etiquetando pruebas metódicamente—. ¿Quieres pasar el rato con policías de verdad?

—Tal vez es que echaba de menos tu bonita cara. —Apoyó la cadera en la esquina de su escritorio, sonriendo ampliamente cuando él soltó un bufido—. O tal vez me preguntaba si disponías de tiempo.

—¿Para qué?

—¿Te acuerdas del Manitas?

—Claro. Un mal carácter y unas manos mágicas. El hijo de puta es casi tan bueno como yo. Puede coger un ordenador como este XK-6000, desmontarlo, sacar los componentes y montarlos en otros seis ordenadores antes de que se enfríe. Es condenadamente bueno.

—Ahora está condenadamente muerto.

—¿El Manitas? —Sus ojos mostraron auténtico pesar—. ¿Qué ha pasado?

—Se dio un último chapuzón. —Le puso rápidamente al corriente, pasando por su encuentro con Ratso hasta su breve visita a la tienda.

—Tuvo que ser algo bien gordo para asustar a un viejo veterano como él —meditó Feeney—. ¿Dirías que le sacaron de la tienda?

—Yo diría que eso hubiera sido prácticamente imposible. Contaba con un completo sistema de vigilancia por escáner, tanto en el interior como en el exterior. Nada menos que cinco cerraduras. Una salida, reforzada, y una sola ventana, luminex unidireccional, con barrotes. Ah, y he comprobado sus provisiones. Tenía suficientes alimentos imperecederos y agua embotellada para que a un hombre acostumbrado al racionamiento le durasen más de un mes.

—Parece que hubiera podido resistir una invasión.

—Sí. Así que, ¿por qué huir?

—Ahí me has pillado. ¿El agente del departamento de Jersey que se ocupa del caso te dio el visto bueno para que investigaras esa pista?

—Bueno, él no tiene nada. No es que yo tenga mucho más —reconoció—. Sólo la historia de mi confidente, y éste suele divagar con facilidad. Pero el Manitas estaba metido en algo, y se lo cargaron. No se metieron en su casa, así que no llegaron hasta su equipo. Tenía un dispositivo a prueba de fallos en el ordenador de su tienda. Se me ocurrió que podrías hurgar en él, a ver si puedes entrar.

Feeney se rascó la oreja y cogió distraídamente un puñado de nueces garrapiñadas del cuenco que tenía sobre el escritorio.

—Claro que puedo hacerlo. Debo suponer que se llevó sus agendas electrónicas, ya que iba a esconderse. Pero era listo. Aun así podría haber dejado una copia. Así que le echaré un vistazo.

—Te lo agradezco. —Se enderezó—. Por ahora me ocupo de esto extraoficialmente. Todavía no lo he consultado con el comandante.

—Veamos qué encuentro y después se lo comentamos.

—De acuerdo. —Agarró algunas nueces antes de encaminarse hacia la puerta—. ¿Y bien? ¿Cuánto se llevó la cajera?

Feeney bajó la vista al minicontador.

—Más de tres millones. Si se hubiera conformado con los tres y se hubiese largado, podría haber salido impune.

—Nunca se quedan saciados —dijo Eve.

Fue mascando las nueces de camino a su propio despacho. El cuartel general de su división era un torbellino de voces, maldiciones y quejidos provenientes de sospechosos, de víctimas prestando declaración, de la incesante vibración de teleconectores, y los gritos y arañazos de dos mujeres que se peleaban con uñas y dientes por un hombre muerto al que ambas afirmaban amar.

Eve encontró el ambiente extrañamente relajante después de su visita a la División de Detección Electrónica.

Como deferencia profesional, entró y se hizo cargo de una de las mujeres, aprisionándola por la cabeza con una llave, mientras el detective al mando forcejeaba con la otra.

—Gracias, Dallas. —Baxter le lanzó una amplia sonrisa. Ella se limitó a sonreír sarcásticamente.

—Te estabas divirtiendo, ¿no?

—Oye, no hay nada como una pelea de gatas. —Esposó a su presa a una silla antes de que ésta pudiera hacerle picadillo—. Si hubieras esperado un minuto más, tal vez se hubieran arrancado la ropa la una a la otra.

—Estás enfermo, Baxter. —Eve se inclinó hacia la oreja de la mujer—. ¿Lo has oído? —le dijo a la mujer agarrándola con firmeza—. Si te lanzas de nuevo a por ella los chicos del departamento van a ponerse cachondos. ¿Es eso lo que quieres?

—No. —Casi escupió la palabra, luego gimoteó—: ¡Sólo quiero que me devuelvan a mi Barry! —se lamentó.

Aquella sensiblería acicateó a la otra mujer, de modo que la sala se llenó de violentos sollozos femeninos. Eve sonrió con los labios apretados al ver a Baxter hacer una mueca de dolor y empujó a la mujer hacia él.

—Ahí tienes, colega.

—Muchas gracias, Dallas.

Satisfecha con su actuación en el pequeño drama, Eve entró en su despacho y cerró la puerta. Se sentó en la relativa calma que se respiraba allí y contactó con Suzanna Day, la abogada del difunto J. Clarence Branson.

Después de que desde recepción le pasaran con la ayudante, Eve observó el rostro de Suzanna aparecer en la pantalla. Era una mujer de aspecto avispado, de una edad en torno a los cuarenta años. Llevaba el cabello negro cortito y liso enmarcando su atractiva cara. Su tez era morena y tan oscura como el ónice, sus ojos igual que el azabache. Llevaba la boca severa pintada de un vivo tono carmesí, que hacía juego con la diminuta bolita del *piercing* que adornaba el extremo exterior de su ceja izquierda.

—Teniente Dallas. B. D. me dijo que se pondría en contacto conmigo.

—Le agradezco que haga un hueco para hablar conmigo, señora Day. ¿Es usted consciente de que estoy al frente del caso de la muerte de J. Clarence Branson?

—Sí. —Su boca se tornó una fina línea—. También soy consciente, gracias a un contacto con la oficina del fiscal, de que a Lisbeth Cooke se la acusa de homicidio en segundo grado.

—No le agrada esa decisión.

—J. C. era un buen amigo mío. No, no me agrada que la mujer que le mató sólo vaya a pasar un tiempecito en una celda de clase alta.

Los fiscales realizaban los tratos, y los *polis* tenían que capear el temporal, pensó Eve con amargura.

—No es mi trabajo tomar tal determinación, pero sí lo es reunir todas las pruebas posibles. El testamento del señor Branson podría arrojar luz al asunto.

—El testamento se leerá esta noche, en casa de B. Donald Branson.

—Usted ya posee la información en cuanto a los beneficiarios.

—Así es. —Suzanna hizo una pausa, pareció luchar consigo misma—. Y de acuerdo con las instrucciones de mi cliente cuando se redactó el documento, no puedo revelar ninguno de los términos antes de la lectura oficial. Tengo las manos atadas, teniente.

—Su cliente no esperaba ser asesinado.

—Aun así. Créame, teniente, ya me encuentro en una complicada tesitura al insistir en que la lectura se lleve a cabo esta noche.

Eve deliberó durante un momento.

—¿A qué hora tendrá lugar?

—A las ocho en punto.

—¿Existe algún motivo legal por el que yo no pueda asistir?

Suzanna arqueó su ornamentada ceja.

—No, si el señor y la señora Branson dan su consentimiento. Hablaré con ellos al respecto y me pondré en contacto con usted.

—Bien. No voy a estar en la oficina, pero recibiré el mensaje. Sólo una cosa más. ¿Conocía a Lisbeth Cooke?

—La conozco muy bien. Solía frecuentarles a J. C. y a ella.

—¿Qué opina de ella?

—Es una mujer ambiciosa, decidida y posesiva. Y de fuerte temperamento.

Eve asintió.

—No le caía bien.

—Al contrario, me agradaba mucho. Admiro a las mujeres que saben lo que quieren, lo consiguen y se aferran a ello.
Lisbeth le hacía feliz —agregó, y apretó los labios cuando las
lágrimas inundaron sus ojos—. La llamaré —dijo y cortó la
transmisión.

—Todo el mundo quería a J. C. —murmuró; a continuación se dispuso a recoger sus cosas mientras sacudía la cabeza. Su comunicador sonó antes de que llegara a la puerta.
Lo sacó de un tirón—. Al habla Dallas.

—Teniente.

—Peabody. Suponía que te habías llevado a tu hermano a
dar una vuelta por la ciudad.

—Más bien lo contrario —En la pantalla se veía a Peabody poniendo los ojos en blanco—. Ya he estado en lo alto
del Empire State Building, recorrido las cintas mecánicas alrededor del Silver Palace, mirado embobada a los patinadores
del Rockefeller Center... —Ni bajo las torturas del infierno
reconocería haberse puesto unos patines—. Y me he pateado
dos museos. Zeke se muere por realizar la visita aérea sobre
Manhattan. Nos vamos dentro de quince minutos.

—Cuánta diversión —comentó Eve mientras se dirigía al
ascensor que la llevaría abajo hasta su coche.

—Zeke nunca había estado en la ciudad. Tengo que impedir que se ponga a hablar con todos los yonquis y mendigos
que hay por la calle. Por Dios, Dallas, quiere jugar con los tri-
leros.

Eve sonrió.

—Menos mal que tiene una hermana policía.

—¡Ya te digo! —Luego suspiró—. Mira, lo más probable
es que esto no signifique nada, pero es extraño, y pensé que
debía avisarte.

Eve salió del ascensor al garaje.

—¿El qué?

—Ya sabes que Zeke dijo que había venido porque tenía
un encargo, ¿no? ¿Construir armarios a medida? Pues resulta que el encargo es de B. Donald Branson.

—¿Branson? —Eve se paró en seco—. ¿Branson contrató
a tu hermano?

—Sí. —Peabody observó a Eve con expresión desventurada—. ¿Cuáles son las probabilidades de que sea pura coincidencia?

—Pocas —murmuró Eve—. Muy pocas. ¿Cómo supo Branson de Zeke?

—Por la señora Branson, de hecho. Se encontraba en algún spa de Arizona, y estaba de compras cuando vio su trabajo en la cooperativa de artistas. Zeke hace muchos trabajos por encargo, armarios empotrados y muebles de todo tipo. Es realmente bueno. Preguntó por el carpintero, y le pusieron en contacto con Zeke. Una cosa llevó a la otra, y aquí está.

—Parece algo normal, lógico. —Se metió en su coche—. ¿Se ha puesto en contacto con ellos desde que llegó?

—Les está llamando en estos momentos. Acabo de enterarme de quiénes eran y se lo dije a mi hermano. Pensó que debía llamar a la señora Branson y ver si quería posponer el trabajo.

—De acuerdo. No te preocupes por ello, Peabody. Pero avísame cuando sepas qué deciden al respecto. Y si él no les ha hablado ya de que tiene una hermana policía, dile que guarde el secreto.

—Claro. Pero los Branson no son sospechosos. Tenemos a la asesina.

—Cierto. Pero seamos cautos. Vete a hacer la visita turística. Te veré mañana.

Coincidencia, caviló Eve al tiempo que salía del garaje. Odiaba de veras las coincidencias. Pero daba igual cómo analizara tal información en su cabeza, no se le ocurría ningún motivo raro por el que la familia de su víctima de asesinato contratara al hermano de Peabody para llevar a cabo un trabajo de carpintería.

J. Clarence estaba con vida cuando contrataron a Zeke. Ninguno de los Branson estaba implicado en su muerte. No había modo de adulterar aquello para que resultase cuestionable.

En ocasiones las coincidencias no eran más que eso: coincidencias. Pero almacenó la información en un rincón de su mente y la dejó reposar allí.

Se oía música suave cuando Eve entró en la casa. Summerset se estaba divirtiendo mientras hacía lo que demonios fuera que hiciera durante todo el día, decidió al tiempo que se despojaba de la chaqueta.

La arrojó sobre la balaustrada mientras se disponía a subir las escaleras. Él sabría que estaba en casa, pensó. El hombre lo sabía absolutamente todo. También detestaba que perturbaran su rutina, fuera cual fuera. No era probable que la molestara.

Se giró, recorrió el pasillo hasta las altas puertas dobles de la sala de armas de Roarke. Frunciendo levemente el ceño, se sujetó el bolso al hombro con más firmeza. Era consciente de que únicamente Roarke, Summerset y ella podían acceder a dicha habitación.

La colección de Roarke era legal, al menos lo era ahora. Desconocía por completo si cada pieza había sido obtenida por medios legales. Aunque lo dudaba sinceramente.

Eve posó la mano sobre la placa de reconocimiento de palmas y esperó a que la fría luz verde pasara para tomar su huella, luego pronunció su nombre, y finalmente introdujo su código.

El ordenador de seguridad verificó su identificación y las cerraduras se abrieron de golpe.

Entró, cerró la puerta y exhaló una prolongada bocanada de aire.

En la gran sala se exhibía, no sin cierta elegancia, una amplia colección de armas bélicas que reflejaban la violenta historia del hombre. Había armas de fuego, cuchillos, pistolas láser, espadas, lanzas y mazas guardadas en estuches, expuestas en hermosos armarios, reluciendo sobre las paredes. Testimonio todas ellas de la perpetua ambición del hombre por destruir a sus congéneres, pensó.

Y, sin embargo, sabía que el arma que colgaba de su costado formaba parte de su persona tanto como su propio brazo.

Recordó la primera vez que Roarke le había mostrado esa habitación, cuando su instinto y su intelecto se encontraban librando una batalla. Lo primero le decía que él podía ser el asesino que andaba buscando; lo segundo insistía en que eso era imposible.

Fue allí, en ese museo privado de la guerra, donde él la había besado por primera vez. Y otro elemento se había sumado a su batalla personal: sus emociones. Nunca había conseguido controlar de nuevo sus emociones en lo referente a Roarke.

Su mirada recorrió un estuche para revólveres, todos ilegales desde que entró en vigor la prohibición de armas de fuego décadas atrás, salvo para colecciones como aquella. Toscos, pensó, con su volumen y su peso. Letales con su propulsión de caliente acero directo a la carne.

Retirar de las calles tan impulsivos artilugios de matar salvó vidas, estaba segura de ello. Pero tal como había demostrado Lisbeth Cooke, siempre existían nuevas formas de matar. La mente humana nunca se cansaba de inventarlas.

Sacó el armazón de su bolsa, luego examinó sus opciones para dar con una que pudiera encajar.

Había reducido las posibilidades a tres tipos de armas de cinto cuando la puerta a su espalda se abrió. Se giró, con intención de recriminar a Summerset por interrumpir, y fue Roarke quien entró pausadamente.

—No sabía que estabas aquí.

—Hoy estoy trabajando en casa —le dijo a Eve y enarcó una ceja. Reparó en que parecía un tanto agotada, un poco distraída. Y fascinada.

—¿Debo suponer lo mismo en tu caso, o sólo estás jugando con pistolas?

—Me ocupo de un caso, más o menos. —Dejó el soporte y señaló hacia él—. Ya que estás aquí, a ti se te dará mejor esto. Necesito un arma explosiva del ejército, del estilo de las Guerras Urbanas, que encaje con este soporte.

—¿Del ejército americano?

—Sí.

—El estilo europeo es un poco diferente —comentó mientras se aproximaba hasta una vitrina—. Estados Unidos contaba con dos clases de lanzagranadas durante aquella época; la segunda, de finales de la guerra, era más ligera y precisa.

Escogió una pieza con un largo cañón doble arriba y abajo y una empuñadura premoldeada de color gris apagado.

—Mira de infrarrojos, rastreador térmico direccional.

Puede rebajarse la intensidad de la descarga a una ráfaga aturdidora, que haría caer de rodillas a un hombre de noventa kilos y lo dejaría babeando durante veinte minutos, o aumentar su potencia para hacerle un agujero de gran tamaño a un rinoceronte en pleno ataque. Se puede apuntar a un blanco concreto o expandir el radio de alcance.

Dio la vuelta al arma, mostrándole a Eve los controles en cada lado de ésta. Ella sostuvo la mano en alto, apreciando su peso, cuando Roarke le pasó el arma.

—No puede pesar más de dos kilos. ¿Cómo se carga?

—Con un cargador en la culata. El mismo procedimiento que el cierre de una vieja automática.

—Hum. —Se dio la vuelta y probó a meterla en el soporte. El arma se deslizó suavemente en el interior y encajó como un guante—. Parece que tenemos un ganador. ¿Quedan muchas de éstas?

—Eso depende de si prefieres creer al gobierno de Estados Unidos, el cual afirma que la inmensa mayoría le fueron confiscadas a sus tropas y destruidas. Pero si creyeras eso, no serías la cínica a quien conozco y amo.

Ella lanzó un gruñido.

—Quiero probar ésta. Tienes un cargador, ¿no?

—Por supuesto. —Cogió el arma de fuego y el soporte, se fue hasta la pared y abrió el panel. Con el ceño levemente fruncido, Eve entró en el ascensor con él.

—¿No tienes que volver al trabajo?

—Ser el jefe tiene sus ventajas. —Sonrió mientras Eve enganchaba los pulgares en los bolsillos—. ¿De qué va esto?

—No estoy segura. Puede que sea una pérdida de tiempo.

—Ni por asomo perdemos el suficiente tiempo juntos.

Las puertas se abrieron en la sala de tiro de la planta baja, con sus altos techos y paredes color arena. Roarke no había satisfecho su gusto por la comodidad en aquel lugar. Esta sala era espartana y eficiente.

Roarke impartió la orden de encender las luces y dejó el soporte sobre la parte despejada de la superficie de la larga y reluciente consola. Sacó un estrecho cargador de un cajón. Lo introdujo en la culata del arma y le propinó un empujón con la parte blanda de la palma.

—Completamente cargada —le dijo a Eve—. Sólo tienes que activarla. Un golpe de pulgar a este lado —le demostró—. Selecciona tus preferencias y deja que dispare.

Ella lo puso a prueba y asintió.

—Es rápida, eficaz. Si a uno le preocupa sufrir un ataque, la tienes activada y cargada. —La apoyó contra su propia pistolera a modo de experimento—. Contando con unos reflejos decentes, se puede desenfundar, apuntar y dispar en cuestión de segundos. Quiero dispararla un par de veces.

Roarke abrió otro cajón y sacó unas orejeras y unas gafas protectoras.

—¿Holograma o diana?

—Holograma. Ponme una escena nocturna con un par de tipos.

Él programó complacientemente el blanco y a continuación se acomodó para disfrutar del espectáculo.

Había elegido dos tipos corpulentos que, sin embargo, tenían unos pies ágiles. Sus objetivos llegaron hasta ella por ambos flancos. Con un veloz giro los hizo volar a los dos.

—Demasiado fácil —se quejó—. Tendrías que ser un idiota manco con discapacidad visual para fallar con esta cosa.

—Inténtalo de nuevo. —Lo reprogramó mientras ella se balanceaba sobre los talones y trataba de imaginarse a un anciano asustado preparándose para huir.

El primero se acercó rápidamente de frente desde las sombras. Eve se movió y disparó en posición agazapada, a continuación se giró con gesto previsor. Esta vez faltó poco. El segundo sujeto alzaba una barra de hierro y ya se disponía a asestar el golpe. Ella rodó limpiamente, disparó hacia arriba y le voló la cara.

—Dios, me encanta verte en acción —murmuró Roarke.

—Tal vez él no fuera tan rápido —consideró mientras se ponía en pie—. Tal vez sabían lo del lanzagranadas. Pero no le dieron ventaja. Y yo tenía seleccionado el blanco preciso. Si él lo tenía puesto en amplitud de alcance, se hubiera cargado medio bloque. Para demostrarlo, cambió la opción y a continuación disparó al escenario callejero utilizando la doble empuñadura. El vehículo aparcado en la acera frontal ardió en llamas, las ventanas de cristal se rompieron y las alarmas se dispararon.

—¿Lo ves?

—Como ya he dicho —Roarke se acercó para quitarle el arma. El cabello de Eve era un revoltijo y la brillante luz permitía apreciar cada reflejo y cada tono que lo componían—, me encanta verte en acción.

—No se acercaron y le dejaron inconsciente sin más teniendo una de esas en las manos —insistió—. Tuvieron que distraerle y enviar a un señuelo o a alguien en quien él confiara. No disponía de vehículo, y no pidió un transporte. Lo comprobé. De modo que iba a pie. Estaba armado, preparado y conocía bien las calles. Pero ellos se lo cargaron con la misma rapidez y facilidad con la que a un turista de Nebraska le vacían el bolsillo en Times Square.

—¿Estás segura de que fue rápido y fácil?

—Tenía un tiro en la cabeza, sin heridas defensivas. De haber disparado esa cosa sin que hubiera alcanzado a nadie, habrían quedado huellas de la descarga. No estaría limpio.

Se retiró el pelo de los ojos de un soplido y se encogió de hombros.

—Quizá fuera lento y viejo, después de todo.

—No todo el mundo reacciona al miedo con la cabeza fría, teniente.

—No, pero me apostaría una pasta gansa a que él sí. —Se encogió nuevamente de hombros—. Yo diría que iban armados. Uno de ellos captó su atención. —Se dispuso a programar una nueva simulación al tiempo que iba dándole vueltas a aquello. Se despojó del equipamiento protector para meterse más en situación—. Cuando se centró en ese objetivo...

Le quitó de nuevo el arma a Roarke, puso en marcha el programa y se sumergió en él. Un hombre salió de entre las sombras, se volvió hacia él y echó mano al arma. Giró al tiempo que la activaba y sintió la leve sacudida de un impacto de ordenador en la parte superior de su brazo.

Había recibido un disparo, no cabía duda, se percató mientras se frotaba distraídamente la zona afectada. Pero ella era joven y estaba en forma, y tenía la cabeza fría.

—Él era viejo y estaba asustado, pero se creía un tipo duro, demasiado listo para ellos. Pero le acorralaron en algún punto entre la puerta de su tienda y la parada de metro. Se va a por uno de ellos y el otro le deja aturdido. Una descarga aturdidora no aparece en la autopsia a menos que sea un impacto severo al sistema nervioso. No necesitan eso. Solamente necesitan asustarle, luego podían dejarle inconsciente y llevárselo.

Dejó el arma de fuego.

—En fin, ya tengo algunas respuestas. Tan sólo necesito descubrir dónde encajan.

—Entonces deduzco que esta demostración ha concluido.

—Sí. Sólo voy a... ¡Oye! —protestó cuando Roarke alargó la mano y la atrajo hacia él.

—Estoy recordando nuestra primera vez. —Esperó que al principio ella se resistiera un poco. Aquello sólo haría que la rendición fuera más dulce—. Comenzó aquí mismo. —Descendió la boca hasta su mejillas, probando el sabor que pretendía devorar—. Hace casi un año. Incluso entonces, tú eras todo cuanto deseaba.

—Sólo querías sexo. —Ladeó la cabeza al tiempo que se retorcía de modo que la diestra boca de Roarke pudiera recorrer su cuello. Docenas de puntos donde latía el pulso cobraron vida bajo su piel.

—Así era —rio entre dientes mientras sus manos descendían para amoldarse y presionar—. Todavía lo es. Siempre es así contigo, querida Eve.

—No vas a seducirme en plena jornada laboral. —Pero él la estaba conduciendo hacia el ascensor y ella no se resistía en exceso.

—¿Te has tomado un descanso para desayunar?

—No.

Se echó hacia atrás el tiempo suficiente para esbozar una amplia sonrisa.

—Yo tampoco. —Entonces su boca se abatió, caliente y exigente, sobre la suya, bebiendo de ella con rápidos y ávidos sorbos que hicieron que los nervios de Eve pasaran de un estado de alerta al de máxima excitación.

—Ay, Dios —farfulló y buscó torpemente su comunicador con una mano mientras que con la otra se aferraba a Roarke—. Espera, para. Aguarda un minuto. Bloquear vídeo —exhaló.

Por Dios, este hombre sabía hacer cosas de lo más asombrosas con la lengua—. Comunicado, Dallas, teniente Eve.

La arrastró al interior del ascensor, apretándola contra la pared, y se lanzó ferozmente a su cuello.

Comunicado reconocido.

—Me tomo una hora libre. —Contuvo un gemido cuando la mano de Roarke se aferró bruscamente a su pecho. Y su otra mano se deslizó entre sus piernas, presionando con la parte blanda de la palma en el lugar en que el calor se tornaba en ardiente fiebre.

El primer orgasmo incontenible la hizo luchar por reprimir un grito.

Dallas, teniente Eve, descanso. Afirmativo. Comunicado enviado.

Apenas logró concluir la transmisión antes de que él le abriera la camisa de un tirón. Se quitó a tientas la pistolera del arma y seguidamente le agarró del cabello.

—Esto es una locura —dijo entre jadeos—. ¿Por qué siempre queremos hacerlo?

—No lo sé. —La hizo darse la vuelta para salir del ascensor y luego la cogió en brazos, emprendiendo una rápida marcha por la habitación hasta la gran cama—. Tan sólo doy gracias a Dios por ello.

—Acaríciame. Quiero sentir tus manos sobre mí. —Y lo estaban, incluso en el mismo instante en que cayó debajo de él sobre la cama.

—Hace un año. —Sus labios recorrieron su rostro, su mandíbula—. No conocía tu cuerpo, tu carácter, tus necesidades. Ahora los conozco. Y sólo hace que te desee más.

Era una locura, pensó vagamente Eve, mientras su boca le salía al encuentro con la misma avidez urgente que tocarle, saborearle, siempre engendraba en sus entrañas aquella profunda agonía. Si se amaban rápida y violentamente como en esos momentos, o con arrolladora ternura, aquel anhelo, aquel deseo, jamás parecía disminuir.

Él tenía razón. Ahora conocía su cuerpo, del mismo modo en que ella conocía el suyo. Sabía dónde tocar para hacer que sus músculos se tensaran, dónde acariciar para hacerle estremecer. Y aquel conocimiento, esa familiaridad, resultaba insoportablemente seductor.

Sabía lo que él le daría, esta vez, siempre, tanto si era un proceso pausado y ardiente o una explosión capaz de dejarle sin aliento: un placer, intenso y sublime, rodeado de la eufórica excitación que lo acompañaba.

Roarke buscó su pecho, excitándose inmensamente al tomarlo en su boca. Suave, firme, suyo. Ella arqueó la espalda, contuvo la respiración, el corazón le latía con fuerza bajo su atareada lengua.

Su mano se cerró sobre el diamante en forma de gota que ella llevaba al cuello; símbolo de que había aprendido a aceptar aquello que él necesitaba darle.

Entonces rodaron, tironeándose de la ropa para poder deslizarse y rozar tortuosamente carne contra carne, piel contra piel.

La respiración de Eve se tornó laboriosa, haciéndole hervir la sangre. Podía hacerla temblar debajo de él, a ella, que era una mujer fuerte y seria. Podía sentir su cuerpo esforzándose por alcanzar el clímax, ver en su rostro aquellos retazos de sorpresa y placer a medida que se acercaba a él.

Mientras la poseía, cerró la boca sobre la suya y se bebió su prolongado y estremecido gemido.

Aquello no sería suficiente. Mientras su organismo iniciaba aquella hermosa travesía hacia el orgasmo, sabía que él volvería a llevarla a la cima del placer. A conducirla al lugar en que cada palpitante zona de su cuerpo pulsaba con fuerza, donde cada nervio ardía.

Eve estaba dispuesta y preparada, y alargó la mano para tomarle en ella, luchando por contenerse mientras su mente se fragmentaba y vaciaba, su organismo viraba violentamente de nuevo hacia el calor.

Pronunció su nombre, sólo su nombre, y se arqueó para acogerlo en su interior. La unión fue suave, caliente. Eve impulsó sus caderas ágil y ávidamente para salir al encuentro de cada uno de sus embates. Podía embestirle tanto como dejar que él la embistiera. Los dedos de Roarke se aferraron a los suyos con fuerza. Otro grado de intimidad.

Eve pudo ver en sus ojos, tan vívidamente azules, que estaba tan perdido como ella en ese preciso momento, en aquella magia.

«Sólo tú.» Sabía que, al igual que ella, eso era lo que él pensaba. Luego esos gloriosos ojos se tornaron opacos. Se aferró a sus manos al tiempo que dejaba escapar un único gemido trémulo y se dejó llevar junto con él.

Roarke se tendió sobre ella, suspirando mientras se estiraba para apoyar la cabeza entre sus pechos. El cuerpo de Eve se había quedado laxo como el agua debajo del suyo. Sabía que ella no tardaría en levantarse a toda prisa, que se pondría la ropa y regresaría al trabajo que la tenía ocupada.

Pero por el momento, durante unos pocos instantes más, Eve se sentía satisfecha dejándose llevar.

—Deberías venir a comer a casa más a menudo —murmuró.

Ella se echó a reír.

—Se acabó la diversión. Tengo que volver.

—Mmm, mmm. —Pero ninguno de los dos hizo tentativa alguna por levantarse—. Tenemos cena a las ocho en el Palace con el personal de alto nivel de una de mis empresas de transportes y sus esposas.

Ella frunció levemente el ceño.

—¿Estaba yo al corriente de eso?

—Sí.

—Ah. Tengo un asunto a las siete.

—¿Qué asunto?

—Una lectura de testamento. En casa de B. D. Branson.

—Ah. No hay problema, cambiaré la hora de la cena para las ocho y media e iremos primero a casa de Branson.

—No hay ningún «nosotros».

Él levantó la cabeza que tenía apoyada sobre su pecho y sonrió.

—Me parece que acabo de demostrar que estás equivocada.

—Se trata de un caso, no de sexo.

—De acuerdo, no tendremos sexo en casa de Branson, pero podría haber sido interesante.

—Escucha, Roarke...

—Simplemente es más sensato, mirado desde un punto de vista logístico. —Le dio una palmadita en la nalga y se bajó de encima de ella—. Iremos al hotel donde tendrá lugar la cena desde la casa de Branson.

Eve no se molestó en quejarse.

—Supongo que le conoces.

—Naturalmente. Somos rivales, aunque no hostiles.

Exhaló mientras se incorporaba y le miraba.

—Veré si el abogado lo aprueba, así que eso queda pendiente. Y puede que más tarde me des tu opinión sobre los hermanos Branson.

—Cariño, siempre estoy encantado de ayudar.

—Sí. —Esta vez sí refunfuñó—: Eso es lo que me preocupa.

Capítulo cinco

*E*ve se removía nerviosamente en la parte trasera de la limusina. No era el medio de transporte que habría elegido mientras se consideraba de servicio. El hecho era que prefería estar al volante cuando trabajaba. Había algo puramente decadente en desplazarse en una limusina de kilómetro y medio de largo bajo las circunstancias que fueran, pero en plena investigación era, además, embarazoso.

No es que ella utilizara palabras como «decadente» o «embarazoso» con Roarke. Él se habría divertido enormemente con su dilema.

Por lo menos el largo vestido de un sobrio color negro que llevaba puesto era lo bastante adecuado para asistir a la lectura de un testamento y a una cena de negocios. Era recto y sencillo, y la cubría desde el cuello hasta los tobillos. Lo consideraba práctico, aunque inadmisiblemente caro.

Pero no había lugar donde sujetarse el arma sin parecer ridícula, no había espacio para su placa salvo en el estúpido bolsito de noche.

Cuando se retorció de nuevo, Roarke extendió el brazo sobre el asiento trasero y le sonrió.

—¿Algún problema?

—Los *polis* no visten de lana virgen ni se desplazan en limusina.

—La *poli* que está casada conmigo sí. —Le pasó el dedo sobre el puño bajo la manga de su abrigo. Le encantaba el modo en que le sentaba el vestido; largo, recto, sin adornos a fin de que el cuerpo que había debajo quedara discretamente cubierto—. ¿Cómo se supone que saben distinguir qué ovejas son vírgenes?

—Qué graciosillo. Podríamos haber cogido mi coche.

—Aunque tu actual vehículo supone un enorme progreso con respeto al anterior, a duras penas proporciona esta clase de comodidad. Y no podríamos disfrutar plenamente de los vinos que se servirán en la cena. Más importante, si cabe... —Levantó su mano y le rozó los nudillos con la nariz—. No podría darte mordisquitos durante el camino.

—Estoy de servicio.

—No, no lo estás. Tu turnó acabó hace una hora.

Ella le sonrió con aire de suficiencia.

—Me tomé una hora libre, ¿no?

—Así es. —Se acercó y su mano se deslizó por su muslo—. Puedes volver al trabajo cuando lleguemos a nuestro destino, pero por ahora...

Eve entrecerró los ojos cuando el coche se desvió hacia el bordillo.

—No he terminado de trabajar, amiguito. Aparta la mano o tendré que arrestarte por asaltar a un oficial.

—Cuando lleguemos a casa, ¿me leerás mis derechos y me interrogarás?

Ella prorrumpió en una sonora carcajada.

—Pervertido —farfulló y bajó del coche.

—Hueles mejor de lo que se supone que debe oler un policía. —Inhaló su aroma mientras se encaminaban hacia la majestuosa entrada de arenisca color café.

—Me echaste un chorro de esa cosa antes de que pudiera esquivarte. —Roarke le hizo cosquillas en el cuello logrando que se echara hacia atrás—. Esta noche estás muy juguetón, Roarke.

—He disfrutado de una comida muy placentera —dijo tranquilamente—. Y eso me pone de buen humor.

Eve tuvo que sonreír, luego se aclaró la garganta.

—Bueno, contente, ésta no es una ocasión precisamente festiva.

—No, no lo es. —Le pasó distraídamente la mano por el cabello a modo de caricia antes de llamar al timbre—. Lamento lo de J. C.

—También le conocías a él.

—Lo bastante para que me agradara. Era un hombre afable.

—Eso dice todo el mundo. ¿Lo bastante afable como para engañar a su amante?

—No sabría decirlo. El sexo hace que incluso los mejores cometamos errores.

—¿De veras? —Enarcó las cejas—. Bueno, si en algún momento te apetece cometer un error de dicha índole, recuerda lo que una mujer cabreada puede hacer con un taladro Branson.

—Cariño. —Le dio un rápido apretoncito en la nuca—. Me siento muy querido.

Una doncella de expresión solemne abrió la puerta, iba ataviada con un pulcro uniforme negro de corte conservador y tenía una voz suave con un leve acento británico.

—Buenas noches —les saludó con una apenas perceptible inclinación de cabeza—. Lo lamento, los Branson no reciben visitas en este momento. Ha habido una defunción en la familia.

—Soy la teniente Dallas. —Eve sacó su placa—. Nos están esperando.

La doncella observó la placa durante un momento y a continuación asintió. Eve no clasificó a la doncella en la categoría de androide hasta que no vio la rápida fluctuación en sus ojos, que indicaba que se trataba de un prototipo de seguridad.

—Sí, teniente. Por favor, entren. ¿Tendrían la amabilidad de entregarme sus abrigos?

—Claro. —Eve se quitó el suyo, y esperó hasta que la doncella se lo colocó pulcramente sobre el brazo junto con el de Roarke.

—Si son tan amables de acompañarme. La familia está en el salón principal.

Eve echó un vistazo al vestíbulo con su techo en forma de pórtico y su elegante escalera curvada. Paisajes urbanos realizados con bolígrafo y tinta digitales adornaban las paredes color gris perla. Los tacones de sus botas de vestir repicaban sobre las baldosas del mismo tono. Aquello confería a la entrada y al amplio vestíbulo un ambiente nebuloso y sofisticado. La luz caía sesgadamente desde el techo como si fueran rayos de luna filtrándose a través de la niebla. La escalera, una extensión curvada de un blanco puro, parecía flotar en el aire.

Dos altas puertas se deslizaron silenciosamente en la pared cuando se aproximaron. La doncella se detuvo respetuosamente ante la entrada.

—Teniente Dallas y Roarke —anunció y, a continuación, retrocedió.

—¿Cómo es que no la tenemos a ella en lugar de a Summerset?

Aquella pregunta murmurada le reportó a Eve un nuevo apretoncito en el cuello por parte de su marido cuando entraron en la estancia.

Era espaciosa, con techos altos y una iluminación tenue. El tema monocromático se mantenía allí, esta vez con gamas de azules, que abarcaban desde los delicados tonos pastel de la zona en forma de abanico dedicada a la conversación, al cobalto de las baldosas de la chimenea donde parpadeaban las llamas.

Jarrones de plata de diversos tamaños y formas, repletos de lirios blancos, poblaban la repisa. El aroma de las flores confería un ambiente oportunamente funerario al lugar.

Una mujer se levantó del extremo curvo más próximo de la zona de asientos y cruzó la enorme alfombra en dirección a ellos. Su piel blanca como los lirios contrastaba con su traje negro. Llevaba el cabello trigueño recogido con severidad en un pulcro moño en la nuca, formado por sinuosos retorcidos, en un estilo que sólo una mujer hermosa y segura de sí misma se atrevería a lucir. Su rostro despejado era impresionante; una creación perfecta de pómulos angulosos; nariz recta y fina; cejas suavemente torneadas; labios desprovistos de carmín; todo ello acentuado por unos grandes ojos de color violeta oscuro de densas pestañas.

Ojos colmados de aflicción.

—Teniente Dallas. —La mujer tendió la mano. A Eve su voz le recordó a su tez: pálida, suave e impecable—. Gracias por venir. Soy Clarissa Branson. Roarke. —Le ofreció la mano libre con un gesto cálido y frágil a la vez, de modo que, por un instante, los tres quedaron unidos.

—Lamento mucho la muerte de J.C., Clarissa.

—El dolor nos ha dejado algo aturdidos. Precisamente estuve con él este fin de semana. Comimos... el domingo nos reunimos todos a comer. Yo no... sigo sin...

B. D. Branson se aproximó cuando la voz comenzó a fallarle y deslizó un brazo alrededor de su cintura. Eve observó cómo ella se tensaba levemente y clavaba la vista de sus preciosos ojos en el suelo.

—Podrías traer algo de beber a nuestros invitados, cariño.

—Oh, sí, naturalmente. —Soltó la mano de Eve para llevarse los dedos a la sien—. ¿Os apetece un vino?

—No, gracias. Café, si tiene.

—Pediré que lo traigan. Discúlpenme.

—A Clarissa se le está haciendo muy duro —dijo Branson en voz queda y sin apartar en ningún momento la vista de su esposa.

—¿Estaban unidos ella y su hermano? —preguntó Eve.

—Sí. Clarissa no tiene familia, y J.C. era como un hermano para ella tanto como lo era para mí. Ahora sólo nos tenemos el uno al otro —continuó mirando fijamente a su esposa, luego pareció volver en sí—. No até cabos hasta que no se marchó de mi despacho, teniente. Sobre su vinculación con Roarke.

—¿Supone eso un problema?

—En absoluto —acertó a esbozar una leve sonrisa dirigida a Roarke—. Somos competidores, pero diría que no adversarios.

—Apreciaba a J. C. —dijo Roarke de forma concisa—. Vamos a echarle de menos.

—Sí, así es. Debería presentarles a los abogados para que podamos proseguir con esto. —Se dio la vuelta con una expresión algo adusta en la boca—. Ya conoce a Suzanna Day.

Suzanna se acercó cuando reparó en que Branson la miraba. El apretón de manos que intercambió con ambos, previo a que ella se situara al lado del hombre, fue vigoroso e impersonal. La última persona de la estancia se puso en pie.

Eve ya le había reconocido. Lucas Mantz era uno de los abogados defensores más importantes y caros de la ciudad. Era esbelto, impecablemente atractivo con su ondulado cabello entrecano. Su sonrisa era fría y cortés, sus ojos gris humo, agudos y alerta.

—Teniente. Roarke. —Saludó a cada uno con una inclinación y acto seguido tomó otro sorbo de vino color pajizo—. Represento los intereses de la señora Cooke.

—No ha reparado en gastos —dijo Eve con sequedad—. ¿Cuenta su cliente con heredar algo de dinero, Mantz?

Éste enarcó las cejas con una expresión de divertida ironía.

—Si las finanzas de mi cliente están en entredicho, teniente, estaremos encantados de proporcionarle informes. Una vez que usted consiga una orden. Los cargos contra la señora Cooke han sido presentados y aceptados.

—Por ahora —le dijo Eve.

—¿Les parece que no continuemos con el asunto que nos ocupa? —Branson dirigió la mirada una vez más hacia su esposa, que se encontraban dando instrucciones a la doncella para que colocase el carrito del café—. Sean tan amables de tomar asiento. —Señaló con la mano la zona indicada.

Una vez que ocuparon sus lugares y se sirvió el café, Clarissa se sentó junto a su esposo, agarrada a la mano de éste. Lucas Mantz brindó a Eve otra fría sonrisa más y seguidamente se acomodó en el extremo del fondo. Suzanna tomó asiento en una silla frente al resto.

—El difunto dejó discos de duelo para su hermano y su cuñada, para la señora Lisbeth Cooke y para su ayudante, Chris Tipple. Dichos discos serán entregados a las partes interesadas dentro de las veinticuatro horas posteriores a la lectura de su última voluntad y testamento. El señor Tipple fue avisado de que la lectura tendría lugar esta noche y declinó asistir. No se encuentra... bien.

Sacó un documento de su maletín y procedió.

El discurso de inicio era técnico y florido. Eve dudaba de que el lenguaje para tales asuntos hubiera cambiado en los dos últimos siglos. El reconocimiento formal de la muerte de uno mismo guardaba una larga tradición, después de todo.

Los humanos, pensó, eran proclives a comenzar los preparativos para el día de su muerte con mucha antelación. Y a ser muy específicos al respecto. Un seguro de vida era igual que una quiniela. «Me apuesto tanto al mes a que viviré hasta que muera», reflexionó.

Luego quedaba el asunto de la compra de terrenos en un

cementerio o de urnas crematorias, dependiendo de las preferencias y los ingresos de cada cual. La mayoría de la gente lo compraba de antemano o los regalaban, escogiendo un punto soleado en el campo o un elegante féretro para el retiro.

«Compre ahora, muera después.»

Esos pequeños detalles cambiaban según las modas y las sensibilidades sociales. Pero una constante firme del negocio del paso de la vida a la muerte parecía ser la última voluntad así como el testamento. Quién se quedaba con qué, y cuándo y cómo entraban en posesión de todos los bienes que el muerto había logrado acumular durante la vida que el destino había tenido a bien ofrecerle.

Siempre había pensado que era una cuestión de control. La naturaleza de la bestia exigía que mantuviera el control incluso tras la muerte. Ostentar el control una última vez, pulsar el último botón. Imaginaba que para algunos era el insulto final hacia aquellos que tenían la osadía de sobrevivir. Para otros, un último regalo para aquellos a quienes habían amado y apreciado en vida.

En cualquier caso, un abogado leía las palabras del difunto. Y la vida seguía su curso.

Y ella, que se enfrentaba diariamente con la muerte, que la estudiaba, la eludía, que soñaba con ella a menudo, encontraba todo el asunto un tanto ofensivo.

Los legados de menor cuantía prosiguieron durante un rato, proporcionándole a Eve una imagen del hombre al que le gustaban las sillas ridículas, las batas de color púrpura y la pasta a la zanahoria con guisantes y salsa de nata.

Se había acordado minuciosamente de la gente que había formado parte de su día a día, desde su portero a la telefonista de su oficina. A su abogada, Suzanna Day, le dejaba una escultura revisionista que ésta había admirado.

Su voz se entrecortó al leer aquello, tras lo cual Suzanna se aclaró la garganta y continuó.

—A mi asistente, Chris Tipple, que ha sido mi brazo derecho e izquierdo al mismo tiempo, y a menudo también mi cerebro, le dejo mi unidad móvil de pulsera de oro y la suma de un millón de dólares, sabiendo que apreciará lo primero y hará un buen uso de lo segundo.

—A mi hermosa y querida cuñada, Clarissa Stanley Branson, le dejo el collar de perlas que me legó mi madre, el broche de diamantes en forma de corazón, que perteneció a mi abuela, y mi amor.

Clarissa comenzó a llorar silenciosamente, cubriéndose la cara con las manos al tiempo que sus esbeltos hombros se sacudían cuando su esposo la rodeó con el brazo.

—Calla, Clarissa —le murmuró Branson al oído, apenas lo bastante alto para que Eve lo oyera—. Contrólate.

—Lo siento. —Mantuvo la cabeza gacha—. Lo siento.

—B. D. —Suzanna hizo una pausa, y lanzó una mirada de tácita compasión a Clarissa—. ¿Quieres que pare unos momentos?

—No. —Con la mandíbula apretada y una expresión adusta en la boca, continuó estrechando con firmeza a su esposa y dirigió la vista al frente—. Por favor, terminemos.

—De acuerdo. A mi hermano y socio, B. Donald Branson. —Suzanna tomó aliento—. La disposición de mi participación del negocio que dirigimos juntos queda establecida en un documento aparte. Aquí convengo que a mi muerte todas mis acciones de Herramientas y Juguetes Branson sean transferidas a su nombre si él sobrevive. En caso de precederme, dichas acciones serán transferidas a su esposa o a los hijos de esa unión. Además, por la presente, lego a mi hermano el anillo de esmeraldas y los gemelos de diamantes que pertenecieron a nuestro padre, mi biblioteca virtual incluyendo, no exclusivamente, todas las imágenes de familia, mi barco, el *H & J*, y mi bicicleta espacial, con la esperanza de que finalmente la pruebe. A menos, claro está, que tuviera razón, y que la causa de que se esté leyendo este testamento sea que me haya estrellado.

Branson emitió un sonido a medio camino entre lo que podría ser un bufido y una carcajada forzada, y acto seguido cerró los ojos.

—A Lisbeth Cooke. —La voz de Suzanna se enfrió varios grados al tiempo que le lanzaba a Mantz una relampagueante mirada de inquina—. Le lego el resto de mis posesiones personales, incluyendo todo el efectivo, cuentas bancarias y de crédito, bienes inmuebles, participaciones económicas, mobiliario y propiedades personales. Lissy, mi amor —prosiguió Suzanna, escupiendo las palabras—, no me llores durante demasiado tiempo.

—Millones. —Branson se puso en pie con lentitud. Su semblante estaba mortalmente pálido y le brillaban los ojos—. Le asesina y, para colmo, va a ganar millones. Impugnaré el testamento. —Se volvió hacia Mantz con los puños apretados—. Lucharé contra esto con todo lo que tengo.

—Comprendo su dolor. —Mantz también se levantó—. No obstante, los deseos de su hermano fueron claros y están legalmente detallados. La señora Cooke no ha sido acusada de homicidio, sino de asesinato en segundo grado. Existen precedentes legales que protegen su herencia.

Branson enseñó los dientes. Eve se levantó de golpe a fin de bloquearle cuando éste se dispuso a arremeter. Roarke lo hizo antes de que ella pudiera hacerlo.

—B. D. —Roarke habló con calma, pero tenía los brazos de Branson firmemente sujetos a los costados—. Esto no te servirá de nada. Deja que se ocupe tu abogada. Tu esposa está muy afligida   prosiguió mientras Clarissa se hacía un ovillo y lloraba desconsoladamente—. Debería descansar un rato. ¿Por qué no la llevas arriba y le das un calmante?

Los huesos faciales de Branson sobresalían en claro relieve, de forma tan marcada que podrían atravesar la carne.

—Salga de mi casa —ordenó a Mantz—. Lárguese de una maldita vez de mi casa.

—Yo le acompañaré a la salida —dijo Roarke—. Cuida de tu esposa.

Branson se revolvió durante largo rato contra el abrazo de Roarke; luego asintió y dio media vuelta. Tomó a su esposa en brazos, meciéndola como lo haría con un niño, y se la llevó de la habitación.

—Ya has acabado aquí, Mantz. —Eve se encaró con él—. A menos que quieras comprobar si los Branson tienen un perro al que puedas patear.

Él admitió aquello y tomó su propio maletín.

—Todos cumplimos con nuestro trabajo, teniente.

—Cierto, y el suyo es ir corriendo a contarle a una asesina que acaba de hacerse rica.

Sus ojos no titubearon ni una sola vez.

—Las cosas raras veces son blancas o negras. —Se despidió de Suzanna con una inclinación de cabeza—. Buenas noches, abogada —murmuró y se marchó.

—Tiene razón. —Suzanna suspiró y se sentó de nuevo—. Sólo hace su trabajo.

—¿Heredará? —inquirió Eve.

Suzanna se pellizcó el puente de la nariz.

—Tal y como están las cosas, sí. Con cargos por homicidio en segundo grado, se puede argumentar que mató a J. C. en un arrebato de pasión. Su testamento era un documento sellado. No podemos demostrar que tuvo conocimiento previo de su contenido, o de que dicho contenido la influyera en modo alguno. Según la ley vigente, puede beneficiarse mediante su muerte.

—¿Y si se aumentan los cargos?

Suzanna dejó caer la mano en su regazo, mirando a Eve pensativamente.

—Entonces, la situación cambia. ¿Hay alguna posibilidad de que eso ocurra? Tenía la impresión de que el caso estaba cerrado.

—Que esté cerrado no significa que esté sellado.

—Espero que me mantenga al corriente —dijo Suzanna mientras se levantaba y salía con ellos hacia donde les esperaba la doncella con sus abrigos.

—Le avisaré de lo que pueda cuando me sea posible. —Una vez salieron afuera, Eve metió las manos en los bolsillos. La limusina les estaba esperando. Luchó por no sentirse apurada por ello.

—¿Podemos acercarla a casa, señora Day? —preguntó Roarke.

—No, gracias. Me vendrá bien dar un paseo. —Se detuvo un momento y su aliento formó una nube blanca de vaho—. Como abogada del estado, me enfrento a esta clase de cosas día sí, día también. Dolor y codicia. Pero es raro que te toque tan de cerca. Apreciaba sinceramente a J. C. Uno piensa que algunas personas vivirán para siempre. —Meneó la cabeza y se alejó.

—Bueno, ha sido divertido. —Eve se encaminó hacia el

coche—. Me pregunto si «Lissy mi amor» derramará la mitad de lágrimas por este tipo que las que ha derramado Clarissa. ¿La conoces bien?

—Hum, no. —Roarke se subió al coche junto a ella—. Me topé con los hermanos Branson en algún evento ocasionalmente, en medio de ese ambiente de falsa intimidad de las amistades sociales. Clarissa y Lisbeth solían acompañarles.

—Yo le hubiera dado la vuelta.

Roarke se recostó, encendiendo un cigarrillo.

—¿A qué te refieres?

—Pondría a Clarissa con J.C. Guiándome únicamente por lo que he aprendido de él, era menos serio, menos impulsivo y más sensible que su hermano. Clarissa resulta frágil, casi entrañable... parece un poco... intimidada por Branson. No parece el prototipo de esposa de un empresario. El hombre dirige una gran empresa internacional. ¿Por qué no tener una astuta esposa de ejecutivo? —Roarke sonrió abiertamente aún mientras realizaba la pregunta, haciéndole entrecerrar los ojos—. ¿Qué?

—Iba a decir que podría haberse enamorado de otro tipo de mujer. Eso les sucede incluso a los directores de las grandes empresas internacionales.

Ahora sus ojos entornados centelleaban.

—¿Me estás diciendo que no soy una astuta esposa de ejecutivo?

Roarke dio una calada a su cigarro de forma pensativa.

—Si dijera que lo eres, tratarías de hacerme daño y acabaríamos luchando aquí mismo. Una cosa llevaría a la otra y llegaríamos muy tarde a una cena de negocios.

—Cuánto sentiría que eso sucediera —farfulló—. Tampoco tú eres el típico esposo de una policía, colega.

—Si dijeras que lo soy, acabaríamos luchando aquí mismo, etcétera. —Apagó el cigarrillo y a continuación acarició con el dedo el centro de su cuerpo desde la garganta hasta la cintura—. ¿Te apetece?

—No me he puesto de punta en blanco para que puedas dejarme marcadas tus manazas por todo el cuerpo.

Él sonrió y le tomó un pecho.

—Cielo, yo nunca dejo huellas.

Ƴ

Durante la velada, Eve se las arregló para escabullirse el tiempo suficiente de solicitar una orden a fin de acceder a la información financiera de Lisbeth Cooke. Citó la considerable herencia como móvil y tuvo suerte con un juez que o bien estaba de acuerdo con ella, o bien demasiado cansado para discutir el tema.

Como consecuencia de ello, se encontraba nerviosa y despabilada al llegar a casa.

—Hay algo que quiero revisar —le dijo a Roarke cuando entraron en el dormitorio—. Voy a cambiarme y a trabajar un rato en mi despacho.

—¿En qué...?

—Pedí una orden para acceder a la información financiera de Cooke. —Se quitó el vestido contoneándose y, tras arrojarlo a un lado, se quedó quieta, para deleite de su esposo, vestida con sólo dos pedacitos negros de tela y botas altas de piel—. Me llegó durante los postres.

—Debo tener un látigo por aquí —murmuró.

—¿Un qué?

Se dispuso a acercarse a ella, luciendo una amplia sonrisa, divertido cuando los ojos de Eve se entrecerraron amenazadoramente.

—Guarda las distancias, amiguito. Ya te he dicho que tengo trabajo.

—Yo puedo acceder a ésa información en la mitad de tiempo que tú. Te ayudaré.

—No te he pedido ayuda.

—No. Pero ambos sabemos que puedo hacerlo más rápido e interpretar los resultados sin que la tensión me produzca un dolor de cabeza. Y lo único que quiero a cambio es una cosita de nada.

—¿Qué cosita?

—Que cuando hayamos terminado sigas llevando este interesantísimo atuendo.

—¿Atuendo? —Se echó un vistazo, divisando fugazmente su reflejo en el espejo y pestañeando sorprendida—. Dios, parezco...

—Oh, sí —convino Roarke—. Sí que lo pareces.

Eve le miró de nuevo, esforzándose por ignorar la maravillosa ráfaga de lujuria que el brillo de sus ojos le provocaba.

—Qué extraños sois los hombres.

—Pues compadécete de nosotros.

—No pienso desfilar en ropa interior para que puedas imaginar alguna sórdida fantasía.

—No pasa nada —dijo mientras agarraba una bata y se la ponía—. Ya la he imaginado. Podemos ocuparnos de esto con más rapidez en mi despacho.

Eve lo miró con recelo mientras se ataba la bata.

—¿A qué te refieres?

—Caramba, hablo de acceder a los datos, teniente. ¿De qué si no?

Ella se negó a reconocer la pequeña punzada de decepción.

—Es un asunto oficial. Quiero que la investigación se inicie desde mi ordenador.

—Tú mandas. —La tomó de la mano para conducirla afuera.

Limítate a recordarlo.

—Cielos, con lo que llevas puesto debajo de esa bata grabado para siempre en mi memoria, ¿cómo podría olvidarlo?

—No todos los caminos conducen al sexo —dijo secamente.

—Los mejores sí. —Le dio una palmadita amistosa en el trasero cuando ella entró por delante de él en su despacho.

Galahad estaba acurrucado en la silla reclinable de Eve. El minino levantó la cabeza con manifiesta irritación a causa del alboroto. Dado que ninguno de ellos se dirigía a la cocina, éste cerró los ojos de nuevo y los ignoró. Eve insertó la orden de registro en una ranura de su ordenador, encendiéndolo.

—Y sé cómo llevar a cabo una investigación financiera. Tú sólo estás aquí para interpretar los datos y decirme si crees que Cooke tiene algo escondido bajo capas de seguridad.

—A tus órdenes.

—Corta el rollo. —Se sentó en la silla ante su escritorio y solicitó el archivo del caso Lisbeth Cooke—. Retener información actual —ordenó—, e iniciar búsqueda de documentos financieros sobre el nombre y el número de identificación del sujeto. Todas las cuentas, dinero en efectivo, crédito y débito. Comenzar remontándose un año atrás a partir de esta fecha.

Procesando...

—¿Propiedades personales? —preguntó Roarke.
—Ya llegaré a ello. Primero buscaremos el dinero.

Información completada. Cooke, Lisbeth. Cuatro cuentas activas de metálico, crédito.

—Mostrar datos en pantalla.

Admitido...

Eve dejó escapar un sonido grave al ver los datos.

—Más de dos millones en New York Security, otro millón y medio en New World Bank, justo mil menos en American Trust, y un cuarto de millón en Credit Managers.

—La última cantidad sería para gastos cotidianos —le dijo Roarke—. Las otras tres son diferentes cuentas de valores y corredurías. Principalmente inversiones a largo plazo, manejadas por equipos financieros respaldados por esas instituciones particulares. Sabe hacer negocios. Combina altos riesgos, grandes beneficios, con ingresos de interés moderado.

—¿Cómo puedes decirme eso a partir de los nombres de los bancos y de las cantidades depositadas en ellos?

—Mi trabajo consiste en conocer la naturaleza de los bancos. Si desglosas esto al siguiente nivel, verás que probablemente tiene una combinación equilibrada de valores, bonos, inversiones y efectivo líquido para colocar en nuevas inversiones cuando el mercado fluctúe.

—Ahí puedes ver que confía en su propia compañía. Tiene una considerable tajada invertida en valores de Herramientas y Juguetes Branson, pero diversifica sus inversiones. También invierte en diversas compañías, incluyendo algunas mías. E incluyendo tres que son competencia directa de Branson. No invierte dinero de forma emocional.

—Calcula.

—En lo que a sus finanzas se refiere, es inteligente y realista.

—Y dispone de más de cuatro millones para invertir. Parece mucha pasta para tratarse de una ejecutiva publicitaria. Ordenador, detalla en pantalla depósitos y transferencias electrónicos en el periodo de un año.

Procesando...

Eve alzó las cejas cuando aparecieron los datos.

—Mira eso. Una transferencia electrónica de la cuenta de J. Clarence Branson a su cuenta de gastos cotidianos. Un cuarto de millón cada tres meses. Un puto millón al año. Ordenador, haz una listado con todas las transferencias de la cuenta del sujeto Branson a nombre de Lisbeth Cooke.

Procesando... Información completada. Transferencia inicial de ciento cincuenta mil dólares realizada el dos de julio de 2055. Transferencias trimestrales de igual importe durante un periodo de un año. Las transferencias aumentaron a doscientos mil en julio de 2056, continuando con sumas semestrales hasta el dos de julio de 2057, cuando las transferencias se incrementaron a doscientos cincuenta mil.

—Menuda renta —farfulló Eve.

—Le proporcionaba un generoso ingreso fijo. —Desde el respaldo de su silla, Roarke frotó distraídamente los hombros de Eve para aliviar su tensión—. ¿Por qué matarlo?

—¿Un millón al año? —Le lanzó una mirada por encima del hombro—. Eso sería una nimiedad para ti.

—Cariño, no hay nada que sea una nimiedad.

—Seguramente te gastas eso en zapatos.

Él depositó un beso en lo alto de su cabeza mientras reía entre dientes.

—Si tus pies no están contentos, uno tampoco lo está.

Eve gruñó, tamborileando con los dedos sobre el escritorio.

—¿Y si se volvió codiciosa y se hartó de vivir con un millón al año? Le mata, y haciéndolo bien, lo consigue todo al momento.

—Es un gran riesgo. Si sale mal, la acusan de homicidio y no saca nada salvo una celda por las molestias.

—Hace sus cuentas. Dilucida las probabilidades. Ordenador, ¿cuál es el valor del patrimonio personal de J. Clarence Branson, sin incluir las participaciones en Herramientas y Juguetes Branson?

Procesando...

Roarke fue a servirse un coñac. Sabía que Eve no bebería otra cosa que no fuera café mientras trabajaba como en esos momentos. Y dado que quería que ella durmiera, evitó el autochef.

Cuando se dio la vuelta, ella estaba de pie, paseándose de un lado a otro. El cinturón de su bata se había aflojado, recordándole que tenía planes para ella antes de dormir. Planes muy interesantes y concretos.

Información completada: El valor estimado, incluyendo valoración de bienes inmuebles, vehículos de transporte, arte y joyas, es de doscientos sesenta y ocho millones de dólares.

—Eso sí es un aumento de salario. —Eve se retiró el pelo hacia atrás con la mano—. Descuentas los legados menores, los impuestos de sucesión, y lo que él hubiera trapicheado para reducirlos, y Cooke se lleva doscientos millones limpios.

—Mantz argumentará que ella no estaba al corriente de la herencia.

—Ella lo sabía. Llevaban más de tres años juntos. Claro que lo sabía.

—¿Cuánto valgo yo, Eve, y cómo se reparten los legados en mi testamento?

Ella alzó brevemente la vista con los ojos llenos de irritación.

—¿Como narices voy a saberlo? —Eve exhaló cuando él le sonrió—. Eso es distinto. Nosotros no concertamos un acuerdo comercial.

—Muy cierto. Pero Mantz no dudará en rebatirlo.

—Puede discutir hasta que se le caiga la lengua a cachos.

Ella lo sabía. Voy a hablar de nuevo con Cooke mañana. Su historia de que había otra mujer y su arranque de celos no me convencen.

Volvió rápidamente tras el escritorio y pidió la información de gastos. La revisó con insatisfacción, metiendo las manos en los bolsillos.

—Tenía gustos caros, pero nada que se salga de su presupuesto. Compró un montón de joyas y ropa de hombre. Puede que esté con otro tipo. Merece la pena investigar dicha posibilidad.

—Hum —Ahora tenía la bata abierta, revelando una deliciosa porción de carne, seda negra y cuero—. Supongo que todo eso tendrá que esperar hasta mañana.

—No hay mucho más que pueda hacer aquí esta noche —convino.

—Al contrario. —Se movió rápidamente, despojándola de la bata y recorriéndola acto seguido con las manos—. Se me ocurren muchas más cosas.

—¿Ah, sí? —Su sangre ya bullía. Este hombre tenía unas manos de lo más creativas—. ¿Como cuáles?

—¿Por qué no te hago unas cuantas sugerencias? —Con los labios sonrientes cerniéndose sobre los de ella, la hizo retroceder contra la pared. La primera de las sugerencias que murmuró a su oído consiguió que se le desorbitaran los ojos.

—¡Vaya! Ésa sí que es buena. Sólo que no estoy segura de que sea físicamente posible.

—Nunca se sabe hasta que no se intenta —dijo Roarke, y comenzó a demostrárselo.

Capítulo seis

Peabody ya estaba esperando cuando Eve llegó a su despacho por la mañana.

—Gracias por el tiempo libre, Dallas.

Eve le echó un vistazo al delgado jarrón de rosas rojas de invernadero que había sobre su mesa.

—¿Me has traído flores?

—Es obra de Zeke. —La sonrisa que Peabody le brindó fue voluble e irónica a la vez—. Siempre hace cosas como ésta. Quería darte las gracias por lo de ayer. Le dije que no eras el tipo de mujer a la que le van las flores, pero él piensa que a todo el mundo le gustan.

—Me gustan las flores. —Sintiéndose levemente a la defensiva por la errónea presunción de Peabody acerca de sus gustos, Eve se inclinó lentamente a olerlas—. ¿Por qué no iban a gustarme? ¿Y bien, qué se trae hoy entre manos el pequeño de los Peabody?

—Tiene una lista de museos y galerías. Una larga lista —agregó Peabody—. Luego hará cola para conseguir entradas de teatro con descuento para esta noche. Le da igual para qué espectáculo sean, siempre que consiga ver algo en Broadway.

Eve escudriñó el rostro de Peabody, la preocupación que reflejaban sus ojos, los dientes que McNab había admirado mordisqueando afanosamente su labio superior.

—Peabody, la gente se las apaña para hacer todas las cosas que él tiene planeadas y sobrevive a Nueva York todos los días.

—Sí, lo sé. Y hemos repasado todos los consejos. Seis o siete veces —añadió con una sonrisa irónica—. Pero él es tan... Zeke. En cualquier caso, antes va a llamar de nuevo a los

Branson para ver qué quieren que haga. Ayer no pudo dar con ellos.

—Hum. —Eve se sentó y comenzó a escarbar en el correo interno y externo que Peabody ya había llevado y organizado—. Roarke y yo asistimos anoche a la lectura del testamento. Cooke acaba con su amante y hereda millones. —Eve sacudió la cabeza—. Vamos a pasarnos por su casa esta mañana para mantener una pequeña charla con ella sobre el tema. ¿Quién demonios es Casandra?

—¿Quién?

—Ya me has oído —frunciendo el ceño, Eve dio la vuelta al sobre del disco—. Paquete externo; el remite es del Lower East Side. No me gustan los paquetes de gente que no conozco.

—Todas las entregas externas son examinadas para detectar si llevan explosivos, venenos o materiales peligrosos.

—Vale, de acuerdo. —Pero el instinto le hizo coger un bote de aerosol protector de un cajón y cubrirse los dedos antes de abrir el sobre y sacar el disco—. ¿El antivirus de esta cosa funciona correctamente?

Peabody miró tristemente el ordenador de Eve.

—Sé lo mismo que tú.

—Maldito trasto —farfulló Eve y metió el disco en la ranura—. Ordenador, encender y visionar disco.

Se escuchó un grave zumbido, semejante al sonido de un lejano enjambre de abejas furiosas que va en aumento. La pantalla parpadeó, se encendió, se apagó y acto seguido volvió a encenderse emitiendo un chirrido.

—A la primera oportunidad que tenga voy a hacerles una visita personal a los payasos de mantenimiento —juró Eve.

Disco sólo de texto. Mensaje siguiente...

Teniente Eve Dallas, Cuerpo de Policía y Seguridad de Nueva York, Central de Policía. División de Homicidios.

Somos Casandra.
Somos dioses de la justicia.
Somos leales.

El actual gobierno corrupto con sus egocéntricos y pusilánimes líderes debe ser y será destruido. Desmantelaremos, eliminaremos y aniquilaremos del modo en que sea preciso para dar paso a la república. Las masas no tolerarán por más tiempo el abuso, la supresión de ideas y voces, la negligencia de unos pocos cobardes que se aferran al poder.

Sin el yugo de las leyes, todos viviremos libres.

Admiramos su destreza. Admiramos su lealtad en el caso de Howard Bassi, conocido como el Manitas. Él nos fue útil y le exterminamos únicamente porque resultó imperfecto.

Eve insertó con brusquedad otro disco en una ranura.

—Ordenador, copiar disco en curso.

Somos Casandra. Nuestra memoria es extensa. Estamos preparados. Le daremos a conocer nuestras necesidades y demandas a su debido tiempo. A las nueve y cuarto de esta mañana le proporcionaremos una pequeña demostración de nuestro poder. Usted creerá. Luego, escuchará.

—Una demostración —dijo Eve cuando concluyó el mensaje. Tras echar un rápido vistazo a su unidad móvil de pulsera, tomó ambos discos y selló el original—. Tenemos menos de diez minutos.

—¿Para qué?

—Nos han dado una dirección —dio un toquecito con el dedo en el sobre y cogió su chaqueta—. Comprobémosla.

—Si se trata de las personas que se cargaron al Manitas —comenzó Peabody de camino al ascensor—, ya saben que lo estás investigando.

—Ni que fuera difícil de saber. He mantenido contacto con Nueva Jersey, ayer fui a su tienda. Busca la dirección, Peabody, mira de qué se trata. Si de un apartamento, casa privada, una empresa.

—Sí, teniente.

Subieron al coche. Eve metió marcha atrás, dio un giro de ciento ochenta grados, y salió disparada del garaje.

—Mostrar mapa —ordenó, tomando rumbo al sur—. Lower East Side, sector seis. —Eve asintió cuando la cuadrícula de la calle del área indicada apareció en pantalla—. Lo que pensaba. Es un distrito de almacenes.

—El edificio en cuestión es una vieja fábrica de cristal que figura como pendiente de restauración. Está listada como desocupada.

—Quizá la dirección sea falsa, pero esperan que la comprobemos. No les decepcionaremos. ¿Cuánto tiempo queda?

—Seis minutos.

—Muy bien. Vamos a subir. —Eve conectó las sirenas, pulsó el botón de elevación vertical y ascendieron velozmente por encima de la mole de tráfico que se dirigía al sur.

Viró al este, sobrepasó apartamentos abuhardillados, que habían sido remodelados, donde a los jóvenes profesionales les gustaba vivir, comprar y comer en restaurantes con precios desorbitados, mala iluminación y buen vino.

A apenas una manzana de distancia el ambiente se tornaba como abandonado, en mal estado y desabrido. La miseria recorría las calles bajo el aspecto del desempleado y el desaliñado, del fracasado y el desesperado.

Al sur de allí se erigían las viejas fábricas y almacenes, casi todos abandonados. Ladrillos ennegrecidos por el humo, la niebla tóxica y el tiempo. Ventanas de cristales rotos, cuyos fragmentos brillaban sobre un suelo cubierto de basura y maleza desperdigada que pugnaba por emerger del agrietado hormigón.

Eve hizo descender el coche y examinó detenidamente el edificio de ladrillo de planta cuadrada y seis pisos de altura, ubicado tras una valla de seguridad. La verja estaba equipada con una cerradura electrónica, pero estaba abierta de par en par.

—Yo diría que nos están esperando. —La atravesó, escudriñando el edificio en busca de algún signo de vida. Luego, frunciendo el ceño, detuvo el coche y se apeó—. ¿Cuánto tiempo queda?

—Casi un minuto —le dijo Peabody cuando se bajó por la puerta contraria—. ¿Vamos a entrar?

—Todavía no. —Pensó en el Manitas y en su desagradable tienducha—. Pide refuerzos. Comuniquemos nuestra posición. No me gusta nada la pinta que tiene esto.

Fue todo lo lejos que llegó. Hubo un estruendo y el suelo se sacudió bajo sus pies. Eve maldijo en alto cuando una serie de ráfagas surgieron de las ventanas rotas del edificio.

—¡A cubierto! —El aire explotó justo en el momento en que se arrojaba debajo del coche, asestándole una pequeña bofetada de calor que la hizo resbalar y caer de rodillas. El enorme estrépito aporreó sus tímpanos, disparando una aguda punzada al centro de su cerebro.

Llovieron ladrillos. Un cascote candente cayó al suelo a centímetros de su cara cuando rodó debajo del coche. Su cuerpo chocó sólidamente con el de Peabody.

—¿Estás herida?

—No. ¡Dios santo, Dallas!

Una sofocante ola de calor las envolvió con una intensidad brutal. El aire crujía. Los escombros volaban sobre sus cabezas, aporreando el vehículo como furiosos puños ardientes. Así es como sería el fin del mundo, pensó Eve mientras se esforzaba por recobrar el aliento. Caliente, sucio y lleno de ruido.

El coche se balanceaba por encima de ellas, se sacudía y estremecía. Luego se hizo el silencio, salvo por el pitido en sus oídos y el sonido de los jadeos entrecortados de Peabody. No se apreciaba movimiento alguno, a excepción del frenético martillear de su propio corazón.

Se quedó allí tumbada durante otro momento, asegurándose de que seguía con vida, de que cada parte de su cuerpo continuaba intacta. Sentía una quemazón allí donde había impactado contra el hormigón. Sus dedos aparecieron manchados de sangre cuando comprobó la zona. Eso la indignó lo bastante como para hacerla salir a rastras de debajo del coche.

—¡Maldita sea, joder! Mira mi coche.

El vehículo presentaba abolladuras y manchas de quemaduras, el parabrisas se había convertido en una elaborada telaraña de grietas. El techo tenía un agujero del tamaño de un puño.

Peabody logró ponerse en pie y tosió a consecuencia del humo que hedía el aire.

—Tampoco tú tienes buen aspecto, teniente.

—No es más que un rasguño —refunfuñó Eve y se limpió los dedos ensangrentados en sus destrozados pantalones.

—No, me refiero en general.

Eve miró en derredor, con gesto apesadumbrado, luego entrecerró los ojos. Peabody tenía la cara tiznada, haciendo que el blanco de sus ojos resaltara como si fueran dos lunas. Había perdido la gorra del uniforme y tenía el pelo encrespado.

Eve se frotó la cara con los dedos, examinó las yemas, ahora ennegrecidas, y maldijo en alto.

—¡Mierda! Esto es el colmo. Informa del incidente. Ordena que algunas unidades se apuesten afuera para controlar a la multitud. Vamos a tener una buena congregación en cuanto la gente de esta zona salga a gatas de debajo de sus camas. Y consigue...

Se giró como un rayo con la mano en la culata del arma al oír el sonido de un coche. No estaba segura de si se sentía aliviada o furiosa cuando reconoció el vehículo que aparcó detrás del suyo.

—¿Qué narices haces aquí? —exigió cuando Roarke se apeó del coche.

—Yo podría hacerte la misma pregunta. Te sangra la pierna, teniente.

—No mucho. —Se restregó con la mano debajo de la nariz—. Acabo de hacerme con una escena del crimen, Roarke, y es una zona peligrosa. Lárgate.

Él sacó un pañuelo del bolsillo, se puso en cuclillas y examinó el corte antes de atarle la tela sobre la herida.

—Tendrán que echarte un vistazo a eso. Está lleno de gravilla. —Se levantó y le acarició el cabello con la mano—. Interesante peinado, y típico de ti.

Captó la sonrisa de suficiencia de Peabody por el rabillo del ojo, pero decidió dejarlo pasar.

—No tengo tiempo para ti, Roarke. Estoy trabajando.

—Sí, ya lo veo. Pero me parece que querrás hacerme un hueco. —Sus ojos se mostraron fríos e impasibles mientras examinaba los candentes escombros—. Este edificio era mío.

—¡Ay, joder! —Eve se metió las manos en los bolsillos, se apartó, regresó y volvió a alejarse—. ¡Joder! —repitió y le fulminó con la mirada.

—Sabía que te encantaría. —Del bolsillo sacó un sobre que contenía un disco y se lo ofreció a ella. Ya había realizado y guardado una copia—. Lo recibí esta mañana. Es un mensaje de texto de un grupo que se denomina Casandra. Básicamente me llama capitalista oportunista, lo cual es absolutamente cierto, y manifiesta que he sido elegido para su primera demostración. Aderezado con cierta aburrida y tediosa propaganda política. La redistribución de la riqueza, la explotación de los pobres por parte de los ricos. Nada demasiado original.

Sus palabras podrían haber resultado despreocupadas, pero el tono era demasiado sereno. Y Eve le conocía. La violencia bullía debajo de aquellos ojos impasibles.

Se enfrentó a aquello del único modo que sabía hacerlo, con diligencia profesional.

—Necesitaré que pases por la Central para poder tomarte declaración detallada. Tengo que requisar esto como prueba.

Se interrumpió cuando la violencia afloró a la superficie. Nadie, pensó fugazmente, absolutamente nadie podría tener un aspecto más peligroso que Roarke cuando tenía un cabreo contenido.

Roarke dio media vuelta súbitamente, alejándose de ella para cruzar por entre los humeantes ladrillos.

—¡Maldita sea! —impaciente, Eve se tocó su enredado cabello y lanzó una mirada a Peabody.

—Las unidades están de camino, Dallas.

—Quédate junto a la puerta —le ordenó—. Séllala si es preciso.

—Sí, teniente. —Con cierta compasión, Peabody observó a Eve alejarse para lidiar con su esposo.

—Escucha, Roarke, sé que estás cabreado. Y no te culpo. Alguien ha volado por los aires uno de tus edificios, tienes motivos para estar cabreado.

—Por supuesto que los tengo. —Se volvió rápidamente hacia ella con los ojos sazonados de cólera. Eve se sintió mortificada y enfurecida por haber estado a punto de dar un paso atrás en vista de aquello. Lo compensó inclinando el cuerpo hacia delante hasta que sus botas chocaron con sus zapatos.

—Esto es la maldita escena del crimen, y no tengo tiempo ni ganas para quedarme aquí parada a darte palmaditas en la cabeza porque uno de tus edificios de seis millones de pavos haya explotado. En fin, lo siento, y comprendo que te sientas furioso y ultrajado, pero no la tomes conmigo.

La agarró de los brazos y la alzó de puntillas de una forma que sabía la haría gruñir y echar chispas. De no ser porque una propiedad suya había volado por los aires, quedando reducida a un montón de malolientes escombros de medio bloque de altura, podría haberle tirado al suelo de un puñetazo.

—¿Crees que ése es el problema? —inquirió—. ¿Piensas que este maldito almacén es el problema?

Ella se esforzó por pensar pese a su propio cabreo.

—Sí.

La levantó otro par de centímetros.

—Eres imbécil.

—¿Soy imbécil? ¿Que yo soy imbécil? Y tú eres un cretino si piensas que voy a quedarme aquí a gimotear para calmar tu ego mientras anda por ahí suelto alguien que se dedica a volar edificios mientras yo vigilo. Ahora, quítame las manos de encima antes de que te arree un puñetazo.

—¿A cuánta distancia estabas?

—Eso no... —se interrumpió, desinflándose cuando comprendió a qué se refería. No era el edificio lo que provocaba aquel brillo avieso en sus ojos. Era ella—. No demasiado cerca —dijo con voz queda mientras relajaba los puños—. No estaba demasiado cerca, Roarke. No me gustó la pinta que esto tenía. Acababa de ordenarle a Peabody que llamara para pedir un par de unidades de refuerzo. Sé arreglármelas.

—Claro. —Le soltó un brazo para acariciar su sucia mejilla con la yema de los dedos—. Eso parece. —Luego la soltó por completo y dio un paso atrás—. Haz que te curen esa pierna. Me reuniré contigo en tu despacho.

Eve hundió las manos en los bolsillos y las sacó cuando él se disponía a marcharse. Puso los ojos en blanco. Maldita sea, sabía cómo arreglárselas. Lo que no siempre sabía era cómo manejarle a él.

—Roarke.

Él se detuvo, lanzando una mirada por encima del hombro, y estuvo a punto de sonreír al observar la obvia lucha entre el deber y el corazón que reflejaba el rostro de Eve. Mirando en derredor para cerciorarse de que Peabody estaba discretamente vuelta de espaldas, se acercó hasta él y llevó la mano a su mejilla.

—Lo siento. Estaba un poco cabreada. Es lo que tiene que me explote un edificio en mis propias narices. —Dejó caer la mano y frunció el ceño al escuchar las sirenas aproximarse—. Nada de besos delante de la policía.

Roarke ahora sonreía.

—Cielo, nada de besos hasta que te laves la cara. Te veré en tu despacho —repitió y se alejó.

—Tómate un par de horas —le dijo elevando la voz—. Estaré ocupada aquí por lo menos durante ese tiempo.

—De acuerdo. —Se detuvo junto al coche de Eve, ladeando la cabeza mientras lo observaba—. En realidad, ahora va más contigo.

—Que te den —dijo con una carcajada y acto seguido adoptó una expresión profesional en su rostro para dirigirse al equipo de artificieros.

Cuando regresó a la Central de Policía, Eve se fue a la ducha y se quitó de encima la peste y el hollín. Recordó el profundo corte de su pierna cuando el agua caliente hizo que le escociera. Apretó los dientes mientras se limpiaba la herida, sacó un botiquín de primeros auxilios y se puso manos a la obra. Suponía que había visto a los médicos fisgonear en su cuerpo con la frecuencia suficiente como para ocuparse de unos pocos cortes por sí misma.

Satisfecha, rebuscó en su taquilla una muda de ropa y tomó nota mental de llevar alguna prenda más. La ropa que había llevado puesta fue directa al reciclaje, declarada como siniestro total.

Encontró a Roarke en su despacho, manteniendo una confortable charla con Nadine Furst del Canal 75.

—Pírate, Nadine.

—Vamos, Dallas, que una policía haya estado a punto de volar en pedazos cuando el edificio de su marido ha sido destruido por una persona/s desconocida/s es noticia. —Le brindó a Eve una de sus bonitas sonrisas felinas, pero sus ojos traslucían preocupación—. ¿Te encuentras bien?

—Estoy bien, y no estuve a punto de volar en pedazos. Me encontraba a metros de distancia del edificio cuando tuvo lugar la explosión. No tengo nada oficial que darte en estos momentos.

Nadine se limitó a cruzarse de piernas otra vez.

—¿Qué hacías en el edificio?

—Tal vez estuviera explorando la propiedad de mi marido.

Nadine dejó escapar un bufido y logró hacer que sonara propio de una dama.

—Claro, y tal vez hayas decidido jubilarte y criar perritos. Dame algo, Dallas.

—El edificio estaba abandonado. Pertenezco a la brigada de Homicidios, y no hubo ninguno. Te sugiero que te des una vuelta por Explosivos y Bombas.

Los ojos de Nadine se convirtieron en dos rendijas.

—¿El caso no es tuyo?

—¿Por qué iba a serlo? Nadie ha muerto. Pero si no te levantas de mi silla, puede que alguien lo haga.

—De acuerdo, está bien. —Nadine se puso en pie, encogiéndose de hombros—. Me iré a derrochar mi encanto con los chicos de Explosivos y Bombas. Oye, ayer vi el vídeo de Mavis. Estaba fantástica. ¿Cuándo está previsto que regrese?

—La semana que viene.

—Vamos a organizarle una fiesta de bienvenida —intervino Roarke—. Te pondré al corriente de los detalles.

—Gracias. Eres mucho más simpático que Dallas. —Nadine se marchó con una sonrisa presuntuosa en los labios.

—Pienso acordarme de esa indirecta la próxima vez que quiera que mantengamos un cara a cara —masculló Eve y cerró la puerta.

—¿Por qué no se lo has contado? —preguntó Roarke.

Eve se sentó pesadamente en su silla.

—Va a llevar tiempo que los de Explosivos y Bombas examinen e inspeccionen la zona. En estos momentos, tienen algunas piezas y sospechan que hubo al menos seis artefactos explosivos, activados probablemente mediante temporizadores. Pasarán un par de días antes de que tenga un informe coherente.

—Pero el caso es tuyo.

—Por el momento, parece que la explosión está vinculada a una investigación por homicidio. —El caso del Manitas ya era suyo. Se había encargado de ello—. La persona responsable de ambos contactó conmigo. Tengo una reunión con Whitney dentro de un rato, pero sí, hasta que él diga lo contrario, el caso es mío. ¿Alguna vez has tenido tratos con el Manitas?

Roarke estiró las piernas.

—¿Es una pregunta oficial?

—Mierda —cerró los ojos—. Eso significa que sí.

—Tenía unas manos prodigiosas —dijo Roarke, examinando las suyas.

—Me estoy hartando de oír eso de personas que deberían tener más cabeza. Vamos, desembucha.

—Hace cinco, o quizá seis años. Trabajó en un pequeño dispositivo para mí. Una sonda de seguridad, un decodificador ingeniosamente diseñado.

—El cual, imagino, diseñaste tú.

—En su mayoría, aunque el Manitas tuvo una interesante aportación. Era brillante con la electrónica, pero no del todo fiable. —Roarke retiró una mota de sus pantalones gris ceniza—. Decidí que no era prudente utilizar de nuevo sus servicios.

—Así que nada reciente.

—No, nada, y nos separamos de una forma bastante amistosa. No hay nada que me vincule a él que deba preocuparte o complicar tu investigación, Eve.

—¿Qué me dices de este almacén? ¿Cuánto hace que es tuyo?

—Unos tres meses. Te pasaré la fecha concreta de la adquisición y los detalles. La intención era restaurarlo. Dado que los permisos acaban de llegar, la obra tenía que comenzar la semana próxima.

—¿Restaurarlo para convertirlo en qué?

—En módulos de viviendas. También poseo los edificios a ambos lados de éste, y he hecho una oferta por otro en la zona. También con el propósito de renovarlos. Comercios, tiendas, cafés. Algunas oficinas.

—¿Podrá mantener ese sector todo eso?

—Creo que sí.

Eve sacudió la cabeza, pensando en el índice de ingresos y en el crimen callejero.

—Tú estás más versado en esas cosas, supongo. El edificio estaba asegurado.

—Sí, por poco más que el precio de compra actual. El proyecto tenía un valor muchísimo más elevado para mí. —Tomar algo abandonado, marginado y conferirle valor significaba muchísimo para él—. Era un edificio antiguo, pero sólido. El problema del progreso es que a menudo arrolla todo a su paso, destruyendo más que respetando lo que otros han construido antes que nosotros.

Eve sabía de su afecto por lo antiguo, pero no estaba segura de que éste fuera el caso. Había visto poco más que un montón de ladrillos, y eso antes de que hubiera volado por los aires.

Era su dinero, pensó, restándole importancia. Era su tiempo.

—¿Conoces a alguien llamado Casandra?

Él sonrió en ese instante.

—Claro que sí. Pero dudo seriamente que lo sucedido sea fruto del cabreo de una antigua amante.

—Debieron sacar el nombre de alguna parte.

Roarke se encogió de hombros.

—Puede que de los griegos.

—Greek Town no está cerca de ese sector.

Se quedó mirando a Eve durante un momento; luego rompió a reír.

—De los antiguos griegos, teniente. En la mitología, Casandra era capaz de predecir el futuro, pero nadie la creía. Alertaba de la muerte y la destrucción y nadie le hacía caso. Sus predicciones siempre se cumplían.

—¿Cómo sabes tú toda esta mierda? —Descartó la pregunta con un ademán antes de que él pudiera responder—. ¿Y qué predecía la tal Casandra?

—De acuerdo con mi disco, el alzamiento de las masas, el derrocamiento de gobiernos corruptos, que es una de esas molestas redundancias, y la caída de la codiciosa clase alta. De la que soy orgulloso miembro.

—¿Una revolución? Menudo modo de sublevarse matando a un anciano y volando un almacén vacío. —Pero no descartaría la posibilidad de que se tratase de terroristas políticos—. Feeney trabaja en el ordenador del despacho del Manitas. Cuenta con un sistema a prueba de fallos, pero logrará entrar.

—¿Por qué no lo hicieron ellos?

—De haber contado con alguien lo bastante bueno como para colarse en esa fortaleza suya, no le hubieran necesitado a él.

Roarke consideró aquello y asintió.

—Tienes razón. ¿Me necesitas para algo más?

—Ahora no. Te mantendré al tanto de la investigación. Si das un comunicado de prensa, que sea escueto.

—De acuerdo. ¿Has ido a que te curen la pierna?

—Me ocupé yo misma.

Él enarcó una ceja.

—Déjame ver.

Eve escondió las piernas debajo de la mesa de manera instintiva.

—No.

Roarke simplemente se levantó y se acercó para inclinarse y levantarle la pierna. La asió con mayor firmeza al escuchar su poco convincente protesta y le remangó los pantalones.

—¿Estás chalado? Para. —Mortificada, alargó el brazo para cerrar la puerta de golpe—. Alguien podría entrar.

—Pues deja de retorcerte —sugirió, y retiró con delicadeza el vendaje. Asintió con aprobación—. Hiciste un trabajo decente. —Bajó la cabeza y rozó el corte con los labios pese a que Eve expresó su desaprobación con un siseo—. Mucho mejor —dijo con una amplia sonrisa en el preciso instante en que se abría la puerta.

Peabody sofocó un grito, se ruborizó y a continuación barbotó:

—Disculpadme.

—Ya me marchaba —dijo Roarke, colocando el vendaje nuevamente en su lugar con suavidad en tanto que Eve rechinaba los dientes—. ¿Qué tal has sobrevivido al alboroto de esta mañana, Peabody?

—Bueno, he salido... bien parada, en realidad. —Se aclaró la garganta y le lanzó una mirada esperanzadora—. Tengo un pequeño rasguño aquí. —Se frotó la mandíbula con el dedo mientras el corazón le revoloteaba agradablemente cuando él le brindó una sonrisa.

—Eso parece. —Se acercó a ella, ladeó la cabeza y le rozó el diminuto corte con los labios—. Cuídate.

—¡Madre del amor hermoso! —fue lo mejor que acertó a decir cuando él se marchó—. ¡Por Dios, qué boca! ¿Cómo consigues no pasarte el día dándole mordisquitos?

—Límpiate las babas de la barbilla, por el amor de Dios. Y siéntate. Tenemos que escribir un informe para el capitán.

—En una sola mañana he estado a punto de volar en pedazos y me ha besado Roarke. Voy a señalar este día en el calendario.

—Tranquilízate.

—Sí, teniente. —Sacó su agenda electrónica y se puso a trabajar. Aunque con una sonrisa en la cara.

El capitán Whitney componía una figura imponente tras su escritorio. Se trataba de un hombre grande de hombros robustos y rostro ancho. Tenía arrugas marcadas en la frente, y su esposa hacía todo lo posible para que las suavizara. Pero él sabía que cuando fruncía el ceño, éste era símbolo de autoridad y poder para sus agentes. No dudaba en sacrificar la vanidad en pos de los resultados.

Había llamado a los mejores agentes de las unidades pertinentes. La teniente Anne Malloy de Explosivos y Bombas; Feeney, de Detección Electrónica y a la teniente Eve. Escuchó los informes, los diseccionó e hizo sus cálculos.

—Incluso empleando tres turnos —prosiguió Anne—, nos llevará al menos treinta y seis horas acabar de inspeccionar la escena. Los fragmentos recogidos indican artefactos múltiples, utilización de explosivos plásticos y complejos temporizadores. Lo que me indica que fue un trabajo sofisticado y para nada económico. No nos enfrentamos a unos vándalos o a un grupo desorganizado. Lo más probable es que nos estemos enfrentando a un grupo organizado y bien financiado.

—¿Y qué probabilidades hay de que seas capaz de seguir el rastro de los fragmentos?

Ella dudó. Anne era una mujer bajita con un bonito rostro color caramelo y grandes ojos de un verde suave. Llevaba el rubio cabello recogido en una cola de caballo y tenía reputación de ser alegre e intrépida.

—No quiero hacer promesas que no pueda cumplir, capitán. Pero si hay algo que rastrear, lo haremos. Primero, procederemos a unir las piezas.

—¿Capitán? —Whitney tornó su atención hacia Feeney.

—He llegado al último par de capas del ordenador del Manitas. Creo que podré tenerlo solucionado para última hora de hoy. Instaló un sistema laberinto, pero estamos trabajando en ello, y obtendremos cualquier dato que contenga. Ya tengo a algunos de mis mejores hombres revisando el equipo de su establecimiento. Si estuvo relacionado con la explosión de esta mañana, tal como creemos, encontraremos la conexión.

—Teniente Dallas, de acuerdo con su informe, el sujeto nunca se vinculó a ningún grupo político ni se involucró en ninguna actividad terrorista.

—No, señor. Era un solitario. La mayoría de sus supuestas actividades delictivas se reducían a algunos robos, violaciones de sistemas seguridad y pequeños explosivos empleados en dichos campos. Se retiró del ejército después de las Guerras Urbanas. Se decía que se sentía desencantado con el ejército, con el gobierno, y con la gente en general. Se estableció como artista autónomo de la electrónica, abriendo una tienda de reparación como tapadera. En mi opinión, fue a causa de esas mismas razones por lo que, en cuanto descubrió que no había sido contratado para asaltar un banco sino para formar parte de algo mucho más gordo, le entró el pánico, intentó esconderse y lo mataron.

—Eso nos deja con un experto en electrónica muerto, que puede o no haber grabado información sobre sus actividades; un grupo anteriormente desconocido con propósitos aún por determinar; y un edificio de propiedad privada, que ha sido destruido de forma tan demoledora como para escupir escombros en un radio de dos manzanas.

Se reclinó, cruzando los brazos.

—Cada uno de ustedes trabajará en su campo particular, pero quiero que coordinen todos los resultados. Se compartirá la información. Nos han dicho que lo de esta mañana era una demostración. La próxima vez, podrían no optar por un edificio abandonado en una área con escasa población. Quiero el caso cerrado antes de que estemos recogiendo fragmentos de civiles así como de explosivos de entre los escombros. Quiero informes de los progresos al acabar el turno.

—Señor. —Eve dio un paso al frente—. Me gustaría llevar copias de ambos discos y de cada informe a la doctora Mira para su análisis. Podría sernos útil contar con un perfil más detallado sobre el tipo de personas a las que nos enfrentamos.

—Concedido. Sólo se informará a la prensa de que esta explosión fue un acto premeditado y que está bajo investigación. No quiero filtraciones respecto a los discos o a la posible conexión con un homicidio. Trabajad rápido —ordenó y les dio permiso para salir.

—Normalmente, lucharía a brazo partido contigo por ser yo la responsable principal de este proyecto —dijo Anne mientras recorrían el largo pasillo los tres juntos.

Eve la miró de soslayo, evaluó la reducida constitución de Anne y soltó un bufido.

—Podría contigo, Malloy.

—Oye, que soy pequeñita, pero matona. —Dobló el brazo, flexionando los bíceps—. Pero, en este caso, la bola te llegó a ti primero, y esos gilipollas contactaron personalmente contigo. Voy a renunciar. —Y para dar fe de ello, indicó a Eve que los precediera al tomar la cinta mecánica, a continuación le guiñó el ojo a Feeney y subió de un salto.

—Tengo a algunos de mis mejores hombres en la zona —prosiguió—. He hecho malabarismos con el presupuesto para que trabajen las veinticuatro horas, pero no voy a abrir la mano para esa clase de horas extra en el laboratorio. Lleva su tiempo identificar y rastrear fragmentos y piezas después de una gran explosión. Requiere mano de obra. Pero sobre todo requiere algo de suerte.

—Relacionaremos lo que encuentres con lo que descubra

mi equipo en la tienda del Manitas, puede que tengamos algo de suerte —dijo Feeney—. Puede que tengamos más suerte aún si encontrase nombres, fechas y direcciones en su disco duro.

—No voy a despreciar la suerte, pero no dependeré de ella. —Eve se metió las manos en los bolsillos—. Si se trata de un grupo organizado y bien financiado, el Manitas no se hubiera unido a él, pero tampoco hubiera echado a correr. No mientras le pagasen. Huyó porque estaba asustado. Voy a hacerle otra visita a Ratso, a ver si se le olvidó algo. ¿La palabra Arlington te dice algo, Feeney?

Él se dispuso a encogerse de hombros, pero Anne alargó la mano entre los dos y agarró a Eve del brazo.

—¿Arlington? ¿Dónde encaja eso?

—El Manitas le contó a mi confidente que temía que sucediera otro Arlington. —Miró fijamente los ojos turbados de Anne—. ¿Significa algo para ti?

—Sí, dios mío, sí. Y para cualquier miembro de Explosivos y Bombas. 25 de septiembre de 2023. Las Guerras Urbanas habían acabado, básicamente. Había un grupo radical terrorista... que se dedicaba a cometer magnicidios, sabotaje, atentados. Mataban a cualquiera por dinero y lo justificaban en nombre de la revolución. Se hacían llamar Apolo.

—Ay, mierda. —Feeney suspiró cuando reconoció el nombre—. ¡Santa madre de Dios!

—¿Qué? —Frustrada, Eve zarandeó rápidamente a Anne—. La historia no es mi fuerte. Ilústrame tú.

—Fueron quienes reivindicaron la autoría del atentado en el Pentágono. Arlington, Virginia. Utilizaron lo que en aquella época era un nuevo material llamado *plaston*. Emplearon tal cantidad y colocaron artefactos en tantas zonas, que el edificio quedó básicamente pulverizado.

—Ocho mil personas, personal civil y militar, incluyendo los niños que se encontraban en la guardería. No hubo supervivientes.

Capítulo siete

*E*n el apartamento de Peabody, Zeke limpiaba y reparaba la recicladora y volvía a visionar la conversación con Clarissa Branson en el módulo de la cocina.

La primera vez que la visionó de nuevo, se dijo que simplemente se cercioraba de los detalles: de la hora a la que tenía que presentarse a trabajar, de la dirección.

La segunda vez que la puso, se convenció de que se le había pasado por alto algo vital en las instrucciones.

A la tercera, las piezas de la recicladora estaban abandonadas mientras contemplaba fijamente la pantalla y dejaba que la suave voz de Clarissa Branson le envolviera.

«Estoy segura de que tenemos todo lo que necesitas en cuestión de herramientas.» Ella esbozó aquella sonrisa mientras hablaba, haciendo que su corazón latiera un poquito más aprisa. «Pero si quieres alguna otra cosa, no tienes más que pedírmelo.»

Le avergonzaba lo que deseaba de ella.

Ordenó que se apagara el teleconector antes de sucumbir y volver a visionar la transmisión una vez más. Se sonrojó mientras pensaba en su propia estupidez, en su propio deshonor al codiciar a la esposa de otro hombre.

Ella le había contratado para realizar un trabajo, se recordó. Eso era lo único que había entre ellos. Lo único que realmente podría haber. Era una mujer casada, estaba tan fuera de su alcance como la luna, y nunca había hecho nada para alentar en él tales anhelos.

Pero mientras reconstruía la recicladora, con la energía fruto de la sensación de culpa, pensó en ella.

ϒ

—¿Qué más puedes contarme? —preguntó Eve.

En lugar de apiñarse en su despacho, les había convocado en una sala de conferencias. Ya le había encomendado a Peabody que montara un tablero con las fotos de la escena del crimen y los datos disponibles. En esos momentos, la información que contenía el tablero era muy escasa.

—Cualquiera que quiera entrar en Explosivos y Bombas estudia obligatoriamente lo sucedido en Arlington. —Anne tomó un sorbo del rancio café negro que ofrecía el autochef—. El grupo tuvo que reclutar a gente de dentro, probablemente tanto militar como civil. No es sencillo infiltrarse en una instalación como el Pentágono, y durante aquella época, la seguridad era muy alta. La operación fue muy hábil —prosiguió—. La investigación señaló que se colocó un trío de artefactos explosivos cargados con plaston en las cinco alas, y también en las instalaciones del sótano.

Se levantó, inquieta, lanzando miradas al tablero mientras se paseaba.

—Al menos uno de los terroristas debía de tener una autorización de máximo nivel para colocar las bombas en el sótano. No hubo aviso, ni contacto para comunicar sus exigencias. Toda la instalación quedó destruida a las once en punto, mediante temporizadores. Se perdieron miles de vidas. Fue imposible identificar a todas las víctimas. No quedó lo suficiente para hacerlo.

—¿Qué sabemos de Apolo? —preguntó Eve.

—Se atribuyeron el atentado. Se jactaron de que podrían hacer lo mismo de nuevo, en cualquier parte y en cualquier momento. Y lo harían a menos que el presidente dimitiera y el representante elegido por ellos fuera investido líder de lo que denominaban su nuevo orden.

—James Rowan —intervino Feeney—. Hay un dossier sobre él, pero no creo que contenga demasiada información. Era un paramilitar, ¿no, Malloy? Ex agente de la CIA con ambiciones políticas y mucha pasta. Confiaban en él como líder, y probablemente era el hombre dentro del Pentágono. Pero alguien le quitó de en medio antes de que eso fuera verificado.

—Eso es cierto. Se da por sentado que era el líder del

grupo; el que daba las órdenes. Después de Arlington, se convirtió en una figura pública que emitía transmisiones de vídeo y discursos en antena. Tenía carisma, como tantos otros fanáticos. Se creó un estado de mucho pánico, se presionó al gobierno para que cediera en vez de arriesgarse a que hubiera otra carnicería. En cambio, el gobierno puso precio a su cabeza. Cinco millones, vivo o muerto. Sin preguntas.

—¿Quién se lo cargó?

Anne miró de nuevo a Eve.

—Esos archivos están sellados. Formaba parte del trato. Su cuartel general, una casa a las afueras de Boston, voló por los aires con él dentro. Su cuerpo fue identificado, y el grupo se disgregó, quedó desmantelado. Se formaron grupos disidentes, lograron causar cierto daño aquí y allá. Pero la situación en las Guerras había cambiado, al menos aquí, en Estados Unidos. A finales de los años veinte, los miembros de la cúpula que integraban el grupo original estaban muertos o entre rejas. Otros fueron localizados y castigados durante la década siguiente.

—¿Cuántos escaparon? —preguntó Eve.

—Nunca se encontró a su mano derecha. Un tipo llamado William Henson. Había sido el director de campaña de Rowan durante su carrera política. —Anne se frotó el estómago, que sentía levemente revuelto, y dejó el café—. Se cree que tenía una posición superior dentro de Apolo. Nunca se pudo demostrar, y desapareció el mismo día en que Rowan voló en pedazos. Algunos especulan con que estaba dentro cuando explotó la bomba, pero eso podrían ser ilusiones.

—¿Qué hay de sus madrigueras, de su cuartel general, de sus arsenales?

—Fueron localizados, destruidos y confiscados. Se da por sentado que se encontró todo, pero si me preguntas, creo que es suponer demasiado. Mucha de la información está bien sellada. Se rumorea que muchas de las personas arrestadas fueron torturadas y asesinadas sin juicio. Que los familiares fueron encarcelados de forma ilegal o ejecutados. —Anne se sentó de nuevo—. Podría ser cierto. No debió de ser nada agradable, y de ningún modo se siguió el procedimiento.

Eve se puso en pie y examinó las fotografías del panel.

—Según tu opinión, ¿esta operación está relacionada con lo sucedido en Arlington?

—Quiero estudiar las evidencias con más detenimiento y desempolvar la información disponible sobre Arlington, pero guardan semejanzas —exhaló entre dientes—. Los nombres, ambos pertenecientes a la mitología; la propaganda política; el material empleado para los explosivos. Pese a eso, hay variaciones. No ha sido un objetivo militar, ha habido aviso y ninguna víctima mortal.

—Todavía —murmuró Eve—. Pásame cualquier información que encuentres sobre esto, ¿de acuerdo? Peabody, el Manitas estuvo en el ejército durante las Guerras Urbanas, echemos un vistazo a su hoja de servicios. Feeney, necesitamos todo lo que guardó en ese ordenador.

—Estoy en ello. —Se puso en pie—. Deja que McNab se ocupe de obtener la hoja de servicios. Él podrá deshacerse de cualquier sello con mayor rapidez.

Peabody abrió la boca y la cerró acto seguido, formando una fina línea al ver la mirada admonitoria de Eve.

—Dile que me envíe los datos que consiga. Vamos a dar un paseo, Peabody. Quiero hacerle una visita a Ratso.

—Yo puedo acceder a la información militar —se quejó Peabody de camino al garaje—. Es sólo cuestión de franquear ciertos canales.

—McNab puede franquear esos canales con mayor rapidez.

—Es un fanfarrón —farfulló, logrando que Eve pusiera los ojos en blanco.

—Me quedo con el fanfarrón, siempre que consiga hacer el trabajo más rápido. No tienen por qué gustarte todos aquellos con quienes trabajas, Peabody.

—Menos mal.

—Mierda, mira esto. —Eve se detuvo a examinar su maltrecho y malogrado coche. Algún gracioso había colocado un cartel escrito a mano en la agrietada luna trasera que rezaba: TEN PIEDAD. REMÁTAME YA.

—Se trata del depravado sentido del humor de Baxter. —Eve arrancó el cartel—. Si llevo esta chatarra a mantenimiento, se limitarán a apretarle los tornillos. —Se colocó al volante—. Y tardarán un mes en hacerlo. Nunca recuperará su antiguo estado.

—Tendrás que cambiar las lunas, como mínimo —apuntó Peabody y echó un vistazo a través de la ventanilla agrietada de su lado.

—Sí. —Arrancó, haciendo una mueca de dolor cuando el coche empezó a vibrar. Alzó la vista y vio el cielo a través del agujero del techo—. Esperemos que aún funcione la calefacción.

—Puedo cursar una solicitud para un vehículo de repuesto.

—Éste es un vehículo de repuesto, ¿recuerdas? —Enfurruñada, se dirigió rumbo al sur—. Me las van a pagar por esto.

—Podría pedirle a Zeke que le echara un vistazo.

—Creía que era carpintero.

—Todo se le da bien. Puede juguetear con las tripas, así sólo tienes que sustituir la luna y parchear el techo. No será una maravilla, pero no tendrás que dejar todo el asunto en manos de mantenimiento o entrar en el infernal mundo de las solicitudes.

Algo dentro del panel de control comenzó a hacer un ruido ominoso.

—¿Cuándo puede hacerlo?

—Cuanto tú quieras. —Miró a Eve por el rabillo del ojo—. A mi hermano le encantaría ver tu casa. Le hablé de ella, de todas las maravillosas piezas de madera y muebles antiguos que tienes.

Eve se tensó en su asiento.

—Creía que esta noche ibais a ir al teatro.

—Le localizaré y le diré que no compre las entradas.

—No sé si Roarke tiene planes.

—Lo comprobaré con Summerset.

—Mierda. De acuerdo, vale.

—Es muy generoso de tu parte, teniente. —Peabody sacó alegremente su teleconector para llamar a su hermano.

Encontraron a Ratso en el Brew, contemplando un plato de lo que parecían sesos poco hechos. Levantó la vista cuando Eve se deslizó justo en frente de donde estaba él.

—Se supone que son huevos. ¿Cómo es que no son amarillos?

—Debieron ponerlos unas gallinas grises.

—Ah. —Aparentemente satisfecho con la respuesta, le hincó el diente—. ¿Qué pasa, Dallas? ¿Cogiste a los tipos que liquidaron al Manitas?

—Tengo algunas pistas que seguir. ¿Qué tienes tú?

—Se dice que nadie vio al Manitas aquella noche. Ni hablar, porque normalmente no sale de noche. Pero Pokey... conoces a Pokey, Dallas, trapichea con algunos de la zona si tiene mercancía suficiente, y se trabaja la calle de vez en cuando.

—Me parece que Pokey y yo no nos conocemos.

—Pokey es buena gente. Suele ocuparse de sus asuntos, ¿sabes? Dice que esa noche iba a trabajar la calle. Me dice que el negocio está un poco flojo, porque hace demasiado frío para follar, ¿sabes? Pero no tenía guita, así que sale a pasear, y ve una furgoneta nuevecita dirigirse a casa del Manitas. Imagina que hay alguien que busca un poco de acción, pero no ve a nadie. Me dice que explora el lugar por si vuelve alguien y quiere un polvo rápido. Por eso le llaman Pokey, porque echa unos polvos muy rápidos.

—Lo tendré en cuenta. ¿Qué clase de furgoneta era?

Ratso jugueteó con los huevos y trató de parecer astuto.

—Bueno, veamos, le dije a Pokey que querrías saber cosas, y que pagarías si era información buena.

—No pago hasta que no consigo la información. ¿Le dijiste eso?

Ratso dejó escapar un suspiro.

—Sí, supongo que lo hice. Vale, vale, dice que era una de esas elegantes Airstream, reluciente y negra. Tenía sistema de seguridad por descarga. —Ratso sonrió levemente—. Lo sabe porque intentó colarse en ella y se llevó la descarga. Así que estaba dando saltos y soplándose la mano cuando oyó jaleo calle abajo.

—¿Qué clase de jaleo?

—No sé. Un ruido, o algo así, y puede que oyera gritar a alguien, y a gente llegar. Así que se agazapó en la esquina por si el propietario de la furgoneta le había visto intentando forzarla. Ve a dos tipos y uno de ellos lleva una bolsa grande al hombro. El otro, fíjate, lleva lo que Pokey dice que le parece una pistola, como las que ha visto en televisión y en discos. Así que cargan la bolsa atrás y hace un ruido sordo al caer. Luego suben a la furgoneta y se largan.

Tomó otra porción de huevos con el tenedor y se ayudó a tragarlos con el líquido de color orín de su vaso.

—Estaba aquí sentado, preguntándome si debía localizarte e informante, y aquí estás. —Le brindó una amplia sonrisa—. Puede que el Manitas estuviera en esa bolsa. Puede que se lo llevaran en ella, y se lo cargaran y le arrojaran al río. Puede.

—¿Apuntó Pokey la matrícula del vehículo?

—No. Pokey no es tan listo, ya sabes. Y dijo que le ardía la mano y que no le dio importancia hasta que aparecí yo haciendo preguntas sobre el Manitas.

—¿Una furgoneta Airstream negra?

—Sí, con un mecanismo de seguridad de descargas. Y, ah sí, dice que tenía un centro de entretenimiento en el salpicadero. Por eso se le ocurrió entrar. Pokey trapichea de vez en cuando con aparatos electrónicos.

—Parece un ciudadano verdaderamente establecido.

—Sí, vota y todo. Así que, ¿qué me dices, Dallas? Es una buena información, ¿no?

Eve sacó un billete de veinte.

—Si me conduce a alguna parte, te daré otros veinte más. ¿Qué sabes del historial militar del Manitas?

Los veinte desaparecieron dentro de uno de los bolsillos del mugriento abrigo de Ratso.

—¿Historial?

—¿Qué era lo que hacía en el ejército? ¿Te habló alguna vez de ello?

—No mucho. Un par de veces cuando bebía y engullía demasiado. Decía que eliminó muchos objetivos durante las Guerras. Decía que el ejército los llamaba «objetivos» porque no tenían cojones para llamarlos «personas». Estaba muy mosqueado con el ejército. Decía que les había entregado todo lo que tenía y que ellos se quedaban con todo. Hum, que creían que podían darle dinero para arreglar las cosas. Cogió su dinero y los jodió. También jodió a la *poli*, a la CIA y al maldito gobierno de Estados Unidos. Pero sólo decía esas cosas cuando estaba trompa. De lo contrario, nunca decía nada.

—¿Alguna vez has oído hablar de Apolo o de Casandra?

Ratso se pasó una mano por la nariz.

—Hay una bailarina del Peek-A-Boo que se llama Casandra. Tiene unas tetas como melones.

Eve negó con la cabeza.

—No, se trata de otra cosa. Pregunta por ahí, Ratso, pero ándate con mucho cuidado. Y si te enteras de algo, no te preguntes si debes localizarme. Hazlo.

—De acuerdo, pero ando bastante corto de fondos.

Ella se levantó y arrojó otro billete de veinte sobre la mesa.

—No malgastes mi dinero —le advirtió—. Peabody.

—Iniciaré una búsqueda de furgonetas Airstream —dijo Peabody—. Registradas en Nueva York y Nueva Jersey.

—¡Maldita sea! —Eve fue rápidamente hacia su vehículo—. Mira esta mierda —masculló, agitando un pulgar hacia la ceñuda cara de color rojo fosforito que alguien había pintado sobre su abollado capó—. Ya no hay respeto. Se ha perdido el respeto por las propiedades municipales.

Peabody tosió, esforzándose por adoptar una expresión sobria y desaprobadora.

—Es una vergüenza, teniente. Sin duda.

—¿Eso que veo es una sonrisita de suficiencia, agente?

—No, señora, no es una sonrisita de suficiencia. Es un ceño en toda regla. ¿Debo inspeccionar el área en busca de botes de aerosol, teniente?

—Bésame el culo. —Eve entró en el coche de golpe, dándole suficiente tiempo a Peabody para sofocar la carcajada que le quemaba en el pecho.

—Eso hago —murmuró—. Constantemente. —Exhaló profundamente, se sacudió la sonrisa de encima y subió al asiento del pasajero.

—Terminaremos el turno en el despacho de mi casa. Así me mate, no pienso aparcar esta cosa en el garaje para que la Central se ría a mis espaldas.

—Me parece bien. Tu comida es mejor que la mía. —Y no cabría la posibilidad de que McNab se colara para hacer algunos de sus bailecitos de claqué.

—¿Tienes la dirección de Lisbeth Cooke? Podemos pasarnos a ver si la pillamos antes de llevarnos a casa esta chatarra.

—Sí, señora, creo que nos viene de camino. —Peabody pidió la dirección—. Eso está justo en frente de Madison, en la Ochenta y tres. ¿Debo llamar y concertar una entrevista?

—No, sorprendámosla.

Quedó de manifiesto que lo hicieron, y que a Lisbeth no le gustaban las sorpresas.

—No tengo por qué hablar con usted —dijo cuando abrió la puerta—. No sin la presencia de mi abogado.

—Llámele —le sugirió Eve—. Ya que tiene algo que esconder.

—No tengo nada que esconder. Ya he prestado declaración, he mantenido una entrevista con la oficina del fiscal. He aceptado el acuerdo con la fiscalía, y eso es todo.

—Dado que todo está claro, no debería preocuparle hablar conmigo. A menos que todo lo que ha declarado sea mentira.

Los ojos de Lisbeth echaron chispas. Alzó la barbilla. El orgullo había sido el mejor modo de acicatearla, apreció Eve.

—Yo no miento. Exijo honestidad, a mí misma y a las personas que me rodean. Honestidad, lealtad y respeto.

—De lo contrario, los mata. Eso ya quedó establecido.

Algo parpadeó en los ojos de Lisbeth, acto seguido su boca se transformó en una fina línea, y finalmente su mirada recobró nuevamente su frialdad y dureza.

—¿Qué es lo que quiere?

—Hacerle tan sólo unas preguntas a fin de ordenar mi expediente del caso. —Eve ladeó la cabeza—. ¿No incluye la pulcritud en su lista de virtudes requeridas?

Lisbeth dio un paso atrás.

—Se lo advierto, en cuanto se pase de la raya, llamaré a mi representante. Puedo presentar cargos por acoso.

—Toma nota, Peabody. No acosar a la señora Cooke.

—Apuntado, teniente.

—No me agrada usted.

—Vaya por Dios, acaba de herir mis sentimientos.

Eve observó con detenimiento la zona habitable, el absoluto orden, el gusto impecable. Debía reconocer que la mujer tenía estilo, meditó. Eso era algo que podía incluso apreciarlo en los estilizados sofás gemelos a rayas verdes y azul oscuro, que parecían tan cómodos como atractivos. En las elegantes mesas de cristal ahumado y los cuadros de paisajes marinos de vívidos colores.

Había una vitrina repleta de libros encuadernados en piel que sabía contarían con la aprobación de Roarke, y a través de las pulcras cortinas descorridas se apreciaba una vista de la ciudad

—Bonito lugar. —Eve se volvió para contemplar a la mujer perfectamente acicalada, que vestía unos cómodos pantalones y una túnica de estilo informal de estar por casa.

—No creo que haya venido para hablar sobre mis dotes como decoradora.

—¿Le ayudó J. Clarence a escoger todos estos cachivaches?

—No. El gusto de J. C. abarcaba toda la gama que iba de lo ridículo a lo hortera.

Eve se sentó en el sofá sin aguardar a que la invitaran a hacerlo, y estiró las piernas.

—No parecían tener demasiado en común.

—Al contrario, disfrutábamos muchísimo con las mismas cosas. Y creí que tenía un corazón cálido, generoso y honesto. Me equivoqué.

—A mí un par de cientos de millones me parece pero que muy generoso.

Lisbeth se limitó a volver la espalda y a tomar una botella de agua de una mini-nevera empotrada.

—No hablaba de dinero —dijo, y sirvió el agua en un pesado vaso de cristal tallado—. Me refería de espíritu. Pero sí, J.C. era muy generoso con el dinero.

—Le pagaba por acostarse con él.

Se escuchó el sonido de cristal chocando contra cristal cuando Lisbeth vertió el agua con violencia.

—Por supuesto que no. El acuerdo financiero era un asunto aparte; un asunto personal de mutuo acuerdo. Nos permitía a ambos vivir con comodidad.

—Lisbeth, le cobraba al hombre un millón al año.

—Yo no le cobraba nada. Teníamos un acuerdo, y parte de dicho acuerdo incluía pagos monetarios. Tales acuerdos son a menudo frecuentes en relaciones en las que una de las partes disfruta de una considerable ventaja económica sobre la otra.

—Usted disfruta de una considerable ventaja financiera ahora que él ha muerto.

—Eso me han dicho. —Volvió a coger el vaso, observando a Eve por encima del borde—. Desconocía los términos del testamento.

—Eso resulta difícil de creer. Mantenían una larga e íntima relación que incluía, según admite usted, pagos monetarios regulares. ¿Y jamás discutieron, jamás se cuestionaron lo que sucedería tras su fallecimiento?

—Era un hombre robusto y saludable. —Trató de encogerse suavemente de hombros, pero pareció que lo que hacía era un aspaviento—. Su muerte no era algo que nos planteáramos. Sí, me dijo que cuidaría de mí. Y yo le creí.

Bajó el vaso y la pasión hizo acto de presencia en sus ojos.

—Le creí. Creía en él. Y me traicionó de la forma más despreciable y dolorosa. Si hubiera acudido a mí y me hubiera contado que deseaba poner fin a nuestro acuerdo, me habría disgustado. Me habría enfurecido, pero lo hubiera aceptado.

—¿Así de simple? —Eve enarcó ambas cejas—. ¿Ni más pagos, ni más elegantes viajes y regalos exclusivos, ni nada de volver a tirarse al jefe?

—¡Cómo se atreve! ¿Cómo se atreve a menospreciar lo que tuvimos en unos términos tan crudos? Usted no sabe nada, no tiene ni idea, nada, sobre lo que había entre J. C. y yo. —Su respiración comenzó a acelerarse, sus manos a cerrarse—. Lo único que ve es la superficie porque no posee la capacidad de ver debajo de ella. Y usted se está tirando a Roarke; consiguió que se casara con usted con malas artes. ¿Cuántos viajes elegantes y regalos exclusivos le ha sonsacado, teniente? ¿Cuántos millones al año van a parar a sus bolsillos?

Eve logró mantenerse sentada a duras penas. El enfado había teñido el rostro de Lisbeth de un desagradable color y transformado sus ojos en dos calientes cristales verdes. Por primera vez parecía completamente capaz de clavarle un taladro en el corazón a un hombre.

—Yo no lo he asesinado —dijo Eve con frialdad—. Y ahora que lo menciona, Lisbeth, ¿por qué no convenció a J. C. para que se casara con usted?

—No quería eso —espetó—. No creo en el matrimonio.

Era algo en lo que discrepábamos, pero él respetaba mis sentimientos. ¡Haré que me respete! —Había dado tres largas zancadas hacía Eve, con los puños apretados, cuando un movimiento de Peabody la hizo detenerse.

Parecía temblar, y tenía los nudillos blancos a causa de la tensión. Los labios, que se habían retraído en una mueca feroz, se fueron relajando lentamente y el vivo color de su semblante desapareció de sus mejillas.

—Menudo pronto tiene, Lisbeth —dijo Eve suavemente.

—Sí. Iniciar la terapia para el control de la ira forma parte del acuerdo. Comienzo las sesiones la próxima semana.

—A veces, no sirve de nada el más vale tarde que nunca. Afirma haberse puesto hecha una furia cuando se enteró de que J. C. la estaba engañando. Pero nadie tiene conocimiento de que hubiera otra mujer en su vida. Su ayudante personal jura que no había nadie más que usted.

—Está equivocado. J. C. le engañó igual que me engañó a mí. O está mintiendo —dijo, encogiéndose de hombros—. Chris se habría cortado la mano por J. C., así que mentir es lo de menos.

—¿Por qué mentir? ¿Por qué engañarla si, tal como me ha dicho, lo único que tenía que hacer era acudir a usted y poner fin al acuerdo?

—No lo sé. —Se pasó una mano temblorosa por el cabello, revolviendo su perfecto orden—. No lo sé —repitió—. Quizá era igual que el resto de los hombres, después de todo, y encontraba más excitante engañar a su pareja.

—No le gustan demasiado los hombres, ¿verdad?

—En conjunto, no.

—Y bien, ¿cómo descubrió lo de esa otra mujer? ¿Quién es ella? ¿De dónde es? ¿Cómo es que nadie lo sabe?

—Hay alguien que sí lo sabe —dijo Lisbeth con firmeza—. Alguien me envió fotos de los dos juntos, discos con conversaciones. Conversaciones en las que hablan de mí. Se reían de mí. Dios, podría matarle de nuevo.

Dio media vuelta, abrió un armario de un tirón y sacó una bolsa amplia.

—Tome. Son copias. Le dimos los originales a la fiscalía. Mírele, con las manos por todo su cuerpo.

Eve extrajo el contenido de golpe y frunció el ceño. Eran unas fotos bastante buenas. El hombre era, sin la menor duda, J. Clarence Branson. En una de ellas, estaba sentado en lo que parecía ser el banco de un parque con una joven rubia con minifalda. Su mano descansaba en la parte superior de su muslo. En la siguiente se estaban besando con evidente pasión, y él tenía la mano debajo de la falda.

Las otras parecían haber sido tomadas en el cuarto privado de algún club. Estaban granuladas, lo cual era normal si habían sido duplicadas a partir de un disco. Un club podía perder su licencia sexual si la dirección era pillada filmando vídeos en habitaciones privadas.

Pero granuladas o no, mostraban con nitidez a J. C. y a la rubia realizando diversos y enérgicos actos sexuales.

—¿Cuándo las recibió?

—Le he dado toda esa información a la oficina del fiscal.

—Démela a mí —dijo Eve con sequedad. E iba a descubrir por qué la fiscalía no se había tomado la molestia de pasarle dicha información al investigador al frente del caso.

—Estaban en mi buzón cuando regresé a casa del trabajo. Las abrí y las vi. Y me fui directamente a encararme con J. C. Él se quedó allí parado y lo negó, me dijo que no sabía de qué le hablaba. Fue desesperante, denigrante. Perdí los nervios. Estaba ciega de ira. Agarré el taladro y...

Su voz se fue apagando a medida que recobraba la compostura y recordaba las indicaciones de su abogado.

—Debí perder la cabeza, no logro recordar en qué pensaba, qué estaba haciendo. Luego llamé a la policía.

—¿Conoce a esta mujer?

—Nunca la he visto. Es joven, ¿verdad? —Los labios de Lisbeth temblaron antes de apretarlos—. Muy joven y muy... ágil.

Eve volvió a meter las fotos y los discos en la bolsa.

—¿Por qué las conserva?

—Para no olvidarme de que todo lo que compartimos fue mentira. —Lisbeth tomó la bolsa y la colocó de nuevo en el armario—. Y para que me recuerden que debo disfrutar de cada centavo que me ha dejado.

Cogió, de nuevo, el vaso de agua y lo alzó a modo de brindis.

—De cada maldito centavo.

Y

Eve volvió a subirse al coche y cerró dando un portazo.

—Podría haber sucedido tal como ella ha afirmado —estrelló el puño contra el volante—. Qué asco.

—Podemos difundir la fotografía de la mujer, intentar conseguir una identificación. Puede que aparezca algo.

—Sí, hazlo cuando tengas tiempo. Y cuando tengamos las malditas fotos. —Indignada, Eve se apartó del bordillo—. No hay forma de demostrar que conocía el contenido del testamento o de que ése fue el móvil del crimen. Y, ¡maldita sea!, después de verla en acción, me inclino a creer su historia.

—Creía que iba a intentar arrancarte los ojos.

—Quería hacerlo. —Entonces, Eve dejó escapar un suspiro—. Terapia de control de la ira —farfulló—. ¿Qué será lo próximo?

Capítulo ocho

—**M**aldito sistema de mierda —farfulló Eve cuando se apartó de la unidad de comunicación de mesa—. La oficina del fiscal dice que no recibimos las fotos y los discos del caso Branson porque hubo un problema con el sistema de envíos. ¡Y un cuerno! —Se puso en pie para pasear—. Es la misma mierda de siempre.

Oyó la risita disimulada y se giró para fulminar a Peabody con la mirada.

—¿De qué te ríes?

—Es tu forma de hablar, jefa. Realmente admiro tu forma de hablar.

Eve se sentó de nuevo en la silla y se recostó.

—Peabody, llevamos trabajando juntas tiempo suficiente para saber cuándo me estás vacilando.

—Ah, ¿el tiempo suficiente para que aprecies nuestra compenetración?

—No.

Eve se apretó las sienes con la parte blanda de las palmas para ayudarse a sacarse de la cabeza, por el momento, el caso Branson.

—Está bien, volvamos a lo prioritario. Ponte a investigar las furgonetas mientras veo qué ha conseguido McNab de la hoja del servicio militar del Manitas. ¿Y por qué no tengo café?

—Justo eso mismo me preguntaba yo. —Para evitarse otro gruñido, Peabody se apresuró hacia la cocina.

—McNab —dijo Eve en cuanto le tuvo en pantalla—. Dame algo.

—Por ahora, sólo he conseguido los datos básicos. Pero

me estoy abriendo paso. —Reconoció la vista desde la ventana a espaldas de ella e hizo un mohín—. Oye, ¿hoy trabajas en casa? ¿Cómo es que yo no estoy también ahí?

—Porque, a Dios gracias, no vives aquí. ¿Y bien, qué es lo que tienes?

—Te lo enviaré al ordenador de tu casa, pero aquí tienes un rápido resumen. Bassi, Coronel Howard. Jubilado. Se alistó en 1997, se enroló como oficial en formación y obtuvo las máximas calificaciones. Como teniente primero, trabajó con la STF, Fuerzas Especiales de Adiestramiento. Un grupo de elite. Se trata de un asunto de máximo secreto. Estoy con eso, pero por el momento, no encuentro más que un montón de elogios y comentarios sobre su pericia con la electrónica y los explosivos. Fue promocionado a capitán en 2006, luego fue ascendiendo de rango hasta que le concedieron el grado de coronel durante las Guerras Urbanas.

—¿Dónde estuvo destinado? ¿En Nueva York?

—Sí, después le destinaron a Washington Este en... espera, lo tengo. En 2021. Tuvo que solicitar un traslado especial para la familia, ya que a la mayoría de militares no se les permitía llevarse a sus familias con ellos durante aquella época.

—¿Familia? —Levantó una mano—. ¿Qué familia?

—Ah... los informes militares hacen referencia a una esposa, Nancy, civil, y dos hijos, niño y niña. Obtuvo el traslado porque su esposa era un enlace civil entre el ejército y la prensa. Ya sabes, una especie de relaciones públicas.

—Dios. —Eve se frotó los ojos—. Investiga a la esposa y a los hijos, McNab.

—Claro, los tengo en la lista de pendientes.

—No, ahora mismo. Tienes los números de identificación ahí. —Echó un vistazo cuando Peabody llegó con el café—. Haz una búsqueda rápida sobre las fechas de defunción.

—Mierda, no vivieron mucho —farfulló McNab, pero se dio la vuelta para comprobar los historiales—. Dallas, tienen la misma fecha de defunción.

—25 de septiembre de 2023, Condado de Arlington, Virginia.

—Sí. —McNab dejó escapar un suspiro—. Debieron morir en el Pentágono. Joder, Dallas, los hijos no tenían más que seis y ocho años. Vaya mierda.

—Sí, estoy convencida de que el Manitas coincidía contigo. Ya sabemos por qué rechazó el trabajo.

Y por qué huyó, pensó. ¿Cómo iba a esperar encontrarse a salvo, siquiera en su pequeña fortaleza, si se había enredado con la clase de gente que podía borrar de un plumazo la instalación militar más segura del país?

—Continúa con la investigación —le ordenó—. A ver si puedes encontrar a alguien con quien trabajara, que siga vivo y que ya no pertenezca al ejército. Alguien a quien trasladaran con él en la misma unidad. Si formaba parte de las Fuerzas Especiales de Adiestramiento, probablemente tomó parte en la lucha contra Apolo.

—Estoy en ello. Oye, Peabody. —Movió las cejas cuando ella apareció a la vista, e introduciendo la mano bajo su camisa rosa brillante, fingió un ataque al corazón.

—Gilipollas —farfulló ésta y se hizo a un lado.

Eve frunció el ceño y cortó la conexión.

—Roarke piensa que le pones.

—Lo que le pone son las tetas —le corrigió Peabody—. Resulta que yo tengo un par. Le he pillado mirando las de Sheila, de Archivos, con los ojos como las gambas, y las suyas no son, ni con mucho, tan bonitas como las mías.

Eve dirigió una mirada fugaz a las suyas de forma pensativa.

—Pues a mí no me mira las tetas.

—Claro que sí, pero lo hace con cautela porque te teme casi tanto como teme a Roarke.

—¿Sólo casi? Estoy decepcionada. ¿Dónde está mi información acerca de las furgonetas?

—Aquí. —Peabody introdujo un disco en el ordenador de sobremesa con una sonrisa satisfecha—. Utilicé el de la cocina para obtener los datos. Tenemos cincuenta y ocho resultados, eso incluye sólo las que llevan descarga eléctrica de seguridad de serie. Si tenemos en cuenta que ese sistema se puede instalar de forma particular, la cifra se triplica.

—Empezaremos con lo gordo, comprueba si alguien ha denunciado un robo de vehículo durante las cuarenta y ocho horas previas al asesinato. Si no tenemos suerte, elimina a las familias. No me imagino a una madre llevando a sus hijos al entrenamiento por la tarde y después al padre transportando cadáveres por la noche. Busca matrículas registradas a nombre de empresas y de varones. Buscaremos mujeres si no sacamos nada en claro. Utiliza este ordenador —dijo Eve y se puso en pie—. Puedo hacer llamadas con el que hay en la otra habitación.

Contactó con Mira y concertó una cita para el día siguiente. Lo más cerca que estuvo de hablar con Feeney fue el comunicado que había recibido por correo electrónico, en el que decía que se encontraba en una prioridad y que únicamente podía atender asuntos que fueran realmente urgentes.

Tras decidir dejar que Feeney continuara haciendo aquello que mejor se le daba, localizó a Anne Malloy en la zona siniestrada.

—Oye, Dallas, ese marido tan atractivo que tienes acaba de marcharse.

—Ah, cómo no. —Eve podía ver los escombros y al equipo de Explosivos y Bombas en medio de estos.

—Quería ver lo que tenemos por aquí que, por el momento, no es más de lo que ya sabes. Hemos enviado fragmentos al laboratorio. Estamos encontrando más. Tu marido le echó un vistazo a una pieza de uno de los artefactos y dijo que era un trozo de politex de alta resistencia, como las que se utilizan en la construcción espacial. Probablemente perteneciente a un mando a distancia. Puede que tenga razón.

«Tendría razón», pensó Eve. «Raramente sucedía lo contrario.»

—¿Qué deduces de eso?

—Un par de cosas —dijo Anne—. Una, que al menos alguno de los artefactos fue construido utilizando restos espaciales recuperados o componentes fabricados para tal fin. Y dos, que tu marido tiene una vista muy aguda.

—De acuerdo. —Se pasó la mano por el pelo—. Si Roarke está en lo cierto, ¿puedes seguirle la pista a eso?

—Reduce el campo de búsqueda. Me mantendré en contacto.

Eve se recostó y, movida por la curiosidad, hizo una búsqueda sobre el politex y sus fabricantes.

No le sorprendió ver a Industrias Roarke figurar como una de las cuatro empresas interplanetarias que fabricaban el producto. Pero sí hizo que pusiera los ojos en blanco. Reparó en que Herramientas y Juguetes Branson también lo fabricaban. A menor escala, advirtió. Únicamente en el planeta.

Decidió ahorrarse tiempo y pedirle a Roarke un resumen sobre las otras dos empresas. Se pasó la siguiente hora volviendo sobre sus pasos, seleccionando antigua información, clasificando los datos recientes que le había transferido McNab. Estaba a punto de ir a acosar a Peabody con los resultados de la búsqueda del vehículo cuando sonó su conector.

—Dallas.

—¡Oye, Dallas! —La pantalla se llenó con la sonrisa alegre de Mavis Freestone—. Fíjate en esto.

Una resplandeciente columna de aire surgió junto a la mesa y luego, en un abrir y cerrar de ojos, en la cocina apareció una imagen holográfica de cuerpo entero de Mavis, ataviada con unos finos tacones color rubí con un penacho de brillantes plumas rosas flotando sobre las punteras. Llevaba una bata corta con volantes en esas dos mismas tonalidades, que hacía que a uno se le saltasen las lágrimas, y que dejaba un hombro al descubierto para mostrar el tatuaje de un ángel plateado tocando un arpa dorada. El cabello le caía en una espiral de rizos tan gruesos como salchichas de soja en una mezcla de dorado y plata, espolvoreados con brillantina metálica.

—¿A que es total? —Rompió a reír e hizo un bailecito erótico por la cocina—. La unidad de comunicación de mi habitación cuenta con esta función holográfica tan chula. ¿Qué aspecto tengo?

—Pintoresco. Bonito tatuaje.

—Eso no es nada, mira esto. —Mavis se descubrió el otro hombro de un tirón para revelar un segundo ángel con un pequeño rabo tieso, que llevaba un tridente y lucía una sonrisa desquiciada—. Ángel bueno, ángel malo. ¿Lo pillas?

—No. —Aunque Eve sonrió ampliamente—. ¿Cómo va la gira?

—¡Dallas, es una pasada! Vamos a todas partes y la multitud se vuelve loca cuando actúo. Y Roarke nos ha conseguido el transporte más alucinante y todos los hoteles son lo más de lo más.

—¿Lo más?

—Lo último. Hoy lucí este aspecto en la tienda de música para firmar discos y en un montón de entrevistas con los medios, y voy a llevarlo en la actuación de esta noche en el Dominant de Houston. Tenemos un completo total. Casi no tengo tiempo de arreglarme el pelo.

Eve recorrió sus resplandecientes rizos con la mirada.

—Pero te las arreglas.

—Sí, jamás lo hubiera logrado si Leonardo no me hubiera acompañado. Oye, Leonardo, tengo a Dallas en pantalla. Ven a saludarla. —Mavis se echó a reír y se balanceó sobre sus tacones—. A Eve le trae sin cuidado que estés desnudo.

—Sí que me importa —la corrigió Eve—. Pareces feliz, Mavis.

—Mucho más que feliz. Dallas, estoy completamente E y A.

—Ebria y alborotada.

—No. Eufórica y alucinada. Es todo lo que siempre quise sin saber que lo quería. Cuando regrese, me voy a comer a Roarke a besos.

—Estoy segura de que lo disfrutará.

—Sé que lo hará. —Esta vez Mavis dejó escapar una risa maligna—. Leonardo dice que no está celoso, y que puede que también bese a Roarke. En fin, ¿qué tal van las cosas por casa? —Mavis ladeó la cabeza y suspiró antes de que Eve pudiera responder—. No has visitado a Trina.

Eve palideció ligeramente y se removió en su silla.

—¿Trina? ¿Qué Trina?

—Venga, Dallas, dijiste que en mi ausencia concertarías una cita para que te peinara y te hiciera otros tratamientos de belleza. Hace semanas que no tienes cita en un salón.

—Tal vez se me olvidara.

—Tal vez pensaste que no me daría cuenta. Pero no pasa nada, nos ocuparemos de que nos haga un completo cuando regrese.

—No me amenaces, colega.

—Caerás rendida. —Mavis enroscó un rizo plateado alrededor de su dedo y dibujó una amplia sonrisa—. ¡Hola, Peabody!

—Hola, Mavis —dijo Peabody—. Magnífico holograma.

—Roarke tiene los mejores juguetes. En fin, tengo que irme. Leonardo dice que hay que comenzar a prepararse. Mirad lo que hago. —Se puso a dar vueltas, lanzando besos, y seguidamente desapareció en un abrir y cerrar de ojos.

—¿Cómo puede moverse así con esos tacones? —se preguntó Peabody.

—No es más que otro de los muchos enigmas de Mavis. ¿Qué tienes acerca de la furgoneta?

—Estoy bastante segura de que la he localizado. Airstream negra, modelo de 2058. Con todos los extras. —Le ofreció a Eve una copia impresa de la información—. Registrada a nombre de Casandra Unlimited.

—¡Bingo!

—Pero he comprobado la dirección y es falsa.

—De todos modos, vincula al Manitas con el caso y nos proporciona un objetivo. ¿Has investigado sobre Casandra Unlimited?

—Todavía no. Antes quería darte esto.

—De acuerdo. Veamos. —Eve se recolocó en su silla—. Ordenador, busca y presenta un informe de todos los datos sobre Casandra Unlimited.

Procesando... No hay información bancaria sobre Casandra Unlimited.

—Claro —murmuró Eve—. Eso habría sido demasiado fácil. —Se recostó contra el respaldo un momento, cerrando los ojos y reflexionando—. De acuerdo, prueba con esto: busca y enumera todas las compañías y empresas con Casandra como título. Cíñete a Nueva York y Nueva Jersey.

Procesando...

—¿Crees que utilizarían el nombre? —le preguntó Peabody.

—Creo que son listos, pero arrogantes. Hay un modo de descubrirlo. Siempre lo hay.

Información completada. La lista es la siguiente: Centro de belleza Casandra, Brooklyn, Nueva York. Delicias de chocolate Casandra, Trenton, Nueva Jersey. Casandra Electronics, Nueva York, Nueva York.

—Para. Toda la información sobre Casandra Electronics.

Procesando... Casandra Electronics, 10092 de Houston, fundada en 2049, sin información financiera o bancaria. Filial de Empresas Monte Olimpo. No hay información disponible. Bloqueo codificado ilegal de acuerdo con la ley federal y será denunciado automáticamente a CompuGuard.

—Sí, hazlo. La información está ahí, en alguna parte. Verificar dirección en Houston.

Procesando... Dirección no válida. La dirección no existe.

Eve se puso en pie y dio una vuelta por la habitación.

—Pero introdujeron tal información. ¿Por qué molestarse en registrar las empresas y arriesgarse a ser objeto de una investigación automática por parte de CompuGuard, a una inspección fiscal?

Peabody aprovechó la oportunidad para programar más café.

—¿Porque son arrogantes?

—Eso es, precisamente. No saben que la furgoneta fue vista y localizada, pero debían saber que realizaría una investigación acerca de Casandra y que daría con ello.

Aceptó el café que le ofreció distraídamente Peabody.

—Quieren que pierda mi tiempo con esto. Si pueden introducirse ilegalmente en el sistema de datos, quiere decir que cuentan con fondos y con equipamiento de tecnología punta. No les preocupa CompuGuard.

—A todo el mundo le preocupa CompuGuard —discrepó Peabody—. Es imposible pasar por encima de ellos.

Eve tomó un trago de café y pensó en la habitación privada de Roarke, su equipo no registrado y su destreza para pasar delante de las mismísimas narices del ojo que todo lo ve de CompuGuard sin ser detectado.

—Pues lo han hecho —fue cuanto dijo—. Le pasaremos esto a la División de Detección Electrónica. —De forma oficial, pensó Eve. Extraoficialmente, le preguntaría a su inteligente marido qué podía hacer—. Por ahora, esperaremos.

Se giró de nuevo hacia la máquina y solicitó el nombre de las cuatro empresas que fabricaban politex. Industrias Roarke, advirtió; Herramientas y Juguetes Branson; Eurotell Corporation y Aries Manufacturing Industries.

—Peabody, ¿alguna de estas lleva el nombre de alguna deidad?

—¿Deidad? Ah, ya lo pillo. Aries. Creo que es el dios de alguna cosa, y sé que es un signo del zodíaco.

—¿Griego?

—Sí.

—Veamos si siguen el patrón. —Ordenó la búsqueda de información y encontró Aries registrada en una dirección no válida y vinculada a Monte Olimpo.

—No cabe duda de que están relacionados. —Eve retrocedió y se apoyó contra la encimera—. Si siguen un patrón, podemos comenzar a predecir. Igual que hacía Casandra —dijo con una fría sonrisa.

Le encomendó a Peabody que transfiriera la información y procediera a realizar el informe con los progresos. A continuación, cambiando a modo privado, llamó al despacho de Roarke.

—Necesito hablar con él —le dijo a la escalofriantemente eficiente ayudante de Roarke—. Si está disponible.

—Aguarde un momento, teniente. Le pasaré con él.

Con una mano en los auriculares, Eve se desplazó en silencio hasta la puerta y vio a Peabody trabajando diligentemente en la mesa. Sintiendo tan sólo una punzada de culpa, regresó de nuevo adentro. No estaba engañando a su ayudante, se dijo. Estaba evitando que Peabody metiera el pie en la oscura zona divisoria entre la ley y la justicia.

—¿Teniente? ¿En qué puedo ayudarte?

Eve exhaló y se adentró en dichas sombras.

—Necesito hacer una consulta.

—¿Sí? ¿De qué tipo?

—De las extraoficiales.

En su boca se adivinó el asomo de una sonrisa.

—Ah.

—Odio cuando dices «ah» de esa forma.

—Lo sé.

—Mira, ahora mismo no estoy en posición de dar explicaciones, pero si no tienes planes para esta noche...

—Pero sí que tengo planes. Los dos los tenemos, de hecho —le recordó—. Van a venir tus invitados.

—¿Mis invitados? —Se quedó completamente en blanco—. Pero si yo nunca invito a nadie. Eres tú quien se encarga de eso.

—Esta vez no. ¿Peabody y su hermano pequeño? ¿Te suena de algo?

—¡Ay, joder! —Eve se paseó en círculo mientras se mesaba el cabello de forma descuidada—. No puedo escaquearme. No puedo decirle la verdad, y se pondrá a hacer pucheros si me invento alguna excusa mala. No se puede trabajar con ella cuando se pone mohína.

Tomó su taza de café y bebió de ella con una expresión torva en el rostro.

—¿Tenemos que darles de cenar?

Roarke se echó a reír, sintiendo adoración por Eve.

—Eve, eres una anfitriona muy solícita. Personalmente, estoy deseando conocer al hermano de Peabody. Los naturistas son personas muy sosegadas.

—No estoy de humor para relajaciones. —Pero se encogió de hombros—. Bueno, tendrán que irse a casa en algún momento.

—Claro que sí. Llegaré a casa dentro de un par de horas. Eso te dará tiempo para ponerme al tanto.

—De acuerdo, lo haremos así. ¿Alguna vez has oído hablar de Aries Manufacturing?

—No.

—¿De Empresas Monte Olimpo?

Aquello captó el interés de Roarke.

—No. Pero Casandra encaja perfectamente, ¿no es así?

—Eso parece. Estaré en casa cuando llegues —le dijo y se despidió.

Resolvió el primer problema enviando a Peabody de vuelta a la Central de Policía con el informe actualizado e instrucciones de pasarles a Feeney y a McNab los nuevos datos.

Se dirigió a la planta baja con la idea de despejarse la cabeza antes de ponerse a trabajar en el resto del problema. Un poco de ejercicio podría contribuir a estimular su cerebro, pensó.

Summerset estaba parado al pie de las escaleras. Éste observó con ojo crítico y burlón el holgado suéter y los viejos pantalones que Eve llevaba puestos.

—Confío en que tenga intención de ponerse algo más adecuado antes de la cena.

—Y yo confío en que continuarás siendo un gilipollas durante el resto de tu vida.

El hombre inspiró bruscamente por la nariz, y la tomó del brazo antes de que pudiera pasarle de largo, sabiendo que a Eve le repelía aquello. Eve le enseñó los dientes; él sonrió.

—Hay un mensajero con un paquete para usted esperando en la puerta.

—Un mensajero. —Aunque se zafó de un tirón por una cuestión de principios, se aprestó a situarse entre Summerset y la puerta. Su mano se desplazó automáticamente al arma—. ¿Has realizado un escáner?

—Naturalmente. —Perplejo, enarcó una ceja—. Es un servicio de mensajería registrado. El conductor es una joven. El escáner no mostró armas.

—Llama al servicio de mensajería y verifícalo —ordenó—. Yo me ocuparé de abrir la puerta. —Lanzó una mirada por encima del hombro cuando se disponía a ponerse en marcha—. ¿Has revisado en busca de explosivos?

Summerset palideció, pero asintió con la cabeza.

—Por supuesto. La vigilancia de la puerta es muy concienzuda. La diseñó el propio Roarke.

—Llama y verifícalo —repitió—. Hazlo desde la parte trasera de la casa.

Con la mirada adusta sacó su unidad móvil de comunicación, pero no fue más allá del umbral del salón. Maldito fuera si permitía que Eve le protegiera tal como había hecho en una ocasión anterior.

Eve observó la motocicleta acercarse al monitor de seguridad. El logotipo de Zippy Service estaba visiblemente impreso sobre el depósito del combustible. La conductora vestía el uniforme reglamentario de color rojo chillón, gafas y una gorra. Se las alzó cuando detuvo el vehículo y luego miró boquiabierta la casa.

Era joven y todavía tenía las mejillas regordetas como los bebés, advirtió Eve. Tenía los ojos abiertos como platos y una expresión deslumbrada cuando echó la cabeza hacia atrás para intentar ver la parte superior de la casa a medida que avanzaba.

Tropezó en los escalones, y a continuación se ruborizó mientras miraba en derredor para ver si alguien se había dado cuenta. En una mano llevaba un sobre que contenía un disco y utilizó la otra para tirar de su chaqueta hacia abajo, tras lo cual llamó al timbre.

—El envío está confirmado —dijo Summerset desde detrás de Eve y estuvo a punto de hacerle dar un brinco.

—Te dije que llamaras desde la parte trasera de la casa.

—No acepto órdenes suyas. —Alargó la mano hacia la puerta, bloqueando el paso a Eve, y gritó con auténtica sorpresa cuando ésta le pisó con fuerza en el empeine.

—Retrocede —espetó—. Estúpido gilipollas —farfulló mientras abría la puerta de golpe. Antes de que la chica de la mensajería pudiera saludarla como era lo habitual, Eve la arrastró adentro, le empujó de cara a la pared y le sujetó las manos a la espalda.

—¿Tienes nombre?

—Sí, sí, señora. Sherry Combs. Soy Sherry Combs. —Tenía los ojos cerrados con fuerza—. Trabajo para Zippy. Tengo una entrega. Por favor, señora, no llevo dinero.

—¿Es ése el nombre correcto, Summerset?

—Sí. No es más que una niña, teniente, y la ha asustado.

—Sobrevivirá. ¿Cómo te hiciste con la entrega, Sherry?

—Yo... yo... yo... —Tragó saliva de manera audible y mantuvo los ojos apretados—. Estoy en rotación.

—No, ¿cómo llegó el paquete?

—Ah, ah, ah, por buzón. Me parece. Estoy bastante segura. Madre mía, no lo sé. Mi supervisor me dijo que lo trajera aquí. Es mi trabajo.

—De acuerdo. —Eve retrocedió con cuidado y le dio una palmadita a Sherry en el hombro—. Últimamente hemos tenido un montón de delincuencia —dijo con una sonrisa—. No nos gusta nada eso por aquí. —Sacó una moneda de crédito de cincuenta y la apretó en la sudorosa mano de la chica—. Conduce con cuidado.

—De acuerdo, vale, gracias. ¡Dios mío! —Se encaminó hacia la puerta y acto seguido se dio la vuelta, casi al borde de las lágrimas—. Ostras, se supone que tiene que firmar, señora, pero no tiene por qué si no quiere.

Eve simplemente meneó la cabeza en dirección a Summerset y a continuación se dispuso a subir las escaleras con el sobre en la mano.

—Lo lamento muchísimo. —Escuchó como el hombre le murmuraba a la chica—. Hoy no se ha tomado aún su medicación.

A pesar de haber visto la dirección del remite en el sobre, Eve no pudo evitar esbozar una amplia sonrisa. Pero el humor no le duró demasiado. Sus ojos mostraban una expresión impávida cuando entró de nuevo en su despacho. Se pulverizó las manos con el aerosol protector, abrió el sobre y seguidamente insertó el disco que contenía en su ordenador.

Somos Casandra.

Somos los dioses de la justicia.

Somos leales.

Teniente Dallas, esperamos que nuestra demostración de esta mañana haya bastado para convencerla de nuestras habilidades y de la seriedad de nuestro empeño. Somos Casandra, y predecimos que nos demostrará su respeto ordenando la liberación de los siguientes héroes políticos, ahora erróneamente encarcelados en las instalaciones de la GESTAPO de la Prisión de Kent en Nueva York: Carl Minnu, Milicent Jung, Peter Johnson y Susan B. Stoops.

Si estos patriotas de la libertad no han sido liberados para mañana al mediodía, nos veremos obligados a sacrificar un lugar de referencia de Nueva York. Un símbolo del exceso y la estupidez donde los mortales se quedan mirando embobados a otros mortales. Contactaremos con usted al mediodía para obtener confirmación. Si nuestras demandas no se cumplen, todas las vidas perdidas pesaran sobre su cabeza.

Somos Casandra.

Susan B. Stoops, pensó Eve. Susie B., ex enfermera, que envenenó a una quincena de pacientes ancianos en el centro de rehabilitación donde trabajaba. Afirmando que todos ellos habían sido criminales de guerra.

Eve había estado al frente del caso, la había arrestado y sabía que cumplía cinco cadenas perpetuas en el pabellón para perturbados mentales del centro penitenciario de Kent.

Tenía el presentimiento de que los otros «héroes de guerra» tendrían historias similares.

Hizo una copia del disco y llamó a Whitney.

—No está en mis manos, al menos por ahora —le dijo Eve a Roarke mientras se paseaba por el salón principal—. Los dirigentes políticos están reuniéndose para meditar. Espero órdenes. Espero que se pongan en contacto.

—No estarán de acuerdo.

—No. El número de víctimas mortales total del que son responsables los cuatro nombres que ellos quieren asciende a más de un centenar. Jung hizo estallar una iglesia, afirmando que todos los símbolos religiosos eran herramientas de la hipócrita derecha. Había un coro de niños ensayando dentro. Minnu incendió un restaurante en el Soho, y sorprendió a más de cincuenta personas en el interior. Declaró que era una fachada de la izquierda fascista; y Johnson era un asesino a sueldo que mataba a cualquiera por dinero. ¿Dónde huevos está la conexión?

—Puede que no la haya. Puede que no sea más que una prueba. ¿Accederá el gobierno a sus peticiones o se negará?

—Tienen que saber que se negarán. No nos han dejado modo alguno de negociar.

—Así que, tienes que esperar.

—Sí. ¿Qué lugar de Nueva York es un símbolo del exceso y la estupidez humana?

—¿Qué lugar no lo es?

—Cierto —frunció el ceño y se paseó de un lado a otro—. Investigué sobre Casandra, la griega. Se dice que Apolo le concedió el don de la profecía.

—Me parece que a este grupo le encanta la simbología.

—Dirigió la vista hacia la puerta al escuchar unas voces—. Debe de ser Peabody. Apártalo de tu mente durante un par de horas, Eve. Podría resultar útil.

Roarke se acercó a saludar a Peabody, a decirle que estaba preciosa, y a estrechar la mano a Zeke. Era tan condenadamente afable, pensó Eve. Nunca dejaba de fascinarle la habilidad que Roarke tenía de pasar de una situación a otra sin tan siquiera inmutarse.

El contraste entre ambos hombres resultó, si cabía, más palpable cuando se colocó al lado del desgarbado Zeke, que lucía una sonrisa apurada mientras se esforzaba por no quedarse embobado.

—Dáselo, Zeke —le instó Peabody y agregó un rápido codazo fraternal en las costillas.

—Ah, sí. Es una tontería. —Le brindó aquella sonrisa tímida a Eve y a continuación sacó una pequeña talla de madera del bolsillo—. Dee dijo que tenías un gato.

—Bueno, hay un bicho de esos que tiene la amabilidad de permitirnos vivir aquí. —Eve se encontró mirando sonriente una talla del tamaño de un pulgar de un gato durmiendo. Era tosca y sencilla, y estaba ingeniosamente realizada—. Y esto, junto con comer, es lo que mejor se le da. Gracias, es genial.

—Las hace Zeke.

—Sólo por diversión —agregó él—. Vi tu vehículo aparcado fuera. No parece estar en muy buen estado.

—Pues aún suena peor.

—Puedo echarle un vistazo y trastear un poco con él.

—Te lo agradecería. —Se disponía a sugerir que lo hiciera en ese momento, cuando captó la mirada admonitoria de Roarke y se guardó las palabras—. Ah, permíteme que primero te traiga algo de beber.

«Malditos modales», pensó Eve.

—Sólo un poco de agua, o tal vez un zumo. Gracias. Esta casa tiene un hermoso acabado —le dijo a Roarke.

—Sí que lo tiene. Te la mostraremos después de la cena. —Hizo caso omiso de la mueca de Eve y sonrió—. La mayor parte de la madera es original. Valoro a los artesanos que trabajan para que su obra perdure.

—No me había percatado de que en una zona urbana como ésta se conservara tanto acabado de interiores de los siglos XIX y XX. Hoy quedé asombrado al ver la casa de los Branson. Pero esto...

—¿Estuviste en casa de los Branson? —Eve había terminado rascándose la cabeza al ver el surtido de zumos que había dispuesto Summerset. Sirvió algo de color rosa en un vaso.

—Llamé esta mañana para darles el pésame y preguntar si preferían posponer el trabajo para el que me habían contratado. —Aceptó el vaso que ella le ofrecía con una sonrisa de agradecimiento—. Pero la señora Branson dijo que apreciarían que me pasara esta tarde por allí, después del servicio funerario, para inspeccionar las cosas. Dijo que el proyecto podría ayudarles a no pensar en lo ocurrido.

—Zeke dice que tienen un taller completamente equipado en el sótano. —Peabody alzó las cejas mirando a Eve—. Por lo visto, a B. Donald le gusta el bricolaje.

—De familia le viene al galgo.

—Todavía no le conozco —intervino Zeke—. Fue la señora Branson quien me enseñó la casa. —Había pasado tiempo con ella, sólo un poco de tiempo. Y su organismo todavía estaba revolucionado debido a ello—. Mañana comenzaré a trabajar en la casa.

—Y te liarán para que hagas chapuzas.

—No me importa. Tal vez debería ir a echarle un vistazo al coche y ver qué puedo hacer. —Miró a Roarke—. ¿Tienes alguna herramienta que puedas prestarme?

—Me parece que tengo lo que necesitas. No son de marca Branson, me temo. Yo utilizo Steelbend.

—Branson es buena marca —dijo Zeke con seriedad—. Pero Steelbend es mejor.

Roarke le puso la mano a Zeke en el hombro al tiempo que le dedicaba a su esposa una deslumbrante sonrisa.

—¿No te parece un solete? —Peabody lanzó una mirada de afecto a su hermano mientras éste salía—. Ha pasado veinte minutos en casa de los Branson y ya estuvo reparando algún problemilla de fontanería. No hay nada que Zeke no pueda arreglar.

—Si logra que ese coche no acabe en manos de los simios de mantenimiento, estaré en deuda con él de por vida.

—Lo logrará.

Peabody se dispuso a sacar a colación su más reciente preocupación. Cuando Zeke hablaba de Clarissa Branson, había algo extraño en sus ojos, en su voz. «No es más que un capricho», se aseguró Peabody. Ella era una mujer casada y unos años mayor que Zeke. «No es más que un capricho», se aseguró de nuevo, y decidió que la teniente no era la persona indicada con quien compartir sus preocupaciones fraternas. Mucho menos cuando estaban inmersos en una complicada investigación.

Peabody exhaló.

—Sé que no es el mejor momento para hacer vida social. Nos marcharemos en cuanto Zeke haya acabado.

—Cenaremos. Mira, ya lo tengo todo preparado. —Eve señaló distraídamente una bandeja de canapés maravillosamente presentados—. Así que habrá que comerlo.

—Bueno, ya que insistes. —Peabody tomó uno—. ¿Se sabe algo del capitán?

—Nada aún. No espero tener noticias suyas antes de mañana. Lo que me recuerda que voy a necesitar que te presentes a las seis en punto en la Comisaría.

Peabody se tragó el canapé antes de atragantarse.

—A las seis. Estupendo. —Dejó escapar el aliento y atrapó otro canapé—. Parece que va a ser una velada muy corta.

Capítulo nueve

*A*preciado camarada,

Somos Casandra.

Somos leales.

Todo está en marcha. Las fases preliminares de la revolución se han cumplido exactamente como se previeron. La destrucción simbólica de la propiedad del capitalista Roarke, llevada a cabo por nosotros, resultó patéticamente simple. La torpe policía está investigando. Los primeros mensajes de nuestra misión han sido transmitidos.

No comprenderán. No entenderán la magnitud de nuestro poder y nuestros planes. Ahora van dando palos de ciego como si fueran ratones, persiguiendo las migajas que les hemos dejado.

El adversario por nosotros elegido examina las muertes de dos peones, y no se da cuenta de nada. Hoy, a menos que estemos equivocados con respecto a ella, irá a donde la hemos conducido. Y no será capaz de ver el verdadero camino.

Él estaría orgulloso de lo que estamos consiguiendo.

Después de que esta sangrienta batalla sea ganada, ocuparemos su lugar. Quienes han abogado por nosotros, por él, se unirán a la causa.

Camarada, estamos impacientes por que llegue el día en que nuestra bandera se alce sobre la nueva capital del nuevo orden. Cuando todos aquellos responsables de la muerte del mártir mueran con dolor y terror.

Pagarán, con miedo, con dinero y con sangre, uno por uno y ciudad por ciudad; nosotros, Casandra, destruiremos lo que ellos veneran.

Reúne hoy a los fieles, camarada. Estad atentos a la televisión. Vuestros vítores salvaran los kilómetros de distancia que nos separan y llegarán a mis oídos.

Somos Casandra.

Zeke Peabody era un hombre concienzudo. Era partidario del trabajo bien hecho, de dedicar todo su tiempo, su atención y su destreza a tal fin. Había aprendido carpintería de su padre, y padre e hijo se habían sentido orgullosos cuando el muchacho había superado al hombre.

Había sido criado como un naturista, y los fundamentos de su fe se amoldaban a Zeke como un guante. Era tolerante con los demás; tener plena consciencia de que la raza humana estaba compuesta de individuos diversos que tenían derecho a escoger su camino formaba parte de sus creencias.

Su propia hermana había escogido el suyo, al elegir convertirse en policía. Ningún naturista de corazón llevaría jamás un arma, mucho menos la utilizaría contra otro ser vivo. Pero su familia estaba orgullosa de ella por seguir su propio camino. Después de todo, la creencia naturista se fundamentaba en eso mismo.

Uno de los beneficios más dulces del trabajo que había aceptado realizar era que éste le proporcionaba la posibilidad de pasar tiempo con Dee. Le reportaba gran placer ver en lo que se había convertido su hermana mediana, y explorar la ciudad que se había convertido en su hogar. Y sabía que a ella le divertía que la arrastraran a toda atracción turística típica que podía encontrar en su guía electrónica.

Estaba sumamente complacido con su jefa. En todas las ocasiones en que Dee había llamado y escrito a casa les contaba innumerables detalles sobre Dallas con los que Zeke había conformado la imagen de una mujer muy compleja y fascinante. Pero verla en persona era mejor. Poseía un aura fuerte. Podría haberle preocupado un tanto detectar un oscuro resplandor de violencia, pero en su corazón brillaban la compasión y la lealtad.

Deseaba sugerirle que probara con la meditación para atenuar aquel resplandor, pero temía que ella se sintiera ofendida. Algunas personas reaccionaban así. También había pensado que, quizá, aquel halo de oscuridad podría ser necesario para su trabajo.

Podría aceptar tales cosas, pese a que nunca llegara a comprenderlas por completo.

En cualquier caso, le satisfacía que, una vez concluyera su trabajo, pudiera regresar a casa contento de que su hermana hubiera hallado su lugar y de que estuviera con gente que la necesitaba en su vida.

Tal y como le habían indicado, fue a la entrada de servicio de la casa color arenisca de los Branson. El criado que le abrió la puerta era un hombre alto con ojos impasibles y modales formales. La señora Branson, quien le había pedido que la llamase Clarissa, le había dicho que todos los miembros del servicio eran androides. Su esposo les consideraba menos entrometidos y más eficientes que sus homólogos humanos.

Lo acompañaron al taller del sótano, le preguntaron si necesitaba algo y a continuación lo dejaron a solas.

Y, a solas, sonrió como si fuera un chaval.

El taller estaba casi tan bien equipado y organizado como el que tenía montado en su casa. Éste, pese a que no tenía la menor intención de utilizarlos, contaba con un ordenador y un sistema de comunicación; una pantalla de pared; una unidad de realidad virtual y un equipo de televisión; y un ayudante androide que estaba desconectado.

Pasó las manos sobre la madera de roble con la que sabía que iba a disfrutar trabajando y luego sacó sus diseños. Estaban realizados en papel en vez de en formato digital. Prefería crear sus dibujos a lápiz igual que su padre, y su abuelo antes que él.

«Era más personal», pensó Zeke, «más parte de uno mismo.» Desplegó cuidadosamente los diseños sobre la mesa de trabajo, tomó su botella de agua de la bolsa y bebió pensativamente mientras visualizaba el proyecto, fase por fase.

Le dedicó el trabajo al poder que le había otorgado el conocimiento y la habilidad para construir, y a continuación procedió a tomar las primeras medidas.

El lápiz le tembló al escuchar la voz de Clarissa. El rubor ya ascendía por su cuello cuando se dio la vuelta. El hecho de que no hubiera nadie allí sólo hizo que el sonrojo se tornara más intenso. Había estado pensando demasiado en ella, se dijo. Y no tenía derecho a pensar en la esposa de otro hombre. Por muy encantadora que fuera, por mucho que sus grandes ojos turbulentos le conmovieran.

Sobre todo por eso último.

A causa de la frustración que sentía, tardó un momento en darse cuenta de que el murmullo que oía provenía de las antiguas rejillas de ventilación. Deberían estar selladas, reflexionó. Le preguntaría a Clarissa si quería que se ocupara de ello mientras estaba allí.

No acertaba a dilucidar las palabras, no es que lo hubiese intentado, se aseguró a sí mismo. No es que alguna vez se le hubiera pasado por la cabeza, ni por asomo, inmiscuirse en la privacidad de otra persona. Pero reconoció su tono de voz... su suave fluir, y su sangre circuló un poquito más rápido.

Se rio de sí mismo, volvió a sus medidas con la certeza de que era correcto admirar a una mujer debido a su belleza y a sus delicados modales. Asintió al escuchar la voz que se unió a la de ella. Su esposo. No estaba de más recordar que tenía un esposo.

«Y un estilo de vida», agregó, levantando un madero con una fuerza distendida que su desgarbado cuerpo encubría. Un estilo de vida que distaba mucho del suyo.

Mientras cargaba con el tablero hasta los soportes para llevar a cabo los primeros cortes escuchó cómo cambiaban el tono. Las voces se elevaron ahora con ira, lo bastante alto y claro para que captara algunas palabras.

—Zorra estúpida. Apártate de mi camino.

—B. D., por favor. Escucha.

—¿El qué? ¿Más lloriqueos? Me pones enfermo.

—Tan sólo quiero...

Se oyó un golpe, un estrépito, que llevó a Zeke a realizar una mueca de dolor, y a continuación escuchó el sonido de la voz de Clarissa, ahora suplicando.

—No lo hagas, no lo hagas, no lo hagas.

—Limítate a recordar, patética ramera, quién es el que manda.

Otro porrazo; una puerta cerrándose de golpe. Luego el desgarrado y afligido llanto de una mujer.

No tenía derecho, se dijo Zeke, no tenía derecho a escuchar las intimidades de un matrimonio. No tenía derecho a dirigirse arriba a consolarla.

Pero, por Dios bendito, ¿cómo podía alguien tratar a su compañera de modo tan vil y cruel? Ella debería ser adorada.

Despreciándose a sí mismo por imaginarse haciendo justo eso —yendo arriba, estrechando a Clarissa contra sí—, Zeke se colocó los protectores para los oídos y le concedió la privacidad a la que ella tenía derecho.

—Te agradezco que hayas cambiado tu agenda para venir aquí. —Eve tomó la chaqueta de su ajada silla y trató de no obsesionarse con el hecho de que su diminuto y abarrotado despacho distara mucho del elegante espacio laboral de la doctora Mira.

—Sé que trabajas contra reloj con este caso. —Mira echó un vistazo alrededor. Qué extraño, pensó, nunca antes había estado en el despacho de Eve. Dudaba que ella comprendiera que aquel reducido y angosto cuarto encajaba a la perfección con su persona. Sin ruido, sin adornos y muy poco cómodo.

Aceptó la silla que Eve le ofrecía, cruzó sus depiladas piernas y enarcó una ceja cuando ella continuó de pie.

—Debería haber ido yo a verte. Aquí ni siquiera tengo el té que te gusta.

Mira se limitó a sonreír.

—Me conformo con un café.

—De eso sí que tengo. —Se volvió hacia el autochef, que hizo poco más que escupirla. Eve le asestó un fuerte golpe al aparato con la parte blanda de la mano—. Malditos recortes presupuestarios. Cualquier día de estos voy coger todas las ruidosas máquinas de esta habitación y a tirarlas por la ventana. Y ruego al Señor que los tontos del culo de mantenimiento estén abajo cuando lo haga.

Mira rompió a reír y lanzó una mirada a la estrecha hendidura de sucio cristal.

—No va a resultarte fácil sacar nada por esa ventana.

—Sí, bueno, ya me las arreglaré. Marchando un café —dijo cuando el autochef emitió un brusco zumbido—. El resto del equipo trabaja en sus respectivos campos. Nos reuniremos dentro de una hora y me gustaría poder llevarles algo.

—Ojalá tuviera algo más que darte. —Mira se recostó contra el respaldo, aceptando la taza de café que Eve le ofrecía. Eran apenas las siete de la mañana, pero Mira lucía un aspecto tan elegante y refinado como una delicada figurita de cristal. Llevaba el cabello negro suavemente ondulado y retirado de su sereno rostro. Vestía uno de sus trajes hechos a medida, en este caso en un tono verde salvia que había realzado con un collar de perlas de una sola vuelta.

Con sus vaqueros desgastados y su holgado suéter, Eve se sentía desaliñada, despeinada y con los ojos arenosos.

Se sentó, pensando que Roarke le había dicho básicamente lo mismo a primera hora de la mañana. Él había continuado investigando, pero luchaba contra un equipo y mentes tan inteligentes y complejas como la suya. Podrían pasar horas o días hasta que atravesara los enrevesados bloqueos y llegara al corazón de Casandra, le explicó Roarke.

—Dame lo que tengas —dijo Eve a Mira de manera concisa—. Y será más de lo que tengo yo ahora.

—Esta organización es justamente eso —comenzó Mira—. Organizada. Mi hipótesis sería que han planeado meticulosamente lo que pretenden llevar a cabo. Querían tu atención, y ya cuentan con ella. Querían la atención de los organismos de poder de la ciudad, y eso también lo han conseguido. Sin embargo no alcanzo a comprender sus ideales políticos. Las cuatro personas cuya liberación exigen provienen de puntos diversos del ámbito de la política. Por tanto, se trata de una prueba. ¿Se verán satisfechas sus demandas? No creo que ellos lo crean así.

—Pero no nos han dado ningún margen de negociación.

—La negociación no es su objetivo. Lo que buscan es la capitulación. La destrucción del edificio de ayer no fue más que una mera demostración. Lo que pretenden decir es que nadie resultó herido. Te están dando la oportunidad de que esto siga siendo así. Entonces, pedirán lo imposible.

—No consigo descubrir un nexo de unión entre ninguno de los cuatro nombres de la lista. —Eve se sentó, apoyando el tobillo en la rodilla. La noche anterior había pasado horas tratando de hallar la conexión mientras Roarke se dedicaba a investigar a Casandra—. Tal como dices, no tienen nada en común. Ni ideales políticos. Ni asociaciones ni afiliaciones. Ni tampoco edades, o historias delictivas o personales. No hay nada que los relacione. Yo diría que escogieron esos cuatro nombres al azar. No podría importarles menos si esas personas vuelven o no a las calles. Es una cortina de humo.

—Estoy de acuerdo. Sin embargo, saberlo no mitiga la amenaza que representa el qué harán a continuación. Este grupo se hace llamar Casandra, se vinculan con Monte Olimpo, de modo que el simbolismo es claro. Gira en torno al poder y la profecía, desde luego, pero más aún se trata de establecer una distancia entre ellos y los simples mortales. De establecer la creencia, la arrogancia, de que ellos, o quien los dirige, poseen un conocimiento superior y la capacidad para darnos órdenes. Tal vez incluso de velar por nosotros frente a la despiadadamente indiferencia de las directrices de los dioses. Nos utilizarán, igual que hicieron con Howard Bassi, cuando tengamos el potencial para ser útiles. Y cuando hayan acabado, nos recompensarán o castigarán según crean oportuno.

—¿Y esta nueva república, este nuevo reino?

—El suyo, por supuesto. —Mira probó el café, encantada de descubrir que se trataba de la maravillosa mezcla de Roarke—. Con sus principios, sus reglas y su gente. Me preocupa más el tono que el contenido, Eve. Se aprecia regocijo subyacente en lo que se dice. «Somos Casandra» —agregó—. ¿Se trata de un grupo o de una sola persona que se cree muchas? Si se trata de lo último, te enfrentas a una mente inteligente y perturbada. «Somos leales». Leales, podemos asumir, a la organización, a la misión. Y al grupo terrorista Apolo de quien Casandra recibió sus poderes proféticos.

—«Nuestra memoria es extensa» —murmuró Eve—. Tiene que serlo. Apolo fue desmantelado hace más de treinta años.

—Fíjate en la constante utilización del pronombre plural, en las frases enunciativas cortas seguidas de jerga política, propaganda y acusaciones. No hay en ello nada que resulte nuevo u original. Es algo reciclado, y cuya antigüedad supera en mucho los treinta años. Pero no des por sentado que esto significa que no están avanzados en cuanto a las formas y medios con los que operan. Puede que los principios en que se basan sean cansinos y trillados, pero creo que sus intenciones y capacidades son imperiosas.

»Acudieron a ti —prosiguió—, porque te respetan. Posiblemente te admiran, de soldado a soldado. Porque cuando ganen, como creen que harán, la victoria tendrá un sabor más dulce si cuentan con un adversario digno.

—Necesito saber cuál es su objetivo.

—Sí, lo sé. —Mira cerró los ojos durante un momento—. Un símbolo. Una vez más, sería algo que merezca la pena ser tomado en cuenta. Se refirieron a él como a un lugar de exceso y estupidez. Donde los mortales miran embobados a otros mortales. Quizá un teatro.

—O un club o un estadio. Podría ser cualquiera cosa, desde el Madison Square a un antro sexual de la Avenida C.

—Más lo primero que lo segundo. —Mira dejó su café—. Un símbolo, Eve, un lugar conocido. Algo que cause un gran impacto.

—El primer golpe fue un almacén vacío. Eso no es demasiado impactante.

—Pertenecía a Roarke —remarcó Mira y observó cómo los ojos de Eve parpadeaban—. Eso captó tu atención, que era lo que ellos pretendían.

—Crees que volverán a tomar una de sus propiedades como objetivo. —Eve se puso en pie de golpe—. Bueno, pues sí que reduce eso las posibilidades. Roarke posee la mayoría de la ciudad.

—¿Eso te molesta? —comenzó, acto seguido se interrumpió y estuvo a punto de reír por lo bajo—. Lo siento, es una pregunta psicológica refleja. Dado que te han elegido a ti, considero que existen muchas posibilidades de que se centren en las propiedades de Roarke. En realidad esta teoría no es ni mucho menos algo concluyente, no más que eso que tú denominarías una corazonada. Pero tienes que empezar por alguna parte.

—De acuerdo. Contactaré con él.

—Concéntrate en los edificios importantes, algo con tradición.

—De acuerdo, me pondré manos a la obra.

Mira se puso en pie.

—No te he sido de gran ayuda.

—Y yo te he dado demasiado con qué trabajar. —Entonces Eve se metió las manos en los bolsillos—. Aquí no me encuentro en mi campo. Estoy acostumbrada a lidiar con homicidios convencionales, no con la amenaza de un exterminio al por mayor.

—¿Los pasos son diferentes?

—No lo sé. Todavía estoy reconociendo el camino. Y mientras lo hago, alguien tiene el dedo sobre el botón.

En primer lugar, intentó dar con Roarke en el despacho de casa y tuvo suerte.

—Hazme un favor —dijo—. Trabaja hoy en casa.

—¿Por algún motivo en concreto?

¿Quién iba a decir que el suntuoso vestíbulo, los teatros y salas de su edificio de oficinas del centro no eran lo que le convertían a él en el objetivo?, pensó Eve.

Y, si le decía eso, él se presentaría allí sin perder un minuto para realizar personalmente una exploración y un rastreo. No se arriesgaría a ello.

—No me gusta pedir, pero si pudieras seguir con ese proyecto con el que estuvimos anoche, me sería de gran ayuda.

Roarke examinó su rostro.

—De acuerdo. Puedo cambiar algunas de mis citas. De todos modos, tengo una investigación automática en proceso.

—Sí, pero tú haces las cosas con mayor rapidez cuando te ocupas de ellas personalmente.

Roarke enarcó una ceja.

—Creo que eso se asemeja mucho a un cumplido.

—Que no se te suba a la cabeza. —Se reclinó, tratando de mostrar un aspecto despreocupado—. Verás, ahora mismo ando apurada, pero ¿podrías mandarme algo de información?

—¿De qué tipo?

—¿Sobre tus propiedades en Nueva York?

Esta vez Roarke enarcó ambas cejas.

—¿De todas?

—Te he dicho que ando apurada de tiempo —le dijo con sequedad—. No dispongo de diez años para ocuparme de esto. Únicamente las más destacadas. Lo que sea antiguo y llamativo.

—¿Por qué?

«¿Que por qué? ¡Mierda!»

—Tan sólo estoy haciendo una comprobación adicional. Cabos sueltos. Rutina.

—Querida Eve. —No sonrió al decirlo, y ella comenzó a tamborilear con los dedos sobre el escritorio.

—¿Qué?

—Me estás mintiendo.

—De eso nada. Por Dios, le pides a un tipo cierta información básica, información que su esposa tiene derecho a conocer y lo que consigues es que te llame mentirosa.

—Ahora estoy seguro de que me mientes. Mis propiedades te importan un bledo y detestas que me refiera a ti como a mi esposa.

—No lo detesto. Lo que me molesta es el tonillo que utilizas. Olvídalo —dijo, encogiendo un hombro—. De todos modos, no es importante.

—¿Cuál de mis propiedades crees que es el objetivo?

Ella exhaló con los dientes apretados.

—¿No crees que te lo diría si lo supiera? Tú envíame la maldita información, ¿quieres?, y déjame hacer mi trabajo.

—Cuenta con ello. —Sus ojos eran tan fríos como su voz—. Y avísame si encuentras el objetivo. Puedes localizarme en mi oficina del centro.

—Roarke, maldita sea...

—Tú haz tu trabajo, teniente, que yo haré el mío.

Roarke cortó la comunicación antes de que Eve pudiera maldecir de nuevo. Le dio una patada a la mesa.

—Cabezota, inflexible hijo de puta. —Prescindió del procedimiento sin dudar y llamó a Anne Malloy.

—Necesito un equipo de Explosivos y Bombas en el centro para realizar una exploración y un rastreo completo.

—¿Has localizado el objetivo?

—No —dijo entre dientes, y seguidamente se obligó a relajar la mandíbula—. Es un favor personal, Anne. Siento pedírtelo. Mira cree que es probable que una de las propiedades de Roarke sea el objetivo de hoy. Él va a ir a su oficina, y yo...

—Dame la dirección —dijo Anne enérgicamente—, y está hecho.

Eve cerró los ojos y exhaló pausadamente.

—Gracias. Te debo una.

—No me debes nada. Yo también tengo marido y haría lo mismo.

—De todos modos, estoy en deuda contigo. Estoy recibiendo información —agregó cuando la máquina emitió un pitido—. Por algún lado hay que comenzar. La revisaré y con suerte tendré una criba hecha para la reunión.

—Crucemos los dedos, Dallas —dijo Anne y se despidió.

—Peabody. —Eve señaló a su ayudante—. A mi despacho.

Tomó asiento, se pasó los dedos por el pelo y después solicitó la información que Roarke le había enviado.

—Teniente. —Peabody entró en la habitación—. Tengo los informes de los discos de Casandra. El análisis no muestra nada. Equipo estándar, sin formato o marcas. No hay modo de rastrearlo.

—Coge una silla —le ordenó Eve—. Tengo una lista de posibles objetivos. Calcularemos las probabilidades e intentaremos reducir las posibilidades.

—¿Cómo has confeccionado la lista?

—Mira supone que es posible que estemos buscando un club o un teatro. Yo estoy de acuerdo. La doctora piensa que es muy probable que ataquen otra propiedad de Roarke.

—Tiene lógica —dijo Peabody un momento después, luego se sentó al lado de Eve. Y se quedó boquiabierta al ver la lista que aparecía en pantalla—. Colega, ¿eso es suyo? ¿Es el propietario de todo eso?

—No me pinches —farfulló Eve—. Ordenador, análisis de la información en curso, seleccionar propiedades consideradas objetivo o símbolos tradicionales de Nueva York y confeccionar una lista. Ah, y añade edificios construidos en enclaves históricos.

Procesando...

—Muy bien dicho —dijo Peabody—. ¿Sabes?, he visitado

muchos de estos lugares con Zeke. Nos hubiéramos quedado más impresionados aún de saber que eras la dueña.

—El dueño es Roarke.

Tarea completada

El ordenador lo anunció con tal eficacia que Eve lo ojeó con recelo.

—¿Por qué crees que esta cosa funciona hoy tan bien, Peabody?

—Yo que tú tocaría madera al hacer afirmaciones como ésa, teniente. —Peabody estudió la nueva lista con el ceño fruncido—. No reduce mucho las posibilidades.

—Eso le pasa a Roarke por gustarle las cosas viejas. Tiene verdadera obsesión por lo antiguo. —Exhaló—. Veamos, estamos pensando en un club o en un teatro. Mortales mirando embobados a otros mortales. Ordenador, ¿cuáles de la lista tienen función de tarde hoy?

Procesando...

—Quieren que haya gente dentro —murmuró Eve mientras el ordenador eructaba bruscamente—. Vidas segadas. No sólo un par de grupos haciendo turismo, no sólo empleados. ¿Por qué no atacar un aforo completo? Quieren causar impacto.

—Si estás en lo cierto, puede que todavía tengamos tiempo suficiente para impedirlo.

—O puede que estemos sacando conclusiones equivocadas y que algún bar del centro de la ciudad vuele por los aires. Bueno, veamos. —Eve asintió cuando apareció la nueva información—. Eso está mejor, es factible. Ordenador, copia en disco la lista actual e imprime una copia en papel.

Eve miró la hora y se levantó.

—Llevemos esto a la sala de conferencias. —Cogió la copia impresa y la miró fijamente—. ¿Qué cojones es esto?

Peabody echó un vistazo por encima del hombro de Eve.

—Creo que está en japonés. Te dije que tocases madera, Dallas.

—Coge el maldito disco. Si está en japonés, Feeney puede pasarlo por el traductor. O lanzarlo por la puta ventana —masculló de camino a la sala—. El día menos pensado voy a tirar ese trasto por esa maldita ventana.

El disco resultó estar en chino mandarín, pero Feeney se ocupó de ello y lo proyectó en la pantalla de la pared.

—El informe preliminar de Mira —comenzó Eve—, y el análisis de datos y supuestos del ordenador indican que estos son los objetivos más probables. Todos son complejos de entretenimiento, lugares representativos o construidos en el enclave en el que antes se erigían edificaciones conocidas que fueron destruidas. Todos tienen funciones previstas para esta tarde.

—Es una buena perspectiva. —Anne se metió las manos en los bolsillos traseros mientras leía la pantalla—. Enviaré equipos para que realicen una exploración y un rastreo.

—¿Cuánto tiempo precisarás? —le preguntó Eve.

—Hasta el último minuto que sea posible. —Sacó rápidamente su comunicador.

—Quiero agentes de paisano y vehículos sin identificación —se apresuró a decir Eve—. Podrían tener el edificio bajo vigilancia. No les avisemos de nuestra presencia.

Tras asentir con la cabeza, Anne comenzó a expedir órdenes por el comunicador.

—Penetramos en el sistema de prevención de fallos. —Feeney retomó el caso con los progresos realizados por la división de Detección Electrónica—. El viejo cabrón codificó sus datos. Estoy pasando un decodificador, pero hizo un buen trabajo. Voy a necesitar más tiempo.

—Esperemos que sea algo que merezca la pena.

—McNab ha averiguado un par de nombres de la antigua unidad del Manitas. Estos hombres continúan en la zona. He concertado entrevistas con ellos para hoy al mediodía.

—Bien.

—Los equipos van de camino. —Anne se guardó el comunicador—. Estaré en el lugar de los hechos. Te avisaré cuando sepa algo. Ah, Dallas —agregó cuando se dirigía hacia la puerta—, ¿te acuerdas de la dirección sobre la que hablamos? Está limpia.

—Gracias.

Anne le lanzó una amplia sonrisa.

—No hay de qué.

—Estaré ocupado con el código hasta que tengamos algo con lo que seguir. —Feeney hizo sonar su bolsa de nueces garrapiñadas—. Este tipo de procedimientos era común durante todo el maldito periodo de las Guerras Urbanas. Se consiguió suprimir o descifrar la mayoría, pero ahora existen mejores métodos.

—Sí, pero también nosotros somos mejores.

Aquello le hizo sonreír levemente.

—Muy cierto.

Eve se frotó los ojos cuando se quedó a solas con Peabody. Las escasas tres horas de sueño de las que había logrado disfrutar amenazaban con nublarle el cerebro.

—Ocupa este ordenador de aquí. Ve modificando la lista a medida que lleguen los informes de los equipos de Malloy. Yo se los llevaré a Whitney, luego estaré en el lugar de los hechos. Mantenme informada.

—Podría serte de utilidad sobre el terreno, Dallas.

Eve pensó en lo cerca que ya había estado de hacer que su ayudante volara en pedazos y sacudió la cabeza.

—Te necesito aquí —fue cuanto dijo, y se encaminó a la salida.

Una hora después, Peabody se debatía entre sentirse desdichadamente aburrida o intolerablemente nerviosa. Cuatro de los edificios habían quedado libres de toda sospecha, pero restaba otra docena y menos de dos horas para el mediodía.

Deambuló por la sala y bebió litros y litros de café. Trató de pensar como una terrorista política. Sabía que Eve era capaz de hacerlo. Su teniente podía meterse en la mente de un criminal, pasearse por ella, visualizar una escena desde el punto de vista de un asesino.

Peabody envidiaba esa habilidad, aunque en más de una ocasión se le había ocurrido que no debía ser un don muy agradable.

—Si fuera un terrorista político, ¿con qué edificio de Nueva York querría acabar para obtener repercusión?

«Turistas atrapados y señuelos», pensó. El problema era

que siempre había evitado esa clase de lugares. Había llegado a Nueva York para ser policía y, por cuestión de orgullo, supuso, había evitado expresamente todos los paraísos turísticos típicos.

El hecho era que jamás había puesto un pie en el Empire State o en el Metropolitan hasta que Zeke...

Levantó la cabeza y sus ojos comenzaron a brillar. Llamaría a Zeke. Le constaba que su hermano se había estudiado la guía turística de cabo a rabo. ¿Y bien? Como ávido turista de Arizona, ¿cuál era el lugar más probable al que asistiera para ver una función de tarde durante un fin de semana?

Dio la espalda a la ventana para dirigirse hacia el comunicador, luego frunció el ceño cuando entró McNab.

—Hola, cuerpazo, ¿también a ti te han dejado haciendo trabajo de despacho?

—Estoy ocupada, McNab.

—Sí, ya lo veo. —Se acercó parsimoniosamente al autochef y le dio un golpe—. Esta cosa se ha quedado sin café.

—Pues vete a beber a otra parte. Esto no es una maldita cafetería. —Quería que se largara de allí por una cuestión de principios, y porque no quería que fisgara mientras hablaba con su hermano pequeño.

—Me gusta estar aquí. —Se inclinó para echar una ojeada al monitor, en parte porque quería saber, y en parte porque a ella le molestaba que lo hiciera—. ¿Cuántos han eliminado?

—Pírate de aquí. Yo manejo este ordenador. Trabajo aquí, McNab.

—¿Por qué estás tan irascible? ¿Os habéis peleado Charlie y tú?

—Mi vida personal no es asunto tuyo. —Trató de hacer acopio de dignidad, pero McNab tenía un don especial para sacarla siempre de sus casillas. Se puso en marcha, apartándolo de un codazo—. ¿Por qué no te vas a jugar con tu placa madre?

—Resulta que formo parte de este equipo. —Para irritarla, aposentó el culo sobre la mesa—. Y te supero en rango, cielín.

—Debido únicamente a algún evidente fallo en el sistema. —Le clavó un dedo en el pecho—. Y no me llames cielín. Me llamo Peabody, agente Peabody. Y no necesito que ningún informático lerdo de culo escuálido me eche el aliento en el cuello cuando estoy cumpliendo una misión.

Él bajó la mirada al dedo que se había clavado dos veces más en su pecho. Cuando levantó la vista, Peabody se sorprendió ligeramente al ver que sus ojos verdes, habitualmente risueños, se habían transformado en dos rendijas de hielo.

—Te conviene tener cuidado.

También el frío acero de su voz sorprendió a Peabody, pero estaba demasiado metida en situación como para desistir.

—¿Con qué?

—Con agredir físicamente a un superior. No voy a tolerar mayor abuso por tu parte sin comenzar a devolver los insultos.

—«Abuso» por mi parte. Eres tú quien viene a fisgonear cada vez que pestañeo, con tus inadecuados comentarios e insinuaciones. Intentas inmiscuirte en mis casos...

—¿Tus casos? Ahora tienes delirios de grandeza.

—Los casos de Dallas son mis casos. Y no necesitamos que tú te metas. No necesitamos que vengas a poner una pincelada cómica con tus estúpidos chistes. Y no necesito que hagas preguntas sobre mi relación con Charles, la cual es completamente privada y no es asunto tuyo.

—¿Sabes qué es lo que necesitas, Peabody?

McNab elevó el tono de voz, tal como había hecho ella. Y se puso en pie, rozando puntera con puntera y casi nariz con nariz.

—No, McNab, ¿qué crees tú que necesito?

No había sido su intención hacerlo. No había pensado en ello. Bueno, puede que sí. En cualquier caso, hecho estaba. La había agarrado de los brazos, tirado de ella con fuerza y su boca se dedicaba ya a la labor de devorar la de ella de forma demoledora.

Peabody emitió un sonido, algo que recordó a un nadador que traga agua por accidente. En algún rincón bajo su ardiente temperamento yacía la certeza de que seguramente ella le diera una patada en el culo en cuanto se recobrara del impacto. Así pues, ¡qué demonios!, puso toda la carne en el asador.

La atrapó entre la mesa y su cuerpo, y tomó tanto de ella como un hombre podría ingerir de un único, largo y ávido trago.

Peabody estaba paralizada. Era la única explicación racional a por qué el hombre tenía aún la boca sobre su persona en vez encontrarse tirado en el suelo con los huesos rotos y sangrando.

Había sufrido alguna clase de apoplejía... «¡Ay, Dios mío!, ¿quién iba a pensar que un pelmazo sabría besar así?»

La sangre simplemente había abandonado su cabeza y había dejado un zumbido a su paso. Y cuando sus brazos le rodearon el cuello y su boca comenzó a salir impetuosamente al encuentro de McNab, descubrió que, después de todo, no estaba paralizada.

Forcejearon, se manosearon y mordisquearon. Alguien gimió. Alguien maldijo. Luego se quedaron mirándose fijamente el uno al otro, jadeando.

—¿Qué na... qué narices ha sido eso? —La voz de Peabody surgió en forma de graznido.

—No lo sé. —McNab consiguió inhalar aire y expulsarlo—. Pero hagámoslo otra vez.

—¡Por Dios, McNab! —estalló Feeney desde el umbral de la puerta y observó a la pareja apartarse de un salto como si fueran conejos—. ¿Que demonios estáis haciendo?

—Nada, nada. —McNab acertó a decir entre resuellos, tosió y trató de aclararse la visión parpadeando—. Nada —dijo por tercera vez—. En absoluto, capitán.

—¡Santa Mary McGuire! —Feeney se frotó la cara con las manos sin apartarlas de allí—. Finjamos que no he visto nada. No he visto absolutamente nada. Acabo de entrar ahora mismo en esta habitación. ¿Entendido?

—Señor —dijo Peabody de forma cortante, y rogó que el rubor que podía sentir ardiendo en su rostro desapareciera antes de que terminase la década.

—Sí, señor. —McNab se apartó de Peabody dando un largo paso a un lado.

Feeney bajó las manos y los observó detenidamente a los

dos. Había visto parejas entre rejas con menos pinta de culpables, pensó con un prolongado suspiro interior.

—El objetivo ha sido localizado. Es el Radio City.

Capítulo diez

$\mathcal{T}$odavía les quedaba tiempo, era cuanto Eve se permitió pensar. Llevaba puesto el equipo antidisturbios: chaleco antibalas y casco de asalto con una pantalla para el rostro. Pero en el caso de que se les hubiera agotado, Eve sabía que toda aquella parafernalia resultaría igual de efectiva que no llevar nada encima.

Por ese motivo, naturalmente que todavía disponían de tiempo. Aquélla era la única alternativa posible para el equipo de Explosivos y Bombas, para los civiles que se esforzaban denodadamente por evacuar y para ella misma.

El gran escenario del Radio City estaba a rebosar: turistas, lugareños, preescolares con sus padres o sus cuidadores, grupos de escolares con maestros y acompañantes. El ruido era ensordecedor, y los autóctonos no estaban simplemente impacientes, estaban cabreados.

—El precio de las entradas oscila entre los cien y los doscientos cincuenta dólares. —La rubia de metro ochenta de estatura, que se había identificado como directora del teatro, galopaba junto a Eve como un caballo de guerra vikingo. En su voz se libraba una batalla entre el ultraje y la angustia—. ¿Tiene idea de lo complicado que va a ser concertar citas alternativas o devolver el dinero? Se han agotado las localidades para toda la temporada.

—Escucha, bonita, si no dejas que hagamos nuestro trabajo tendrás que representar la obra diseminada en pedacitos hasta Hoboken durante el resto de la temporada. —Apartó a la mujer de un codazo y sacó su comunicador—. ¿Malloy? Informa de tu situación.

—Se han detectado artefactos múltiples. Hemos localizado y neutralizado dos. El escáner indica seis más. Los equipos ya han sido desplegados. El escenario cuenta con cuatro ascensores, cada uno de ellos puede internarse más de ocho metros en el sótano de este lugar. Hay artefactos colocados en todos ellos. Trabajamos todo lo rápido que podemos.

—Trabajad más rápido —sugirió Eve. Se metió de nuevo el comunicador en el bolsillo y se volvió hacia la mujer que se encontraba a su lado—. Salga de aquí.

—Por supuesto que no. Soy la directora.

—Eso no la convierte en capitán de este barco que se hunde. —Eve estuvo tentada de sacarla personalmente por la fuerza, ya que la mujer la superaba en más de veintidós kilos de peso y parecía lo bastante crispada como para presentar una buena y entretenida pelea. Era una verdadera lástima que no pudiera perder el tiempo. En cambio, hizo una señal a un par de fornidos agentes de uniforme y les señaló a la mujer con un brusco ademán de su pulgar.

—Deshaceros de ésta —fue cuanto dijo y se abrió paso entre el ruidoso y quejumbroso gentío de evacuados.

Pudo ver el impresionante escenario, que tenía una extensión de un bloque de pisos. Había una docena de policías, ataviados con el equipamiento antidisturbios, allí apostados con la misión de impedir que cualquiera de los asistentes pudiera abrirse paso en esa dirección. El pesado telón rojo estaba alzado y las luces del escenario encendidas. Nadie confundiría a las figuras con casco que había en escena con Las Rockettes.

Los bebés sollozaban, los ancianos refunfuñaban y media docena de colegialas, aferradas a sus muñecas Rockette de recuerdo, gimoteaban en silencio.

La historia que habían difundido acerca de un escape en una cañería principal había evitado que cundiera el pánico, pero no garantizó una cooperación ufana por parte de los civiles.

Los equipos de evacuación hacían progresos, pero no era tarea fácil sacar a varios cientos de espectadores de un teatro calentito al frío de las calles. La zona del vestíbulo principal estaba completamente abarrotada.

Y había otra infinidad de habitaciones, salas y vestíbulos.

Camerinos, centros de control y oficinas quedaban fuera de las áreas abiertas al público. Cada uno de estos cuartos debía ser registrado, evacuado y asegurado.

Si el pánico se sumaba al enfado ya presente, tendría varios cientos de heridos antes de que llegaran a las puertas, deliberó Eve. Se colocó los auriculares con descuido y se subió a una amplia mesa estilo art decó para dirigir la mirada hacia la quejumbrosa multitud, que marchaba atropelladamente por el grandioso vestíbulo de estilizadas líneas en cristal y cromo.

Encendió el micrófono.

—Les habla el Departamento de Policía y Seguridad de Nueva York —declaró en medio del resonante estrépito—. Les agradecemos su cooperación. Por favor, no bloqueen las salidas. Continúen saliendo. —Hizo caso omiso de los gritos y preguntas que le lanzaron y repitió su declaración una vez más.

Una mujer ataviada con sus perlas de gala cogió a Eve por el tobillo.

—Conozco al alcalde. Va a enterarse de esto.

Eve asintió amablemente.

—Dele recuerdos de mi parte. Les ruego procedan de forma ordenada. Disculpen las molestias.

La palabra «molestias» disparó las quejas. El vocerío aumentó en intensidad mientras los agentes uniformados hacían pasar con firmeza a la gente a través de las puertas. Eve acababa de apartarse el micrófono y sacar su comunicador para verificar de nuevo la situación cuando vio que alguien entraba en la zona en vez de salir de ella.

La sangre le hirvió al instante mientras Roarke se deslizaba con soltura entre la multitud en dirección a ella.

Rechinó los dientes al tiempo que bajaba la mirada hacia él.

—¿Qué narices te crees que haces?

—Me aseguro de que mi propiedad... y también mi esposa —agregó, otorgándole el suficiente énfasis para hacerla gruñir—, continúen de una pieza.

Se subió ágilmente de un salto donde estaba ella.

—¿Me permites? —dijo y le arrebató los auriculares.

—Eso es propiedad de la policía, amiguito.

—Lo que significa que es un producto de baja calidad, pero servirá para su propósito.

A continuación, con aspecto impasible y elegante, se dirigió a la escandalosa multitud:

—Damas y caballeros, el personal y los actores del Radio City se disculpan por las molestias ocasionadas. El coste de las entradas y del transporte les será reembolsado en su totalidad. Se fijará una fecha alternativa para la función de hoy en cuanto sea posible a la que podrán asistir aquellos que lo deseen sin ningún cargo adicional. Agradecemos su comprensión.

El nivel de ruido no disminuyó, pero el tono se alteró sustancialmente. Roarke podría haberle dicho a Eve que el dinero, inapelablemente, mandaba.

—Muy hábil, ¿no? —farfulló y bajó de la mesa.

—Necesitabas que salieran —dijo, sin más—. ¿Cuál es la situación?

Eve aguardó hasta que él descendió y se situó a su lado, y después contactó con Anne.

—La evacuación está en torno al cincuenta por ciento. La cosa marcha, aunque con lentitud. ¿Y tú, qué tal?

—Más o menos igual. Tenemos la mitad. Hemos desactivado uno en el interior de la consola. Ahora estamos trabajando en otro en el foso de la orquesta. Éste está casi desactivado, pero están por todas partes. No dispongo de tantos hombres.

Por el rabillo del ojo vio a Roarke comprobar un escáner portátil. Aquello hizo que se le encogiera el estómago.

—Mantenme informada. Tú —dijo cuando se volvió hacia él—, largo.

—No. —Roarke no se molestó en levantar la vista, pero le puso una mano en el hombro para impedir que arremetiera contra él—. Hay un artefacto arriba en la pasarela. Yo me ocuparé de él.

—De lo único que vas a ocuparte es de darte un paseíto hasta la calle, y ahora mismo.

—Eve, ambos sabemos que no hay tiempo para discutir. Si esta gente tiene vigilado el edificio, saben que lo has localizado. Podrían decidir detonarlo en cualquier momento.

—Razón por la que todos los civiles... —prefirió hacer una pausa antes que hablarle a su espalda. Él ya se había dado la vuelta y atravesaba a paso ligero la multitud en dirección contraria—. ¡Maldita sea, maldita sea, maldita sea! —Luchando contra el pánico, se abrió paso por la fuerza tras él.

Le alcanzó justo cuando abría la cerradura de la puerta lateral y se las arregló para seguirle.

La puerta se cerró de golpe, y ambos se miraron con los ojos entrecerrados.

—No te necesito aquí —dijeron al unísono. Roarke estuvo a punto de reír entre dientes.

—Da igual. Pero no me agobies. —Subió rápidamente los peldaños metálicos y se desplazó con resolución a lo largo de los sinuosos corredores.

Eve no se molestó en discutir. Ahora estaban dentro; o ganaban o perdían.

Podía escuchar el eco de voces provenientes de abajo, tan sólo un murmullo, dado que las paredes eran gruesas. En esa zona el teatro era sencillo y funcional, como un actor sin disfraz o maquillaje.

Roarke dio unos pasos más, menos largos que los anteriores, y salió a lo que a Eve le pareció la cubierta de un barco.

Ésta pendía por encima de las mullidas butacas, proporcionándoles una vista completa del escenario que se encontraba debajo. Dado que las alturas no se encontraban entre sus situaciones favoritas, Eve se dio la vuelta y examinó los enormes y complejos paneles de control, perpleja al ver las madejas de gruesa soga que colgaban.

—¿Dónde...? —comenzó a decir, luego perdió por completo la capacidad de hablar cuando él se introdujo por una abertura y quedó suspendido en el aire.

—No tardaré mucho.

—Por Dios, Roarke. ¡Por Dios bendito! —Se asomó como pudo y vio que en realidad Roarke no caminaba en el aire. Pero según su perspectiva, poco faltaba. La plataforma no tenía más de sesenta centímetros de anchura, una especie de puente que se extendía por encima del teatro, surcando el lugar por entre los enormes focos, más cuerdas, poleas y vigas metálicas.

Las orejas comenzaron a zumbarle cuando puso un pie en ella para seguirle. Habría jurado que podía sentir cómo su cerebro comenzaba a dar vueltas dentro de su cráneo.

—Vuelve, Eve. No seas tan cabezota.

—Cierra el pico, tú cierra el pico. ¿Dónde está el cabrón?

—Aquí. —Por el bien de ambos, Roarke se obligó a no pensar en el miedo que ella le tenía a las alturas. Y esperó que Eve pudiera hacer lo mismo. Giró con destreza, se arrodilló y acto seguido se inclinó de un modo que hizo que el estómago de Eve diera una larga y lenta voltereta—. Debajo de esta pasarela.

Hizo una lectura con el escáner mientras Eve, a Dios gracias, se ponía a cuatro patas. Mantuvo los dientes apretados en tanto que no dejaba de repetirse que debía mirar a Roarke. «No mires abajo. No mires abajo.»

Naturalmente, miró abajo.

La multitud había quedado reducida a tan sólo unas docenas de rezagados a quienes los agentes uniformados aprestaban a moverse. El trío de Explosivos y Bombas que se encontraba en el foso de la orquesta parecían muñecos, pero escuchaba sus vítores en medio del rugido de la sangre que resonaba en sus oídos.

—Han desactivado otro.

—Mmm —fue el único comentario que Roarke hizo al respecto.

Eve sacó su comunicador con dedos sudorosos y respondió a la llamada de Anne.

—Dallas.

—Tenemos dos menos. Estamos cerca. He enviado un equipo a la pasarela y otro...

—Yo estoy en la pasarela. Nos estamos ocupando de éste.

—¿Nos?

—Encárgate tú del resto. —Parpadeó para aclarar su visión y vio a Anne salir al escenario y alzar la vista hacia arriba—. Aquí lo tenemos todo bajo control.

—Espero por Dios que así sea. Me voy de aquí.

—¿Lo tenemos bajo control, Roarke?

—Hum. Es un ingenioso chisme. Tus terroristas tienen los bolsillos bien llenos. No me vendría mal contar con Feeney —dijo distraídamente y sacó una potente linterna de bolsillo—. Sujeta esto.

—¿Dónde?

—Justo aquí —le indicó; luego le lanzó una mirada y reparó en que estaba mortalmente pálida y sudorosa—. Tiéndete bocabajo, cielo. Respira lentamente.

—Ya sé cómo tengo que respirar —le espetó y seguidamente se tendió. Puede que su estómago no hiciera más que dar brincos, pero su mano era firme como una roca.

—Bien, así está bien. —Se estiró frente a ella de modo que sus narices casi se tocaban y se puso a trabajar con una delicada herramienta que despedía un brillo plateado a la luz—. Quieren que cortes estos cables de aquí. Si lo haces, volarás en unos pedacitos muy poco atractivos. Son un cebo —continuó a modo de conversación al tiempo que retiraba con cuidado una tapa—. Un señuelo. Hacen que parezca un explosivo mediocre cuando en realidad... Ah, ahí está esa preciosidad. Cuando en realidad es tecnología punta, cargado con plaston, con un detonador computerizado a distancia.

—Es fascinante. —Su aliento se esforzaba por surgir entre resuellos—. Acaba con ese bastardo.

—Normalmente, admiro tu estilo rudo, teniente. Pero intenta hacer eso con este chisme y esta noche los dos estaremos haciendo el amor en el cielo.

—Como que nos iban a dejar entrar en el paraíso.

Roarke sonrió.

—Pues donde sea. Este chip es lo que necesito. Mueve un poco la luz. Sí, así. Tendré que utilizar ambas manos, Eve, así que también necesitaré una de las tuyas.

—¿Para qué?

—Para coger esto cuando salte. Si son tan listos como creo, habrán utilizado un chip de impacto. Lo que significa que si esta preciosidad se escapa y cae abajo, se llevará por delante una buena docena de filas y abrirá un feo cráter en mi suelo. Haciendo que muy posiblemente la onda expansiva nos arroje de aquí. ¿Preparada?

—Pues claro. Por supuesto. —Se restregó su sudorosa mano en el culo y luego la tendió al frente—. ¿Así que supones que todavía podemos practicar sexo en algún lugar?

Él levantó la mirada lo suficiente como para brindarle una sonrisa.

—Por supuesto que sí. —Tomó su mano, le dio un apretoncito y luego la soltó—. Tienes que inclinarte un poco hacia delante. Mantén los ojos en lo que hago. No pierdas el chip de vista.

Eve vació su mente y se movió a fin de que su cabeza y hombros quedaran erguidos. Clavó la mirada en la pequeña caja negra, en los coloridos cables y en el diminuto panel de color verde mate.

—Éste es. —Con la punta de su herramienta tocó un chip gris no mayor que la primera falange del dedo meñique de un bebé.

—Entendido. Termina el trabajo.

—No lo aprietes. Sé delicada. A la de tres. Una, dos. —Deslizó la punta en torno al borde del chip y la introdujo suavemente—. Tres. —Y éste saltó emitiendo un silencioso *click* que a oídos de Eve pareció la explosión de una bomba.

Cayó dentro de su mano, que había ahuecado en forma de cuchara, y rebotó. Eve cerró los dedos flojamente.

—Lo tengo.

—No te muevas.

—No pienso hacerlo.

Roarke se puso de rodillas y sacó un pañuelo. Tomando la mano de Eve, le abrió los dedos y colocó el chip en medio del cuadrado de seda, lo dobló una vez y otra más.

—No va demasiado protegido, pero es mejor que nada. —Se lo metió en el bolsillo trasero—. Todo irá bien, siempre y cuando no me siente encima de él.

—Ten cuidado. Me gusta demasiado tu culo como para que acabe hecho pedazos. ¿Y bien, cómo narices salimos de aquí?

—Podemos volver por donde hemos venido. —Pero sus ojos centelleaban cuando se puso en pie—. O podemos divertirnos.

—No quiero divertirme.

—Yo sí. —La tomó de la mano para ayudarla a ponerse en pie y luego alargó el brazo para asir una cuerda con polea—. ¿Sabes de qué trataba el espectáculo de hoy?

—No.

—Era un reestreno de ese clásico infantil de toda la vida llamado *Peter Pan*. Agárrate fuerte, cariño.

—Ni se te ocurra hacerlo. —Pero él ya había tirado de ella y sus brazos se habían aferrado a él de forma instintiva—. Te mataré por esto.

—Resulta impresionante ver a los piratas entrando en escena colgando de esto. Coge aire —le sugirió, y acto seguido saltó al vacío.

Eve sintió como una ráfaga de aire impactaba en su abdomen y salía despedida hacia atrás. Contempló como colores y formas volaban ante sus ojos vidriosos. El orgullo fue lo único que le impidió ponerse a gritar, e incluso eso estuvo a punto de agotársele cuando sobrevolaron el foso de la orquesta.

Entonces el loco con el que, sin saber bien cómo, se había casado posó suavemente la boca sobre la suya. Una pequeña bola de pura lujuria mezclada con miedo se apoderó de ella, consiguiendo que le flaquearan las rodillas de tal forma que se le combaron torpemente cuando sus botas tocaron el escenario.

—Estás muerto, te lo aseguro.

Roarke la besó de nuevo y rio entre dientes contra su boca.

—Ha merecido la pena.

—Bonita entrada. —Feeney se encaminó hacia ellos con la cara surcada de arrugas y cansada—. Ahora, si los niños han terminado de jugar, todavía nos quedan otros dos cabrones de esos conectados.

Eve apartó a Roarke de un codazo y consiguió mantenerse en pie por sus propios medios.

—¿Han salido los civiles?

—Sí, todo despejado por aquí. Si se ciñen al plazo límite, deberíamos conseguirlo. Queda poco, pero...

Se interrumpió cuando se escuchó un estruendo debajo de ellos y el escenario se sacudió bajo sus pies. Los focos y cables de lo alto se bambolearon violentamente.

—¡Ay, joder! ¡Ay, mierda! —Eve sacó su comunicador con brusquedad—. ¿Malloy? ¿Anne? Informa. Dame un informe. ¿Anne? ¿Me recibes?

El zumbido de respuesta hizo que se aferrara al hombro de Feeney, y entonces se oyó un crujido.

—Aquí Malloy. Lo hemos controlado. No hay heridos ni víctimas. El temporizador se disparó y tuvimos que contenerlo y detonarlo. Repito, no hay heridos. Pero el área bajo el escenario es un completo desastre.

—Vale. De acuerdo. —Eve se frotó la cara con la mano—. ¿Situación?

—Hemos desactivado todos los artefactos, Dallas. Este edificio está limpio.

—Preséntate en la sala de conferencias de la Central una vez que esto quede sellado. Buen trabajo. —Cortó la conexión y lanzó una mirada fugaz a Roarke—. Tú te vienes conmigo, colega. —Dirigió una breve inclinación de cabeza a Feeney antes de salir con paso enérgico—. Necesitaremos toda la información de seguridad de este edificio, una lista completa del personal: técnicos, artistas, mantenimiento, directivos. Todo el mundo.

—Ordené que te enviaran dicha información nada más enterarme de cuál era el objetivo. Debería estar esperándote en la Central.

—Está bien. Pues ya puedes irte para seguir comprando el planeta, y mantente lejos de mi vista. Dame el chip.

Él enarcó una ceja.

—¿Qué chip?

—No te hagas el gracioso. Entrégame el chip de impacto o como quiera que se llame.

—Ah, ese chip. —Fingiendo cooperar, sacó el pañuelo y lo desdobló. Y no había nada—. Parece que lo he perdido.

—Y una mierda. Dame ese maldito chip. Roarke, es una prueba.

Sonriendo afablemente, Roarke sacudió el pañuelo y se encogió de hombros.

Eve se acercó hasta que las punteras de sus botas tropezaron con las de él.

—Dame ese maldito chisme, Roarke —dijo entre dientes—. Antes de que ordene que te desnuden y te cacheen.

—No puedes hacerlo sin una orden. A menos, claro está, que quieras hacerlo tú misma, en cuyo caso estaré más que encantado de renunciar a algunos de mis derechos civiles.

—Se trata de una investigación oficial.

—El atentado ha sido en una de mis propiedades las dos veces. Y en las dos ocasiones mi mujer estaba al cargo. —Sus ojos se habían tornado impasibles—. Ya sabes dónde encontrarme si me necesitas, teniente.

Eve le agarró del brazo.

—Si «mi mujer» es tu nueva forma de decir «mi esposa», que sepas que sigue sin gustarme.

—Ya me lo imaginaba. —Le dio un beso breve en la frente—. Nos vemos en casa.

Eve no se molestó en gruñir; contactó con Peabody para que avisara al resto del equipo de que iban de camino.

Clarissa entró corriendo en el taller donde Zeke estaba realizando las ranuras para las juntas machihembradas de su armario. Él levantó la mirada, sorprendida, y reparó en que Clarissa tenía los ojos desmesuradamente abiertos y el rostro ruborizado.

—¿Te has enterado? —le apremió—. Ha habido un atentado frustrado en el Radio City.

—¿En el teatro? —Su frente se frunció mientras dejaba las herramientas—. ¿Por qué?

—No lo sé. Por dinero o algo así, supongo. —Se pasó la mano por el cabello—. Ah, no tienes encendida la unidad de entretenimiento. Creía que lo habrías oído. No dan muchos detalles, tan sólo dicen que el edificio ha sido asegurado y que no hay peligro.

Agitó las manos con si no supiera qué hacer con ellas.

—No pretendía interrumpirte mientras trabajas.

—No pasa nada. El Radio City es un hermoso y antiguo edificio. ¿Por qué alguien querría destruirlo?

—La gente es muy cruel. —Recorrió con un dedo las tablas suavemente lijadas que había apilado en el banco de trabajo—. A veces no existe ninguna razón. Simplemente, pasa porque sí. Yo solía asistir todos los años a la función de Navidad que representan allí. Me llevaban mis padres. —Sonrió un poco—. Tengo buenos recuerdos. Supongo que por eso me he entristecido al escuchar las noticias. Bueno, debería dejar que vuelvas al trabajo.

—Estaba a punto de tomarme un descanso. —Ella se encontraba sola... y más que eso. Estaba seguro de ello. Evitó mirar más allá, escanear su aura, por educación. Podía ver suficiente en su rostro. Clarissa se había aplicado el maquillaje con esmero, pero se atisbaba el leve moratón de su mejilla, al igual que lo hacían las secuelas de su llanto.

Abrió la bolsa del almuerzo y sacó una botella de zumo.

—¿Le apetece?

—No. Sí. Sí, supongo que podría tomar un poco. No hace falta que te traigas el almuerzo, Zeke. El autochef está a rebosar.

—Estoy acostumbrado a preparármelo yo. —Sonrió debido a que sintió que ella lo necesitaba—. ¿Tiene vasos?

—Ah, sí, por supuesto. —Se encaminó hasta una puerta y desapareció por ella.

Zeke intentó con todas sus fuerzas no prestar atención. Pero verla moverse suponía un gran placer. Toda esa nerviosa energía debajo de su fluida desenvoltura. Era tan diminuta, tan hermosa.

Estaba tan triste.

Cada fibra de su ser deseaba consolarla.

Ella regresó con dos altos vasos de cristal limpios para dejarlos en seguida a fin de poder examinar la obra de Zeke.

—Ya vas muy adelantado. Nunca he visto el proceso de elaboración de algo realizado a mano, pero pensaba que requeriría mucho más tiempo.

—Sólo es cuestión de ponerse a ello.

—Amas tu trabajo. —Le miró de nuevo con los ojos un poco más brillantes y la sonrisa un poco más amplia—. Eso se nota. Me enamoré de tu trabajo en cuanto lo vi. Del corazón que pones en ello. —Se detuvo y se rio de sí misma—. Eso suena ridículo. No digo más que ridiculeces.

—No, no es así. En cualquier caso, eso es lo que a mí me importa. —Cogió uno de los vasos que había llenado y se lo ofreció. Con ella no se sentía falto de palabras y miserablemente tímido como con el resto de mujeres. Clarissa necesitaba un amigo y eso la diferenciaba de todas ellas—. Mi padre me enseñó que lo que uno pone de sí mismo en su trabajo, se recibe por duplicado.

—Qué bonito. —Su sonrisa se suavizó—. Es muy importante tener familia. Yo añoro a la mía. Perdí a mis padres hacer doce años y todavía los echo de menos.

—Lo siento.

—También yo. —Bebió del zumo, hizo una pausa y volvió a tomar otro sorbo—. Vaya, está delicioso. ¿Qué es?

—Sólo es una receta de mi madre. Una combinación especial de frutas con mucho mango.

—Bueno, pues está delicioso. Bebo demasiado café. Esto me sentaría mejor.

—Le traeré una jarra si quiere.

—Es muy amable por tu parte, Zeke. Eres un buen hombre. —Posó una mano sobre la de él. Cuando sus miradas se cruzaron, Zeke sintió que el corazón tropezaba en su pecho y se desplomaba en redondo. Luego ella apartó la mano y la mirada—. Esto, ah, aquí huele maravillosamente. Me refiero a la madera.

Y lo único que Zeke podía oler era su perfume, tan suave y delicado como su piel. El dorso de la mano le palpitaba allí donde sus dedos la habían rozado.

—Se ha dado un golpe, señora Branson.

Ella se dio rápidamente la vuelta.

—¿Qué?

—Tiene un moratón en la mejilla.

—Ah. —El pánico asomó a sus ojos mientras se llevaba la mano a la marca—. Oh, no es nada. Yo... me tropecé antes. Suelo ir demasiado deprisa y no miro por donde voy. —Dejó su vaso y lo levantó de nuevo—. Creía que ibas a tutearme y a llamarme Clarissa. Lo de señora Branson me hace sentir demasiado distante.

—Puedo hacerte un ungüento para el moratón, Clarissa.

Los ojos de la mujer se llenaron de lágrimas que amenazaban con derramarse.

—Si no tiene importancia. Pero gracias. No es nada. Debería irme y dejar que volvieras al trabajo. B. D. detesta que le interrumpa cuando trabaja en un proyecto.

—Me gusta tener compañía. —Dio un paso adelante. Podía imaginarse tendiéndole la mano, tomándola en sus brazos. Estrechándola simplemente entre ellos. Sólo eso. Pero incluso eso sería sobrepasarse, comprendió—. ¿Te gustaría quedarte?

—Yo... —Una sola lágrima se derramó y se deslizó armoniosamente por su mejilla—. Lo siento. Lo siento mucho. Hoy no soy yo misma. Mi cuñado... supongo, la conmoción. Todo. He sido incapaz de... B. D. odia las manifestaciones públicas.

—Ahora no estás en público.

Y tendió la mano y la tomó en sus brazos, donde se amoldaba tan bien como si hubiera sido creada para él. La sostuvo así, nada más. Y, después de todo, aquello no fue demasiado.

Ella lloró serenamente, casi en silencio, con el rostro sepultado contra su pecho y los puños apretados contra su espalda. Zeke era un hombre alto, fuerte, amable de un modo natural. Clarissa sabía que sería así.

Dejó escapar un suspiro, dos, cuando las lágrimas comenzaron a mermar.

—Eres un hombre amable —murmuró—. Y paciente, al dejar que una mujer a la que apenas conoces llore sobre tu hombro. Lo lamento de veras. Supongo que no me di cuenta de que estaba reprimiendo todo esto.

Se separó de él y le brindó una sonrisa llorosa. En sus ojos brillaban las lágrimas cuando se puso de puntillas para darle un beso en la mejilla.

—Gracias. —Volvió a besarle en la mejilla, con igual levedad, pero sus ojos se habían oscurecido y el corazón le latía aceleradamente contra el pecho de Zeke.

Las manos, que habían formado dos puños contra su espalda, se aflojaron y abrieron, le acariciaron, su aliento surgió de forma trémula de entre sus labios al separarse.

Entonces, sin saber cómo, sin pretensión o motivo, los labios de Zeke se posaron sobre los suyos y bebió de sus labios, y ella le arrastró a un beso que se prolongó hasta que dejó de existir más tiempo y lugar para él que el aquí y el ahora.

Clarissa pareció fundirse contra él, músculo con músculo y hueso con hueso, como para demostrar que estaba tan absorta en el momento como él. Entonces Clarissa tembló, se estremeció hasta que su cuerpo se sacudió contra el suyo casi de forma violenta.

Retrocedió bruscamente, ruborizada y con los ojos muy abiertos debido al estupor.

—Ha sido... todo ha sido culpa mía. Lo siento. No sé en qué estaba pensando. Lo siento.

—La culpa ha sido mía. —Zeke estaba tan pálido como ella sonrojada, e igualmente conmocionado—. Te ruego me perdones.

—Tú sólo estabas siendo amable. —Se apretó una mano sobre el corazón, como si quisiera impedir que se le saliera del pecho—. Había olvidado cómo es. Por favor, Zeke, olvidémoslo.

Él le sostuvo la mirada y asintió lentamente mientras el pulso le latía como un millar de tambores.

—Si eso es lo que quieres.

—Así es como debe ser. Hace mucho que dejé de tener la libertad de elegir. Tengo que irme. Ojalá... —Se guardó lo que fuera que iba a decir y sacudió la cabeza enérgicamente—. Tengo que irme —dijo de nuevo y salió rápidamente de la habitación.

Ya a solas, Zeke posó las manos sobre el banco de trabajo, se apoyó y cerró los ojos. ¿Qué demonios estaba haciendo? ¿Qué demonios había hecho?

Se había enamorado total y perdidamente de una mujer casada.

Capítulo once

—*T*eniente. —Peabody se puso en pie nada más entrar Eve en la sala de conferencias. La tensión se dejaba ver en el rictus adoptado a ambos lados de su boca—. Has recibido otro comunicado.

Eve se despojó de la chaqueta.

—¿De Casandra?

—No he abierto el sobre, pero hice que lo escanearan. Está limpio.

Eve asintió, tomó el sobre y le dio la vuelta con la mano. Era idéntico al primero.

—El resto del equipo viene de camino. ¿Dónde está McNab?

—¿Cómo voy a saberlo? —replicó de un modo rayano en la histeria, que hizo que Eve lanzara una mirada por encima del hombro para observar a Peabody meterse las manos en los bolsillos, sacarlas y cruzar los brazos a la altura del pecho—. No lo tengo bajo vigilancia. No me importa dónde esté.

—Localízalo, Peabody —dijo Eve con lo que consideró admirable paciencia—. Pídele que venga.

—Pero debería ser el oficial superior quien le ordenara venir.

—Tu oficial superior te pide que traigas aquí su culo escuálido. Ahora mismo. —Enfadada, Eve se sentó con cierta pesadumbre en una silla y abrió el sobre. Examinó brevemente el disco y luego lo introdujo en el ordenador—. Visualizar disco.

Visualizando... contenido sólo de texto como sigue...

Somos Casandra.
Somos los dioses de la justicia
Somos leales.

Teniente Dallas, hoy hemos disfrutado con los acontecimientos. No estamos en absoluto decepcionados por haberla elegido como adversario. Localizó el objetivo descrito en menos tiempo del que preveíamos. Nos complacen gratamente sus habilidades. Tal vez crea que ha ganado esta batalla. Pese a que la felicitamos por su rápido y decisivo trabajo, sentimos que es de justicia informarle que la operación de hoy no era más que una prueba. Un asalto preliminar.

El primer escuadrón de expertos de la policía entró en el edificio elegido a las once horas y dieciséis minutos. El proceso de evacuación se llevó a cabo en un margen de ocho minutos. Usted llegó al objetivo doce minutos después del inicio de la evacuación.

El objetivo podría haber sido destruido en cualquier momento del proceso. Preferimos observar.

Encontramos interesante que Roarke se involucrara de forma personal. Su llegada fue una gratificación y nos permitió estudiarles trabajando juntos. La policía y el capitalista. Disculpe que nos divirtiera su miedo a las alturas. Nos ha impresionado que, pese a ello, realizara su labor como herramienta del estado fascista. No esperábamos menos de usted. Al detonar el último artefacto, le concedimos tiempo para la contención. La teniente Malloy confirmará que sin dicho tiempo, sin dicha contención, se hubieran perdido varias vidas y causado grandes pérdidas materiales.

No seremos tan complacientes con el próximo objetivo.

Nuestras demandas deben cumplirse en un plazo de cuarenta y ocho horas. A nuestras demandas iniciales, agregamos ahora un pago de sesenta millones de dólares en bonos al portador, en cantidades de cincuenta mil dólares cada uno. Los testaferros del capitalismo que se llenan los bolsillos y quiebran las espaldas de las masas deben pagar con la moneda que idolatran.

Una vez sea confirmada la liberación de nuestros compatriotas, comunicaremos las instrucciones de la sanción monetaria.

Para demostrar nuestro compromiso con la causa, se realizará una pequeña demostración de nuestro poder exactamente a las catorce horas.

Somos Casandra.

—¿Una demostración? —Eve echó un vistazo a su sofisticada unidad de pulsera—. Dentro de diez minutos. —Sacó su comunicador—. Malloy, ¿continúas en el objetivo?

—Sólo estoy asegurando la zona.

—Saca a todo el mundo de allí, manteneos fuera durante otros quince minutos. Realiza otro escáner.

—El lugar está limpio, Dallas.

—Hazlo de todos modos. Dentro de quince minutos, ordena a Feeney que envíe una unidad de exterminio al interior. El edificio está lleno de micrófonos y cámaras ocultos. Estuvieron observando todos nuestros movimientos. Necesitaremos que los dispositivos sean traídos aquí para su análisis, pero sal y quédate fuera del edificio hasta dentro de catorce minutos.

Anne abrió la boca y acto seguido asintió, decidiendo sin duda ahorrarse las preguntas.

—Afirmativo. El tiempo estimado de llegada a la Central es de treinta minutos.

—¿Crees que alguna bomba ha escapado al escáner? —preguntó Peabody cuando Eve dio por concluida la transmisión.

—No, pero no pienso arriesgarme. No podemos rastrear todos los malditos edificios de la ciudad. Quieren demostrarnos lo grandes y perversos que son. Así que van a destruir algo. —Se apartó del escritorio y se encaminó hasta la ventana—. No hay absolutamente nada que pueda hacer para impedirlo.

Contempló la vista que tenía de Nueva York, los antiguos edificios de ladrillo, los nuevos de acero, el enjambre de personas que abarrotaban cintas mecánicas o calles, el frenético tráfico de las vías en la hora punta, el estruendo en el ambiente.

Servir y proteger, pensó. Ése era su trabajo. La promesa que había hecho. Y ahora lo único que podía hacer era observar y esperar.

McNab entró, mirando a todas partes salvo a Peabody. Prefirió fingir que ella no estaba en la estancia.

—¿Me has mandado llamar, teniente?

—A ver qué puedes hacer con el disco que acabamos de visionar. Haz copias para mis archivos y para el capitán. ¿Y cómo vas con el asunto del código del Manitas?

McNab se permitió esbozar una sonrisita satisfecha y lanzarle una mirada de soslayo a Peabody.

—Acabo de franquearlo. —Sostuvo en alto su propio disco y se esforzó por no fruncir el ceño cuando Peabody giró la cabeza y se examinó las uñas con detenimiento.

—¿Por qué narices no lo has dicho? —Eve se acercó para arrebatarle el disco de la mano.

Sintiéndose insultado, McNab abrió la boca para cerrarla fuertemente cuando por el rabillo del ojo captó la sonrisa jactanciosa de Peabody.

—Acababa de realizar las copias cuando enviaste a buscarme —dijo con rigidez—. No tuve tiempo de leer el contenido de forma exhaustiva —prosiguió cuando Eve insertó el disco en la ranura—. Pero después de echarle un rápido vistazo todo apunta a que hizo una lista detallada de los materiales empleados y de los artefactos realizados, y hay más que suficientes como para borrar del mapa un país del tercer mundo.

Se detuvo, desplazándose deliberadamente al otro lado de Eve cuando Peabody se acercó a mirar la pantalla.

—O una capital importante.

—Cuatro kilos y medio de plaston —leyó Eve.

—Veintiocho gramos acabarían con la mitad de este edificio de la Central de Policía —le dijo. Cuando Eve se acercó hasta el plasma de la pared, McNab dio otro paso a un lado para alejarse de Peabody.

—Temporizadores; mandos a distancia; activadores de impacto, sonido y movimiento. —Eve sintió que se le helaba la sangre—. No han escatimado nada. Montones de juguetitos de seguridad, sensores y vigilancia. Les proporcionó un maldito arsenal.

—Le pagaron mucho —murmuró Peabody—. Junto a cada artilugio hizo un minucioso listado de todos los costes, de las tarifas y de sus beneficios.

—Todo un hombre de negocios. Son armas. —Eve entrecerró los ojos—. Les consiguió armas prohibidas. Esas de ahí son de la época de las Guerras Urbanas.

—¿Así que se trataba de eso? —Interesado, McNab se acercó más—. No sabía de qué demonios estaba hablando ahí, pero no tenía tiempo de realizar una comprobación. ¿Cincuenta ARK-95?

—Armas antidisturbios del ejército. Con sólo un par de pasadas, una tropa podría desmantelar un barrio entero lleno de saqueadores, aturdir o aniquilar.

Roarke contaba con una en su colección. Ella misma la había probado y se había quedado atónita por la intensa ráfaga de poder que ascendió por sus brazos a causa de la descarga.

—¿Para qué necesitan armas? —se preguntó Peabody.

—Armar a las tropas es el primer paso cuando inicias una guerra. No se trata de una maldita declaración política. —Se echó hacia atrás—. Eso no es más que una cortina de humo. Quieren hacerse con la ciudad y les trae sin cuidado si la consiguen reducida a escombros. —Suspiró—. Pero ¿qué demonios quieren hacer con esto?

Se movió para continuar con su examen. Peabody y McNab se acomodaron sin pensar y sus hombros chocaron. Eve echó un vistazo por encima del hombro, frunciendo el ceño con desconcierto cuando se apartaron de un brinco.

—¿Qué narices estáis haciendo?

—Nada, teniente. —Peabody se enderezó bruscamente mientras el color teñía sus mejillas.

—Bueno, dejad de hacer el ganso y poneos en contacto con el capitán. Pedirle que se reúna con nosotros para llevar a cabo un resumen de los progresos tan pronto como sea posible. Informadle de la nueva fecha límite.

—¿Fecha límite? —preguntó McNab.

—Han enviado un nuevo comunicado. Prometen llevar a cabo una demostración a las catorce horas. —Eve echó un vistazo a su unidad de pulsera—. Dentro de menos de dos minutos. —No había nada que hacer salvo enfrentarse a los sucesos posteriores, pensó. Se giró de nuevo hacia la pantalla.

—Ahora sabemos lo que el Manitas fabricó para ellos y cuántas unidades hizo. Pero lo que ignoramos es si él era su única fuente. A juzgar por esta lista, sospecho que después de cargárselo se embolsaron de nuevo el dinero que le pagaron.

—El Manitas era consciente de que era eso lo que pretendían hacer. —McNab miró en derredor—. Baja hasta la página diecisiete. Adjuntó un diario.

Es culpa mía, únicamente mía. Uno pierde la cabeza cuando no deja de pensar en el dinero. Así que los gilipollas me embaucaron, y bien que lo hicieron. No se trata de ningún atraco a un banco. Podrían cargarse la maldita Casa Nacional de la Moneda con lo que les he preparado. Puede que se trate de dinero, puede que no. Me importa una puta mierda.

Supongo que creía que todo me importaba una puta mierda. Hasta que empecé a pensar. Comencé a recordar. Es más inteligente no recordar. Un día tienes esposa e hijos, y vuelan en pedazos, no sirve de nada pensar en ello durante el resto de tu vida.

Pero ahora pienso en ello. Pienso que esto que estoy haciendo servirá para repetir lo sucedido en Arlington.

Estos dos ineptos con los que he negociado se imaginan que soy viejo, codicioso y estúpido. Pero van listos. Me quedan las suficientes neuronas para saber que no son ellos quienes llevan la voz cantante. No son más que unos malditos musculitos mecánicos de primera categoría. Músculos con ojos letales. Cuando comencé a olerme de qué iba el pastel, añadí una pequeña bonificación a unos de los transmisores. Luego lo único que tuve que hacer fue sentarme a esperar y escuchar.

Ahora sé quiénes son y lo que quieren. Menudos cabrones de mierda. Van a liquidarme. Es el único modo de que puedan salvar el culo. El día menos pensado uno de ellos vendrá aquí y me rebanará el cuello.

Tengo que esconderme. Les he construido y entregado bombas suficientes como para hacerme volar por los aires, aquí mismo, en cuanto ya no me necesiten. Tengo que coger lo que pueda y ocultarme bien. No entrarán en mi casa, al menos durante un tiempo, y no tienen ni el cerebro ni el poder para acceder a mi información. Ésta es mi copia de seguridad. Las pruebas y el dinero se vienen conmigo.

Dios mío, tengo miedo.

Les he dado todo lo que necesitaban para hacer que esta ciudad vuele por los aires. Y no tardarán en hacer uso de ello. Pronto.

Todo por dinero; por poder; por venganza. Y, que Dios nos ampare, por diversión.

Para ellos no es más que un juego. Tengo que salir. Necesito tiempo para pensar, para comprender las cosas. Dios santo, puede que tenga que acudir a la policía. ¡A la maldita pasma!

Pero primero voy a salir. Si vienen a por mí, me llevaré a esos dos cabrones por delante.

—Y ya está. —Eve cerró las manos en dos puños—. Eso es todo. Conocía los nombres, tenía información. ¿Por qué el terco y viejo cabrón no dejó la información en su equipo informático? —Se dio la vuelta y comenzó a pasearse de un lado a otro—. En cambio, se lo lleva consigo; se llevó consigo cualquier cosa que tuviera contra ellos. Y cuando se deshicieron de él, se quedaron con todo.

Se fue hasta la ventana. La vista de Nueva York que desde ella se divisaba no había cambiado. Eran las dos y cinco minutos.

—Peabody, necesito todo lo que puedas conseguir sobre el grupo Apolo. Todos los nombres, todos los atentados cuya autoría se atribuyeron.

—Sí, teniente.

—McNab. —Se giró, deteniéndose cuando Feeney apareció en la puerta. Tenía el semblante demacrado y una expresión demasiado sombría en los ojos—. Dios mío de mi vida. ¿Dónde han atentado?

—En el hotel Plaza. El salón de té. —Se dirigió pausadamente hasta el autochef y pulsó con el dedo los controles para prepararse un café—. Se lo han cargado, y las tiendas del vestíbulo y también la mayor parte de éste. Malloy se dirige al lugar de los hechos. Todavía no tenemos el recuento de víctimas mortales.

Tomó el café y se lo bebió como si se tratara de un medicamento.

—Van a necesitarnos.

Eve no había vivido una guerra. No esa clase de guerra que aniquila indiscriminadamente a las masas. Sus roces con la muerte siempre habían sido de carácter más personal, más individual. Íntimos, en cierto modo. El cadáver, la sangre, el móvil, la naturaleza humana.

Lo que tenía ante sus ojos carecía de intimidad. Se trataba de destrucción a gran escala llevada a cabo desde una distancia que erradicaba incluso aquel desagradable vínculo entre asesino y víctima.

Todo era un caos en el que se escuchaban los alaridos de las sirenas, los lamentos de los heridos, los gritos de los viandantes parados en las proximidades, conmocionados y fascinados.

El humo continuaba manando de la otrora elegante entrada del reverenciado hotel de la Quinta Avenida, cargando el ambiente y haciendo que escocieran los ojos. Trozos de ladrillos y hormigón, barras dentadas de metal y madera, relucientes restos de mármol y piedra yacían apiñados, sobre los cuales podían verse pedazos desperdigados de carne sanguinolenta.

Vio trozos de telas vistosas hechos jirones, miembros cercenados, montañas de cenizas. Y un único zapato, negro, con una hebilla de plata. Un zapato de niño, pensó, incapaz de evitar agacharse a examinarlo. Aquel zapatito, que una vez estuviera reluciente, seguramente había pertenecido a una niñita vestida para tomar el té. Ahora presentaba un aspecto apagado y lleno de salpicaduras de sangre.

Se enderezó, obligándose a despejar la mente y a templar su corazón para, acto seguido, disponerse a abrirse paso, esquivando y pasando por encima de escombros y residuos.

—¡Dallas!

Eve se dio la vuelta y vio a Nadine abrirse camino por entre los escombros con sus tacones y medias de cristal.

—Nadie ha establecido un cordón policial. —Nadine alzó la mano para retirarse el cabello cuando el viento hizo que se le viniera a la cara—. Dallas. Por Dios bendito. Me encontraba cubriendo una comida de negocios en el Waldorf cuando me enteré de esto.

—Qué día tan ajetreado —farfulló Eve.

—Sí. Mucho ajetreo en todas partes. Tuve que rechazar la historia del Radio City porque estaba comprometida para la comida. Pero la cadena me ha mantenido informada. ¿Qué demonios sucede? Se dice que evacuaste aquel lugar.

Hizo una pausa, se detuvo y contempló la devastación.

—Aquello no tuvo nada que ver con un problema en una cañería principal. Ni tampoco esto.

—No tengo tiempo para ti.

—Dallas. —Nadine la agarró de la manga y la sujetó con firmeza. Sus ojos rezumaban horror al encontrarse con los de Eve—. La gente tiene que saber —dijo sin levantar la voz—. Tienen derecho.

Eve se zafó bruscamente. Había visto la cámara detrás de Nadine y el micrófono prendido a su solapa. Todo el mundo debía realizar su trabajo. Era algo que sabía y comprendía.

—No tengo nada que añadir a lo que ves aquí, Nadine. No es momento ni lugar para hacer declaraciones. —Bajó nuevamente la mirada al zapatito con la hebilla de plata—. La muerte habla por sí sola.

Nadine levantó una mano para indicarle al operador de la cámara que se retirase, luego tapó el micrófono y habló en voz baja.

—Las dos tenemos razón. Y ahora mismo nada de eso importa. Si hay algo que pueda hacer... cualquier recurso que pueda poner a tu disposición, avísame. Esta vez, es gratuito.

Eve asintió y se dio media vuelta. Vio correr a los servicios paramédicos, un grupo de ellos se afanaba frenéticamente con los restos sanguinolentos que debían pertenecer al portero. La mayor parte de su persona había salido volando por los aires de una pieza a una distancia de más de cuatro metros y medio de la entrada.

Se preguntó si alguna vez llegarían a encontrar su brazo.

Se apartó y cruzó el ennegrecido boquete que daba paso a lo que quedaba del vestíbulo.

Los aspersores antiincendios habían cesado de funcionar de modo que riachuelos y charcos surcaban los residuos. Sus pies chapoteaban según iba adentrándose en la zona. El hedor era realmente nauseabundo. Sangre, humo y vísceras sanguinolentas. Se obligó a no pensar en aquello que cubría el suelo, se ordenó a sí misma hacer caso omiso de los dos operarios de emergencias que lloraban calladamente mientras marcaban a los muertos y buscaban a Anne con la mirada.

—Necesitaremos que hagan turnos extra en el depósito de cadáveres y en los laboratorios para ocuparnos de las identificaciones. —Su voz surgió áspera, de modo que se aclaró la garganta—. ¿Puedes aclararlo con la Central, Feeney?

—Claro, maldita sea. Traje aquí a mi hija en su décimo sexto cumpleaños. Malditos asesinos. —Sacó su transmisor de forma brusca y se dio la vuelta.

Eve continuó la marcha. El panorama empeoraba cuanto más se aproximaba al punto de impacto. Había estado allí en una ocasión con Roarke. Recordaba la opulencia, la elegancia. Colores fríos; gente guapa; turistas maravillados; jovencitas emocionadas; grupos de personas de compras, abarrotando las mesas para experimentar la tradición de tomar el té en el Plaza.

Se abrió paso a través de los escombros y se quedó mirando fijamente el cráter ennegrecido.

—No tuvieron ninguna posibilidad. —Anne se acercó a ella con los ojos húmedos y enrojecidos—. Ni una maldita posibilidad, Dallas. Hace una hora aquí había personas sentadas en bonitas mesas, escuchando a un violinista, bebiendo té o vino y degustando pasteles.

—¿Sabes qué utilizaron?

—Había niños —la voz de Anne se elevó y quebró—. Bebés en sus cochecitos. Para ellos no eran nada. Absolutamente nada.

Eve podía verlo, y con demasiada claridad. Ya sabía que aquello la perseguiría en sus sueños. Pero se encaró a Anne.

—No podemos ayudarles. No podemos volver atrás e impedirlo. Está hecho. Lo único que podemos hacer es seguir adelante e intentar impedir que el próximo atentado tenga lugar. Necesito tu informe.

—¿Quieres la misma profesionalidad que de costumbre? —Anne la agarró de la pechera de la camisa, acción que Eve no se molestó en impedir—. ¿Cómo puedes quedarte mirando y pretender que todo se haga con la profesionalidad acostumbrada?

—Ellos sí son capaces de hacerlo —dijo Eve sin levantar la voz—. Para ellos todo se reduce a eso. Si queremos detenerles, tendremos que hacer lo mismo.

—Lo que quieres es a un maldito androide insensible. Vete a la mierda.

—Teniente Malloy. —Peabody dio un paso adelante y le colocó la mano en el brazo.

Eve se había olvidado que Peabody estaba allí, y ahora sacudió la cabeza.

—Retroceda, agente. Solicitaré un androide si tú no puedes darme un informe, teniente Malloy.

—Tendrás tu informe cuando tenga algo que darte —espetó Anne—. Y ahora mismo no deseo tenerte delante. —Apartó a Eve de un empujón y se abrió paso entre las ruinas.

—Estaba fuera de sí, Dallas.

—No importa. —Pero aquello escocía bastante, reconoció Eve—. Se recobrará. Quiero que excluyas eso del informe. No es pertinente. Vamos a necesitar las máscaras y las gafas del equipo. De otro modo, no podré trabajar.

—¿Qué vamos a hacer aquí?

—Lo único que podemos hacer en estos momentos. —Eve se frotó los ojos que le escocían—. Ayudar al equipo de emergencias a recoger los cadáveres.

Era una labor penosa y dantesca, la clase de historia que siempre permanece dentro de uno a menos que se desconecte de todo.

No trataban con personas, sino con restos y evidencias, se dijo. Cada vez que su escudo comenzaba a caer, siempre que el horror se abría paso, volvía a erigirlo, vaciaba su mente y continuaba con el trabajo.

Ya había anochecido cuando salió al exterior junto con Peabody.

—¿Te encuentras bien? —preguntó Eve.

—Lo estaré. Madre mía, Dallas, por Dios bendito

—Vete a casa, tómate un sedante, emborráchate, llama a Charles y echa un polvo. Utiliza lo que te funcione, sea lo que sea, pero bórralo de tu cabeza.

—Puede que me decida por hacerlo todo. —Trató de esbozar una débil sonrisa y entonces divisó a McNab dirigiéndose hacia ellas y se tensó como el mástil de una bandera.

—Necesito una copa. —McNab miró directamente a Eve de forma pausada—. No, mejor un barril entero. ¿Quieres que regresemos a la Central?

—No. Ya hemos tenido suficiente por hoy. Presentaros a las ocho en punto.

—Cuenta con ello. —Luego, aplicándose el sermón que

llevaba repitiéndose a lo largo de todo el día, se obligó a mirar a Peabody—. ¿Quieres que te acerque a casa?

—Yo... bueno... —Sonrojada, cambió el peso de un pie al otro—. No, esto... no.

—Acepta la oferta, Peabody. Estás hecha un desastre. No tiene sentido pelearse por buscar un transporte público a estas horas.

—No quiero... —Se ruborizó como una colegiala ante la mirada perpleja de Eve—. Creo que sería mejor... —Tosió y se aclaró la garganta—. Agradezco la oferta, McNab, pero estoy bien.

—Pareces cansada, eso es todo. —Y Eve observó con asombro cómo también él se sonrojaba—. Esto ha sido duro.

—Estoy bien. —Agachó la cabeza y se miró los zapatos—. Me encuentro bien.

—Si estás segura. Bueno... nos vemos a las ocho. Hasta mañana.

Se marchó con las manos en los bolsillos y los hombros encorvados.

—¿Qué pasa aquí, Peabody?

—Nada. No pasa nada. —Levantó la cabeza de pronto y, despreciándose a sí misma, observó alejarse a McNab—. Nada de nada.

«Basta», se ordenó mientras de su boca continuaban surgiendo incoherencias.

—Nada. Aquí no pasa nada. Ah, mira. —Vio a Roarke apearse de una limusina, sintiendo un escandaloso alivio por tal distracción—. Parece que vienen a recogerte, y con todo lujo.

Eve miró al otro lado de la avenida y observó a Roarke en medio de las luces rojas y azules de emergencias.

—Llévate mi coche y vete a casa, Peabody. Mañana ya buscaré transporte para ir a la Central.

—Sí, teniente —dijo, pero Eve ya estaba cruzando la calle.

—Has tenido un día pésimo, teniente. —Roarke levantó una mano y comenzó a acariciarle la mejilla, pero ella retrocedió.

—No, no me toques. Estoy sucia. —Vio la expresión de sus ojos y supo que no le haría caso, y abrió la puerta ella misma—. Todavía no. ¿De acuerdo? Dios, todavía no.

Subió y esperó a que él se acomodara a su lado, le ordenara al chófer que les llevara a casa y subiera la mampara.

—¿Ahora? —dijo él en voz baja.

Eve se volvió hacia Roarke sin mediar palabra y se aferró a él. Y lloró.

Le vino bien derramar unas cuantas lágrimas y contar con la compañía del hombre que la comprendía lo suficientemente bien como para no ofrecerle nada más hasta que no hubo terminado de llorar. Cuando llegaron a casa, se dio una ducha caliente, se tomó el vino que Roarke le sirvió y se sintió agradecida de que él no dijera nada.

Cenaron en el dormitorio. Se había convencido de que sería incapaz de tragar nada. Pero la primera cucharada de sopa caliente fue una bendición para su estómago vacío.

—Gracias. —Dejó escapar un leve suspiro y recostó la cabeza contra los almohadones del sofá de la suite—. Por darme una hora. Lo necesitaba.

Necesitaba más de una hora, pensó Roarke, observando su rostro pálido y los ojos irritados. Pero se tomarían las cosas poco a poco.

—Me pasé antes por allí. —Aguardó a que ella abriera los ojos—. Habría hecho lo que pudiera para ayudarte, pero no estaba permitida la entrada a civiles.

—No. —Cerró los ojos de nuevo—. Así es.

Pero había visto, al menos brevemente, la carnicería, los horrores y a ella. La había visto enfrentarse a todo ello con mano firme y los ojos oscurecidos por la pena que Eve creía ocultar a todo el mundo.

—No envidio tu trabajo, teniente.

Ella casi sonrió al oír eso.

—Eso no puedes probarlo cuando siempre que puedes te metes en medio. —Buscó su mano a tientas, con los ojos todavía cerrados—. El hotel era tuyo, ¿verdad? No tuve tiempo para comprobarlo.

—Sí, era mío. Y también lo era la gente que ha muerto en él.

—No. —Sus ojos se abrieron súbitamente—. No lo son.

—¿Son únicamente asunto tuyo, Eve? ¿Los muertos son de tu exclusiva propiedad? —Se puso en pie, inquieto, y se sirvió una copa de coñac que no le apetecía beber—. Esta vez no. El portero que perdió el brazo, que todavía puede perder la vida, es amigo mío. Hace diez años que nos conocemos, lo traje desde Londres porque tenía ganas de vivir en Nueva York.

—Lo siento.

—El servicio de hostelería, los músicos, el personal de recepción, todos y cada uno de ellos murieron mientras trabajaban para mí. —Se dio la vuelta y en sus ojos ardía una feroz y fría furia—. Cada cliente, cada turista que deambulaba por allí, cada una de esas personas estaban bajo mi techo. Por Dios, eso los convierte en algo mío.

—No puedes tomártelo de forma personal. No, no puedes —repitió cuando vio cómo los ojos de Roarke echaban chispas. Eve se levantó y le asió del brazo—. Roarke, no están interesados en ti, ni en tus posesiones ni en las personas a quienes aprecias. Se trata de una declaración de intención, de una cuestión de poder.

—¿Por qué debería importarme nada de lo que les interesa salvo para utilizarlo a fin de dar con ellos?

—Encontrarlos es mi trabajo. Y lo haré.

Roarke dejó su copa de coñac y tomó la barbilla de Eve en su mano.

—¿Crees que vas a excluirme?

Eve deseaba estar furiosa, y en parte lo estaba, aunque no fuera más que debido a la forma posesiva en que le sujetaba la barbilla. Pero había mucho en juego, había demasiado que perder. Y Roarke era una fuente demasiado valiosa.

—No.

Él aflojó la mano y acarició con el pulgar la leve hendidura de su barbilla.

—Estamos progresando —murmuró.

—Entendámonos... —comenzó a decir.

—Ah, por supuesto.

Eve tomó aire.

—No me vengas con esas. ¿Por supuesto? Y una mierda. Hace que parezcas una especie de aristócrata estirado, y ambos sabemos que creciste en los callejones de Dublín.

Roarke sonrió ampliamente.

—¿Ves como ya nos entendemos? No te importa que me ponga cómodo antes de que me sermonees, ¿verdad? —Se sentó de nuevo, sacó un cigarrillo, lo encendió y tomó nuevamente el coñac mientras ella echaba chispas.

—¿Intentas cabrearme?

—No demasiado, pero casi nunca tengo que esforzarme para conseguirlo. —Dio una calada y exhaló una fragante bocanada—. No necesito que me eches el sermón y lo sabes. Estoy seguro de que tengo memorizados los puntos principales. Como que éste es tu trabajo, que no debo interferir. Que no debo explorar otras líneas de investigación por mi cuenta, y etcétera, etcétera.

—Y ya que conoces los puntos, ¿por qué narices no te ciñes a ellos?

—Porque no quiero... y porque si lo hiciera, no dispondrías de la información del Manitas decodificada. —Sonrió de nuevo cuando ella le miró boquiabierta—. Lo conseguí a última hora de la mañana e introduje el código en el ordenador de McNab sin que se enterara. Él estaba cerca, pero yo fui más rápido. No es necesario que se lo menciones —agregó Roarke—. Detestaría minar su ego.

Eve lo miró ceñuda.

—Supongo que ahora crees que debo darte las gracias.

—De hecho, esperaba que lo hicieras. —Apagó el cigarrillo y dejó su casi intacta copa de coñac. Pero Eve se cruzó de brazos cuando él le tendió la mano.

—Olvídalo, colega. Tengo trabajo.

—Y de mala gana me pedirás que te ayude con ello. —Enganchó los dedos en la cinturilla de Eve y tiró hasta que ella cayó encima de él—. Pero antes... —Frotó la boca persuasivamente contra la de ella—. Te necesito.

De haber protestado, no lo hubiera hecho con demasiado entusiasmo. Pero tales palabras se esfumaron cuando él deslizó los dedos por su cabello.

—Supongo que puedo tomarme un par de minutos.

Roarke rompió a reír y tiró un poco más, invirtiendo las posiciones.

—Tienes prisa, ¿eh? Muy bien.

Su boca se aplastó contra la de ella, caliente, voraz, y con el vigor suficiente para hacer que su pulso abandonara su ritmo regular y se tornara desenfrenado. Eve no había esperado aquello, pero lo cierto era que nunca había esperado que Roarke fuera capaz de provocar en ella lo que provocaba con sólo rozarla, con sólo saborearla, con algo tan nimio como una mirada.

Todo el horror, el dolor y la pena con la que había batallado durante todo ese día desaparecieron fruto del puro impulso de fundirse con él en un solo ser.

—Sí, tengo mucha prisa. —Tironeó del corchete de sus pantalones—. Roarke, te quiero dentro de mí.

Él le bajó los suaves pantalones holgados que se había puesto después de haberse duchado. Roarke le alzó las caderas, mientras sus bocas continuaban devorándose mutuamente. Y se hundió en ella.

En su calor, en su pasión y su humedad. Su cuerpo se estremeció una vez mientras se bebía el gemido de Eve. Luego ella se movió debajo de él, alentándole, imponiendo un ritmo frenético que la hizo ascender rápidamente a la cima y coronarla antes de que Roarke pudiera recobrar el aliento.

Eve se ciñó a su alrededor con fuerza demoledora, y explotó en torno a él, casi arrastrándole consigo por aquel sutil precipicio. Roarke levantó la cabeza, resollando en busca de aire, y observó su rostro. Dios, cuánto amaba ver su cara cuando perdía el control. Aquellos ojos oscuros y con la mirada perdida contrastando con su piel ruborizada; esa boca carnosa y suave, entreabierta. Eve echó la cabeza hacia atrás, y ante su mirada apareció su larga y suave garganta con su pulso palpitando violentamente.

La saboreó allí. Carne, jabón, Eve.

Y sintió que ella volvía a excitarse, impulsando sus caderas, rápida y firmemente, mientras escalaba, con el aliento entrecortado cuando la ola la arrastró.

Y esta vez, cuando su cresta se erigió, se hundió profundamente en ella y dejó que la ola se abatiera sobre ambos.

Se derrumbó sobre ella y dejó escapar un prolongado suspiro de satisfacción mientras su organismo se estremecía.

—Pongámonos a trabajar.

Capítulo doce

—*E*sta investigación no la realizamos desde tu ordenador porque quiera esquivar a CompuGuard. —Eve se plantó firmemente en medio del despacho privado de Roarke mientras éste se acomodaba ante la consola de control de su equipo no registrado e ilegal.

—Mmm. —Fue su respuesta.

Ella entrecerró los ojos hasta que se convirtieron en dos rendijas.

—Ése no es el motivo.

—Es tu historia y yo me ciño a ella.

Eve le brindó una sonrisa cortante como un escalpelo.

—Ahórrate tus comentarios de listillo, colega. El motivo por el que doy este paso es porque tengo buenas razones para creer que Casandra cuenta con tantos juguetitos ilegales como tú, y seguramente la privacidad les trae al fresco. Es posible que puedan colarse en mi ordenador de casa o de la Central. No quiero arriesgarme a que tengan acceso a una sola frase de la investigación.

Roarke se recostó y asintió con gravedad.

—Y ésa es también una buena historia, y bien hilvanada. Ahora, si has terminado de apaciguar tu admirable conciencia, ¿por qué no preparas café?

—No sabes cuánto me jode que te cachondees de mí.

—¿Incluso cuando tengo motivo?

—Sobre todo cuando es así. —Se acercó al autochef—. Me enfrento a un grupo que carece de conciencia, y todo apunta a que cuentan con sólidos recursos financieros, habilidades técnicas especiales y un don para lograr traspasar la seguridad más rigurosa.

Llevó ambas tazas hasta la consola y sonrió de nuevo.

—Me recuerda a alguien.

—¿De veras? —dijo Roarke afablemente mientras tomaba la taza que le ofrecía.

—Razón por la que estoy dispuesta a utilizar todo lo que tengas a tu alcance. Dinero, recursos, habilidades y ese cerebro criminal que tienes.

—Cielo, todo eso está y estará siempre a tu disposición. Y a propósito, he hecho algunos progresos con Monte Olimpo y sus filiales.

—¿Tienes algo? —Se puso completamente alerta—. ¿Por qué narices no me lo has dicho?

—Teníamos otros asuntos de qué ocuparnos. Necesitabas una hora para ti —le recordó—. Yo te necesitaba.

—Esto es prioritario —comenzó a decir, y entonces se interrumpió al tiempo que sacudía la cabeza. Quejarse era una pérdida de tiempo—. ¿Qué tienes?

—Como dirías tú, nada.

—Pero acabas de decirme que los has encontrado.

—No, he dicho que había hecho progresos, y dicho progreso es precisamente eso, nada. No son nada. No existen.

—Por supuesto que existen. —La frustración hizo presa en ella. Odiaba los rodeos—. Aparecen en el ordenador; empresas de electrónica, empresas de almacenaje, complejos de oficinas, fábricas.

—Sólo existen en los archivos informáticos —le dijo—. Podríamos decir que Monte Olimpo es una compañía virtual. Pero en el plano real no son nada. No hay sedes, ni complejos, empleados o clientes. Es una tapadera, Eve.

—¿Una tapadera virtual? ¿Pero qué sentido tiene eso? —Entonces, lo supo, y maldijo—. Es una distracción, una pérdida de tiempo. Un modo de hacer que desfallezcamos, lo que sea. Sabían que llevaría a cabo una investigación e indagaría sobre Casandra, lo cual me conduciría hasta Monte Olimpo, y de ahí al resto de empresas fantasma. Por lo que pierdo el tiempo intentando dar con algo que, en principio, nunca ha existido.

—No has perdido demasiado tiempo —señaló—. Y quienquiera que configurase el laberinto, por bien ejecutado que esté, no sabe que has cruzado de un extremo al otro.

—Piensan que continúo con la investigación —asintió con lentitud—. Así que voy a seguir investigando a través de la unidad de Detección Electrónica, y a decirle a Feeney que se lo tome con calma para que Casandra crea que sigo topándome con muros.

—Fomenta su confianza mientras te concentras en otras áreas.

Eve gruñó y bebió café mientras se paseaba intranquila.

—Muy bien, eso haré. Lo que ahora necesito es saber todo lo que pueda sobre el grupo Apolo. Le encomendé la tarea a Peabody, pero tendrá que pasar por ciertos cauces y no encontrará información suficiente, al menos no con la rapidez necesaria. No sólo quiero conocer sus ideales políticos —agregó, volviéndose hacia él—. También quiero saber lo que subyace en el fondo. Tengo que comprenderles y esperar que eso me ayude a atraparlos.

—Entonces, empezaremos por ahí.

—Necesito los nombres de miembros conocidos, vivos o muertos, Roarke. Necesito saber dónde están y qué ha sido de ellos. Necesito los nombres y localizaciones de los familiares, amantes, cónyuges, hermanos, hijos y nietos.

Hizo una pausa y sus ojos adoptaron una expresión profesional.

—El Manitas mencionó la venganza en su diario. Quiero saber quiénes son los supervivientes y parientes próximos. Y quiero a los allegados de James Rowan.

—Aunque estén sellados, el FBI tendrá expedientes. —Enarcó una ceja, divertido por la batalla que se evidenciaba en el rostro de Eve—. Me llevará algo de tiempo.

—Estamos un poco escasos en ese aspecto. ¿Puedes transferir lo que encuentres a uno de los ordenadores auxiliares? Puedo cotejar las identidades y ver si puedo establecer una conexión con alguien que trabajara o trabaje en los tres edificios elegidos.

Roarke señaló con la cabeza la máquina que se encontraba a la izquierda de su consola.

—Sírvete tú misma. Yo me centraré en los niveles inferiores —sugirió—. Es probable que los controles de seguridad sean menos regulares.

Eve se acomodó y pasó los siguientes veinte minutos examinando todo lo que pudo hallar sobre el atentado contra el Pentágono. En el centro de control, Roarke se dedicó a franquear tranquilamente la seguridad del FBI y a hurgar en los archivos sellados.

Conocía la ruta, ya la había realizado con anterioridad, y se deslizó por los niveles protegidos como una sombra lo hace en la oscuridad. De cuando en cuando, para divertirse, se registraba para ver qué tenía la agencia en el expediente marcado como Roarke.

Éste era sorprendentemente escaso en información para tratarse de un hombre de su categoría, que había hecho y adquirido todo lo que él había hecho y adquirido. Pero era cierto que se había encargado de borrar y destruir gran cantidad de dicha información o, cuanto menos, la había alterado, cuando todavía era adolescente. Los archivos del FBI, la Interpol, el CIRAC y Scotland Yard contenían sólo aquello que no le preocupaba que contuviesen.

Le gustaba pensar que era por cuestiones de privacidad.

Sólo en parte lamentaba que ninguna de esas agencias tuviera motivos para agregar ningún hecho interesante sobre sus actividades desde que había conocido a Eve.

El amor le hacía mantenerse en el buen camino, adentrándose en el lado oscuro únicamente de forma ocasional.

—Recibiendo información —murmuró, haciendo que Eve levantara la cabeza.

—¿Ya?

—Sólo es el FBI —remarcó, e impartió la orden para que los datos aparecieran en la pantalla de la pared mientras inclinaba su silla hacia atrás—. Ahí tienes a tu hombre. James Thomas Rowan, nacido en Boston el 10 de junio de 1988.

—Raras veces tienen aspecto de locos —murmuró Eve, examinando la imagen. Poseía un rostro hermoso de pronunciados rasgos, boca risueña y ojos azul claro. Su cabello negro, distinguidamente entrecano, le confería el aspecto de un ejecutivo o político de éxito.

—Jamie, como le llamaban sus amigos, descendía de una buena familia de Nueva Inglaterra. —Roarke ladeó la cabeza mientras leía los datos—. Y con una cuantiosa fortuna yanqui. Cursó sus estudios en colegios privados y fue a Harvard, donde se licenció en Ciencias Políticas. Realizó el servicio militar, incorporándose en las Fuerza Especiales. Probablemente preparándose para iniciar una carrera política. Realizó algunos trabajos para la CIA. Padres fallecidos y una hermana, Julia Rowan Peterman.

—Madre trabajadora, jubilada —leyó Eve—. Vive en Tampa. La investigaremos.

Se puso en pie para desperezarse tanto como para mirar más de cerca la pantalla.

—Casado con Mónica Stone, en 2015. Dos hijos: Charlotte, nacida el 14 de septiembre de 2016, y James Junior, nacido el 8 de febrero de 2019. ¿Dónde está Mónica?

—Mostrar información actual sobre Mónica Stone Rowan —ordenó Roarke—. Dividir pantalla.

Guiándose por la edad del sujeto, Eve decidió que la fotografía era bastante reciente. Así que la agencia mantenía un seguimiento de control. Probablemente hubo un tiempo en que fuera atractiva. Continuaba teniendo una buena estructura ósea, pero tenía arrugas profundamente marcadas alrededor de la boca y los ojos, y ambos denotaban amargura. El cabello había encanecido y estaba cortado de modo descuidado.

—Vive en Maine. —Eve frunció los labios—. Sola y sin empleo. Cobra una pensión como madre jubilada. Me juego algo a que hace un frío de mil demonios en Maine en esta época del año.

—Tendrás que ponerte un mono debajo, teniente.

—Sí. Merecerá la pena pasar un poco de frío para hablar con Mónica. ¿Dónde están los hijos?

Roarke solicitó la información que hizo que Eve enarcara una ceja.

—Fueron dados por muertos. ¿Ambos? ¿En la misma fecha? Busca más información al respecto, Roarke.

—Dame un minuto. Fíjate —agregó mientras se afanaba en la tarea; la fecha de las muertes coincidía con la fecha del asesinato de James Rowan.

—El 8 de febrero de 2024. Ya lo veo.

—Fallecieron en una explosión. Los federales volaron su casa, aunque la declaración pública es que fue él quien lo hizo. —Volvió a levantar la vista con el rostro inescrutable y tenso—. Pero eso está confirmado en este archivo; fecha, unidad, autorización para la exterminación. Parece que sus hijos estaban con él en la casa.

—¿Me estás diciendo que el FBI voló su casa para cargárselo y se llevó por delante a los dos hijos?

—A Rowan, a sus hijos y a la mujer que tenía como amante. A uno de sus lugartenientes principales y a otros tres miembros de Apolo. —Roarke se levantó y se fue a por más café—. Lee el expediente, Eve. Le localizaron. Le habían estado buscando desde que su grupo reclamó la autoría del atentado en el Pentágono. El gobierno quería vengarse y estaba cabreado.

Le llevó café recién hecho a Eve.

—Se había escondido, se mudaba de un sitio a otro. Utilizando sobrenombres y caras nuevas cuando era necesario. —Roarke se colocó detrás de ella mientras ésta leía la información—. Todavía se las arreglaba para realizar sus vídeos y emitirlos. Pero durante varios meses continuó sacándoles un par de pasos de ventaja a los sabuesos.

—Llevándose a sus hijos con él —murmuró.

—De acuerdo con estos archivos, no se separó de ellos. Luego el FBI estrechó el cerco, rodeó su casa, entraron y realizaron el trabajo. Querían cargárselo y destruir la columna vertebral del grupo.

—No tuvo por qué hacerse de ese modo.

—No. —La miró a los ojos—. En la guerra, raras veces se tiene en consideración a los inocentes.

«¿Por qué no se encontraban con su madre?» Aquél fue el primer pensamiento que le vino involuntariamente a la cabeza. ¿Qué sabía ella sobre madres?, se recordó. La suya la había dejado en manos de un hombre que durante toda su infancia se había dedicado a pegarla y a violarla.

¿Acaso la mujer que la había parido tendría la misma expresión de amargura en los ojos que la señora de la pantalla?

¿Qué más daba eso?

Hizo a un lado aquel pensamiento y tomó otro trago de café. Por una vez, la extraordinaria mezcla de Roarke le dejó un regusto amargo en la boca.

—Venganza —dijo—. Si el Manitas estaba en lo cierto y eso forma parte del motivo, esto podría ser la raíz de todo. «Somos leales» —murmuró—. Cada mensaje que envían contiene ésa frase. ¿Leales a Rowan? ¿A su memoria?

—Es una conclusión lógica.

—Henson. Feeney dijo que la mano derecha de Rowan era un hombre llamado William Henson. ¿Tenemos una lista de fallecidos?

Roarke hizo que dicha lista apareciera en la pantalla de la pared.

—Dios mío —dijo con voz queda—. Son cientos.

—Por lo que he oído, el gobierno se pasó años persiguiéndolos. —Eve revisó los nombres con rapidez—. Y no fueron demasiado exigentes. Henson no figura aquí.

—No. Le investigaré.

—Gracias. Transfiere esto a mi ordenador de aquí y sigue escarbando.

Roarke le acarició el cabello con la mano para impedir que se apartara.

—Te resulta doloroso por los niños.

—Me recuerda —le corrigió— lo que es no tener opción, y que tu vida esté en manos de alguien que te cree un objeto que puede utilizar y desechar a su antojo.

—Algunas personas son capaces de amar, Eve, ferozmente. —Presionó los labios sobre su frente—. Y otras no.

—Sí, bueno, veamos qué es lo que con tanta ferocidad amaban Rowan y su grupo.

Se giró para ponerse manos a la obra en su ordenador.

Según creía, la respuesta se encontraba en la serie de declaraciones de archivo que Apolo había realizado durante sus tres años de vida.

Somos los dioses de la justicia.

Cada declaración comenzaba con esa sola frase. Arrogancia, violencia y poder, pensó.

Hemos determinado que el gobierno está corrompido; un instrumento inútil para aquéllos que se rigen por él, utilizado para explotar a las masas, para reprimir las ideas, para perpetuar la ineptitud. El sistema es imperfecto y debe ser erradicado. De sus cenizas resurgirá un nuevo régimen. Únete a nosotros, que creemos en la justicia, en el honor, en el futuro de nuestros hijos, que lloran por la falta de comida y consuelo mientras los soldados de este nefasto gobierno destruyen nuestras ciudades.

Nosotros, Apolo, lucharemos contra ellos utilizando sus propias armas. Y triunfaremos. Ciudadanos del mundo, romped las cadenas con que os ata el sistema, con sus gordas barrigas y sus mentes abotargadas. Os prometemos libertad.

Atacan al sistema, reivindican a gritos la valía del hombre de a pie, del intelecto, decidió Eve. Justifican el asesinato masivo de inocentes y prometen una nueva era.

Somos los dioses de la guerra.

Al mediodía de hoy, nuestra cólera cayó con fuerza sobre las instalaciones militares conocidas como El Pentágono. Este símbolo y construcción de la fuerza militar del vacilante gobierno ha sido destruido. Todos aquellos que estaban en su interior eran culpables. Y todos están muertos.

Una vez más, exigimos la rendición incondicional del gobierno, una declaración por parte del llamado Jefe del Estado renunciando al poder. Exigimos que todo el personal militar, que todos los miembros de las fuerzas políticas, depongan sus armas.

Nosotros, Apolo, prometemos clemencia para quienes lo hagan en un plazo de setenta y dos horas. Y la aniquilación para quienes continúen oponiéndose a nosotros.

Ésa fue la declaración más radical de Apolo, advirtió Eve. Emitida menos de seis meses antes de que la casa de Rowan fuera destruida junto con todos sus ocupantes.

¿Cuáles habían sido las pretensiones de este auto proclamado dios?, se preguntó. Lo que querían todos los dioses. Adulación, temor, poder y gloria.

—¿Te gustaría gobernar el mundo? —le preguntó a Roarke—. ¿O el país?

—Por Dios santo, no. Demasiado trabajo para tan escasa remuneración, y no le deja a uno demasiado tiempo para disfrutar de tu reino. —Echó un vistazo—. Preferiría tener tantas posesiones terrenales como fuera humanamente posible. ¿Pero gobernar el mundo? No, gracias.

Eve rio comedidamente, y luego apoyó los codos en la superficie del escritorio.

—Rowan sí que quería. Detrás de toda esa propaganda se ocultaba su único deseo de ser presidente, rey o déspota. Sea cual sea el término. No lo hacía por dinero —agregó—. No he encontrado una sola demanda de dinero. Ni ninguna exigencia de rescate ni plazos. Limitaos a rendiros, cerdos fascistas de la Policía, o renunciad y temblad, cerdos de la política.

—Provenía de una familia de dinero —señaló Roarke—. Ese tipo de gente a menudo no llega a apreciar su suerte.

—Puede. —Volvió a revisar el archivo personal de Rowan—. Se presentó en dos ocasiones como candidato a la alcaldía de Boston. Perdió las dos veces. Luego se presentó a gobernador y tampoco lo consiguió. Para mí que simplemente estaba cabreado. Cabreado y como una regadera. Una combinación que casi siempre resulta letal.

—En este momento, ¿sus motivos resultan importantes?

—No puedes formarte una imagen completa sin conocerlos. Quienquiera que dé las órdenes en Casandra está vinculado con él. Pero no creo que estén cabreados.

—Entonces qué, ¿simplemente chiflados?

—No, no es tan simple. Todavía no he descubierto qué más hay detrás de todo esto.

Eve se removió, relajó los hombros, y a continuación se dispuso a cotejar los nombres que Roarke le había transferido a su ordenador.

Fue un proceso lento y tedioso, que dependía más del ordenador que del operador de la máquina. Su mente comenzó a divagar mientras observaba como aparecían en la pantalla nombres, rostros y datos.

No se dio cuenta de que se había quedado dormida. No supo que estaba soñando cuando se encontró caminando por un río de sangre.

Había niños llorando. El suelo estaba alfombrado de cadáveres, y aquellos que todavía tenían rostro le imploraban ayuda. El humo le escocía los ojos, la garganta, mientras a duras penas sorteaba a los heridos. Demasiados, pensó frenéticamente. Eran demasiados para poder salvarlos.

Sintió que había manos que tiraban de sus tobillos, algunas eran poco más que huesos, haciéndola tropezar hasta que cayó más y más en un profundo cráter negro donde se apilaban más cadáveres. Apiñados como si fueran leños, eviscerados y desmembrados como si se tratasen de muñecas. Algo la arrastró hacia abajo, tiró de ella hasta que quedó sumergida en aquel mar de muerte.

Avanzó lentamente entre jadeos y quejidos, trepando frenéticamente por la resbaladiza vertiente del foso hasta que sus dedos quedaron despellejados y cubiertos de sangre.

De nuevo se encontró entre el humo, todavía reptando, luchando por respirar, por desterrar de su mente el pánico a fin de poder hacer algo. De hacer lo que debía hacer.

Alguien estaba llorando. Suave y quedamente. Eve cruzó a trompicones la hedionda y cegadora niebla. Vio a la niñita acurrucada en el suelo, hecha un ovillo, meciéndose y buscando consuelo mientras lloraba.

—Tranquila, no pasa nada. —Tosió para aclararse la garganta, se arrodilló y tomó a la niña en sus brazos—. Vamos a salir.

—No hay ningún sitio adonde ir —le susurró al oído la pequeña—. Ya estamos en él.

—Vamos a salir. —Tenían que salir, era lo único en lo que Eve podía pensar. El terror reptaba por su piel como si fueran hormigas y unas gélidas pinzas le arañaban el interior del vientre. Levantó a la niña en sus brazos y se afanó en cruzar con ella por entre el humo.

El corazón de ambas palpitaba desaforadamente al unísono uno contra el otro. Y los dedos de la niña se aferraron igual que tenazas cuando unas voces se filtraron a través de la niebla.

—Necesito un puto chute. ¿Por qué coño no hay dinero para un puto chute?

—Cierra la puta bocaza.

Eve se quedó completamente inmóvil. No fue la voz de la mujer la que reconoció, sino la del hombre, que había respondido con cortante y despectiva brusquedad. Una voz que vivía en sus pesadillas. En sus terrores.

La voz de su padre.

—Cierra tú la jodida bocaza, hijo de puta. Si no me hubieras dejado preñada, no estaría atrapada en este agujero contigo y con esa mocosa quejica.

Eve continuó avanzando como pudo mientras respiraba laboriosamente, sintiendo a la niñita como si fuera una muñeca de piedra entre sus brazos. Divisó dos figuras, una masculina y una femenina, que eran poco más que borrones entre la niebla. Pero reconoció al hombre gracias a su constitución, a la posición de sus hombros y al ángulo de su cabeza.

«Yo te maté», fue cuanto pudo pensar. «Yo te maté, maldito cabrón de mierda. ¿Por qué no sigues muerto?»

—Son monstruos —le dijo la niña a Eve en un susurro—. Los monstruos nunca mueren.

Pero sí que morían, pensó Eve. Si resistes el tiempo suficiente, sí mueren.

—Deberías haberte deshecho de ella cuando podías —dijo el hombre que había sido el padre de Eve mientras se encogía de hombros con indiferencia—. Ahora es demasiado tarde, cielito.

—Ojalá lo hubiera hecho —dijo—. Nunca quise a la putita. Ahora estás en deuda conmigo, Rick. Dame la pasta para un chute o...

—No te conviene amenazarme.

—Maldito seas, llevo todo el día en este agujero con esa cría llorona. Me lo debes, joder.

—Aquí tienes lo que te debo. —Eve se encogió al escuchar el sonido de un puño al quebrar los huesos. El agudo sollozó que siguió.

—Toma lo que te debo, puta.

Eve se quedó paralizada mientras él golpeaba a la mujer, mientras la violaba. Y al comprender que la niña que estrechaba con fuerza entre sus brazos era ella misma, comenzó a gritar.

—Eve, basta. Vamos, tranquila, despierta. —Roarke había saltado de su silla al escuchar el primer grito y la había tomado en sus brazos con el segundo. Y ella continuaba aún retorciéndose.

—Soy yo. —Le empujó, pataleó—. Soy yo, y no puedo salir.

—Sí que puedes. Ya estás fuera. Ahora estás conmigo. —La cambió de posición, pulsó el mecanismo de la pared y la cogió de la cama—. Vamos, regresa. Estás conmigo. ¿Comprendes?

—Me encuentro bien. Olvídalo. Estoy bien.

—Ni hablar. —Eve temblaba cuando él se sentó en el borde de la cama y la acunó en su regazo—. Relájate. Aférrate a mí y relájate.

—Me quedé dormida, eso es todo. Di una pequeña cabezada. —Él la inclinó hacia atrás para observar su cara. Fue la comprensión que reflejaban sus ojos, aquellos fabulosos ojos, la paciencia y el amor que vio en ellos, lo que hizo que se derrumbara—. Ay, Dios mío —sucumbió y enterró el rostro en su hombro—. Dios mío, Díos mío. Dame un minuto.

—Todos los que necesites.

—Supongo que sigo reviviendo el día de hoy. Todo lo sucedido. Todas esas personas... lo que quedó de ellas. Uno no puede dejar que interfiera en tu labor, o de lo contrario no puedes hacer el trabajo.

—Así que te desgarra cuando desconectas.

—Quizá. Algunas veces.

—Mi querida Eve. —Le acarició el cabello con los labios—. Sufres por todos ellos. Y siempre es así.

—Si no los veo como a personas, ¿qué sentido tiene?

—Ninguno. No para ti. Amo la persona que eres. —Volvió a separarse y le acarició la mejilla—. Y, pese a todo, eso me preocupa. ¿Cuánto puedes dar de ti y seguir enfrentándote a ello con firmeza?

—Lo que sea necesario. No ha sido sólo eso. —Tomó aliento una vez, luego otra, serenándose—. No sé si se trataba de una pesadilla o de un recuerdo. No lo sé.

—Cuéntamelo.

Así lo hizo, porque a él si podía contárselo. Le habló de cómo había encontrado a la niña, de las figuras difusas entre la bruma. De lo que había oído y visto.

—Crees que era tu madre.

—No lo sé. Tenía que levantarme. Tenía que avanzar. —Se frotó los brazos cuando él la soltó—. Puede que fuera... ¿cómo lo llaman? Una proyección o una transposición. ¡Qué leches! Estuve pensando en Mónica Rowan, en qué clase de mujer le hubiera entregado sus hijos a un hombre como James Rowan. Como ya he dicho, eso me hizo recordar.

—No sabemos si las cosas sucedieron así.

—Bueno, los niños estaban con él, del mismo modo que mi padre se quedó conmigo. Seguramente sea eso. Nunca he tenido recuerdos de mi madre. No me queda nada de ella.

—Has recordado otras cosas —señaló, y se levantó para acariciarle los brazos—. Éste podría ser uno de esos recuerdos. Eve, habla con Mira.

—No estoy preparada para eso —retrocedió inmediatamente—. No estoy preparada. Lo sabré cuando lo esté. Si es que alguna vez llego a estarlo.

—Te está carcomiendo por dentro. —Y también a él, cuando la veía sufrir de ese modo.

—No, esto no afecta a mi vida. Lo que pasa es que interfiere en algunas ocasiones. Recordarla, si es que hay algo que recordar, no va a traerme paz, Roarke. Por lo que a mí respecta, está tan muerta como él.

Y eso, pensó Roarke mientras observaba a Eve dirigirse hacia su ordenador, no era, ni por asomo, estar lo bastante muertos.

—Tienes que dormir un poco.

—Todavía no. Me vendría bien trabajar otra hora.

—Está bien. —Se acercó a ella y se la cargó al hombro antes de que Eve pudiera pestañear.

—¡Oye!

—Una hora me parece estupendo —decidió—. Antes me metiste prisa.

—No vamos a tener relaciones sexuales.

—De acuerdo, yo practicaré sexo. Tú puedes quedarte ahí tumbada. —Rodó con ella sobre la cama.

Había algo milagroso en el modo en que su cuerpo se amoldaba al de Eve. Pero no iba a prestar la más mínima atención a ese pequeño milagro.

—¿Qué parte del «no» no has entendido?

—No has dicho que no. —Agachó la cabeza para acariciarle la mejilla con la nariz—. Dijiste que no ibas a mantener relaciones sexuales, que es muy distinto. Si hubieras dicho que no... —Sus dedos se afanaron en desabrocharle la camisa—. Lo habría respetado, por supuesto.

—De acuerdo, escucha una cosa.

La boca de Roarke se abatió sobre la de ella, suave y seductora, antes de que pudiera pronunciar otra palabra. Y era maravillosamente astuta. Sus manos ya recorrían su cuerpo, deslizándose sobre ella, palpándola. Eve no consiguió contener el gemido.

—Está bien —cedió y suspiró cuando sus labios descendieron por su garganta, dibujando un ardiente sendero—. Compórtate como un animal.

—Gracias, cielo. Será un placer hacerlo.

Aprovechó hasta el último minuto de esa hora, mientras las máquinas emitían sus zumbidos. La satisfizo a ella y a sí mismo, sabiendo que cuando su cuerpo quedara laxo y satisfecho debajo del suyo, Eve se sumergiría despreocupadamente en brazos de Morfeo.

Y que, al menos por una noche, no habría más pesadillas.

La habitación estaba a oscuras cuando despertó, tan sólo se veían las luces parpadeantes de las consolas y de las pantallas. Pestañeando y con el cerebro todavía abotargado, se incorporó y vio a Roarke sentado delante del ordenador.

—¿Qué hora es? —No recordó que estaba desnuda hasta que bajó las piernas de la cama.

—No más de las seis. Has dado con algunas coincidencias, teniente. Tienes la información guardada en el disco y en una copia impresa.

—¿Has dormido algo? —Se puso a buscar sus pantalones y vio la bata pulcramente extendida a los pies de la cama. Roarke nunca descuidaba nada.

—Sí. No hace mucho que me he levantado. ¿Supongo que hoy te vas derechita a la Central?

—Sí. Tengo reunión de equipo a las ocho en punto.

—He impreso el informe sobre Henson... lo que hay sobre él.

—Gracias.

—Tengo algunas cosas de qué ocuparme hoy, pero puedes

localizarme si lo necesitas. —Se puso en pie; a media luz, tenía un aspecto oscuro y peligroso, con su barba incipiente oscureciendo su cara y su batín atado de forma descuidada—. Reconozco un par de nombres que figuran en la lista de coincidencias.

Tomó la copia impresa que él le tendía.

—Imagino que lo contrario era mucho esperar.

—Paul Lamont es quien más me suena. Su padre combatió en las Guerras Francesas antes de que su familia emigrara a este país. El padre de Paul era muy diestro y le transmitió un vasto conocimiento a su hijo. Paul es miembro del equipo de seguridad de Autotron, una de mis empresas aquí en Nueva York. Fabricamos androides y diversos aparatos electrónicos de menor tamaño.

—¿Sois colegas?

—Trabaja para mí, y... desarrollamos un proyecto o dos hace varios años.

—Y no se trata del tipo de proyecto del que un buen *poli* debería tener conocimiento.

—Exacto. Lleva más de seis años en Autotron. Y no hemos tenido más contacto, aparte de esa relación, desde hace casi el mismo tiempo.

—Ajá. ¿Y cuáles son esas habilidades que le enseñó su padre?

—El padre de Paul era un saboteador. Su especialidad eran los explosivos.

Capítulo trece

*P*eabody no había dormido bien. Se arrastró hasta el trabajo con los ojos hinchados y vagamente dolorida, como si hubiera pillado un desagradable virus. Tampoco había comido. Pese a que tenía muy buen apetito, a veces demasiado, suponía que no muchas personas serían capaces de comer copiosamente después de pasar varias horas localizando fragmentos esparcidos de cadáveres.

Podría haber vivido con eso. Formaba parte de su oficio, y había aprendido a canalizar todo pensamiento y energía en el trabajo durante los meses que había trabajado a las órdenes de Eve.

Con lo que no podía vivir, y que empañaba con una fina capa de irritación la fatiga, era el hecho de que durante la larga noche, gran parte de sus pensamientos, no precisamente puros, y gran parte de sus energías se habían centrado en McNab.

No había sido capaz de hablar con Zeke sobre esta repentina y extraña compulsión que sentía por McNab. ¡Por McNab, por el amor de Dios! Y no había tenido ganas de hablar sobre el atentado en el Plaza.

En ese preciso instante le vino a la cabeza que también él se había mostrado distraído, y se habían estado evitando la noche anterior y de nuevo esa misma mañana.

Le compensaría, se prometió Peabody. Sacaría un par de horas esa noche y le llevaría a algún club de moda a cenar y a escuchar música. A Zeke le encantaba la música. Aquello les vendría bien a ambos, decidió mientras se bajaba del ascensor y se masajeaba la nuca para deshacerse de la rigidez.

Giró rumbo a la sala de conferencias y chocó de lleno con McNab. Él salió despedido y se estrelló contra un par de agentes uniformados, que a su vez colisionaron con un oficial de la brigada contra el crimen.

Nadie aceptó sus disculpas de buen grado, y tenía la cara roja y sudorosa cuando logró mirar a Peabody de nuevo a los ojos.

—Esto... te diriges a la reunión.

—Sí. —Peabody se tironeaba de las mangas del uniforme—. Justo en este instante iba para allá.

—Yo también. —Se miraron el uno al otro durante un momento mientras la gente pasaba por su lado.

—¿Has averiguado algo sobre Apolo?

—No mucho. —Se aclaró la garganta, tironeó de nuevo de la chaqueta y logró finalmente ponerse en marcha—. Probablemente la teniente ya nos esté esperando.

—Sí, claro. —Caminó a su lado—. ¿Has podido dormir algo?

Peabody pensó en cuerpos calientes y escurridizos... y dirigió la vista al frente.

—Algo.

—Yo tampoco. —Le dolía la mandíbula de tanto rechinar los dientes, pero debía decirlo—: Mira, en cuanto a lo de ayer...

—Olvídalo —le dijo con brusquedad.

—Ya lo he hecho. Pero si debido a eso vas a andar por ahí, tiesa como una vela...

—Andaré como me venga en gana, y tú procura no ponerme las manos encima, idiota, o te arrancaré los pulmones y me haré un par de gaitas con ellos.

—Lo mismo te digo, cielo. Preferiría besarle el culo a un gato callejero.

La respiración de Peabody se tornó más acelerada a causa de la indignación.

—Me juego lo que quieras a que eso es lo que te pone.

—Prefiero eso a una agente estirada y resentida.

—Gilipollas.

—Soplagaitas.

Ambos se metieron en un despacho vacío y cerraron la puerta de golpe. Y se abalanzaron el uno sobre el otro.

Ella le mordió el labio. Él le mordisqueó la lengua. El

cuerpo de Peabody le apretó contra la pared y McNab logró introducir las manos bajo su grueso abrigo para estrujarle el culo. Los gemidos que se desgarraban de sus gargantas surgieron como un único sonido torturado.

Entonces la espalda de Peabody quedó contra la pared y él se llenó las manos con sus pechos.

—Dios mío, que bien dotada estás. Pero que muy bien dotada.

McNab la besaba como si pudiera absorberla por entero. Como si el universo se centrase en aquel único acto. A Peabody la cabeza le daba vueltas a un ritmo tan vertiginoso que le impedía comprender sus propios pensamientos. Y, sin saber bien cómo, los relucientes botones de su uniforme quedaron desabrochados y los dedos de McNab estaban sobre su piel.

¿Quién hubiera pensado que el hombre tenía unos dedos tan fabulosos?

—No podemos hacerlo —dijo mientras le arañaba la garganta con los dientes.

—Lo sé. Lo dejaremos. Dentro de un minuto. —Su aroma, a almidón y a jabón, le estaba volviendo loco. Se encontraba forcejeando con su sujetador cuando le sonó el comunicador que tenía colgado del cinturón, haciendo que ambos soltaran un grito.

Resollando igual que perros, con la ropa retorcida y los ojos vidriosos, se miraron fijamente con cierto horror.

—¡Madre del amor hermoso! —acertó a decir McNab.

—Atrás, retrocede. —Le empujó con la fuerza suficiente para hacer que se balanceara sobre los talones, y se afanó en abrocharse los botones—. Es la presión, la tensión. A algo tiene que deberse, porque esto no está sucediendo realmente.

—Muy cierto. Si no follo contigo, creo que me voy a morir.

—Si te murieses, yo no tendría este problema. —Se abotonó mal la camisa, por lo que soltó algunas palabrotas y se apresuró a desabrocharla de nuevo.

A McNab se le secó la boca mientras la observaba.

—Tener sexo sería la madre de todos los errores.

—Estoy de acuerdo. —Se abotonó nuevamente el uniforme y a continuación le miró directamente a los ojos—. ¿Dónde?

—¿En tu casa?

—No puedo. Mi hermano ha venido a pasar unos días conmigo.

—Pues en la mía. Cuando terminemos el turno. Lo haremos y se acabó, punto. Nos lo sacamos de encima y volvemos a la normalidad.

—Trato hecho. —Asintió enérgicamente y se agachó a recoger su gorra—. Colócate bien la camisa, McNab.

—No creo que eso sea buena idea en estos momentos. —Le brindó una sonrisa de oreja a oreja—. Dallas podría preguntarse por qué tengo una erección del tamaño de Utah.

Peabody resopló y se enderezó la gorra.

—Puede que se deba a tu ego.

—Querida, ya veremos qué dices al respecto al acabar el turno.

Peabody sintió un cosquilleo entre los muslos, pero dio un respingo.

—No me llames querida —le dijo y abrió la puerta de golpe.

Mantuvo la cabeza erguida y la vista clavada al frente mientras recorría el resto del camino hacia la sala de conferencias.

Eve ya estaba allí, lo que provocó una leve punzada de remordimiento en Peabody. Se habían dispuesto tres tablones y la teniente estaba ocupada cubriendo el último de ellos con información impresa en papel.

—Me alegra que hayáis podido venir —dijo Eve con sequedad sin darse la vuelta.

—Me encontré... con un atasco. ¿Quieres que termine de hacer eso, teniente?

—Ya he terminado. Tráeme un café y programa la pantalla para realizar una copia en papel. No utilizaremos discos.

—Yo prepararé la pantalla —se ofreció McNab—. Y también me vendría bien un café. ¿No vamos a utilizar discos, teniente?

—No, os pondré al día cuando todo el equipo esté reunido.

Se pusieron a trabajar en medio de un silencio tan enorme que Eve comenzó a sentir un picor entre los omóplatos. Esos dos ya deberían estar tirándose los trastos a la cabeza, pensó, y echó un vistazo por encima del hombro.

Peabody le había llevado un café a McNab, lo cual resultaba extraño. Pero le dirigió una sonrisa mientras imprimía una copia en papel de sus propios discos. Bueno, en realidad no fue una sonrisa, meditó Eve, pero se le parecía mucho.

—Eh, vosotros, ¿habéis tomado pastillas de la felicidad esta mañana? —preguntó y frunció el ceño cuando ambos se sonrojaron—. ¿Qué pasa aquí? —comenzó a decir y acto seguido meneó la cabeza cuando entraron Anne Malloy y Feeney—. No importa.

—Dallas. —Anne se quedó en la entrada—. ¿Puedo hablar contigo un momento?

—Claro.

—No tardéis mucho —sugirió Feeney—. Whitney y el jefe vienen para acá.

—Seré breve. —Anne tomó aire cuando Eve se reunió con ella junto a la puerta—. Quiero disculparme por lo de ayer. No tenía derecho a ponerme contigo de ese modo.

—La situación no era fácil.

—Sí. Me he encargado de escenas dolorosas en otras ocasiones. —Echó un vistazo a la sala y bajó la voz un poco más—. No lo llevé bien, y eso no volverá a ocurrir.

—No te atormentes por eso, Anne. No tuvo importancia.

—Claro que la tuvo. Tú diriges esta investigación, y tienes que confiar en todos nosotros. Ayer la cagué, y tienes que saber el porqué. Estoy embarazada otra vez.

—Ah. —Eve parpadeó y cambió el peso de pie—. ¿Acaso no es una buena noticia?

—Para mí, lo es. —Con una pequeña carcajada, Anne se llevó la mano al vientre—. Estoy de casi cuatro meses, y se lo comunicaré a mi jefe de turnos dentro de un par de semanas. Tuve que ocuparme de escenas como esa en dos ocasiones anteriores y mi estado no interfirió en mi trabajo. Ayer sí lo hizo, y lo lamento. Los niños fueron lo que me conmovió, Dallas, pero ya lo tengo controlado.

—Bien. ¿No te sientes... rara?

—No, me encuentro bien. Lo que pasa es que quiero mantenerlo en secreto algunas semanas más. En cuando se enteran, comienzan las apuestas y las bromitas. —Irguió los hombros—. Me gustaría cerrar el caso antes de que empiece todo eso. Así que, ¿estamos en paz?

—Claro. Aquí vienen los jefazos —murmuró—. Entrégale tu informe y los discos de pruebas a Peabody. Vamos a utilizar copias impresas.

Eve se quedó en el umbral en posición de firmes.

—Capitán. Jefe Tibble.

—Teniente. —Tibble, un hombre alto, casi gigante, de ojos afilados, la saludó con la cabeza cuando pasó por su lado hacia el interior de la sala. Echó un vistazo fugaz a los tablones y después, como era su costumbre, entrelazó las manos a la espalda—. Sean tan amables de tomar asiento. Capitán Whitney, ¿quiere cerrar la puerta?

Tibble aguardó. Era un hombre paciente y concienzudo, con la mente de un policía de calle y un don para el trabajo administrativo. Escudriñó los rostros del equipo que había formado Whitney. Su semblante no mostró señal alguna de aprobación o desaprobación.

—Antes de que comiencen con sus informes, he venido para comunicarles que el alcalde y el gobernador han solicitado que un equipo federal antiterrorista ayude en la investigación.

Observó cómo los ojos de Eve relampagueaban y se entrecerraban, y aprobó su control en silencio.

—No se trata de una crítica al trabajo que aquí realizan. Es más bien una declaración relativa a la envergadura del problema en sí. Esta mañana mantuve una reunión para discutir los progresos de la investigación y tomar una decisión final en relación a si se debe solicitar la colaboración de un equipo federal.

—Señor. —Eve mantuvo la voz firme y las manos apoyadas en las rodillas—. Si se les llama, ¿cuál de los dos equipos está a cargo de la investigación?

El hombre enarcó las cejas.

—Si los federales entran en escena, el caso les pertenecerá a ellos. Ustedes les prestarán su ayuda. Imagino que esto no es algo que le agrade a usted, teniente, o a ninguno de los que forman el equipo.

—No, señor, así es.

—Muy bien. —Retiró una silla y se sentó—. Convénzame de que debería seguir al frente de la investigación. Hemos sufrido tres atentados en esta ciudad en los últimos dos días. ¿Qué es lo que tiene y a dónde le conduce eso?

Eve se puso en pie y se desplazó hasta el primer tablón.

—El grupo Apolo —comenzó y expuso paso a paso toda la información reunida.

»Henson, William Jenkins. —Hizo una pausa mientras la imagen del hombre de mandíbula apretada y ojos severos aparecía en pantalla. No había dispuesto de tiempo para revisar detenidamente la información que Roarke le había facilitado, de modo que procedió pausadamente—. Trabajó como director de campaña para Rowan, y de acuerdo con las fuentes, era mucho más que eso. Se cree que desempeñaba las funciones de una especie de general en la revolución de Rowan. Ayudando y a menudo ideando las estrategias militares, seleccionando blancos y adiestrando y disciplinando a las tropas. Al igual que Rowan, tenía formación militar y había tomado parte en misiones encubiertas. Al principio se creyó que había muerto en la explosión que destruyó el cuartel general de Rowan en Boston, pero el hecho de que el sujeto fuera visto en varias ocasiones refuta tal afirmación. Nunca fue localizado.

—Cree que forma parte del grupo Casandra. —Whitney observó el rostro de la pantalla y después miró a Eve.

—Existe una conexión, y creo que él es uno de los enlaces. Los archivos del FBI sobre Henson continúan abiertos.

Cambió de tema y pasó a la información sobre la red de compañías fantasmas que figuraban en los archivos bancarios.

—Apolo —prosiguió—. Casandra; Monte Olimpo; Aries; Afrodita; etcétera. Todo está vinculado. Su experta manipulación de los archivos bancarios, la alta calidad de los materiales empleados en los artefactos explosivos, el empleo de un ex soldado, privado del derecho a voto, para fabricar su arsenal, el tono y el contenido de sus transmisiones, todo está conectado y repite los pasos del grupo original.

Eve exhaló antes de hablar de nuevo, pues lo que iba a exponer a continuación le parecía algo estúpido.

—En la mitología griega, Apolo concedió a Casandra el poder de la profecía. Con el tiempo, tuvieron un desacuerdo, y fue entonces cuando lo arregló todo para que pudiera continuar haciendo sus predicciones pero que nadie la creyera. Pero creo que la conexión está en que ella obtuvo de él sus poderes. A nuestra Casandra no le importa realmente si creemos o no en ella. Su intención no es la de salvar, sino la de destruir.

—Interesante teoría, teniente. Y bastante lógica. —Tibble se recostó, escuchó y observó los hechos e imágenes en pantalla—. Ha establecido la conexión y conoce al menos parte del móvil. —Entonces tornó nuevamente la mirada hacia ella—. Al equipo antiterrorista del FBI le interesará mucho saber cómo logró acceder a gran parte de esta información, teniente.

Ella ni siquiera se inmutó.

—He utilizado todos los recursos a mi alcance, señor.

—No me cabe duda. —Cruzó los brazos—. Como ya le he dicho, buen trabajo.

—Gracias. —Se trasladó del segundo al tercer tablón—. El actual curso de la investigación corrobora nuestras conclusiones en cuanto a que existe una conexión entre el antiguo grupo Apolo y Casandra. El Manitas creía que dicha vinculación existía, y pese a que cualquier prueba que pudiera haber reunido en ese aspecto ha sido probablemente destruida, la conexión subsiste en esta segunda línea de investigación. Las tácticas empleadas por ambos grupos son similares. En su informe, la doctora Mira determina que los ideales políticos de Casandra están reciclados a partir de los de Apolo. Siguiendo con este enfoque, creo que la gente que conforma Casandra tiene conexiones con Apolo, o que en su momento fueron miembros de éste.

Tibble levantó una mano.

—¿No es posible que esas personas, al igual que usted, estudiaran a Apolo y optaran por imitar a ese grupo de la forma más fiel posible?

—No es algo imposible, señor.

—Si se trata de un imitador —intervino Feeney—, la cosa se complica.

—Incluso un imitador ha de tener una conexión —insistió Eve—. El grupo Apolo quedó prácticamente desmantelado cuando Rowan y algunos de sus hombres más importantes fueron asesinados. Eso ocurrió hace más de treinta años, y la sociedad tuvo únicamente conocimiento de los detalles más superficiales acerca de él y de su organización. Sin la existencia de una conexión, ¿qué importancia tiene? Aquello acabó hace años, hace toda una eternidad. Rowan no es siquiera un borrón en los libros de historia porque, en los informes que se les pasó a los medios, nunca se demostró que fuera el líder de Apolo. Los archivos que lo verifican están sellados. Apolo reclamó la autoría de algunos atentados y de lo sucedido en Arlington, y después prácticamente se desvanecieron. Existe una conexión —concluyó—. No creo que se trate de una imitación, señor, sino de un interés personal. La gente que dirige Casandra mató ayer a cientos de personas. Y fue para demostrar que podían hacerlo. Las bombas en el Radio City fueron una provocación, una demostración. El objetivo fue, en todo momento, el Plaza. Y esto repite el esquema utilizado por Apolo.

Con la cabeza señaló nuevamente hacia la pantalla, que cambió a una imagen nueva.

—El primer edificio que Apolo afirmó haber destruido fue un almacén vacío a las afueras de lo que por entonces era el distrito de Columbia. La policía local fue alertada, y no hubo heridos. Después de eso, la policía recibió el chivatazo de que se habían colocado bombas en el Centro Kennedy. Se desactivaron todos los artefactos salvo uno, el edificio fue evacuado con éxito, y el único explosivo detonado provocó daños y heridos de menor calibre. Pero a esto siguió un atentado en el vestíbulo del hotel Mayflower. No hubo aviso y sí numerosas bajas. Apolo se atribuyó la autoría de los tres atentados, pero sólo el último fue recogido por la prensa.

Whitney se inclinó hacia delante, observando la pantalla.

—¿Cuál fue el siguiente?

—El recién remodelado U-Line Arena durante un partido de baloncesto. Con un resultado de catorce mil personas muertas o heridas. Si Casandra se mantiene fiel a los hechos, voy a examinar el Madison Square o el Pleasure Dome. Al no incluir esta información en el servidor principal, no hay modo de que Casandra se entere del curso actual de nuestra investigación. Deberíamos llevarles ventaja.

—Gracias, teniente Dallas. Teniente Malloy, ¿su informe sobre los explosivos?

Anne se puso en pie y se dirigió al tablón central de información. Los siguientes treinta minutos se habló de tecnicismos: electrónica, detonadores, temporizadores, controles remoto y materiales. Tipo de detonación, radios de alcance del impacto.

—Todavía estamos recogiendo en el escenario piezas de los artefactos y están siendo analizadas en el laboratorio —concluyó—. Por el momento sabemos que estamos manipulando complejos dispositivos fabricados manualmente. Parece que el material que prefieren es el plaston. El análisis sobre el radio de alcance de los controles remoto es incompleto, pero parece ser extremadamente amplio. No hablamos de juguetes, ni de bombas de fabricación casera, sino de explosivos de alto nivel al estilo del ejército. Comparto la opinión de la teniente Dallas con respecto al Radio City. Si el grupo hubiera querido volarlo, ahora no sería más que polvo.

Tomó asiento, dando paso a Feeney.

—Ésta es una de las cámaras de vigilancia que mi equipo encontró en el Radio City. —Sostuvo en alto un pequeño aparato redondo no mayor que el círculo formado por sus dedos pulgar e índice—. Está realmente bien elaborada. Localizamos veinticinco como ésta en el lugar de los hechos. Observaron cada paso que dimos y podrían habernos hecho saltar por los aires en un abrir y cerrar de ojos.

Volvió a guardar el dispositivo espía en la bolsa de pruebas.

—La unidad de Detección Electrónica está trabajando con Malloy y su gente para desarrollar un escáner antiexplosivos más sensible y de mayor alcance. Entretanto, no voy a ser yo quien diga que los federales no cuentan con un buen equipo, pero también lo tenemos nosotros. Y es nuestra maldita ciudad. Además, este grupo contactó con Dallas. La eligieron a ella. Si la retira ahora del caso, y a nosotros con ella, va a desequilibrar la balanza. En cuanto se enteren, podríamos perderlo todo.

—Tomo debida nota. ¿Dallas? —Tibble levantó un dedo—. ¿Cuál es su opinión con respecto a por qué este grupo contactó con usted?

—No son más que conjeturas, señor. Roarke es propietario o posee acciones de los objetivos hasta ahora seleccionados. Yo estoy conectada a él. Y eso es algo que les divierte. El Manitas se refirió a ello como a un juego. Creo que se están divirtiendo. También habló de venganza.

Eve se puso nuevamente en pie y la imagen de Mónica Rowan apareció en pantalla.

—Ella es quien tiene más motivos para desear una venganza, y como viuda de Rowan, probablemente sería la persona que posee un conocimiento interno mayor y más personal del grupo de su esposo.

—Su ayudante y usted tienen vía libre para viajar de inmediato a Maine —le dijo Tibble—. ¿Capitán, algún comentario?

—Este equipo ha reunido una impresionante cantidad de pruebas y teorías en poco tiempo. —Whitney se levantó—. Considero que no es necesario que intervenga un equipo de los federales.

—Creo que la teniente y su equipo me han dando munición suficiente para arreglármelas con los políticos. —Tibble también se puso en pie—. Dallas, continúa al mando hasta nuevo aviso. Espero progresos regulares. Es nuestra ciudad, capitán Feeney —agregó mientras se giraba hacia la puerta—. Mantengámosla intacta.

—¡Vaya! —McNab dejó escapar un sonoro suspiro cuando la puerta volvió a cerrarse—. Salvados por los pelos.

—Y si queremos continuar al frente de este caso, vamos a tener que trabajar duramente, dando lo mejor de nosotros mismos. —Eve le brindó una ligera sonrisa—. Tu vida social acaba de irse por el desagüe, colega. Necesitamos ese escáner de largo alcance. Y quiero que se lleven a cabo escáneres en los estadios y complejos deportivos de cada municipio. También de Nueva Jersey.

—Por Dios, Dallas, con el equipo y mano de obra del que disponemos, tardaremos una semana.

—Tienes un día —le dijo—. Ponte en contacto con

Roarke. —Se metió las manos en los bolsillos—. Lo más probable es que tenga algún juguetito que se adecue a lo que buscas.

—¡Esto es la caña! —McNab se frotó las manos y sonrió a Anne de oreja a oreja—. Espera a ver lo que tiene este tipo.

—Feeney, ¿existe algún modo de que puedas bloquear este ordenador? ¿De interferirlo? O, mejor aún, encuentra un nuevo aparato sin registrar y que cuente con escudo.

Su cara avergonzada se iluminó cuando sonrió a Eve.

—Supongo que podría improvisar algo. No es que acostumbremos a juguetear con equipos sin registrar en la unidad de Detección Electrónica.

—Por supuesto que no. Peabody, te vienes conmigo.

—Oye, ¿cuándo vas a volver? —le gritó McNab.

Eve se dio media vuelta y se le quedó mirando fijamente mientras Peabody deseaba hacerse invisible.

—Cuando hayamos acabado, detective. Creo que tienes suficiente trabajo para mantenerte ocupado mientras tanto.

—Ah, claro. Sólo era curiosidad. Nada más. —Sonrió tontamente—. Que tengáis buen viaje.

—Que no nos vamos a comer langosta —farfulló Eve y se marchó, meneando la cabeza.

—Volveremos antes de que termine el turno, ¿no crees, teniente?

Eve se puso la chaqueta mientras caminaba hacia el ascensor.

—Oye, si tienes una cita, tendrás que poner tus glándulas a enfriar.

—No, no me refería a... Ah, sólo quería avisar a Zeke de que voy a hacer horas extra, eso es todo. —Y le avergonzaba no haberle dedicado uno solo de sus pensamientos a su hermano.

—Tardaremos lo que tardemos. Tenemos que hacer una parada antes de coger el transporte rumbo al norte.

—Imagino que no vamos a ir en uno de los jets de Roarke, ¿no? —Peabody encorvó los hombros cuando Eve se limitó a lanzarle una mirada torva—. No, supongo que no. Es sólo que son mucho más veloces que los transbordadores públicos.

—¿Y lo único que te interesa es la velocidad, Peabody?
—Eve entró en el ascensor y pulsó el botón que llevaba al garaje—. No tiene nada que ver con amplios y mullidos asientos, con la galería completamente surtida, o con la selección de pantalla.

—Un cuerpo relajado facilita que la mente esté despierta.

—Qué excusa tan mala. Sueles inventarlas mejores cuando intentas pegármela. Hoy no estás en forma, Peabody.

Pensó en el salvaje interludio que habían tenía McNab y ella en un despacho vacío.

—Ni que lo digas.

Zeke trabajaba sin cesar y de modo preciso, esforzándose por centrarse en la madera y en el placer que ésta le reportaba.

Había sido consciente de que su hermana no había dormido bien la noche anterior. La había oído despertarse y pasearse por la habitación mientras él yacía despierto en el sofá cama del cuarto de estar. Había deseado acudir a su lado, ofrecerse a meditar con ella, o a prepararle uno de sus sedantes orgánicos, pero no había sido capaz de enfrentarse a ella.

En su mente sólo había espacio para Clarissa, para el modo en que la había sentido acurrucarse entre sus brazos, para lo dulces que sabían sus labios. Aquello le avergonzaba. Creía firmemente en la santidad del matrimonio. Una de las razones por las que nunca buscaba una relación seria era que se había prometido a sí mismo que cuando realizara esos votos ante otra persona, los mantendría para toda la vida.

No había conocido a nadie a quien hubiera amado lo suficiente como para hacerle promesas.

Hasta ahora.

Y ella le pertenecía a otro hombre.

A alguien que no la apreciaba, pensó ahora, al igual que lo había hecho a lo largo de la noche. A alguien que la maltrataba, que la hacía infeliz. Los votos estaban hechos para romperlos cuando lo que causan es dolor.

No, no podía hablar con Dee cuando por su cabeza cruzaban pensamientos como ése. Cuando no lograba sacarse a Clarissa de la mente y ofrecerle consuelo a su propia hermana.

Había visto los reportajes del atentado en los noticiarios de la noche anterior. Le habían horrorizado. Comprendía que no todo el mundo abrazaba el principio de no causar dolor que conformaban los cimientos de los naturistas. Era consciente de que incluso algunos orgánicos modificaban dichos cimientos para acomodarlos a su estilo de vida, y, después de todo, la religión estaba creada para que fuera fluida.

Sabía que existía la crueldad. Que todos los días se cometían asesinatos. Pero jamás había presenciado un desprecio tan atroz por la vida como el que la noche pasada había visto en la pantalla panorámica del apartamento de su hermana.

Quienes eran capaces de tal cosa no debían de ser seres humanos. Nadie con corazón, alma y entrañas podría destruir vidas de ese modo. Eso era en lo que él creía, y se aferraba a la esperanza de que algo así no era otra cosa que una aberración, una mutación. Y de que el mundo había evolucionado lo suficiente como para rechazar la muerte a gran escala.

Le había causado gran impacto ver a Eve moviéndose por entre semejante carnicería. Recordó que su rostro estaba desprovisto de expresión y que llevaba la ropa salpicada de sangre. En esos momentos pensó en que ella le había parecido agotada, vacía, y que realmente era una mujer con coraje. Entonces le sobrevino la idea de que su hermana también debió de estar allí, en medio de aquel horror.

Eve había hablado únicamente con una periodista; una guapa mujer de cara astuta, cuyos ojos verdes reflejaban su dolor.

«No tengo nada que añadir a lo que ves aquí, Nadine —dijo ella—. No es momento ni lugar para realizar declaraciones. La muerte habla por sí sola.»

Y cuando su hermana llegó a casa esa noche, con aquella misma expresión exhausta en la cara, la había dejado sola.

En ese instante abrigó la esperanza de haberlo hecho por el bien de ella y no por el suyo propio. No había deseado hablar de lo que su hermana había visto y hecho. No había deseado pensar en ello. O en Clarissa. Y pese a que había logrado controlar su mente lo suficiente como para desterrar aquellas imágenes de muerte, no había tenido la capacidad de hacer lo mismo con la mujer.

Ahora Clarissa se mantendría alejada de él, pensó. Ambos se mantendrían alejados el uno del otro, que era lo mejor que podían hacer. Terminaría el trabajo que se había comprometido a realizar y luego regresaría a Arizona. Ayunaría, meditaría y purgaría su organismo de ella.

Tal vez acamparía durante unos días en el desierto, hasta que su mente y su corazón estuvieran de nuevo en equilibrio.

En ese momento le llegaron unas voces a través de la rejilla de ventilación. La risa airada del hombre y las suaves súplicas de la mujer.

—Te he dicho que quiero follar —dijo—. Es para lo único que vales.

—Por favor, B. D., hoy no me encuentro bien.

—Me importa tres cojones cómo te encuentres. Tu trabajo es abrirte de piernas cuando yo te lo diga.

Se escuchó un ruido sordo y después el llanto cesó abruptamente. Se oyó la rotura de un cristal.

—De rodillas. Ponte de rodillas, puta.

—Me haces daño. Por favor...

—Usa esa boquita tuya para algo más aparte de para lloriquear. Sí, sí. Ponle algo de entusiasmo, por el amor de Dios. Es un milagro que se me levante. Con más fuerza, puta. ¿Sabes dónde metí la polla anoche? ¿Sabes dónde estuvo lo que tienes dentro de tu boca de llorona? Dentro de esa nueva operadora que contraté. Fue un dinero bien gastado.

El hombre jadeaba, gruñía como un animal, y Zeke apretó los ojos con fuerza y rogó para que aquello cesara.

Pero no lo hizo, la situación solamente cambió, escuchándose el llanto y las súplicas de Clarissa. La estaba violando, no había modo de confundir aquellos sonidos.

Zeke se detuvo al pie de la escalera, sorprendido de ver que sujetaba el mango de un martillo en su mano. La sangre rugía violentamente en sus oídos.

«¡Dios mío, por Dios santo!, ¿qué estaba haciendo?»

Los sonidos se acallaron justo en el momento en que dejaba el martillo con mano temblorosa. Ahora sólo se oían lloros. Zeke subió las escaleras pausadamente. Aquello debía acabar. Alguien debía hacer que cesara. Pero se enfrentaría a Branson con las manos vacías, y como un hombre.

Atravesó la cocina sin que ninguno de los dos androides domésticos que trabajaban allí le prestase la más mínima atención. Recorrió el amplio pasillo más allá de la cocina y pasó de largo las hermosas habitaciones rumbo a la escalera en espiral de peldaños flotantes.

Tal vez no tuviera derecho a inmiscuirse, pensó, pero nadie, absolutamente nadie, tenía derecho a tratar a otro ser humano del modo en que era tratada Clarissa.

Recorrió el pasillo que se abría a su derecha, considerando qué habitación quedaba exactamente encima del taller. La puerta estaba entreabierta y podía escucharla llorando en el interior. Colocó los dedos sobre la madera pulida y la abrió con cuidado. Y la vio desnuda sobre la cama, hecha un ovillo; en su cuerpo ya comenzaban a aflorar los morados.

—¿Clarissa?

Ella levantó la cabeza con los ojos desmesuradamente abiertos y los labios inflamados y trémulos.

—Ay, Dios mío. No, no, no quiero que me veas así. Vete.

—¿Dónde está?

—No lo sé. Se ha ido. Oh, por favor, por favor. —Hundió la cara en las sábanas revueltas.

—No puede haberse marchado. Acabo de subir por la escalera principal.

—Él utiliza la entrada de servicio. Ya se ha ido. Gracias a Dios. Si te hubiera visto subir...

—Esto tiene que acabar. —Se acercó a la cama, desenredando suavemente una sábana y cubriéndola con ella—. No puedes dejar que te hiera de este modo.

—Él no pretende... Es mi marido. —Dejó escapar un suspiro tan desesperado que a Zeke se le desgarró el corazón—. No tengo adónde ir. No tengo a quién acudir. No me haría daño si yo no fuera tan lenta y estúpida. Si hiciera lo que dice. Si...

—Basta —la palabra surgió con mayor aspereza de la que pretendía, y Clarissa se estremeció cuando le posó la mano en el hombro—. Lo sucedido no ha sido culpa tuya, sino de él.

Clarissa necesitaba consejo, pensó. Necesitaba limpieza. Un lugar seguro en el que quedarse. Su cuerpo y su autoestima habían sido maltratados, y eso lastimaba el alma.

—Quiero ayudarte. Puedo sacarte de aquí y llevarte lejos. Puedes quedarte en casa de mi hermana hasta que decidas qué quieres hacer. Existen programas, personas con las que puedes hablar. La policía —agregó—. Tienes que presentar cargos.

—No. ¡Nada de la policía! —Apretó la sábana contra sí y luchó por incorporarse. El miedo brillaba en sus oscuros ojos violetas—. Me mataría si lo hiciera. Y conoce a gente en el cuerpo. De las altas esferas. Jamás podré acudir a la policía.

Comenzó a temblar, de modo que Zeke la tranquilizó.

—Eso ahora no es relevante. Deja que te ayude a vestirte. Deja que te lleve a un sanador... al médico —se corrigió, recordando dónde se encontraba—. Después hablaremos del futuro.

—Oh, Zeke —exhaló de forma trémula mientras apoyaba la cabeza sobre su hombro—. No hay futuro. ¿Acaso no ves que esto es lo único que existe para mí? Él nunca dejará que me vaya. Me lo ha dicho. Me ha dicho lo que me hará si intento dejarle. No soy lo bastante fuerte para luchar contra él.

La rodeó con sus brazos, meciéndola en ellos.

—Yo sí.

—Eres tan joven —sacudió la cabeza—. Yo no lo soy.

—Eso no es cierto. Te sientes impotente porque has estado sola, pero ya no lo estás. Yo te ayudaré. Mi familia te ayudará.

Le acarició el enmarañado cabello suelto, suave como una nube bajo su mano.

—Mi hogar es un lugar tranquilo —dijo, manteniendo la voz en un tono susurrante y consolador—. ¿Recuerdas lo grande, libre y tranquilo que es el desierto? Puedes curarte allí.

—Durante esos días casi fui feliz. Todo aquel espacio. Las estrellas. Tú. Si creyera que existiese una posibilidad...

—Dame la oportunidad. —Le giró delicadamente la cabeza hacia la suya. Los moratones de su rostro casi le rompieron el corazón—. Te quiero.

Las lágrimas inundaron los ojos de Clarissa.

—No puedes. No sabes lo que he hecho.

—Nada de lo que él te haya obligado a hacer cuenta. Y no importa lo que yo sienta, sino lo que tú necesitas. No puedes quedarte con él.

—No puedo arrastrarte a esto, Zeke. No está bien.

—No voy a dejarte. —Posó la boca en su cabello—. Cuando estés a salvo, si quieres que me vaya, lo haré. Pero no hasta que estés a salvo.

—A salvo —apenas fue un susurro—. Dejé de creer que podría estar a salvo. Si existe una posibilidad de... —Se apartó para mirarle a los ojos—. Necesito tiempo para pensar.

—Clarissa...

—Debo estar segura de que puedo lograrlo. Necesito tiempo. Por favor, trata de entender. Dame hasta mañana. —Tomó la manos de Zeke entre las suyas—. Ya no puede hacerme más daño del que me ha hecho. Dame hasta mañana para buscar en mi interior y ver si queda algo que merezca la pena ofrecerte. A ti o a otra persona.

—No te estoy pidiendo nada.

—Pero yo sí. —Sus labios temblorosos formaron una sonrisa—. Por fin, yo sí. ¿Me darás un número en el que pueda ponerme en contacto contigo? Quiero que ahora te marches a casa. B. D. no volverá hasta mañana por la tarde, y yo necesito tiempo para estar a solas.

—De acuerdo. Si me prometes que me llamarás decidas lo que decidas.

—Lo haré. —Tomó una agenda electrónica de la mesita de noche y se la ofreció a Zeke—. Te llamaré esta noche. Lo prometo. —Cuando él introdujo el número, Clarissa la cogió y la guardó en el cajón—. Por favor, vete ya. Necesito ver cuántas piezas puedo recomponer por mí misma.

—No estaré lejos —le dijo.

Clarissa aguardó hasta que él llegó a la puerta.

—¿Zeke? Cuando te conocí en Arizona... cuando te vi, cuanto te miré... en mi interior pareció despertar algo que creía ya muerto. No sé si es amor. No sé si podré amar de nuevo. Pero si es así, te lo debo a ti.

—Cuidaré de ti, Clarissa. Él no volverá a hacerte daño nunca más.

Abrir la puerta y dejarla allí fue lo más difícil que había hecho en su vida.

Capítulo catorce

Eve le dedicó una prolongada mirada ceñuda a su maltrecho vehículo mientras cruzaba el aparcamiento. No es que su apariencia importase mucho. Desde que Zeke y Roarke habían hurgado en él, el cacharro había recuperado su forma. Pero no era más que un maldito cacharro, por el amor de Dios.

—Es jodidamente patético que una teniente de homicidios tenga que conducir una chatarra como ésta mientras que los capullos de Narcóticos conducen bólidos. —Dirigió una furibunda mirada avara al reluciente todoterreno aerodinámico aparcado dos plazas más allá de la suya.

—Sólo necesita algo de trabajo de chapa y pintura, un parachoques nuevo —matizó Peabody al tiempo que abría la puerta.

—Es cuestión de principios. Los *polis* de homicidios siempre se llevan la peor parte. —Eve dio un portazo, lo cual fue un error, pues la puerta volvió a abrirse de nuevo—. Joder, lo que faltaba.

—Me fijé en ese detalle cuando me lo llevé ayer. Tienes que levantar un poco más la puerta, como si la sacudieras, y deslizarla de nuevo en su sitio. Zeke lo arreglará en cuanto pueda. Anoche se me olvidó mencionárselo.

Eve levantó las manos y tomó aire varias veces, lenta y profundamente.

—Está bien, quejarse no sirve de nada.

—Pero te quejas con un estilo tan elegante, teniente.

Eve le lanzó una mirada sesgada a Peabody cuando se dispuso a cerrar la puerta.

—Eso está mejor. Empezabas a preocuparme. Hacía dos

días que no te había oído soltar ninguno de tus comentarios de sabionda.

—No estoy en forma —farfulló Peabody, y apretó los labios. Todavía podía saborear a McNab.

Eve cerró la puerta.

—¿Algún problema?

—Yo... —Deseaba hablarlo con alguien, pero era simplemente demasiado humillante—. No, ninguno. ¿Cuál es la primera parada?

Eve enarcó las cejas. No era típico de Peabody no aprovechar la ocasión cuando ella se la brindaba. Eve salió marcha atrás del aparcamiento, recordándose que la vida privada no se denominaba así sin un motivo justificado.

—Nos dirigimos a Autotron. Consigue la dirección.

—La conozco. Está a unas manzanas de mi casa, en la Novena. En la Novena con la Doce. ¿Qué hay allí?

—Un tipo al que le gustan las bombas.

Puso a Peabody al corriente durante el trayecto.

Cuando entró en el aparcamiento de Autotron, el guardia de seguridad echó un vistazo al coche y se acercó con cara de pocos amigos a ojear la placa que Eve sostenía en alto.

—Tiene autorización, teniente. Hay un aparcamiento reservado para usted. Plaza treinta y seis, nivel A. Según se sube a la izquierda.

—¿Quién me ha autorizado? —Aunque se preguntó por qué se molestaba en preguntarlo.

—Roarke. Tome el primer grupo de ascensores hasta la octava planta. La estarán esperando.

Sus ojos chispearon y a continuación prosiguió su camino.

—No sabe cuándo mantenerse al margen.

—Bueno, eso agiliza las cosas. Nos ahorra tiempo.

Deseaba decir que no tenía prisa, pero Eve cerró la boca, echando humo por las orejas, dado que aquello era una mentira completamente absurda.

—Como se le haya ocurrido interrogar ya a Lamont, voy a hacerle un nudo en la lengua.

—¿Puedo mirar? —Peabody sonrió ampliamente cuando Eve frenó en seco en su plaza de aparcamiento—. Estoy recuperando la forma.

—Que te den. —Irritada, cerró de un portazo antes de acordarse del problemilla, y profirió una sarta de palabrotas con toda su alma cuando el alerón saltó al suelo de hormigón—. Maldito coche de mierda. —Le dio una patada, porque aquel cacharro parecía estar pidiéndolo a gritos, y después volvió a colocarlo en su sitio—. Ni una sola palabra —le advirtió a Peabody, y acto seguido se encaminó al ascensor.

Peabody entró en el ascensor, cruzó las manos y contempló detenidamente la ascensión de números sobre el panel de la puerta.

La octava planta era una amplia y bien ventilada oficina y una zona de recepción rebosante de oficinistas, chupatintas y ejecutivos elegantemente trajeados. Estaba decorada en tonos azul marino y gris, y unas flores silvestres de color rojo, que se agolpaban bajo las ventanas y alrededor de una consola central, que agregaban una impactante pincelada al ambiente.

Eve pensó que Roarke tenía cierta fijación por las flores en el lugar de trabajo... en cualquier lugar, para ser más precisos. Su principal cuartel general del centro estaba cuajado de ellas.

Tuvo que echar mano de la placa apenas hubo puesto el pie fuera del ascensor, cuando un hombre alto, ataviado con un sobrio traje negro, se acercó a ella con una deslumbrante sonrisa.

—Teniente Dallas. Roarke la está esperando. Tengan la amabilidad de seguirme.

Una desagradable parte de su persona deseaba pedirle al hombre que informara a su jefe de que no metiera su bonita nariz en sus asuntos, pero se abstuvo de hacerlo. Necesitaba hablar con Lamont, y si Roarke estaba empeñado en ser él quien la condujera hasta el hombre, malgastaría más tiempo y energía de lo que podía si rechazaba su ayuda.

Siguió al hombre a través de cubículos, elegantes despachos y más flores, hasta unas puertas dobles abiertas, que daban a una espaciosa sala de conferencias.

La mesa central era una gruesa tabla de un tono claro, rodeada de sillas a juego con cojines azul oscuro cubriendo asientos y respaldos. Un rápido vistazo le reveló que la estancia contaba con todas las comodidades y la tecnología punta que esperaba de todo cuanto llevara el toque y el nombre de Roarke.

Había un gigantesco autochef y un refrigerador, un centro de comunicaciones completamente equipado, una consola de entretenimiento muy elegante y una amplia ventana con seguridad íntegra y pantalla solar.

Un diagrama animado giraba y daba vueltas en el enorme plasma de la pared. El hombre sentado a la cabecera de la mesa apartó su atención de él, enarcó una arrogante ceja y le brindó una encantadora sonrisa a su esposa.

—Teniente, Peabody. Gracias, Gates. —Esperó a que las puertas se cerrasen de nuevo y a continuación les indicó con la mano las butacas—. Tomad asiento. ¿Os apetece un café?

—No quiero sentarme ni tampoco quiero un puto café —espetó Eve.

—A mí sí me apetece. —Peabody hizo una mueca bajo la fulminante mirada de Eve—. Por otra parte...

—Siéntate y calla —le ordenó Eve.

—Sí, teniente. —Se sentó y guardó silencio, pero le lanzó a Roarke una mirada compasiva antes de esforzarse por volverse ciega, sorda e invisible.

—¿Acaso te he pedido que me autorizaras la entrada? —comenzó a decir Eve—. ¿Acaso te he pedido que estuvieras aquí cuando viniera a entrevistar a Lamont? Estoy inmersa en una investigación extremadamente delicada, que los federales están deseando quitarme de las manos. No quiero que tu nombre figure en mis informes con más frecuencia de la necesaria. ¿Lo entiendes?

Se había aproximado a él mientras hablaba y había acabado hundiéndole un dedo en el hombro.

—Dios, como me pone que me regañes. —Sonrió únicamente cuando ella exhaló con los dientes apretados—. No pares.

—No es una broma. ¿Es que no tienes mundos que conquistar, pequeñas naciones industriales que comprar o empresas que dirigir?

—Sí. —El humor desapareció de sus ojos, dejando en ellos una expresión sombría y penetrante—. Y ésta es una de esas empresas. Al igual que el hotel en el que ayer murieron todas esas personas. Si alguien que trabaja para mí resulta tener cualquier tipo de vinculación, es asunto mío tanto como tuyo, teniente. Pensaba que había quedado claro.

—No puedes culparte por lo de ayer.

—Si te digo eso mismo, ¿vas a hacerme caso?

Eve le miró fijamente durante un momento, deseando no comprender su postura de un modo tan nítido.

—¿Has interrogado a Lamont?

—No soy tan estúpido. He reprogramado mi agenda de la mañana, dispuse que te dieran acceso y me aseguré de que Lamont se encontraba en el laboratorio. Todavía no he enviado a buscarle. Supuse que primero querrías echarme la bronca.

Si era tan predecible, había llegado el momento de hacer cambios, decidió Eve.

—Me tomaré ese café antes de que envíes a buscar a Lamont.

Roarke rozó las puntas del cabello de Eve con las yemas de los dedos antes de dar media vuelta y ponerse manos a la obra. Eve se sentó pesadamente en una silla, mirando a Peabody con el ceño fruncido.

—¿Qué estás mirando?

—Nada, teniente. —Peabody apartó la vista de forma pausada. Resultaba verdaderamente fascinante verlos juntos, meditó. Suponía una auténtica lección en el arte del tira y afloja. Y el modo en que se miraban cuando sus mentes se fusionaban. En efecto, uno podía ver cómo sucedía.

No lograba imaginar lo que era tener una conexión semejante con otra persona. Una fusión tal que un simple roce de dedos sobre tu cabello fuera una sencilla y absoluta declaración de amor.

Debió de dejar escapar un suspiro, pues Roarke ladeó la cabeza cuando dejó la taza de café frente a ella.

—¿Cansada? —murmuró y le posó la mano en el hombro.

Peabody sintió que tenía derecho a experimentar la placentera corriente de calor y templada lujuria que percibía casi cada vez que miraba el espectacular rostro de Roarke. Pero consideró que a Eve no le agradaría que suspirase de nuevo.

—Una mala noche —dijo y agachó la cabeza, concentrándose en el café.

Roarke le dio un breve apretoncito en el hombro, lo que provocó que el corazón se le acelerase, para a continuación volverse hacia Eve.

—Lamont no tardará en subir. Me gustaría estar presente mientras le entrevistas. Y —continuó sosteniendo una mano en alto—, antes de que me digas por qué no puedo estar presente durante una entrevista oficial, te recuerdo que no sólo soy el jefe del sujeto en cuestión, sino que además le conozco desde hace años. Sabré si está mintiendo.

Eve tamborileó con los dedos sobre la mesa. Conocía aquella expresión en sus ojos: fría, enigmática y controlada. Observaría y vería con la misma destreza fruto de la experiencia de un veterano especialista en interrogatorios de la policía.

—Sólo como observador. No le interrogues o hagas comentarios a menos que te indique lo contrario.

—De acuerdo. ¿Tienes autorización para viajar a Maine?

—Tomaremos un puente aéreo tan pronto como nos vayamos de aquí.

—Tengo un avión privado en el aeropuerto. Llévatelo.

—Cogeremos el puente aéreo —repitió Eve, pese a que Peabody levantó la cabeza con los ojos rebosantes de esperanza igual que un cachorro que capta el olor de la leche materna.

—No seas terca —dijo Roarke afablemente—. Mi avión te llevará en la mitad de tiempo y sin que acabes frustrada. Puedes comprar un par de langostas para la cena.

La expresión «ni de coña» tembló en la punta de su lengua, pero se contuvo cuando llamaron a la puerta.

—Comienza el espectáculo —murmuró Roarke, y se recostó en su sillón—. Adelante, por favor.

Lamont tenía unas mejillas suaves y rollizas, unos vivaces ojos azules y el tatuaje de una flecha en llamas en el mentón, realizado posteriormente a la foto de su carné. Eve se fijó en que también se había dejado crecer el cabello, de modo que le caía hasta la barbilla en pequeños rizos castaños, confiriéndole un aspecto ligeramente angelical, diferente a la imagen del joven mojigato y conservador que había visionado en la pantalla la noche anterior.

Llevaba puesta una bata blanca de laboratorio encima de una camisa del mismo color, abotonada hasta la nuez, y unos pantalones negros de pitillo. Reconoció que las botas que calzaba estaban hechas a mano y eran caras, pues Roarke tenía innumerables pares en su infinito armario.

El hombre le dirigió una mirada educada a Eve, y sometió a un escrutinio algo más prolongado al uniforme de Peabody, y luego volcó su completa atención en Roarke.

—¿Quería verme? —En su voz se apreciaba un levísimo deje francés, igual que una fina capa de tomillo sobre una sopa.

—Le presento a la teniente Dallas, del Departamento de Policía y Seguridad de Nueva York. —Roarke no se levantó ni le indicó que tomase asiento. Aquélla fue la forma tácita de pasarle el control a Eve—. Ella es quien quería verle.

—¿Oh? —Su educada sonrisa mostraba una vaga perplejidad.

—Tome asiento, señor Lamont. Tengo algunas preguntas que hacerle. Si así lo desea, tiene derecho a que esté presente un abogado.

Lamont parpadeó dos veces; dos pausados movimientos.

—¿Necesito un abogado?

—No lo sé, señor Lamont. ¿Lo necesita?

—No veo por qué. —Se sentó, moviéndose hasta acomodarse sobre el cojín—. ¿De qué se trata?

—De explosivos. —Eve le lanzó una leve sonrisa—. Conecta la grabadora, Peabody —agregó y le leyó sus derechos a Lamont—. ¿Qué sabe acerca del atentado de ayer en el Plaza?

—Tan sólo lo que vi en la televisión. Esta mañana informaron de un aumento en el recuento de víctimas mortales. Ya supera los trescientos.

—¿Ha trabajado alguna vez con plaston, señor Lamont?

—Sí.

—¿De modo que es consciente de lo que es?

—Por supuesto. —Se movió de nuevo—. Es una sustancia ligera, dúctil y altamente inestable, utilizada principalmente como agente detonante en explosivos. —Había palidecido un poco desde que tomó asiento, pero continuó mirándola a los ojos. Ahora ya no se mostraban tan vivaces.

»Los explosivos que fabricamos en Autotron son para contratos gubernamentales, y algunas empresas privadas a menudo emplean cantidades insignificantes de plaston.

—¿Qué tal va de mitología griega?

El hombre entrelazó los dedos sobre la mesa, los separó y volvió a entrelazarlos.

—¿Cómo dice?

—¿Conoce a alguien llamado Casandra?

—Me parece que no.

—¿Conoce a Howard Bassi, más comúnmente conocido como el Manitas?

—No.

—¿A qué dedica el tiempo libre, señor Lamont?

—¿El... el tiempo libre?

Eve sonrió de nuevo. El cambio de ritmo le había confundido, tal como ella pretendía.

—Aficiones, deportes, entretenimientos. Roarke no le hace trabajar las veinticuatro horas del día, los siete días de la semana, ¿verdad?

—Yo... No. —Su mirada voló hasta Roarke y retornó de nuevo a ella—. Yo... juego al balonmano.

—¿Sólo o en equipo?

Lamont levantó la mano y se frotó la boca con ella.

—Solo, principalmente.

—Su padre fabricaba bombas durante la Guerra Francesa —prosiguió—. ¿Trabajaba en equipo o solo?

—Yo... trabajaba para el ERS, el Ejército de Reformas Sociales. Supongo que es un equipo.

—Imagino que trabajaba como autónomo para el mejor postor.

El color retornó rápidamente al rostro de Lamont.

—Mi padre era un patriota.

—Cometía sabotaje en nombre de la causa. Los terroristas a menudo se denominan a sí mismos patriotas. —Mantuvo un tono de voz plácido, pero por primera vez vio una chispa de ira en los ojos del hombre—. ¿Considera que cometer sabotaje en nombre de la causa es un acto justificado? ¿Cree que lo es perpetrar masacres y sacrificar inocentes por una causa justa y honrada?

Él abrió la boca y volvió a cerrarla, luego tomó una larga bocanada de aire.

—La guerra es diferente. Durante la época de mi padre, nuestro país estaba en manos de burócratas déspotas. La segunda revolución francesa fue necesaria para darle a nuestra gente el poder y la justicia a la que tenía derecho.

—Así pues... —Eve esbozó una leve sonrisa—, acepto eso como un sí.

—No fabrico bombas para la causa. Las fabrico para su utilización en minería, para la demolición de edificios viejos. Y vacíos. Para pruebas militares. Para contratos —dijo, con serenidad—. Autotron es una empresa respetable y reputada.

—Seguro que sí. ¿Le gusta fabricar bombas?

—Aquí no fabricamos bombas. —Su tono era ahora un tanto mordaz y su acento sutilmente más marcado—. Elaboramos dispositivos altamente sofisticados y tecnológicamente avanzados. Producimos los mejores del mercado.

—Discúlpeme. ¿Le gusta fabricar sofisticados artefactos tecnológicamente avanzados?

—Sí. Disfruto con mi trabajo. ¿Y usted?

Ahora mostraba cierta chulería, reparó Eve. Qué interesante.

—Disfruto con los resultados del mío. ¿Y usted?

—Soy partidario de hacer uso de mis habilidades.

—También yo. Gracias, señor Lamont. Eso es todo.

La leve sonrisa que había comenzado a formarse en el rostro de Lamont se esfumó.

—¿Puedo irme?

—Sí, gracias. Finaliza la grabación, Peabody. Gracias por dejarnos utilizar la sala, Roarke.

—En Autotron siempre nos complace cooperar con la policía. —Enarcó una elegante ceja en dirección a Lamont—. Creo que la teniente Dallas ha terminado con usted, Lamont. Es libre para volver a su trabajo.

—Sí, señor. —Se puso en pie con rigidez y salió de la sala.

Eve volvió a sentarse.

—Ha mentido.

—Ah, sí —convino Roarke—. Así es.

—¿En qué? —La pregunta escapó de los labios de Peabody antes de que pudiera impedirlo.

—Reconoció el nombre de Casandra, y sabía del Manitas. —Eve se rascó la barbilla pensativamente—. Al principio estaba un poco inseguro, pero comenzó a entrar en calor. No le preocupa la policía.

—Una emoción común —señaló Roarke—. Tan común como el error de subestimar a ciertos *polis*. Al final de la entrevista creía haberte engañado.

Eve soltó un bufido y se puso en pie.

—Aficionado. Peabody, ordena vigilancia personal para nuestro amiguito Lamont. Roarke, quiero que tú...

—Que saque su expediente laboral, revise su equipo, su listado de materiales y cualquier solicitud que haya hecho, y realice un nuevo inventario. —Se levantó—. Ya me he ocupado de todo eso.

—Fanfarrón.

La tomó de la mano y, debido a que verla trabajar le ponía de buen humor, mordisqueó sus nudillos antes de que ella pudiera retirarla.

—Le mantendré vigilado.

—Guarda las distancias —le ordenó—. Quiero que piense que ha superado la entrevista sin contratiempos. Peabody... —Se volvió y se aclaró la garganta cuando pilló a su ayudante soñando despierta—. Peabody, baja de la nube.

—¡Sí, teniente! —Parpadeó, se puso en pie de un brinco y estuvo a punto de volcar la silla. Ver la hábil boca de Roarke demorándose sobre los dedos de Eve le había hecho preguntarse qué le tendría reservado McNab para esa noche.

—Que no se te vaya el santo al cielo, ¿quieres? Estaremos en contacto —agregó para Roarke.

—Espero que así sea. —Las acompañó hasta la puerta y luego tomó a Peabody del brazo para que se mantuviera un paso por detrás—. Es un hombre afortunado —murmuró.

—¿Eh? ¿A quién te refieres?

—Al hombre con quien estabas fantaseando.

Peabody sonrió como una tonta.

—Todavía no, pero va a serlo.

—¡Peabody!

Peabody puso los ojos en blanco y aligeró el paso para alcanzar a Eve.

—Llévate el avión teniente —le dijo Roarke mientras ella continuaba andando.

Ella le miró por encima del hombro y le vio, alto, guapo, en medio del amplio umbral. Deseó disponer del tiempo y la privacidad necesarios para regresar y mordisquear rápidamente aquellos maravillosos labios.

—Puede que lo haga. —Se encogió de hombros y se dirigió al ascensor.

Tomó el avión privado de Roarke, para evitar que Peabody se pusiera a hacer pucheros pero también para ahorrar tiempo. No se había equivocado, hacía un frío intenso en Maine. Se había olvidado los guantes, ¡cómo no!, así que metió las manos en los bolsillos cuando bajó del avión y se sumergió en el cortante viento.

Un operario del aeropuerto, ataviado con un mono térmico, se acercó a toda prisa y le entregó un codificador de vehículo.

—¿Qué es esto?

—Su transporte, teniente Dallas. Su vehículo la aguarda en la zona verde del aparcamiento, nivel dos, plaza cinco.

—Roarke —farfulló y se guardó bruscamente el codificador en el bolsillo junto con sus helados dedos.

—Le mostraré el camino.

—Sí, hágalo.

Cruzaron la pista de asfalto hasta el calor de la terminal. Se apreciaba un silencio casi reverencial en el sector privado de transportes, completamente opuesto al bullicio constante, al roce de cuerpos, al griterío de los vendedores de regalos y comida que abarrotaban las zonas públicas.

Bajaron en ascensor hasta la zona verde, donde Eve fue acompañada hasta un reluciente cochazo negro, capaz de ir por aire y por tierra, a cuyo lado los todoterrenos de los detectives de Narcóticos parecían cochecitos para niños.

—Si prefiere otra marca o modelo, cuenta con autorización para cualquier vehículo disponible —le dijeron a Eve.

—No. Éste está bien. Gracias. —Aguardó hasta que el operario se marchó antes de ponerse echa una furia—. Roarke tiene que dejar de hacer estas cosas.

Peabody pasó la mano con adoración por el reluciente parachoques.

—¿Por qué?

—Porque sí. —Fue lo mejor que se le ocurrió a Eve, y decodificó la puerta—. Traza un plano con la ruta hasta el domicilio de Mónica Rowan.

Peabody se instaló, frotándose las manos mientras inspeccionaba la cabina del piloto.

—¿Por aire o por tierra?

Eve le dirigió una mirada acerada.

—Por carretera, Peabody.

—Me juego lo que quieras a que esta monada va como la seda, bien sea por tierra o por aire. —Se inclinó para examinar el sistema computerizado de a bordo.

—Cuando hayas acabado de comportarte como una quinceañera, oficial, establece la maldita ruta.

—Uno nunca deja de sentirse como una quinceañera —murmuró Peabody, pero siguió sus órdenes.

El monitor integrado en el salpicadero respondió inmediatamente mostrando un mapa detallado con la mejor ruta a seguir.

A continuación, la cálida voz sedosa de barítono del ordenador preguntó:

¿Desea avisos auditivos durante el viaje?

—Creo que nos las apañaremos, amiguito. —Eve se dirigió a la salida a velocidad constante.

Como desee, teniente Dallas. El viaje comprende una distancia de dieciséis kilómetros y medio.

El tiempo estimado a esta hora y día de la semana, según el límite de velocidad permitido, es de veinte minutos y ocho segundos.

—Oh, seguro que podemos batirlo. —Peabody le lanzó una breve sonrisa a Eve—. ¿Verdad, teniente?

—No vamos a batir ningún récord —condujo debidamente por el aparcamiento, internándose y sorteando el tráfico del aeropuerto, y cruzó las verjas, tras lo que se encontró con un tramo de autopista, largo, amplio y despejado.

¡Qué demonios, era humana! Pisó el acelerador.

—¡Madre mía! Yo quiero uno de estos. —Peabody sonrió de oreja a oreja cuando el paisaje se desdibujó al pasar volando por él—. ¿Cuánto crees que cuesta esta preciosidad?

Este modelo cuesta ciento sesenta y dos mil dólares, excluyendo impuestos, tasas y licencias.

—¡Madre del amor hermoso!

—¿Aún te sientes como una quinceañera, Peabody? —Dejó escapar una breve carcajada y viró para tomar la salida siguiente.

—Sí, y quiero un aumento de sueldo.

Llegaron hasta las torres de pisos dormitorio, la zona comercial y los complejos hoteleros que bordeaban el extrarradio. El tráfico, pese a volverse más denso en la carretera y sobre sus cabezas, continuó siendo espaciado y comportándose con corrección.

Aquello hizo a Eve echar inmediatamente de menos Nueva York, con sus sucias calles, sus groseros vendedores y sus irritables transeúntes.

—¿Cómo puede la gente vivir en sitios como éste? —le preguntó a Peabody—. Es como si alguien lo hubiera recortado todo de un disco de viajes, hubiera sacado unas miles de copias, y las hubiera pegado a las afueras de cada maldita ciudad del país.

—A algunas personas les gusta sea como sea. Resulta reconfortante. Hicimos un viaje a Maine cuando era niña. ¿Te suena la isla de Mount Desert, el parque nacional?

Eve se encogió de hombros.

—Los Parques Nacionales están todos llenos de árboles, excursionistas y bichitos raros.

—Claro, como que en Nueva York no hay bichos.

—Prefiero mil veces una buena cucaracha.

—Pues vente a mi casa. A veces montamos fiestas.

—Quéjate a tu casero.

—Venga ya, como si eso sirviera de algo.

Eve giró a la derecha y aminoró la velocidad al estrecharse la carretera. Ahí las casas de dos y tres viviendas eran antiguas y se apiñaban incómodamente unas contra otras. Los jardines tenían un aspecto lamentable y el césped mostraba el amargo color amarillento del invierno allá donde se había fundido la nieve. Detuvo el coche junto al bordillo de una agrietada acera y apagó el motor.

Travesía completada. El tiempo transcurrido es de nueve minutos y cuarenta y ocho segundos. Sea tan amable de codificar la puerta.

—Hubieras recortado fácilmente otro par de minutos de haber sobrevolado el tráfico de antes —le dijo Peabody cuando se apearon.

—Deja de sonreír y pon cara de policía. Mónica nos está espiando desde la ventana. —Eve ascendió por el camino lleno de baches, producto de la nieve sin despejar, y llamó a la puerta del medio de la casa de tres viviendas.

Fue una larga espera, pese a que estimaba que Mónica no tenía que dar más de tres pasos para ir de la ventana a la puerta. Eve no esperó recibir una cálida bienvenida. Y no se equivocó.

En la puerta se abrió una rendija y un frío ojo gris se asomó a ella.

—¿Qué quieren?

—Somos la teniente Dallas, del Departamento de Policía y Seguridad de Nueva York, y su ayudante. Nos gustaría hacerle algunas preguntas, señora Rowan. ¿Podemos pasar?

—Esto no es Nueva York. No tienen jurisdicción, y aquí no pintan nada.

—Tenemos algunas preguntas que hacerle —repitió Eve—. Y tenemos autorización para solicitar una entrevista. Resultaría más fácil para usted, señora Rowan, si la realizamos aquí en lugar de disponer que sea trasladada a Nueva York.

—Y tampoco pueden obligarme a ir Nueva York.

Eve no se molestó en suspirar y se guardó en el bolsillo la placa que había sacado para que Mónica la contemplara.

—Claro que podemos. Pero preferiríamos no causarle molestias. No le robaremos demasiado tiempo.

—No me gusta tener a la policía en mi casa. —Pero abrió la puerta—. No quiero que toquen nada.

Eve entró a lo que supuso que el arquitecto había tenido la desfachatez de llamar recibidor, que no era más que un metro cuadrado de linóleo descolorido y mal fregado.

—Límpiense sus sucios pies de policía antes de entrar en mi casa.

Eve retrocedió obedientemente y se limpió las botas en un felpudo, cosa que le proporcionó otro momento para examinar a Mónica Rowan.

La imagen de archivo era fiable. La mujer tenía un rostro duro y unos adustos ojos grises. Los ojos, la tez y el cabello eran prácticamente del mismo color apagado. Vestía de franela de pies a cabeza, y el calor que rezumaba la casa hacía que Eve se sintiera incómoda ataviada con chaqueta y vaqueros.

—¡Cierre la puerta! Me está haciendo perder dinero al dejar que se escape el calor. ¿Sabe lo que cuesta calentar una casa como ésta? La compañía pública está dirigida por unos chupatintas del gobierno.

Peabody se limpió los pies, entró y cerró la puerta, y chocó fuertemente contra Eve. Mónica las miraba, iracunda, con los brazos cruzados.

—Hagan las preguntas que tengan que hacer y lárguense.

Se había terminado la hospitalidad yanqui, deliberó Eve.

—Estamos un poco apretadas aquí, señora Rowan. Tal vez podríamos pasar a la sala de estar y sentarnos.

—Que sea rápido. Tengo cosas que hacer. —Se dio media vuelta y las condujo a una sala de estar del tamaño de la de una casa de muñecas.

Estaba escalofriantemente limpia, la única silla y el sofá pequeño estaban cubiertos por una escurridiza funda de plástico transparente. Las dos lámparas gemelas del rincón aún conservaban sus fundas protectoras de plástico. Eve decidió que no deseaba sentarse, después de todo.

Las cortinas de la ventana estaban corridas, dejando un delgado resquicio. La única luz de la habitación era la que se filtraba por aquella rendija de dos centímetros y medio de anchura.

Había plumeros, pero no polvo. Eve imaginó que si una mota aparecía flotando por allí, ésta no tardaría en salir despavorida, gritando horrorizada. Una docena de relucientes figuritas de rostros alegres adornaban artísticamente las superficies de las mesas.

Un modelo barato de gato androide se levantó, chirriante, de la alfombra, emitió un oxidado maullido y volvió a aposentarse.

—Hagan sus preguntas y márchense. Tengo tareas de las que ocuparme.

Eve le recitó sus derechos constitucionales cuando Peabody procedió a grabar la entrevista.

—¿Comprende sus derechos y obligaciones, señora Rowan?

—Entiendo que han entrado en mi casa sin yo desearlo y que están interrumpiendo mi faena. No necesito a ningún picapleitos liberal. No son más que marionetas del gobierno, que se aprovechan de las personas honradas. Comience de una vez.

—¿Estuvo casada con James Rowan?

—Hasta que el gobierno lo mató junto con mis hijos.

—No vivía con él en el momento de su muerte.

—Eso hace que sea menos su esposa, ¿verdad?

—No, señora, no es así. ¿Puede decirme por qué estaba separada de él y de sus hijos?

—Eso pertenece a mi vida privada. —Los brazos de Mónica se tensaron sobre su pecho—. Jamie tenía muchas cosas en la cabeza. Era un hombre magnífico. El deber de una esposa es ceder a las necesidades y deseos de su marido.

Eve se limitó a enarcar una ceja tras escuchar aquello.

—¿Y sus hijos? ¿Tuvo en consideración sus necesidades y deseos?

—Jamie necesitaba tener a sus hijos a su lado. Los adoraba.

«Pero no pensaba lo mismo de usted, ¿verdad?», meditó Eve.

—Y usted, señora Rowan, ¿adoraba a sus hijos?

No era una pregunta necesaria, y Eve se enfadó consigo misma en cuanto la realizó.

—Los parí a los dos, ¿no? —Mónica estiró su cuello esquelético hacia delante con agresividad—. Los llevé nueve meses en mi vientre y los parí con sangre y dolor. Cumplí mi deber con ellos, los mantuve limpios y alimentados, y el gobierno me dio una miseria por las molestias. Gano menos por mi labor de madre que un maldito *poli*. ¿Quién cree que se levantaba en mitad de la noche cuando berreaban? ¿Quién limpiaba lo que ensuciaban? No hay nadie que manche tanto como los niños. Trabajas como una esclava para tener limpia la casa cuando viven niños en ella.

Se había esfumado la imagen de madre amante, pensó Eve, y se recordó que ése no era el tema.

—¿Estaba al corriente de las actividades de su esposo? ¿De su asociación con el grupo terrorista Apolo?

—Eso no son más que propaganda y mentiras. Mentiras del gobierno. —Prácticamente espetó aquello—. Jamie era un hombre estupendo. Era un héroe. De haber sido presidente, este país no estaría en la difícil situación en que se encuentra, con putas e inmundicia campando a sus anchas por las calles.

—¿Trabajaba usted con él?

—El lugar de una mujer es mantener la casa limpia, preparar comidas decentes y criar hijos. —Sus labios adoptaron un rictus de desprecio—. Puede que ustedes dos quieran ser hombres, pero yo sé para qué ha puesto Dios a las mujeres en la tierra.

—¿Le hablaba su esposo de su trabajo?

—No.

—¿Conoció a alguno de sus cómplices?

—Yo era su esposa. Le procuraba un hogar limpio para él y para la gente que creía en él.

—William Henson creía en él.

—William Henson era un hombre leal y brillante.

—¿Sabe dónde podría encontrar a tan leal y brillante hombre?

Mónica sonrió de forma forzada y taimada.

—Los sabuesos del gobierno le persiguieron y mataron, de igual modo que mataron a todos aquellos que le eran leales.

—¿De veras? Carezco de información que confirme su muerte.

—Fue un complot. Una conspiración. Una tapadera. —Pequeñas gotas de saliva salían volando de su boca—. Sacaron a personas honradas a rastras de sus hogares para encerrarlas en celdas, torturarlas y matarlas de hambre. Fueron ejecuciones.

—¿La sacaron a usted a rastras de su casa, señora Rowan? ¿La encerraron y torturaron?

Mónica entrecerró los ojos hasta formar dos rendijas.

—No tenía nada que ellos quisieran.

—¿Puede darme el nombre de algunas personas que creyeran en su esposo y que continúen con vida?

—Aquello sucedió hace más de treinta años. Esas personas iban y venían.

—¿Qué me dice de sus esposas? ¿De sus hijos? Debió de relacionarse con ellos y conocer a sus familias.

Eve paseó la mirada por la habitación. No había ningún televisor a la vista.

—¿Ve usted las noticias, señora Rowan? ¿Sigue de cerca la actualidad?

—Me ocupo de mis cosas. No necesito saber qué hacen los demás.

—Puede que entonces no esté al corriente de que ayer un grupo terrorista, que se hace llamar Casandra, hizo explosionar una bomba en el Hotel Plaza de Nueva York. Cientos de personas fueron asesinadas. Mujeres y niños entre ellas.

Los ojos grises chispearon y acto seguido se centraron de nuevo.

—Deberían haberse encontrado en sus casas como es debido.

—¿No le preocupa que ese grupo terrorista esté matando a gente inocente? ¿Que se crea que dicho grupo esté conectado con su difunto esposo?

—Nadie es inocente.

—¿Ni siquiera usted, señor Rowan? —Eve prosiguió antes de que la mujer pudiera responder a eso—: ¿Se ha puesto en contacto con usted alguien de Casandra?

—Eso me lo reservo para mí. No sé nada acerca del atentado de su hotel, pero si le interesa saber mi opinión, el país estaría mejor si toda esa ciudad explotara por los aires. Les he concedido todo el tiempo que estoy dispuesta a darles. Quiero que se larguen de mi casa o llamaré a un abogado de oficio.

Eve realizó una pregunta más:

—Su esposo y su grupo jamás pidieron dinero, señora Rowan. Lo que hicieron fue en nombre de sus creencias. Casandra ha tomado la ciudad como rehén a cambio de dinero. ¿Habría aprobado James Rowan algo semejante?

—Yo no sé nada de eso. Les pido que se marchen.

Eve sacó una tarjeta de visita del bolsillo y la dejó sobre la mesa delante de la figurita de una mujer sonriente.

—Si recuerda o se le ocurre algo que pueda ayudar, le agradecería que se pusiera en contacto conmigo. Gracias por su tiempo.

Se dirigieron a la salida, con Mónica pisándoles los talones. Eve suspiró una vez estuvo en la calle.

—Regresemos a esas calles donde las prostitutas y la inmundicia acampan a sus anchas, Peabody.

—Oh, lo estoy deseando. —Se estremeció para darle más efecto—. Preferiría que me hubieran criado una manada de lobos rabiosos antes que una mujer como ésa.

Eve volvió la cabeza para ver ese lúgubre ojo gris espiando por la abertura de las cortinas.

—¿Qué diferencia hay?

Mónica vio marcharse a las dos mujeres y esperó hasta que el coche se puso en marcha. Regresó y cogió la tarjeta de visita. Podía ser un virus, pensó. Jamie le había enseñado muy bien. Se apresuró a la cocina con ella, la arrojó a la recicladora y encendió la trituradora.

Satisfecha, se fue hasta el comunicador. Podía estar pinchado o podía no estarlo. Todo podía ser. Malditos *polis*. Mostrando los dientes de forma feroz, sacó un pequeño distorsionador del cajón y lo insertó en el aparato.

Había cumplido con su deber, ¿no? Y lo había hecho sin queja alguna. Ya era hora de obtener una compensación por ello. Marcó el número.

—Quiero mi parte —dijo con un siseo al escuchar la voz

que respondió—. La policía acaba de estar aquí, haciendo preguntas. No les he dicho nada. Pero puede que la próxima vez lo haga. Tal vez algunas de las cosas que tengo que contar le alegren los oídos a la teniente Dallas del Departamento de Policía y Seguridad de Nueva York. Quiero mi parte, Casandra —repitió, atacando una leve mancha de la encimera con un andrajoso trapo desinfectante—. Me lo he ganado.

Capítulo quince

*A*preciado camarada,

Somos Casandra.

Somos leales.

Confío en que haya recibido y le complazcan los informes de los últimos progresos que le han sido transmitidos a su ubicación. Los siguientes pasos de nuestro plan están en curso. Al igual que en las partidas de ajedrez que solíamos jugar en aquellas largas y tranquilas noches, los peones son sacrificados por el bien de la reina.

En estos momentos, nos gustaría pedirle que se ocupara en nuestro lugar de un pequeño problema, pues nuestro tiempo es limitado y debemos centrar nuestra atención en los hechos que van desarrollándose. Una perfecta coordinación en los próximos días es vital.

Le adjuntamos la información que precisará a fin de organizar una acción que es requerida desde hace mucho tiempo. Se trata de un asunto del que en un futuro esperábamos ocuparnos nosotros mismos, pero las circunstancias requieren su ejecución de forma inmediata.

No existe motivo de preocupación.

Debemos continuar con transmisiones breves. Recordadnos en el mitin de esta noche. Pronunciad nuestro nombre.

Somos Casandra.

Zeke no salió en todo el día del apartamento, temiendo que Clarissa llamara si lo hacía, aunque sólo fuera hasta la tienda especializada de la esquina a comprar tofu, y reprendiéndose por olvidarse de darle el número de su unidad móvil de comunicación.

Se mantuvo ocupado. En el apartamento había una docena de tareas y reparaciones de poca importancia que su hermana había descuidado. Desatascó el desagüe de la cocina; reparó el goteo del grifo; lijó la puerta de la habitación y el marco de la ventana para que no se atascaran; lidió con el temperamental interruptor de la luz del cuarto de baño.

De habérsele ocurrido, habría comprado algunas cosas y renovado el sistema de iluminación. Tomó nota de hacerlo antes de regresar a Arizona.

Si disponía de tiempo. En caso de que Clarissa y él no se marcharan esa noche en un transporte rumbo al oeste.

¿Por qué no había llamado?

Cuando se percató de que tenía la vista clavada en el comunicador de casa, entró en la cocina y se concentró en la recicladora. La desarmó, la limpió y volvió a montarla.

Luego se quedó mirando al vacío, imaginando cómo sería cuando llevara a Clarissa a casa.

No cabía la menor duda de que su familia la acogería con los brazos abiertos. Aunque ofrecer cobijo y consuelo, sin preguntas ni ataduras, a cualquier necesitado no hubiera formado parte de la doctrina de los naturistas, conocía el corazón de quienes le habían criado. Eran personas sinceras y generosas.

Pese a todo, sabía que su madre tenía una vista aguda, y se daría cuenta de sus sentimientos, sin importar lo que hiciera para ocultarlos. Y era consciente de que no aprobaría su relación amorosa con Clarissa.

Podía oír el consejo de su madre como si se encontrase en la habitación con él en esos momentos:

«Ella necesita cicatrizar sus heridas, Zeke. Necesita tiempo y espacio para descubrir lo que hay en su interior. Nadie puede conocer su corazón cuando está tan gravemente herido. Apártate y sé su amigo. Sólo tienes derecho a eso. Igual que ella.»

Era consciente de que su madre tendría razón al decir aquellas cosas. Al igual que era conciente de que, por mucho que se esforzara en seguir sus consejos, ya estaba demasiado enamorado como para dar media vuelta.

Pero se mostraría prudente y delicado con Clarissa, la trataría del modo en que debería ser tratada. La convencería para que acudiera a terapia, a fin de que pudiera recuperar de nuevo su autoestima; le presentaría a su familia, para que pudiera comprobar cómo debían ser las familias.

Sería paciente.

Y cuando estuviera de nuevo preparada, le haría el amor dulce y suavemente, para que comprendiera lo hermosas que podían ser las cosas entre un hombre y una mujer, y desterrara el dolor y el miedo de su mente.

Albergaba tanto miedo en su interior. Las heridas de su carne sanarían, pero sabía que las del corazón y el alma podrían propagarse, infectarse y doler. Sólo por eso deseaba que Branson pagara. Le avergonzaba ansiar venganza; eso iba en contra de todas sus creencias. Pero mientras luchaba por concentrarse únicamente en Clarissa, en cómo florecería lejos de la ciudad, igual que una flor del desierto, su sangre clamaba justicia.

Deseaba ver a Branson en una celda, solo y asustado. Deseaba oírle pedir piedad a gritos, de la misma forma que había hecho Clarissa.

Se dijo que desear aquello era en vano, que la vida de Branson no tendría la menor influencia en la felicidad y recuperación de Clarissa una vez que estuviera lejos de él. Los naturistas creían que cada cual debía dirigirse hacia su propio destino sin interferencias, que el empeño del hombre por juzgar y castigar a sus congéneres sólo obstaculizaba su ascenso al siguiente plano, que era un hecho sobradamente probado.

Sabía que ya había juzgado a B. Donald Branson, y que deseaba castigarle. Una parte de su ser, cuya existencia desconocía Zeke, ansiaba impartir dicho castigo.

Luchó por sepultar la venganza, por erradicarla, pero sus manos formaban dos apretados puños cuando miró de nuevo hacia la unidad de comunicación y deseó fervientemente que Clarissa llamara.

Se sobresaltó cuando el dispositivo sonó, y se abalanzó sobre él.

—Sí, hola.

—Zeke. —El rostro de Clarissa llenó la pantalla. Había lágrimas secándose en sus mejillas, pero sus labios esbozaron una sonrisa trémula—. Ven, por favor.

El corazón de Zeke le subió a la garganta, y tragó saliva.

—Voy para allá.

Peabody tenía ganas de que acabara la última reunión del día del equipo. El hecho era que se moría de ganas, admitió. Punto. McNab estaba sentado al otro lado de la mesa de conferencias, guiñándole el ojo de cuando en cuando y dándole con el pie como si quisiera recordarle lo que iba a suceder en caso de que lograran salir de una buena vez de la Central.

Como si ella pudiera olvidarlo.

Pasó algún mal rato que otro, preguntándose si había perdido la cabeza, si debería cancelarlo. Era una tortura intentar concentrarse en el trabajo.

—Si tenemos suerte —decía Eve mientras se paseaba por la sala—, Lamont actuará esta noche, intentará contactar. Dos agentes le siguen los pasos. Mi impresión sobre Mónica Rowan es que no es más que una lunática, pero le pedí a Peabody que solicitara una orden para pinchar las unidades de comunicación de su casa y también sus unidades móviles. En circunstancias normales, creo que no nos la concederían, pero el gobernador está nervioso, y presionará al juez.

Hizo una breve pausa y se metió las manos en los bolsillos. Siempre le enervaba sacar a relucir el nombre de Roarke en los asuntos oficiales.

—Además de eso, tengo la esperanza de que Roarke reúna algunas pruebas desde Autotron, sin necesidad de alertar a Lamont.

—Si existen, las encontrará —dijo Feeney, asintiendo con la cabeza.

—Sí, bueno, en breve le llamaré para que me informe. ¿McNab?

—¿Qué? —Le había pillado guiñándole nuevamente el ojo a Peabody, y tosió violentamente—. Oh, lo siento. ¿Sí, teniente?

—¿Es que te ha salido un tic?

—¿Un tic? —Miró a cualquier parte menos a Peabody, que pugnaba por convertir una sonora carcajada en un estornudo—. No, teniente.

—Entonces, tal vez quieras darnos tu informe.

—¿Mi informe? —¿Cómo demonios puede un hombre pensar con claridad cuando la sangre persiste en abandonar su cabeza en favor de su entrepierna?—. Después de contactar con Roarke en base a tu solicitud del escáner de mayor alcance, me llevé a Driscol, de Detección Electrónica, al laboratorio de Seguridad Troyana. Nos reunimos entonces con Roarke y su jefe de laboratorio, que nos mostraron el funcionamiento de un escáner en desarrollo. ¡Vaya, menuda preciosidad, teniente!

Animado, se inclinó hacia delante.

—Puede explorar, triangular y examinar a través de una plancha de metal de quince centímetros y medio de grosor, con un alcance de medio kilómetro. Driscol casi se mea en los pantalones.

—Podemos obviar los problemas de vejiga de Driscol —dijo Eve con sequedad—. ¿El equipo está lo bastante desarrollado como para poder utilizarlo?

—No han realizado una puesta a punto final, pero sí. Es más sensible y poderoso que cualquier otro aparato de los que dispone el Departamento. Roarke ha ordenado que trabajen día y noche en su fabricación. Podemos tener cuatro para mañana, o tal vez cinco.

—Anne, ¿bastará con eso?

—Si las unidades son tan sensibles como ha informado Driscol, y estoy convencida de que sí se meó en los pantalones, cubrirá una gran distancia. Mis equipos llevan todo el día escaneando estadios y complejos deportivos. No hemos hallado nada, pero es un trabajo lento. Y con tantos efectivos asignados al Plaza, ando escasa de personal.

—El problema es el tiempo —intervino Eve—. Si Casandra se ciñe al programa seguido por Apolo, disponemos de un par de días. Pero no podemos contar con eso. En estos momentos, hemos puesto en marcha todo cuanto está en nuestras manos. Sugiero que nos vayamos todos a casa, intentemos dormir decentemente y que estemos preparados para entrar en acción mañana.

Peabody y McNab se levantaron de inmediato, haciendo que Eve los mirara con un gesto de indignación.

—¿Problemas de vejiga?

—Yo... tengo que llamar a mi hermano —dijo Peabody.

—Yo también. Quiero decir que... —McNab se rio de forma nerviosa—. Tengo que hacer una llamada.

—Recordad que estamos de guardia hasta que esto acabe. —Meneó la cabeza mientras ellos salían a toda prisa—. ¿Qué les pasa últimamente a esos dos?

—Yo no he visto nada y no sé nada. —Feeney se puso en pie—. Ha llegado la orden, lo dispondré todo para realizar el registro.

—¿Qué es lo que no has visto? —inquirió, pero Feeney ya salía—. Aquí pasa algo raro.

—Todos estamos un poco raros. —Anne se levantó—. Y, vaya por Dios, hoy me toca a mí preparar la cena. Nos vemos por la mañana, Dallas.

—Sí. —Eve cogió su chaqueta distraídamente, y se dispuso a examinar los tableros una última vez a solas.

El apartamento de McNab estaba a tres manzanas de distancia. Recorrieron el espacio a paso ligero, mientras el viento les azotaba la cara y el inicio de una lluvia helada les fustigaba la piel.

—Así es como va a ser —comenzó Peabody. Tenía que hacerse con el control desde el principio para evitar cualquier posibilidad de desastre, decidió.

—Tengo una idea bastante precisa de cómo va a ser. —McNab le dio una palmada en el culo en cuanto se encontraron a una distancia prudencial de la Central.

—Es un trato válido para una sola vez. —Le apartó la mano de un manotazo, pese a que le gustaba tenerla donde se encontraba—. Vamos a tu casa, lo hacemos, y se acabó. Eso es todo, nada más. Volvemos a la rutina de siempre.

—De acuerdo. —En esos momentos, hubiera accedido a despelotarse y a andar haciendo el pino por Times Square con tal de despojarla de ese uniforme.

—Voy a llamar a mi hermano para decirle que llegaré un poco tarde. —Sacó su unidad móvil de comunicación del bolsillo.

—Dile que llegarás muy tarde. —Tras hacer tal sugerencia, le mordisqueó la oreja y tiró de Peabody hasta el angosto vestíbulo de su edificio.

El calor se apoderó de ella, de forma casi tan irritante como excitante.

—Todavía no ha llegado a casa. Quédate fuera del campo de visión, ¿de acuerdo? No quiero que mi hermano sepa que voy a pasarme un rato revolcándome con un tipo flacucho de Detección Electrónica.

McNab retrocedió con una sonrisa de oreja a oreja.

—Tienes una marcada vena romántica, cuerpazo.

—Cierra el pico. Zeke —prosiguió cuando saltó el contestador automático del comunicador de casa—. Voy a llegar un poco tarde. Supongo que tú también. Debería llegar a casa dentro de una hora...

Su voz se fue apagando cuando McNab, todavía sonriendo, levantó dos dedos.

—Más o menos. Si te apetece, iremos a ese club del que te hablé. Volveré a llamar cuando esté de camino.

Se guardó el aparato cuando entraron en el oxidado ascensor.

—Qué sea rapidito, McNab. No quiero que mi hermano ande preguntándose dónde me he metido.

—Está bien. Pues vamos a empezar ya. —La agarró y la apretó contra la pared, y su boca se fundió sobre la suya antes de que pudiera soltar un gritito.

—Oye, espera. —Sus ojos bizquearon cuando los dientes de McNab hicieron presa en el tendón de su cuello—. ¿Es un ascensor seguro?

—Trabajo en Detección Electrónica. —Tenía unas manos rápidas y se afanaban por desabotonarle el abrigo—. ¿Viviría en un edificio que no lo fuera?

—¡Basta ya! Espera. Esto ni siquiera es legal.

Podía sentir el corazón de Peabody palpitando con fuerza, sentir el frenético latido bajo su mano.

—¡Qué le den! —Se giró y pulsó los controles para que la cabina se detuviera entre plantas.

—¿Qué narices estás haciendo?

—Estamos a punto de vivir una de mis fantasías preferidas. —Del bolsillo extrajo un pequeño kit de herramientas y se puso a trabajar en el panel de seguridad.

—¿Aquí? ¡Aquí! —La sangre le fluía violentamente por su cabeza solo de pensarlo—. ¿Sabes cuántas leyes municipales estás violando?

—Nos arrestaremos el uno al otro. —Dios, le temblaban las manos. ¿Quién iba a pensarlo? Pero gruñó satisfecho cuando se apagó el piloto de la cámara de seguridad de arriba. Desactivó el sistema de alarma, arrojó las herramientas al rincón y se volvió rápidamente hacia ella.

—McNab, esto es una locura.

—Lo sé. —Se quitó el abrigo a tirones y lo lanzó a un lado.

—Me gusta.

Volvió a asirla, con una amplia sonrisa en los labios.

—Eso me pareció.

La helada que estaba cayendo tornaba escurridizas las calles y vías cuando Zeke terminó de enfrentarse al tráfico y llegó a la casa unifamiliar de los Branson. El hielo caía en delgadas y cortantes agujas, que brillaban con las luces de las farolas.

Pensó en el intenso calor de su hogar, en la potente y limpia luz del sol. Y en cómo Clarissa se recuperaría allí.

Abrió ella misma la puerta. Tenía el semblante pálido y los estragos causados por el llanto eran visibles. Le temblaba la mano, sólo ligeramente, cuando la tendió para tomar la suya.

—Has tardado mucho en llegar.

—Lo siento. —Se había dejado el pelo suelto en una suave masa ondulada en la que Zeke deseaba hundir el rostro—. Este tiempo hace que todo vaya más despacio. No sé cómo pueden vivir aquí.

—Yo ya no quiero hacerlo. —Cerró la puerta y se apoyó contra ella—. Tengo miedo, Zeke, y estoy cansada de tener miedo.

—Ya no lo tendrás más. —Tiernamente, colmado de amor, tomó su rostro entre las manos—. Nadie volverá a hacerte daño. Yo cuidaré de ti.

—Lo sé. —Cerró los ojos—. Supe que mi vida iba a cambiar nada más conocerte. —Movió las manos hasta sus muñecas—. Tienes frío. Ven a calentarte a la chimenea.

—Quiero sacarte de aquí, Clarissa.

—Sí, y yo... estoy lista para irme. —Pese a todo, entró en el salón y se acercó al fuego, temblando ligeramente—. He hecho la maleta. Está arriba. Ni siquiera recuerdo qué he metido en ella. —Tomó aire y se recostó contra él cuando Zeke le posó las manos en los hombros—. Le he dejado una nota a B. D. Cuando mañana llegue a casa y la lea... no sé que hará, Zeke. No sé de lo que es capaz, y temo las consecuencias de haberte colocado en esta posición.

—Ahí es donde quiero estar. —Le hizo darse la vuelta, mirándola a los ojos con serena intensidad—. Quiero ayudarte.

Clarissa apretó los labios.

—Porque sientes pena por mí.

—Porque te quiero.

Las lágrimas brillaron de nuevo en sus ojos, centelleando igual que el rocío sobre las violetas salvajes.

—Te quiero, Zeke. Parece imposible, increíble que pueda sentirme así. Pero así es. Es como si te hubiera estado esperando todo este tiempo. —Le rodeó la cintura con los brazos y alzó la boca hacia la suya—. Es como si pudiera superarlo todo, sobrevivir a todo, porque he tenido que esperarte.

La boca de Zeke se movió suavemente sobre la de ella para calmar y hacer promesas. Cuando Clarissa posó la mano sobre su corazón, él la atrajo más cerca y se limitó a abrazarla.

—Iré a por tu maleta. —Le rozó el cabello con los labios—. Y nos iremos lejos de aquí.

—Sí. —Alzó la vista hacia él y sonrió—. Sí, nos iremos lejos de aquí. Date prisa, Zeke.

—Coge tu abrigo. Hace frío.

Salió del salón y subió las escaleras. Encontró la maleta sobre la cama y vio el sobre dirigido a su esposo apoyado sobre la almohada.

El paso que había dado requería coraje, pensó. Algún día Clarissa comprendería cuánto coraje albergaba en su interior.

Había bajado la mitad de las escaleras cuando la oyó gritar.

Y

Peabody resollaba en busca de aire, apoyada en el rincón del ascensor, casi desnuda en su totalidad. McNab tenía la cara sepultada contra su garganta y su respiración silbaba igual que la vieja tetera de su madre.

Se habían arrancado la ropa mutuamente, a fuerza de empujones y tirones; se habían mordisqueado, sobado y magullado la carne el uno al otro.

Aquella había sido la experiencia más extraordinaria de su vida, reconoció Peabody cuando su cerebro comenzó a funcionar de nuevo.

—Por Dios bendito. —Los labios de McNab dieron forma a aquellas palabras contra su garganta y su pulso volvió a acelerarse—. ¡Dios mío, Peabody!

No creía que pudiera moverse aunque ella le atizara con un aturdidor en la oreja. El cuerpo de Peabody, ¡ay madre!, su cuerpo era alucinante: maduro y exuberante, la clase de cuerpo en la que un hombre podría naufragar. Si lograba que ambos acabaran en posición horizontal, eso era lo que deseaba hacer. Puede que incluso se ahogase en él.

Peabody le estrechaba entre sus brazos, sin conseguir obligarse a soltarle. Del mismo modo en que no conseguía recordar qué habían hecho o cómo habían logrado hacerlo. Los últimos diez minutos eran un remolino borroso de neblina sexual. Un breve paseo por la locura.

—Tenemos que salir de aquí.

—Sí. —Pero McNab le acarició el cuello con la nariz un momento más, de un modo que ella encontró aterrador y dulce. Entonces retrocedió, parpadeó y la miró fijamente. Su mirada descendió por su cuerpo y subió de nuevo, para a continuación realizar el mismo recorrido una vez más—. Dios, estás preciosa.

Sabía que eso era ridículo. El sujetador le colgaba de un hombro. Todavía llevaba puestos un calcetín y un zapato oficial, y los pantalones se habían quedado atascados en un tobillo. No estaba segura de dónde se encontraban sus bragas, pero creyó que probablemente estuvieran hechas pedazos.

Y las dos docenas de series de abdominales que sufría diariamente todavía no habían aplanado su vientre.

Y, pese a eso, sintió ascender por su columna la escurridiza excitación femenina al escuchar la aprobación en su voz y ver el deseo en sus ojos.

Él era delgado, casi podía contarle las costillas, y su abdomen era plano como una tabla. Normalmente, aquello la habría molestado. Pero en ese preciso instante, mirándole, viendo su largo cabello rubio despeinado, y la carne de gallina que comenzaba a formarse en su piel debido al frío del ascensor, se encontró sonriendo ampliamente.

Él le devolvió la sonrisa.

—Aún no he terminado.

—Bien, porque yo tampoco.

Zeke bajó corriendo las escaleras, con la maleta de Clarissa dando tumbos tras él. Irrumpió en el salón y la vio despatarrada en el suelo, tapándose una mejilla con la mano. Pese a sus dedos extendidos se apreciaba una fea marca roja estampada en su piel.

B. Donald Branson se encontraba de pie, a su lado, tambaleándose con una expresión glacial y furiosa en los ojos.

—¿Adónde cojones te crees que vas? —Cogió su abrigo del suelo y se lo arrojó—. No te he dicho que salgas de casa. ¿Crees que puedes escabullirte mientras estoy ausente, puta?

—Apártate de ella. —La voz de Zeke sonó serena pese a la ira que burbujeaba en su vientre.

—Vaya, vaya. —Branson se dio media vuelta, tambaleándose ligeramente, y Zeke captó el tufo a whisky—. Mira qué bien. La puta y el chapuzas. —Empujó a Zeke con un golpe en el pecho—. Lárgate de mi puta casa.

—Eso pretendo hacer, con Clarissa.

—Zeke, no. Él no va a hacer nada, B. D. —Se puso de rodillas igual que una mujer orando—. Estaba... sólo iba a dar un paseo. Eso es todo.

—Zorra embustera. Así que ibas a beneficiarte de lo que es mío, ¿verdad? —Volvió a empujar a Zeke—. ¿Te ha contado a cuántos otros se ha jodido?

—Eso no es cierto. —La voz de Clarissa se quebró en un sollozo—. Yo nunca... —Se calló de golpe, encogiéndose de miedo cuando Branson se volvió rápidamente hacia ella.

—Cierra tu puta bocaza, no estoy hablando contigo. ¿Se

te ocurrió hacer unas horitas extra mientras estaba fuera de la ciudad? —Puso cara de desprecio—. Es una lástima que cancelara el viaje, pero puede que ya le hayas metido la polla. No lo has hecho. —Se carcajeó, golpeando a Zeke y haciéndole retroceder un paso—. Si te la hubieras tirado, sabrías que es pésima en la cama. Es hermosa, sí, aunque un desperdicio. Pero es mía.

—Ya no.

—Zeke, no lo hagas. Quiero que te marches ahora. —Le castañeaban los dientes—. No me pasará nada. Vete, por favor.

—Nos iremos los dos juntos —dijo serenamente mientras se agachaba a recoger su abrigo. No vio el puño de Branson salir disparado. Nunca esperó tal violencia. Pero el golpe impactó en su mandíbula, infundiendo dolor y haciéndole ver las estrellas. Oyó gritar de nuevo a Clarissa a pesar del zumbido en sus oídos.

—No le hagas daño. Por favor, B. D., no me iré. Te juro que... —gritó una vez más cuando su esposo la levantó del pelo.

Todo sucedió con rapidez, en medio de una especie de neblina roja. Zeke dio un salto hacia delante, arremetiendo con una mano mientras agarraba a Clarissa con la otra. Los pies de Branson resbalaron en el pulido suelo y cayó con fuerza hacia atrás, escuchándose un fuerte crujido cuando su cráneo golpeó contra la chimenea de mármol.

Petrificado, Zeke se puso en pie, rodeando fuertemente a Clarissa con un brazo para sujetarla, y mió horrorizado la sangre que comenzaba a manar de la cabeza de Branson y a formar un charco.

—Dios bendito. Siéntate, aquí, siéntate. —Prácticamente la llevó en volandas hasta una silla, dejando que se acurrucara mientras él se apresuraba hasta donde se encontraba Branson. Le temblaban los dedos al presionarlos contra el cuello del hombre—. No hay pulso. —Tomó aire de forma entrecortada, le abrió la camisa a Branson y comenzó a bombear su corazón—. Pide una ambulancia, Clarissa.

Pero sabía que era demasiado tarde. Los ojos abiertos del hombre le miraban sin expresión y la sangre no dejaba de manar. Cuando se armó de valor para mirar, no pudo ver su aura.

—Está muerto. Está muerto, ¿no es así? —Clarissa comenzó a temblar, mirando a Zeke con los ojos desmesuradamente abiertos y las pupilas reducidas a dos puntitos conmocionados—. ¿Qué vamos a hacer, qué vamos a hacer?

Zeke sintió que se le revolvía el estómago mientras se ponía en pie. Había matado a un hombre. Había olvidado todas sus creencias y había segado una vida.

—Tenemos que llamar a una ambulancia. A la policía.

—A la policía. No, no, no. —Entonces, comenzó a mecerse con semblante pálido y cansado—. Me encerrarán. Me mandarán a prisión.

—Clarissa. —Se acuclilló frente a ella, le tomó las manos, pese a que sentía las suyas sucias y malvadas—. Tú no has hecho nada. He sido yo quien le ha matado.

—Tú... Tú. —Le rodeó súbitamente con los brazos—. Por mí. Todo ha sido por mi culpa.

—No, ha sido por su culpa. Ahora tienes que ser fuerte.

—Fuerte. Sí. —Todavía temblando, se recostó sin apartar en ningún momento los ojos de su rostro—. Seré fuerte. Lo seré. Tengo que pensar. Lo sé, yo... Pero... no me siento bien... ¿Podrías traerme un poco de agua?

—Tenemos que llamar a la policía.

—Sí, sí, lo haré. Lo haremos. Pero antes necesito un minuto, por favor. ¿Puedes traerme un poco de agua?

—De acuerdo. No te muevas de aquí.

Sentía las piernas como si fueran de goma, pero logró hacer que respondieran. Sentía la piel cubierta de hielo igual que las calles de afuera.

«Había quitado una vida.»

Los dos sirvientes de la cocina apenas le dirigieron una mirada fugaz cuando entró. Tuvo que pararse un momento y sujetarse con la mano a la puerta. No conseguía recordar porqué había entrado, pero podía oír, como si estuviera sucediendo de nuevo, el nauseabundo crujido del cráneo de Branson al golpear contra la chimenea.

—Agua. —Logró olvidarse del mundo. Captó el olor de carne asándose, de salsa humeante. Las náuseas le subieron a la garganta—. La señora Branson me ha pedido que le lleve un poco de agua.

Sin mediar palabra, uno de los androides uniformados se desplazó a la nevera. Zeke lo observó con tediosa fascinación mientras servía agua embotellada en un pesado vaso de cristal, cortaba una rodaja de limón y lo agregaba junto con algo de hielo.

Tomó el vaso con ambas manos debido a que éstas le temblaban, acertó a dar las gracias con una inclinación de cabeza y regresó al salón.

El agua se derramó por encima del borde del vaso y cayó sobe su mano al ver a Clarissa a cuatro patas, limpiando frenéticamente la sangre.

No había ningún cuerpo junto a ella.

—¿Qué has hecho? ¿Qué estás haciendo? —Con un acceso de pánico, dejó el vaso y corrió hacia ella.

—Lo que tenía que hacer. Estoy siendo fuerte y haciendo lo que hay que hacer. Deja que acabe.

Clarissa luchó con él, lo empujó y lloró en medio de un fuerte olor a sangre fresca.

—Para. Basta. ¿Dónde está?

—Se ha ido. Se ha ido y nadie tiene por qué saberlo.

—¿De qué estás hablando? —Zeke le arrebató el trapo ensangrentado y lo arrojó a la chimenea—. Por el amor de Dios, Clarissa, ¿qué has hecho?

—Le ordené al androide que se lo llevara. —Sus ojos reflejaban una expresión salvaje, como si estuviera febril—. Hice que el androide se lo llevara y lo metiera en el coche. Que arrojará el cuerpo al río. Limpiaremos la sangre y huiremos. Nos iremos lejos y olvidaremos que esto ha sucedido.

—No, no vamos a hacerlo.

—No dejaré que te metan en la cárcel. —Alargó el brazo y le agarró de la camisa—. No permitiré que te encierren por esto. No podría soportarlo. —Bajó la cabeza hasta su pecho y se aferró a él—. No podría soportarlo.

—Hay que afrontarlo. —Sus manos le acariciaron delicadamente los brazos—. Si no lo hago, no podré vivir conmigo mismo. —Cuando ella se encorvó contra Zeke, la llevó de vuelta a la silla.

—Vas a llamar a la policía —dijo con languidez.

—Sí.

Finalmente consiguieron llegar a la cama. Peabody no estaba del todo segura de cómo habían logrado ir del ascensor a su apartamento, a su cama, sin matarse el uno al otro, pero ahí era donde se encontraban. Las sábanas estaban calientes y enredadas, e incluso en aquel momento en que McNab se bajaba débilmente de ella, su cuerpo irradiaba calor igual que un horno.

—Aún no he terminado —dijo en la oscuridad con voz aguda.

Peabody resopló y luego comenzó a reír como una chiflada.

—Yo tampoco. ¿Es que estamos locos?

—Lo hacemos un par de veces más y probablemente habremos conseguido sacárnoslo de dentro.

—Si lo hacemos un par de veces más, habremos muerto.

Alargó la mano para acariciarle el pecho. Tenía los dedos largos y huesudos y Peabody se estaba encariñando realmente con ellos.

—¿Jugamos?

Rodó encima de ella y reemplazó los dedos por la lengua.

—Me gustan tus tetas.

—Eso parece.

—No, quiero decir que... mmmm. —Comenzó a succionarlas, lentamente ahora, provocando un extraño revoloteo líquido en su vientre—. Me encantan de verdad tus tetas.

—Son mías. —Podría haberse mordido la lengua, y dio gracias a la oscuridad que ocultaba su sonrojo mientras él reía entre dientes contra su cuerpo—. Me refiero a que no son operadas ni nada parecido.

—Lo sé, Dee. Créeme, no se puede superar a la Madre Naturaleza.

Dios, deseó que no la hubiera llamado Dee. Hacía que aquello fuera algo personal, y bueno, íntimo, cuando en realidad era, tenía que ser, todo lo contrario. Se disponía a decírselo, pero él deslizó la mano, esta vez sin apresurarse, sino que lo hizo perezosamente, por su caja torácica.

—Colega, eres tan... femenina. —Sintió el impulso de besarla, larga, pausada y profundamente. La unidad móvil de comunicación sonó cuando levantó la cabeza, y se disponía a ordenar que se encendieran las luces para poder verla mientras lo hacía.

—Mierda. Encender luces. ¿Es el tuyo o el mío?

De inmediato ambos se metieron nuevamente en la piel del policía. Peabody buscó a tientas el bolsillo de su abrigo.

—Me parece que es el mío. Es mi unidad de pulsera, así que no debe ser un comunicado oficial. Bloquear emisión de vídeo —ordenó, retirándose el pelo de la cara—. Iniciar conexión. Peabody al habla.

—Dee. —La cara de Zeke llenó la pequeña pantalla. El corazón se le congeló cuando le vio tomar aire y expulsarlo. Había visto aquella expresión aturdida y vidriosa en demasiados ojos.

—¿Qué ha pasado? ¿Estás herido?

—No. No. Dee, necesito que vengas. Necesito que llames a Dallas y que vengáis a casa de Clarissa Branson. Acabo de matar a su marido.

Eve terminó de leer la copia impresa que Roarke le había entregado y se recostó en la silla delante de su escritorio.

—Así que Lamont ha estado robando material de Autotron, pequeñas cosas de cuando en cuando, durante los últimos seis meses.

—Ha cubierto bien su rastro. —Aquello escocía; ah, cómo escocía saber que, durante dicho periodo, había estado pagándole un sueldo al muy hijo de puta—. Disfrutaba de cierta autonomía, sus requerimientos difícilmente serían cuestionados. Simplemente pedía un poco más de lo que precisaba para el trabajo, y luego, obviamente, sacaba a escondidas el sobrante.

—Que le era entregado al Manitas, imagino. En cualquier caso, con esto sobra para cogerle por robo de materiales peligrosos. Y a mí me basta para arrastrar su culo a una sala de interrogatorios y freírlo vivo.

Roarke estudió el extremo encendido de su cigarrillo.

—Y supongo que no puedes posponerlo el tiempo necesario para que me ocupe yo de despedirlo en persona.

—Creo que me evitaré los problemas de presentar cargos por agresión contra ti y le meteré entre rejas, fuera de tu alcance. Te agradezco la ayuda.

—¿Cómo dices? —Se volvió hacia ella—. Permíteme coger mi agenda electrónica y repite eso para que lo grabe.

—Ja, ja, ja. No dejes que se te suba a la cabeza. —Se frotó de forma ausente la sien para atenuar el dolor de cabeza que se le estaba formando—. Tenemos que localizar el próximo objetivo. Me encargaré de que esta noche lleven a Lemont a la Central y dejaré que macere en una celda, pero es poco probable que él sepa dónde y cuándo tendrá lugar el siguiente atentado.

—Debe conocer a algunos de los miembros. —Roarke rodeó el escritorio, se detuvo detrás de ella y comenzó a librar la tensión de sus hombros con un masaje—. Tienes que olvidarte de esto por un momento, teniente. Deja que tu mente tenga oportunidad de despejarse.

—Está bien. —Dejó que la cabeza cayera hacia delante mientras sus manos obraban su magia—. ¿Cuánto tiempo puedes seguir con esto?

—Durante mucho más tiempo si estuviéramos desnudos.

Ella se rio e hizo que Roarke se sintiera divertido cuando comenzó a desabotonarse la blusa.

—Vamos a verlo. ¡Joder! —Se abrochó rápidamente los botones cuando sonó su comunicador.

—¿Dallas?

—¡Cielo santo, Dallas! ¡Dios mío!

—Peabody. —Se puso en pie como una bala.

—Se trata de mi hermano. Es Zeke, se trata de mi hermano.

Eve agarró la mano de Roarke, la apretó con fuerza y se esforzó para que su voz pareciera una orden.

—Cuéntamelo. Habla alto y claro.

—Dice que ha matado a B. Donald Branson. Se encuentra en su casa en este instante. Voy de camino.

—Te veré allí. Mantén la calma, Peabody. No hagas nada. ¿Me oyes bien? No hagas nada hasta que yo llegue.

—Sí, teniente. Dallas...

—Llegaré en cinco minutos. —Cortó la conexión y fue corriendo hasta la puerta.

—Voy contigo.

Eve se disponía a negarse, pero recordó la expresión aterrorizada en los ojos de Peabody.

—Iremos en uno de tus coches. Llegaremos antes.

Capítulo dieciséis

*E*ve no se sorprendió de llegar a la escena del crimen antes de que lo hiciera Peabody, pero sí se sintió agradecida por ello. Se le cayó el alma a los pies tras echar un vistazo al salón y ver el modo posesivo y protector con que la mano de Zeke descansaba sobre el hombro de Clarissa.

«Mierda, Peabody», pensó. «Menudo lío.»

—¿Dónde está el cuerpo?

—Me deshice de él. —Clarissa comenzó a levantarse con las piernas ostensiblemente temblorosas.

—Siéntate, Clarissa —dijo Zeke en voz baja mientras la ayudaba a tomar asiento de nuevo—. Está conmocionada. Debería recibir atención médica.

Eve se adelantó, sin compasión, e inspeccionando por el momento las magulladuras del rostro de Clarissa.

—¿Se deshizo de él?

—Sí. —Inspiró profundamente y se agarró las manos—. Después... Después de eso... envié a Zeke fuera de la habitación y le pedí que me trajera un poco de agua.

Lanzó una mirada fugaz al vaso todavía sin tocar que había sobre una mesa de marquetería, el agua que se había vertido estaba arruinando el acabado.

—Cuando se fue, le pedí a uno de los androides que se lo llevara... que lo sacara y se lo llevara. Programé al androide. Sé... sé hacerlo. Le di instrucciones para que arrojara el cuerpo al río. Por el puente al East River.

—Estaba disgustada —comenzó Zeke—. No pensaba con claridad. Todo sucedió tan deprisa y yo...

—Zeke, necesito que te sientes. Allí, por favor. —Eve le indicó el sofá.

—Ella no hizo nada. Fui yo. Yo le empujé. No quería... le estaba haciendo daño.

—Siéntate, Zeke. Roarke, ¿quieres llevarte a la señora Branson a otra habitación? Debería echarse durante unos minutos.

—Por supuesto. Vamos, Clarissa.

—No fue culpa suya —comenzó a llorar de nuevo—. Fue culpa mía. Él sólo intentaba ayudarme.

—No pasa nada —murmuró Roarke—. Eve se ocupará de ello. Vamos, ven conmigo. —Le lanzó a su esposa una larga y silenciosa mirada mientras se llevaba a Clarissa.

—No estamos grabando, Zeke. No —prosiguió, moviendo la cabeza rápidamente de forma negativa—. No digas nada hasta que me escuches. Tengo que saberlo todo, cada detalle, cada paso. No quiero que se te ocurra omitir nada.

—Yo le maté, Dallas.

—He dicho que cierres la boca. —Maldita sea, ¿por qué la gente no escuchaba?—. Primero voy a leerte tus derechos y luego hablaremos. Puedes llamar a un abogado, pero, como amiga de tu hermana, te aconsejo que no lo hagas todavía. Me cuentas lo sucedido sin rodeos y después vamos a comisaría para hacer una declaración formal. Ahí es cuando entra en juego tu abogado. Comenzaré a grabar dentro de un instante, y cuando lo haga, continúa mirándome directamente a los ojos. ¿Lo has entendido? No te vayas por las ramas, no vaciles. Creo que es un caso claro de defensa propia, que se trata de un accidente, pero Clarissa os puso a ambos en peligro al deshacerse del cuerpo.

—Ella sólo...

—Cállate, maldita sea —frustrada, se pasó las manos por el pelo—. Hay formas de atenuarlo. Para eso está el abogado. Y los análisis psicológicos que voy a solicitar. Pero ahora mismo, en la declaración grabada, vas a contármelo todo sin omitir nada. No creas que ocultando cualquier detalle estás protegiendo a Clarissa. Eso sólo empeoraría las cosas.

—Te contaré lo que ha pasado. Todo. ¿Pero es necesario que te la lleves también a ella a comisaría? Tiene miedo de la policía. Es tan frágil. Él le hizo daño. Ojalá pudieras llevarme sólo a mí.

Se acercó y se sentó en el borde de la mesita de café para mirarle a la cara. ¡Dios santo!, pensó. ¡Por Dios bendito, no era más que un muchacho!

—¿Confías en tu hermana, Zeke?

—Sí.

—Y ella confía en mí. —Eve escuchó la conmoción en el vestíbulo y se puso en pie—. Debe de ser tu hermana. ¿Serás capaz de mantener la compostura?

Él asintió y se puso en pie cuando Peabody entró como una exhalación.

—Zeke. Dios mío, Zeke, ¿te encuentras bien? —Prácticamente se arrojó a sus brazos, y luego retrocedió para palparle la cara, los hombros y el pecho con las manos—. ¿Estás herido?

—No. Dee. —Apoyó la frente contra la suya—. Lo siento. Lo siento.

—Está bien, no pasa nada. Nos ocuparemos de esto. Nos ocuparemos de todo. Tenemos que llamar a un abogado.

—No. Todavía no.

Peabody se giró hacia Eve con los ojos llorosos y aterrados.

—Necesita que le representen. Por Dios, Dallas, no voy a consentir que lo metan en la cárcel, no voy a dejar que lo detengan.

—Contente, Peabody —espetó Eve—. Es una orden. —Las lágrimas se derramaban ya, provocando en Eve una escurridiza sensación de pánico. «Ay, dios, ay dios, no te derrumbes ahora. No lo hagas.»—. Es una orden, agente. Siéntate.

Había divisado a McNab por el rabillo del ojo y no dejaba de pensar en por qué estaría él allí.

—McNab, coge la grabadora de Peabody. Vas a actuar como ayudante temporal en este asunto.

—Dallas...

—No puedes ocuparte de esto —la interrumpió Eve—. No puede ser. ¿McNab?

—Sí, teniente. —Se aproximó y se agachó junto a Peabody—. Aguanta, ¿de acuerdo? Sólo aguanta. Todo irá bien. —Tomó la grabadora que todavía llevaba ella prendida en el cuello del uniforme y se la sujetó a la solapa de su arrugada camisa rosa—. Cuando digas, teniente.

—Graba. Dallas, teniente Eve, en el escenario del crimen

en la residencia de B. Donald Branson. Realizando la entrevista a Zeke Peabody con relación a la supuesta muerte de B. Donald Branson. —Volvió a sentarse en la mesita de café, mantuvo la mirada clavada en la de él y le leyó sus derechos. Ambos hicieron caso omiso del lamento amortiguado de Peabody—. Zeke, cuéntame qué sucedió.

Él tomó aire.

—Empezaré por el principio. ¿Te parece bien?

—Sí, me lo parece.

Hizo tal como Eve le había dicho, la miró a los ojos, sin titubear. Relató el primer día que trabajó en la casa, lo que había escuchado, su conversación posterior con Clarissa.

La voz le temblaba de cuando en cuando, pero Eve se limitaba a asentir con la cabeza y a dejar que prosiguiera. Deseaba que quedara constancia de la emoción que destilaba su voz, del manifiesto dolor que desprendían sus ojos. Quería que todo ello quedara grabado mientras estuviera reciente.

—La oí gritar cuando estaba descendiendo por las escaleras con su maleta. Ella estaba en el suelo, llorando y cubriéndose la mejilla con la mano. Él estaba borracho y no dejaba de gritar e insultarla. La había hecho caer al suelo de un golpe. Tenía que detenerle.

Buscó la mano de su hermana a tientas y se aferró a ella con fuerza.

—Sólo quería sacarla de aquí, apartarla de él. No, eso no es verdad.

Cerró los ojos brevemente. No omitas nada, le había dicho Eve.

—Quería que recibiera su castigo. Quería que pagara por lo que le estaba haciendo, pero sabía que tenía que llevármela a algún lugar en el que estuviera realmente a salvo. Él la levantó del pelo, haciéndole daño. Solamente lo hizo para hacerle daño. Agarré a Clarissa y empujé a Branson. Y fue entonces cuando... fue entonces cuando él cayó.

—Interviniste para detenerle. —Fue la primera vez que Eve hablaba desde que comenzaron. Y mantuvo un tono de voz sosegado, firme y neutro—. Para apartar a Clarissa cuando él volvió a hacerle daño. ¿Le empujaste y cayó? ¿Es correcto?

—Sí, cayó, cayó hacia atrás. Me quedé mirando, fue como si estuviera petrificado, no podía moverme, no podía pensar. Perdió el equilibrio y cayó con fuerza hacia atrás. Oí... Ay, Dios mío... Oí como su cabeza golpeaba contra la piedra. Y entonces vi la sangre. Comprobé si tenía pulso, y no encontré nada. Tenía los ojos abiertos, vacíos y abiertos, y no había aura.

—¿El qué?

—Su aura. Su fuerza vital. No pude verla.

—De acuerdo. —Aquél era un punto que sería mejor obviar—. ¿Qué hiciste entonces?

—Le dije a Clarissa que teníamos que llamar a una ambulancia. Sabía que era demasiado tarde, pero me pareció lo correcto. Y tambien a la policía. Ella temblaba y estaba aterrada. No dejaba de culparse por lo sucedido. Le dije que debía ser fuerte y ella pareció tranquilizarse un poco. Me pidió que le llevara agua, que le concediera un minuto y que le llevara un poco de agua. De haber sabido lo que tenía en mente...

Se interrumpió y cerró la boca firmemente.

—Zeke, tienes que terminar. Sácalo fuera. No ayudarás a Clarissa encubriéndola.

—Lo hizo por mí. Temía por mí. Fue la conmoción, ¿comprendes? —Esos jóvenes y tiernos ojos grises le suplicaban a Eve que comprendiera—. Simplemente le entró pánico, eso es todo, y pensó que si se deshacía del cadáver, que si limpiaba la sangre, todo saldría bien. Él le había hecho daño —murmuró Zeke—, y tenía miedo.

—Explica qué sucedió. Fuiste a por agua.

Zeke suspiró, asintió y concluyó.

Eve se acomodó, reflexionando. Calculando.

—Muy bien, gracias. Tendrás que pasar por la Central para realizar una declaración completa.

—Lo sé.

—McNab, llama a Comunicados e informa de un homicidio en esta dirección. —Dirigió una mirada a Peabody cuando su ayudante se levantó de golpe del sillón—. Dicho homicidio está considerado como defensa propia. Necesitamos un equipo aquí y otro que drague el río. Zeke, voy a llamar a un par de agentes para que te lleven a la Central. No estás arrestado, pero serás retenido hasta que se pueda sellar y procesar la escena y hayas prestado declaración.

—¿Puedo ver a Clarissa antes?

—No es buena idea. McNab. —Le indicó que permaneciera en la habitación con Zeke con un movimiento de cabeza—. Peabody, ven conmigo.

Se encaminó hacia el vestíbulo con paso decidido, sin pronunciar palabra alguna cuando Roarke salió sin hacer ruido de una de las puertas y la cerró con cuidado.

—Está dormida.

—No por mucho tiempo. Peabody, serénate y préstame atención. Vas a acompañar a tu hermano y yo voy a ordenar que se le retenga en una sala de interrogatorios, y no en una celda. Y vas a hablar con él y a explicarle que va a acceder a someterse a la prueba de la máquina de la verdad y a un examen psicológico y de personalidad. Mira se encargará de ello. Lo haremos con carácter de urgencia y lo tendremos para mañana. Le conseguiremos un abogado y esta noche estará fuera. Puede que deba llevar un brazalete hasta que tengamos los resultados de las pruebas, pero el final de su historia es transparente, y se sostendrá.

—No me apartes del caso.

—Nunca has formado parte. No insistas —dijo con un susurro feroz cuando Peabody protestó—. Yo cuidaré de tu hermano. Si dejo que formes parte, peligrará la integridad del caso. Ya me va a resultar bastante complicado que me lo den a mí.

Peabody libraba una batalla por contener el llanto y la estaba perdiendo a marchas forzadas.

—Has sido buena con él. Dejaste que lo confesara todo con transparencia, y sin estar presente un abogado. Tenías razón en eso.

Eve hundió las manos en los bolsillos.

—Por el amor de dios, Peabody, hasta un ciego se daría cuenta de que el chaval preferiría dar un traspié antes que pisar una hormiga. Nadie va a poner en duda que se trata de un caso de defensa propia. —Si es que encontraban el maldito cuerpo—. No le pasará nada.

—Debería haber cuidado de él. —Entonces comenzó a llorar con ganas y a grandes sollozos. Eve miró a Roarke con impotencia y extendió los brazos.

Roarke, comprendiendo lo que ella le pedía, estrechó a Peabody en sus brazos.

—No pasa nada, cielo. —Le acarició el cabello, la meció y observó a su esposa sufrir con bastante intensidad—. Deja que ahora Eve cuide de él. Deja que se ocupe por él.

—Tengo que hablar con la mujer. —El estómago de Eve se le revolvía cada vez que escuchaba un sollozo estremecido—. McNab sellará la escena y esperará a que lleguen los agentes. ¿Puedes... encargarte tú de esto?

Roarke asintió y continuó hablándole cariñosamente a Peabody mientras Eve entraba en la habitación donde dormía Clarissa.

—Lo siento. —La voz de Peabody sonó amortiguada contra el pecho de Roarke.

—No tienes por qué. Tienes derecho a llorar cuanto quieras.

Pero ella sacudió la cabeza, retrocedió y se restregó las lágrimas de su cara mojada.

—Ella no se vendría abajo.

—Peabody. —Roarke le tomó la mejilla en la mano—. Eve se derrumba igual que todo el mundo.

Eve analizó todas las posibles opciones, reunió toda la información posible, la contrastó y tiró de todos los hilos que hizo falta. Expuso razones, las justificó, las debatió y llegó casi a recurrir a las amenazas. Al final, se hizo con el caso de la muerte de B. Donald Branson.

Reservó dos salas de interrogatorio, colocó a Zeke y a Clarissa en zonas separadas; le infundió un miedo terrible en el cuerpo al equipo que se encargaba de procesar la escena; arengó al equipo encargado de recuperar el cadáver, que ya estaba dragando el East River; puso a McNab a trabajar en el androide de Branson y llegó a la Central con un fuerte dolor de cabeza.

Pero tenía todo lo que quería.

Su último paso antes de tomar declaración fue contactar

con Mira en su casa y hacer las disposiciones para que Zeke y Clarissa se sometieran a las pruebas al día siguiente.

Se ocupó primero de Clarissa. Imaginaba que ésta querría un abogado cuando se le pasara la conmoción inicial, y que dicho abogado la obligaría a guardar silencio. El instinto de conservación eclipsaría cualquier preocupación que Clarissa pudiera albergar por el bienestar de Zeke.

Pero cuando entró en la sala de interrogatorio, Clarissa estaba allí sentada, pálida y en silencio, aferrando un vaso de agua con ambas manos. Eve le indicó a un agente uniformado que saliera y cerró la puerta.

—¿Se encuentra bien Zeke?

—Sí, se encuentra bien. ¿Se siente usted mejor?

Clarissa giró el vaso en sus manos pero no lo levantó.

—Es como un sueño. Tan irreal. B. D. está muerto. Está muerto, ¿verdad?

Eve se acercó a la mesa y retiró una silla.

—Es difícil decirlo en este instante. No tenemos un cadáver.

Clarissa se estremeció y cerró los ojos con fuerza.

—Es culpa mía. No sé en qué estaba pensado. Supongo que no pensaba.

—Es hora de comenzar. —Expulsó la compasión de su voz. La compasión sólo haría que la mujer rompiera a llorar de nuevo. Conectó la grabadora, recitó la información necesaria y se inclinó hacia delante—. ¿Qué ha sucedido esta noche, Clarissa?

—Llamé a Zeke. Él vino. Íbamos a irnos juntos. A marcharnos.

—¿Mantienen una aventura Zeke y usted?

—No. —Alzó los ojos en ese momento, oscuros, brillantes y hermosos—. No, nunca... Nos besamos en una ocasión. Nos enamoramos. Sé que suena ridículo, apenas nos conocíamos. Es algo que sucedió, sin más. Él fue amable y tierno conmigo. Quería sentirme segura. Sólo quería sentirme segura. Le llamé y él vino.

—¿Adónde se iban?

—A Arizona, me parece. No lo sé. —Se llevó la mano a la frente, pasándose los dedos sobre la piel—. A cualquier parte, siempre que saliera de allí. Hice la maleta y Zeke subió a por ella. Yo me fui a por el abrigo. Iba a marcharme, iba a marcharme con él. Entonces llegó B. D. Se suponía que no llegaría hasta el día siguiente.

Comenzaba a entrecortársele la voz y a temblarle los hombros.

—Se suponía que esta noche no vendría a casa. Estaba borracho y vio que yo tenía el abrigo puesto. Me tiró al suelo de una bofetada. —Se llevó la mano a la mejilla, allí donde el morado estaba reciente—. Zeke estaba allí y le pidió que se apartara de mí. B. D. dijo cosas terribles, y no dejaba de empujar y gritar a Zeke. No puedo recordarlo con exactitud. Creo que yo estaba gritando y que Zeke le empujó. Lo hizo porque él me estaba haciendo daño. Y se cayó. Se escuchó un horrible sonido y vi sangre en la chimenea. Sangre —dijo de nuevo y se agazapó sobre el vaso de agua.

—Clarissa, ¿qué hizo Zeke entonces, después de que cayera su marido? ¿Después de ver la sangre?

—Él... No estoy segura.

—Piense. Busque en su cabeza y piense.

—Él... —Las lágrimas comenzaron a derramarse sobre la mesa, gota a gota—. Hizo que me sentara y se acercó a B. D. Me dijo que llamara a una ambulancia. Me dijo que me diera prisa, pero no podía moverme. No podía. Sabía que estaba muerto. Podía ver... la sangre, sus ojos. Estaba muerto. Zeke dijo que teníamos que llamar a la policía. Tenía tanto miedo. Le dije que deberíamos huir. Que deberíamos huir, pero él no quiso. Teníamos que llamar a la policía.

Se detuvo, temblando, y miró a Eve a los ojos.

—B. D. conoce a altos cargos de la policía —dijo en un susurro—. Me dijo que si alguna vez se lo contaba a alguien, que si acudía a ellos con el cuento de que me pegaba, la policía me encerraría. Me violarían y me encerrarían. Él conoce a policías.

—Ahora está en presencia de la policía —dijo con frialdad—. ¿Se la ha violado o encerrado?

Clarissa parpadeó.

—No, pero...

—¿Qué sucedió después de que Zeke le dijera que iba a llamar a la policía?

—Le saqué de allí y le mandé a otra habitación. Pensé que podría... hacer que desapareciera. Le pedí que me trajera agua, y cuando se fue, fui a por el androide. Lo programé para que se llevara el... el cuerpo, para que condujera hasta el río y lo arrojara a él. Luego traté de limpiar la sangre. Había tanta sangre.

—Fue un trabajo rápido. Rápido y diligente.

—Tenía que actuar con rapidez y diligencia. Zeke iba a regresar... intentaría detenerme. Me detuvo. —Agachó la cabeza—. Y ahora estamos aquí.

—¿Por qué están aquí?

—Él llamó a la policía. Los llamó y lo han metido en prisión. Fue culpa mía, pero será él quien vaya a la cárcel.

«No, no lo hará», pensó Eve.

—¿Cuánto tiempo estuvo casada con B. Donald Branson, Clarissa?

—Casi diez años.

—¿Y afirma que abusó de usted durante ese tiempo? —Eve recordó el modo en que Clarissa se había tensado cuando Branson la rodeó con el brazo la noche en que tuvo lugar la lectura del testamento—. ¿Le causaba daño físico?

—No todo el tiempo. —Se pasó la mano por la cara—. Al principio todo iba bien. Pero yo no conseguía hacer nada como es debido. Soy tan estúpida, y nunca hago nada a derechas. Él se enfadaba tanto. Me golpeaba... me decía que me pegaba para inculcar algo de sentido común en mi cabeza. Para demostrarme quién estaba al mando.

«Recuerda quién manda aquí, pequeña. Recuérdalo.»

A Eve se le encogió el estómago cuando las palabras surgieron de nuevo en su cabeza, y con ellas el pegajoso miedo de la infancia.

—Usted es una mujer adulta. ¿Por qué no se marchó?

—¿Y adónde iba a ir? —Los ojos de Clarissa se tiñeron de desesperación—. ¿Adónde podía ir que no me encontrara?

—Con amigos, con la familia. —«No tenía a nadie», pensó Eve. «No tenía a nadie.»

Clarissa sacudió la cabeza.

—No tenía amigos, y no me queda familia. La gente a la que conocía, aquellos con quienes B. D. me permitía tener relación, creen que B. D. es un tipo estupendo. Me pegaba siempre que quería, me violaba cuando le venía en gana. No sabe lo que es eso. Es imposible que sepa lo que es vivir así, sin saber qué hará, de qué humor estará al cruzar la puerta.

Eve se levantó, se acercó al espejo unidireccional y miró fijamente su propio rostro. Sabía exactamente lo que era; lo sabía muy bien. Y recordarlo, sentirlo, únicamente empañaría su objetividad.

—¿Y ahora que ya no cruzará de nuevo la puerta, qué?

—Ya no puede hacerme daño —dijo sin más, haciendo que Eve se diera la vuelta—. Y tendré que vivir sabiendo que hice que un hombre bueno, un hombre amable, sea responsable de su muerte. Cualquier oportunidad que tuviéramos Zeke y yo de estar juntos, también ha muerto esta noche.

Apoyó la cabeza en la tosca mesa. Su llanto era el sonido de un corazón al romperse, pensó Eve.

Eve concluyó la grabación y salió de la sala, ordenando al oficial que dispusiera que Clarissa fuera trasladada a la clínica hasta la mañana siguiente.

Encontró a McNab junto a la máquina expendedora, contemplando sus opciones con el ceño fruncido.

—¿Qué pasa con el androide?

—Esa mujer hizo un buen trabajo con él. La máquina cumplía órdenes. Comprobé el programa de todas las formas posibles. Ella introdujo órdenes: recoger el cuerpo junto a la chimenea, transportarlo hasta el coche, conducir hasta el río y deshacerse de él. No hay nada más. Borró la memoria previa.

—¿Accidentalmente o a propósito?

—No sabría decirlo. Ella llevaba prisa, estaba nerviosa. Resulta sencillo borrar la programación antigua al introducir una nueva si vas con prisa.

—Claro. ¿Cuántos sirvientes más había en la casa?

McNab sacó sus notas.

—Cuatro.

—¿Y nadie oyó ni vio nada?

—Había dos en la cocina durante el interrogatorio. Una doncella personal en el piso superior y un encargado metido en su cobertizo.

—¿Metido en su cobertizo, con este tiempo?

—Todos son androides. El personal de servicio de los Branson está compuesto en su totalidad por androides. De máxima calidad.

—No me extraña. —Se frotó sus cansados ojos. Ya pensaría en eso más tarde, revisaría esos pasos y etapas después. Su prioridad principal era exonerar a Zeke de cualquier acusación formal.

—Muy bien, voy a hablar nuevamente con Zeke. ¿Está Peabody con él?

—Sí, y el abogado. ¿No hay modo de evitar hacerle pasar otra vez por eso?

Eve dejó caer los brazos y sus ojos se volvieron fríos.

—Lo haremos de acuerdo al procedimiento. Vamos a escribir un puto manual con este caso. Vamos a documentar cada paso. Esto llegará a la prensa por la mañana. «Magnate de Herramientas y Juguetes asesinado por el amante de su esposa. El sospechoso es hermano de una agente de policía asignada a Homicidios. Investigación comprometida. Cuerpo desaparecido.»

—De acuerdo, está bien. —Sostuvo una mano en alto—. Ya me hago una idea.

—El único modo de evitar eso es adelantarnos a ellos. Demostraremos que fue en defensa propia de forma rápida y transparente. Y encontraremos el jodido cadáver. Localiza a los del equipo de inspección —dijo al tiempo que se giraba hacia la sala de interrogatorio—. Mételes un petardo en el culo si no han terminado aún de procesar el escenario.

Peabody levantó la cabeza en el momento en que entró Eve. Su mano seguía aferrada a la de Zeke. Al otro lado de éste se hallaba un abogado al que reconoció como uno de los de Roarke.

Su parte de mujer estaba agradecida; su parte de policía furiosa. «Una sombra más en el caso», pensó sombríamente. «El marido de la oficial al cargo se ocupa de buscar representación legal al sospechoso.» «¡Estupendo!»

—Abogado.

—Teniente.

Tomó asiento sin dirigirle la mirada a Peabody, conectó la grabadora y se puso a trabajar.

Cuando Eve salió treinta minutos más tarde, Peabody le pisaba los talones.

—Teniente. Señora. Dallas.

—No tengo tiempo para hablar contigo.

Peabody se las arregló para pasar por delante de Eve y colocarse frente a ella.

—Claro que sí.

—De acuerdo. —Preparada para la batalla, Eve se metió en el baño de señoras, se acercó al lavabo y ordenó que se abriera el grifo del agua fría—. Di lo que tengas que decir y deja que vuelva al trabajo.

—Gracias.

Eve levantó la cara húmeda, descolocada por esa palabra pronunciada en voz baja.

—¿Por qué me das las gracias?

—Por cuidar de Zeke.

Eve cerró el grifo lentamente, se sacudió el exceso de agua de las manos y se acercó a la secadora, que se puso en marcha con un desagradable zumbido y expulsó un helador chorro de aire.

—Tengo un trabajo que desempeñar, Peabody. Y si me estás dando las gracias por lo del abogado, vas desencaminada. Fue cosa de Roarke, y no es que esté contenta por ello.

—Déjame que te dé las gracias.

Eve no había esperado aquello. Se había preparado para recibir ira, acusaciones. «¿Por qué le has presionado de ese modo? ¿Por qué continúas intentando pillarle en un renuncio? ¿Cómo puedes ser tan dura?»

—¡Dios!

—Sé que has sido dura con él en este asalto. Sé que su historia es mucho más sólida gracias a eso. Temía que... —Hubo de inspirar varias veces, poco a poco—. Una vez que pude pensar en frío, temí que le dieras espacio, que fueras blanda... como lo habría sido yo. Pero le machacaste. Así que, gracias.

—Ha sido un placer. —Eve dejó caer las manos—. Zeke no va a hundirse por esto. Puedes aferrarte a eso.

—Lo sé. Porque me aferro a ti.

—No lo hagas. —Eve pronunció las palabras con los dientes apretados y dio media vuelta—. No.

—Tenía que desahogarme. Mi familia es lo más importante para mí. Que no viva con ellos no significa que no estemos unidos. El trabajo ocupa un segundo lugar después de ellos. —Lloriqueó y se pasó impacientemente la mano por debajo de la nariz—. Tú eres el trabajo.

—No, no lo soy.

—Claro que lo eres, Dallas. Tú encarnas todo lo bueno del trabajo. Y eres lo mejor que me ha sucedido desde que recibí mi placa. Me aferro a ti porque sé que puedo hacerlo.

El corazón de Eve se estremeció y le escocieron los ojos.

—No tengo tiempo para quedarme aquí y ponerme sensiblera. —Fue hasta la puerta con paso enérgico, se detuvo brevemente para apuntar a Peabody con el dedo en el pecho—. Agente Peabody, llevas desabrochado el uniforme.

Cuando la puerta se cerró rápidamente después de que Eve saliera, Peabody bajó la vista y vio que el tercer botón de la chaqueta de su uniforme pendía de un hilo. McNab no se lo había arrancado del todo, advirtió.

—Ay, joder —profirió de nuevo, con toda su alma, y arrancó el botón.

Eve parecía tener toda una compañía de baile ejecutando un zapateado dentro de su cabeza. Consideró fugazmente tomarse algo para el dolor. Entonces entró en su despacho y vio a Roarke. Estaba sentado en su destartalada silla con su elegante traje. Su igualmente elegante abrigo colgaba de su feo perchero. Sus ojos mostraban una expresión serena y su voz era sosegada y alerta mientras conducía cualesquiera que fueran los negocios que un hombre de su categoría realizaba a las nueve en punto de la noche.

Por principios, dio un golpecito con el puño a los flexibles zapatos italianos que en esos momentos reposaban cómodamente sobre la superficie de su mesa. No los apartó, pero dejó clara su postura.

—Tendré que llamarte de nuevo para que me pongas al tanto de los detalles. —Su mirada recorrió a Eve, viéndolo todo con sus agudos ojos: la fatiga, el dolor de cabeza, las emociones latentes, que mantenía férreamente bajo control—. Tengo una cita.

Desconectó y bajó perezosamente los pies al suelo.

—Siéntate, teniente.

—Éste es mi despacho. Aquí soy yo quien da las órdenes.

—Mmm, hum. —Se levantó para acercarse al autochef y, sabiendo que ella no pondría objeciones, lo programó para que preparara caldo, en lugar de café, para ambos.

—No tenía sentido que esperases.

—Por supuesto que no.

—Bien podrías haberte ido a casa. No estoy segura de cuándo llegaré. Dormiré aquí.

«Y una mierda», pensó Roarke, pero se limitó a volverse y a ofrecerle el caldo.

—Quiero café.

—Ya eres lo suficientemente grande como para saber que no siempre se consigue lo que uno quiere. —Pasó por su lado hasta la puerta y la cerró mientras ella se enfadaba.

—No necesito que ningún insolente me haga compañía.

Roarke enarcó una ceja.

—¿Es que vas a hacer que te echen? Estoy muy encariñado contigo.

—Puedo hacer que en treinta segundos entren aquí un par de gorilas uniformados. Les alegraría la noche echarte de aquí de una patada en tu fantástico culo.

Él se sentó en la silla vacante, estiró las piernas tanto como el reducido espacio le permitía y observó su rostro.

—Eve, siéntate y bébete el caldo.

Ella así lo hizo, pero sólo porque logró contenerse, por los pelos, y no lanzar la taza al otro lado del cuarto.

—Acabo de machacar a Zeke. Me he pasado media hora machacándole una y otra vez. «Deseabas follarte a la esposa de otro hombre. Así que le mataste para quitártelo de en medio. Era un hombre rico, ¿no? Así que ahora ella es rica. Vas a vivir a todo tren, Zeke. Te quedas con la mujer, te quedas con la pasta y Branson se queda con un elegante servicio funebre.» Y eso antes de ponerme desagradable.

Roarke guardó silencio, esperando a que ella se desahogara. Eve cogió la taza de caldo. Tenía la garganta en carne viva, y aquello era mejor que nada.

—Y cuando terminé de machacarle, Peabody me siguió al baño y me dio las gracias por ello. ¡Por el amor de Dios!

Eve enterró la cabeza entre las manos, lo cual hizo que Roarke se levantara. Pero cuando las suyas se posaron en los hombros de su esposa, ella trató de zafarse.

—No. No creo poder soportar más comprensión por esta noche.

—Pues es una lástima. —Acercó los labios a la parte superior de su cabeza—. Llevas meses instruyendo a Peabody. ¿Es que crees que no sabe cómo funciona tu cabeza?

—En estos momentos soy yo quien no sabe cómo funciona. La mujer... Clarissa... dijo que él la pegaba, que la violaba siempre que le venía en gana. Una y otra vez, durante años.

Los dedos de Roarke se tensaron sobre sus hombros antes de controlarlos y aflojarlos.

—Lo siento, Eve.

—Es algo que he escuchado antes de labios de testigos, sospechosos y víctimas. Puedo sobrellevarlo. Puedo con ello. Pero cada maldita vez que lo escucho, siempre, es como si me dieran un puñetazo en el estómago. Justo por debajo de la guardia, directo al estómago.

Durante un instante, únicamente durante un momento, se apoyó en él, en su consuelo.

—Tengo que seguir con esto. —Se puso en pie y se apartó de él—. No deberías haber llamado a tu fantástico abogado, Roarke. Todo este asunto es complicado, pero que muy complicado.

—Peabody, tan fuerte y valiente como es, estuvo llorando sobre mi hombro. ¿Podrías pedirme que le diera la espalda en un momento como éste?

Eve negó con la cabeza.

—De acuerdo. —Se apretó los ojos con los dedos, deseando fervientemente que desapareciera el dolor de cabeza—. Nos ocuparemos de ello. Llamaré a Nadine.

—¿Ahora?

Eve se dio la vuelta después de exhalar una bocanada de aire. Sus ojos habían adoptado de nuevo una expresión serena.

—Voy a ofrecerle un cara a cara, aquí y ahora. No dejará pasar la oportunidad, y así daremos un vuelco al asunto.

Se acercó nuevamente a la unidad de comunicación para realizar la llamada.

—Vete a casa, Roarke.

—Lo haré, cuando tú lo hagas.

Capítulo diecisiete

$\mathcal{L}$a llevó a casa por la fuerza. O eso fue lo que dejó que él creyera. Zeke había sido puesto en libertad bajo fianza y debía personarse en el despacho de la doctora Mira a las nueve en punto. A Clarissa la habían trasladado a una habitación privada de su ostentosa clínica y le habían administrado un sedante para que pasara la noche tranquila.

Eve había apostado un guardia ante su puerta.

El reportaje de Nadine se emitió a medianoche y se le había infundido el tono dinámico de un suceso rutinario, si bien trágico, tal y como Eve había deseado.

Las pruebas recogidas en la escena del crimen habían llegado y serían analizadas en profundidad a la mañana siguiente. El cadáver continuaba en algún lugar en las profundidades del East River, y no había más que pudiera hacerse al respecto.

De modo que, a las dos de la madrugada, se desvistió y se preparó para caer rendida en su propia cama.

—¿Eve? —Roarke reparó en que su arma y su pistolera se encontraban fuera de su alcance. Cuando ella volvió la cabeza hacia él, la tomó de la barbilla y le metió un calmante en la boca. La sujetó con firmeza antes de que ella pudiera escupírselo a la cara, mientras sus diestras manos descendían por su cuerpo para apretar su trasero desnudo, y capturó su boca con fuerza.

Eve se atragantó, lo tragó porque no le quedó más remedio que hacerlo, y sintió la lengua de Roarke danzar levemente sobre la suya.

—Ha sido un golpe bajo. —Se apartó de un empujón y tosió un poco—. Despreciable.

—Ha funcionado. —Le acarició la mejilla y la empujó de forma afectuosa sobre la cama—. Te sentirás mejor por la mañana.

—Por la mañana, después de tomarme un café, voy a correrte a palos.

Se metió en la cama con ella y la acurrucó contra su cuerpo.

—Mmm. Estoy impaciente. Duérmete.

—No te parecerá tan divertido cuando tu cabeza rebote contra el suelo. —Pero le apoyó la suya en el hombro y se quedó dormida.

Despertó cuatro horas más tarde, en la misma posición. El agotamiento se había apoderado de ella, y había dormido como un tronco. Parpadeó y vio que Roarke ya tenía los ojos abiertos y clavados en ella.

—¿Qué hora es? —preguntó con voz ronca.

—Son pasadas las seis. Tómate unos minutos más.

—No, no puedo hacer nada si me quedo en la cama. —Saltó por encima de él y entró en el baño tambaleándose adormiladamente. Una vez en la ducha, se frotó los ojos para despejarse y se dio cuenta, no sin cierto resentimiento, de que el dolor de cabeza había desaparecido.

—Abrir todos los chorros, treinta y ocho grados.

El agua humeante que expulsaban media docena de chorros le empapó el pelo, y Eve dejó escapar un grave gemido de agradecimiento, entornando los ojos cuando vio entrar a Roarke en la ducha.

—Como se te ocurra bajar la temperatura te zumbo.

—Se me ocurrió que esta mañana podría cocerme contigo. —Roarke le entregó una taza de café, divertido al ver la expresión recelosa en sus ojos y complacido de no apreciar ni un atisbo de dolor en ellos—. Hoy voy a quedarme a trabajar unas horas en casa.

Roarke se bebió su café y dejó la taza en un alto estante sobre los chorros por los que salía el agua.

—Me gustaría que me mantuvieras informado de los progresos, tanto como de lo que ya sabes.

—Te contaré lo que pueda cuando me sea posible.

—Me parece bien. —Se enjabonó las manos y comenzó a deslizarlas sobre Eve.

—Puedo yo sola. —Retrocedió porque la sangre ya chisporroteaba bajo su piel—. No tengo tiempo para jueguecitos acuáticos.

Él simplemente se acomodó, deslizando las manos por su vientre, su torso y sus pechos, haciéndola estremecer.

—Te he dicho que... —La boca de Roarke descendió hasta su hombro, mordisqueándola con los dientes—... cortes el rollo.

—Como me gusta cuando estás mojada... —Le quitó la taza de la mano antes de que la dejara caer y la depositó junto a la suya—. Y resbaladiza. —La empujó contra la pared, que rezumaba agua y vaho—. Y reacia. Déjate llevar —le murmuró al oído mientras sus dedos se hundían en ella, deslizándose dentro y fuera con un ritmo suave y perezoso.

Eve echó la cabeza hacia atrás y su cuerpo tomó el control.

—Maldita sea. —Aquello surgió como un gemido mientras el placer, oscuro y narcótico, se extendía desde sus entrañas hasta las yemas de los dedos.

—No te reprimas. —Deslizó la lengua por el lado de su garganta y no le dio opción.

Eve tenía las manos extendidas sobre los mojados azulejos de la pared y su cuerpo palpitaba de excitación. El agua caía sobre ambos, caliente y punzante como si fueran agujas, cuando Roarke sintió que el orgasmo se apoderaba de ella.

Una especie de purga, pensó él.

Eve continuaba jadeando cuando le hizo darse la vuelta y con avidez le tomó el pecho en su boca.

Estaba indefensa contra lo que Roarke provocaba en ella. Siempre se sentía indefensa y asombrada. Y agradecida. Hundió los dedos en su pelo, retorciéndolos, enredándolos en esa densa seda mojada mientras aquellos gratos y fuertes accesos de deseo en su vientre reflejaban la incesante ansia de la boca de Roarke sobre ella.

Sus manos, resbaladizas, diestras y fuertes, la recorrían, llevándola una y otra vez al precipicio. Allí dónde él quería que estuviera, dónde necesitaba que estuviera... estremeciéndose, gimiendo su nombre, desbordada en su propio placer.

Las uñas de Eve clavándose con saña en su espalda le excitaron, el frenético latido acelerado de su corazón contra el suyo le enardecía. Quería más. Lo quería todo y lo quería ya.

«Ahora», era cuanto Roarke podía pensar mientras se devoraban mutuamente la boca.

—Te deseo. —La respiración de Roarke subía y bajaba cuando la aferró de las caderas—. Siempre. Eternamente. Eres mía.

Sus ojos eran de un intenso y ardiente azul. Eve no podía ver nada más. Esa desesperada e infinita necesidad que sentía por él debería haber sido demasiado de soportar. Sin embargo, de algún modo, nunca, en ningún momento, era suficiente.

—Eres mío. —Arrastró de nuevo la boca de Roarke hasta la suya, y cuando él se hundió en su interior, salió a su encuentro con desaforada urgencia.

No le quedó más remedio que reconocer que cuatro horas de sueño ininterrumpido, de sexo mojado y salvaje, y una comida caliente fueron de gran ayuda para que su cuerpo y su mente recobraran su estado de forma. A las siete y cuarto se encontraba tras la mesa del despacho de su casa, lista para comenzar el día con la cabeza despejada y alerta, los músculos tonificados y la energía por las nubes.

El matrimonio le estaba aportando cierta cantidad de beneficios colaterales que no había tenido en cuenta.

—Pareces... en forma, teniente.

Ella le lanzó una mirada fugaz.

—Más me vale. Quiero trabajar media hora aquí antes de ir a la Central. Todavía tenemos que ocuparnos de Casandra, y necesito que Peabody centre toda su energía en ello.

—Mientras con la otra mano barajas el caso de Zeke.

—Los *polis* nos pasamos la vida haciendo malabarismos. —Tenía ciertas ideas firmes de hacia dónde se encaminaba en ese punto en particular—. Voy a relevar a McNab de sus deberes. Podemos prescindir de él para que dedique tiempo al caso Branson hasta que lo hayamos resuelto. Resultó de gran ayuda que anoche estuviera por allí.

Se interrumpió y frunció el ceño.

—¿Qué narices estaría haciendo anoche por allí? No me tomé la molestia de averiguarlo.

—A mí me parece que resultaba obvio. —Cuando Eve se le quedó mirando, inexpresiva, Roarke se echó a reír—. ¿Y tú te denominas detective? Estaba con Peabody.

—¿Con ella? ¿Por qué? Si no estaban de servicio.

Roarke se la quedó mirando fijamente durante un momento y vio que estaba del todo perdida. Con una risita, se acercó hasta ella, le tomó la barbilla y pasó el pulgar sobre la hendidura.

—Eve, estaban fuera de servicio y juntos.

—¿Juntos? —Tardó un segundo, luego dos—. ¿Sexo? ¿Crees que mantuvieron relaciones sexuales? Eso es ridículo.

—¿Por qué?

—Porque... porque lo es. Peabody cree que es un moscón. Él no pierde la oportunidad de cabrearla. Ya sé que piensas que entre ellos está... pasando algo, pero vas desencaminado. Ella está ocupada tonteando con Charles Monroe, y él... —Su voz se fue apagando poco a poco, pensando en las extrañas miradas entre ambos, en sus silencios y en los sonrojos. Las señales.

»¡Ay, Dios mío! —fue cuanto pudo decir—. Dios mío, están manteniendo relaciones sexuales. No necesito esto.

—¿Por qué te preocupas?

—Porque sí. Son *polis*. Ambos son policías, y maldita sea, ella es mi policía, mi ayudante. Esta clase de cosas se interponen y lo complican todo. Se pasarán un tiempo fantaseando el uno con el otro, luego algo saldrá mal y comenzarán a escupirse y a darse de tortas.

—¿Por qué das por supuesto que no saldrá bien?

—Porque no lo hará. Estas cosas no salen bien. Todas tus energías y concentración se dispersan cuando lo que tienes que hacer es canalizarlas en el trabajo. Comienzas a mezclar sexo y romance, y sabe Dios qué, con todo lo demás, y todo acaba patas arriba. No deben mantener relaciones sexuales. Se supone que un policía no debe...

—¿Tener vida personal? —concluyó, con cierta frialdad—. ¿Sentimientos y libertades personales?

—No quería decir eso. No exactamente. Pero es mejor de ese modo —agregó, farfullando.

—Muchísimas gracias.

—No se trata de nosotros. No hablo de nosotros.

—¿Quieres decir que no eres una *poli*, y que no estamos mezclando sexo, romance, y sabe Dios qué?

Eve se dio cuenta de que había tocado un punto sensible, y deseó haberse mordido la lengua.

—Se trata de dos policías que trabajan en mi equipo y en dos complejas investigaciones.

—Hace una hora me encontraba dentro de ti mientras tú me rodeabas. —Su voz ya no era fría, era gélida. Al igual que la expresión de sus ojos—. Esos si éramos nosotros, y la investigación, compleja o no, seguía estando presente. ¿Cuánto tiempo vas a seguir creyendo que estarías mejor sin esto?

—No es eso lo que quería decir. —Se puso en pie, sorprendida al darse cuenta de que estaba temblando ligeramente.

—¿No era eso?

—No pongas palabras en mi boca o pensamientos en mi cabeza que no son. En estos momentos, no tengo tiempo para una crisis conyugal.

—Está bien, porque yo no estoy dispuesto a tolerarlo.

Eve levantó el puño cuando Roarke se dio media vuelta y salió, cerrando de golpe la puerta que conectaba ambos despachos. Luego, cuando su mal genio se negó a encenderse y a librarla así de sentirse culpable, levantó la otra mano y se golpeó las sienes con ambas.

Tomó aire y se encaminó con paso firme hasta la puerta, la abrió y le hizo frente. Él ya estaba sentado tras su escritorio y apenas dio señal de haberse percatado de su presencia.

—No es eso lo que quiero decir —repitió de nuevo—. Pero puede que forme parte. Sé que me quieres, pero no sé por qué. Te miro y no logro comprender por qué a mí. Cada vez que recobro el equilibrio, vuelvo a perderlo otra vez. Porque no debería ser a mí a quien ames, y creo que me moriría si alguna vez lo descubres.

Él se dispuso a levantarse, pero Eve sacudió la cabeza.

—No, no tengo tiempo. Hablo en serio. Solamente quería decirte esto, y que supieras que no me refería a eso. Peabody... ya acabó destrozada en una ocasión, salió mal parada debido a que se quedó pillada de un *poli*... otro *poli*, otro caso. Voy a encargarme de que no le suceda de nuevo. Eso es todo. Me voy. Te llamaré si hay algo que debas saber.

Eve se movió deprisa. Podría haberla detenido, pero se quedó donde estaba y dejó que se marchara.

Más tarde, se dijo, más tarde se enfrentaría a ella. Y ella tendría que enfrentarse a él.

Eve entró en la Central, el humor entusiasta con que había comenzado el día se había empañado. Aunque le dio igual. Trabajaría mejor, con mayor agudeza, si estaba nerviosa. Divisó a Peabody y le hizo una señal con la cabeza, indicándole con el dedo que pasara a su despacho.

Tal como había esperado, pudo apreciar los signos de una aciaga noche en vela en el rostro de su ayudante. Sostuvo la puerta abierta hasta que Peabody la atravesó y la cerró acto seguido.

—Quítate a Zeke de la cabeza ahora mismo. Ya nos estamos ocupando de eso, y tienes trabajo que hacer.

—Sí, teniente. Pero...

—No he terminado, oficial. Quiero que te retires del equipo y que pidas unas vacaciones si no puedes garantizarme que te concentrarás por completo en el asunto Casandra. Ahora mismo.

Peabody abrió la boca y la cerró de nuevo antes de que pudiera escapar algo desagradable de ella. Cuando recuperó el control, asintió brevemente.

—Tendrás mi máxima dedicación. Cumpliré con mi trabajo.

—Tomo nota. Lamont debería haber sido recogido anoche. Disponlo todo para que lo traigan para hacerle una entrevista. Quiero que se me avise cuando lleguen los escáneres enviados por Seguridad. —Mantenla ocupada, pensó Eve. Mantenla cargada con trabajos insulsos—. Contacta con Feeney y comprueba si ha llegado la orden para Mónica Rowan. ¿Te has acostado con McNab?

—Sí, teniente. ¿Qué?

—Mierda. —Eve se metió las manos en los bolsillos, se paseó hasta la ventana y regresó a su posición original—.

¡Mierda! —Se detuvo y se miraron fijamente la una a la otra—. Peabody, ¿es que has perdido el juicio?

—Fue un desliz pasajero. No se repetirá. —Tenía intención de decírselo así a McNab en cuanto se le presentara la ocasión.

—¿No estarás... colada por él, no?

—Fue un lapsus —insistió Peabody—. Un error pasajero producido por un estímulo físico inesperado. No quiero hablar de ello, teniente.

—Bien. Yo ni siquiera deseo pensar en ello. Tráeme a Lamont.

—Enseguida.

Peabody salió corriendo, encantada de escapar.

Eve se volvió hacia su unidad de comunicación del despacho y comenzó a revisar los mensajes entrantes. Soltó una sarta de tacos cuando apareció el nombre de Lamont y le dio un golpe al aparato.

—¿Por qué narices no me fue reenviada esta información en cuanto fue recibida?

Debido a un fallo momentáneo en el sistema, todas las transmisiones recibidas entre las once horas y las seis y cincuenta quedaron en espera.

—¡Un maldito error! —Golpeó de nuevo la máquina con todas sus ganas—. Últimamente sólo tenemos fallos. Transmitir informe íntegro de Lamont, copia impresa.

Procesando...

Mientras su ordenador se ocupaba de imprimir a trancas y barrancas, Eve llamó a Peabody.

—No te molestes en buscar a Lamont. Está en el depósito de cadáveres.

—Sí, teniente. Acabo de recibir el correo. Tenemos otro paquete.

A Eve se le pusieron los nervios de punta.

—Me reuniré contigo en la sala de conferencias. Localiza al resto del equipo. Pongámonos en marcha.

Υ

El paquete fue comprobado y quedó libre de toda sospecha. Se copió y archivó el disco. Eve tomó asiento ante su ordenador e insertó el disco en la ranura.

—Verificar e imprimir —ordenó.

Somos Casandra.

Somos leales.

Somos los dioses de la justicia.

Somos conscientes de sus esfuerzos. Nos divierten. Y debido a que esto es así, vamos a advertirle por última vez. Nuestros compatriotas deben ser liberados. Hasta que estos héroes no estén en libertad, cundirá el terror... para el gobierno corrupto, para los títeres del ejército, la policía fascista y los inocentes a quienes aplastan y condenan. Exigimos un pago, como compensación por los asesinatos y las encarcelaciones de los inocentes. El precio es ahora de cien millones de dólares en bonos al portador.

La confirmación de la liberación de los profetas políticos, injustamente encarcelados, debe ser recibida a las dieciséis horas de hoy. Aceptaremos un comunicado público de cada uno de los individuos que conforman la lista, emitido a través de los medios de comunicación nacionales. Todo debe ser cumplido. Si tan siquiera uno no fuera liberado, destruiremos el próximo objetivo.

Somos leales. Y nuestra memoria es extensa.

El pago debe realizarse a las diecisiete horas. La teniente Dallas debe ir sola y entregar dicho pago. Los bonos deben colocarse dentro de un sencillo maletín negro. La teniente Dallas deberá ir a la Estación Central, andén diecinueve, tren con destino al oeste, y aguardar instrucciones.

Si va acompañada, es seguida o rastreada, o si intenta realizar o recibir cualquier transmisión desde su posición, será ejecutada y el objetivo destruido.

Somos Casandra, profetas del nuevo reino.

—Extorsión —murmuró Eve—. Es por dinero. Se trata de dinero, no lo hacen por los ineptos psicópatas de la lista. Un comunicado público de emisión nacional. Hasta un niño de diez años se daría cuenta de que seremos capaces de manipularlo.

Se puso en pie para pasearse y pensar.

—Es una cortina de humo. Se trata de dinero. Y volarán el objetivo tanto si lo consiguen como si no. Porque eso es lo que desean hacer.

—En cualquier caso —señaló Feeney—, esto te coloca a ti en el punto de mira y se inicia la cuenta atrás para algún objetivo todavía desconocido.

—¿Puedes conseguirme un rastreador que no puedan localizar?

—No sé qué narices pueden o no localizar.

—Haz lo que esté en tu mano. —Se volvió hacia Anne—. ¿Dispones de algún equipo que sepa manejar estos escáneres de alto alcance?

—Uno de los genios de Roarke nos pasará un manual abreviado dentro de veinte minutos. Luego nos pondremos manos a la obra.

—Localizad el objetivo. Yo me ocuparé de realizar la entrega.

—No vas a ir sola. —Feeney se puso en pie esta vez—. Whitney no dará la autorización.

—No dije que fuera a ir sola, pero será mejor que se nos ocurra el modo de hacer que lo parezca —dijo de nuevo—. Vamos a necesitar cien millones en bonos al portador falsos. —Esbozó una sonrisa tensa y carente de humor—. Me parece que conozco a alguien que puede proporcionárnoslos a tiempo para cumplir con el plazo de entrega.

—Dale recuerdos a Roarke de mi parte —dijo Feeney con una sonrisita fatua.

Eve le lanzó una mirada indulgente.

—Necesito que informes a Whitney y que me consigas un rastreador.

—McNab se encargará de eso.

—Necesito a McNab... para otra cosa.

Feeney posó la mirada en Eve, luego en su detective, y asintió.

—Pondré a otro hombre a trabajar en ello hasta que haya hablado con el capitán. —Cogió una copia impresa—. Vamos a necesitarte durante una hora para probarlo de antemano.

—Estaré disponible. Peabody, te vienes conmigo. Nos encontraremos en mi vehículo dentro de cinco minutos. McNab. —Le indicó con el dedo que saliera.

—Quiero que llames a Mira —comenzó mientras se encaminaban hacia su despacho—. Consigue información sobre las pruebas de Zeke. Luego quiero que le aprietes las tuercas al gilipollas del laboratorio. Lo haría yo misma, pero no quiero implicar a Peabody en esto.

—Entendido.

—Amenázale, y si eso no funciona, le sobornas. Creo que bastará con que le ofrezcas unas entradas para el partido. Puedo hacerme con dos asientos para el palco principal para el próximo fin de semana.

—¿Sí? —Le brillaron los ojos—. ¡Caramba, Dallas!, ¿cómo es que nunca lo compartes con los colegas? Los Huds se enfrentan a los Rockets el próximo fin de semana. Si le amenazo para que mueva el culo, ¿puedo quedarme con las entradas?

—¿Estás pidiendo un soborno, detective?

McNab se puso serio enseguida, debido a que ella se había detenido o a que sus ojos eran inexpresivos y tenía los labios apretados

—¿Por qué estás cabreada conmigo?

—¿Por qué te has acostado con mi ayudante durante el curso de una investigación delicada?

Los ojos de McNab echaron chispas.

—¿Es que acaso necesita tu permiso para ligar, teniente?

—No se trata de una cita para tomar una pizza y ver una película, McNab. —Entró en su despacho, y cogió la chaqueta del perchero.

—Ah, así que necesita que le autoricen con quién puede acostarse.

Eve se dio la vuelta como una bala.

—Estás cometiendo insubordinación, detective.

—Te estás extralimitando, teniente.

A Eve no le quedó más remedio que reconocer que le sorprendió verle allí de pie, con una expresión fría y feroz en los ojos, el cuerpo en tensión y los dientes a la vista. Cuando pensaba en él, lo hacía como en un buen policía, con una mente aguda para los detalles y una buena mano para la electrónica. Y como en un hombre un poco tonto, vano y con mucha labia, que hablaba demasiado y no se tomaba nada en serio aparte de su trabajo.

—No me vengas con que me estoy extralimitando. —Se puso la chaqueta parsimoniosamente, conduciéndose de forma controlada—. Ya otro *poli* de cara bonita le dio la patada a Peabody. No pienso sentarme a ver cómo sucede de nuevo. La aprecio.

—Yo también la aprecio. —Las palabras salieron de su boca antes de que pudiera morderse la lengua—. No es que a ella le importe realmente, ya que esta mañana me ha mandado a paseo, así que no tienes nada de qué preocuparte. —Dio una patada a la silla de Eve, lanzándola al otro extremo del cuarto—. ¡Maldita sea!

—Ay que joderse, McNab. —La ira que tan eficazmente había avivado fluyó hasta sus terminaciones nerviosas—. ¿Qué es lo que pasa? ¿No te estarás colando por ella? —Su única respuesta fue una prolongada mirada triste—. Lo sabía, lo sabía. ¡Es que lo sabía!

—Será algo pasajero —farfulló—. Lo superaré.

—Hazlo. Sí, hazlo, ¿quieres? No es el momento, nunca lo es, pero éste no es en ningún caso el momento. Así que olvídalo, ¿de acuerdo? —Eve no esperó a su respuesta; quería que él comprendiera la envergadura del asunto—. Su hermano está en una situación muy jodida y la maldita ciudad está sembrada de bombas. Tengo un cadáver en el depósito y otro en el río. No puedo permitirme que dos miembros de mi equipo caminen por la cuerda floja.

McNab se sorprendió cuando rompió a reír, y lo hizo de corazón.

—Dios, eso enfría a cualquiera.

—Sí, lo sé. —Recordó el modo en que Roarke la había mirado esa mañana—. He metido la pata hasta el fondo en este asunto, McNab. Pero necesito que tengas la cabeza sobre los hombros.

—La tengo.

—Sigue así —le dijo y salió.

Υ

Dado que calculaba que esa mañana ya no podría aumentar su récord de ofensas, insultos e injurias dirigidos a personas a las que apreciaba, Eve llamó a Roarke mientras iba de camino al garaje.

Fue Summerset quien respondió, y sintió que su reacción instintiva de apretar los dientes era mucho mejor que sentirse culpable.

—Roarke —fue cuanto dijo.

—En estos momentos está atendiendo otra llamada.

—Es un asunto policial, maldito gilipollas. Pásame con él.

Las aletas de la nariz del hombre se dilataban de pura irritación, y el estado anímico de Eve se aligeró un poco más.

—Veré si está disponible para atender su llamada.

La pantalla se quedó en blanco. Eve contó hasta diez, pese a que no dudaba que Summerset tuviera las agallas de haber cortado la comunicación. Y volvió a contar hasta diez. Ya se acercaba a treinta cuando apareció Roarke.

—Teniente. —Su voz sonó clara y concisa; su acento irlandés mostraba su carácter gélido en vez de su vertiente musical.

—El Departamento necesita un millón en bonos al portador falsos; buenas falsificaciones, pero no tanto como que engañen a la seguridad de un banco. En cantidades de diez mil cada uno.

—¿Cuál es el plazo de entrega?

—Me vendría bien tenerlo para las dos en punto.

—Lo tendrás —aguardó un instante—. ¿Alguna cosa más?

«Sí, que lo siento. Que soy una imbécil. ¿Qué quieres de mí?»

—Eso es todo. El Departamento...

—Me lo agradece. Sí, ya lo sé. En estos momentos me encuentro en mitad de una conferencia interplanetaria, así que, si no quieres nada más...

—Sí, eso es todo. Dispondré que un transporte pase a recogerlo, tan pronto como me avises de que está preparado.

—Te llamaré.

La colgó sin pronunciar una sola palabra más, y Eve hizo una mueca de dolor.

—De acuerdo —masculló—. Eso duele. Ha dado justo en el centro de la diana. —Volvió a guardarse la pequeña unidad móvil de comunicación en el bolso.

Recordó el consejo que le había dado a McNab. «Olvídate de ello.» Hizo cuanto pudo por aplicárselo a sí misma, pero algunos de sus sentimientos debieron aflorar en su rostro. Peabody no abrió la boca cuando Eve subió al coche, y ambas condujeron en silencio hasta el depósito de cadáveres.

La casa de la muerte estaba atestada igual que el bar del vestíbulo en una convención de Shriners.[*] Los pasillos estaban abarrotados por los técnicos, asistentes sanitarios, y el personal médico, reclutados de hospitales locales para prestar sus servicios durante la crisis actual. El hedor a humanidad, vivos y difuntos, impregnaba el ambiente.

Eve se las arregló para echarle el guante a un miembro del personal del depósito de cadáveres al que conocía.

—Chambers, ¿dónde está Morris? —Había abrigado la esperanza de mantener una reunión de cinto minutos con el jefe médico forense.

—Hasta las cejas de trabajo. El atentado del hotel nos ha reportado un montón de clientes. Muchos de ellos hechos pedazos. Es como armar un rompecabezas.

—Pues necesito ver a uno de tus invitados que llegó esta mañana temprano. Su nombre es Lamont. Paul Lamont.

—Caray, Dallas, estamos trabajando en un estado de máxima prioridad. Tenemos que identificar a estos fiambres.

—Está relacionado con el caso.

—Vale, de acuerdo —dijo manifiestamente molesto, entonces Chambers se apresuró hasta un ordenador y revisó el registro—. Lo tenemos en una cámara en el área D, compartimiento doce. Por el momento nos estamos dedicando a reconstruir, embolsar y apilar los cuerpos.

---

[*] Antigua Orden Árabe de los Nobles del Relicario Místico, conocida comúnmente como Shriners, establecida en 1870 como cuerpo dependiente de la Francmasonería. La fraternidad se organiza en más de 190 templos, distribuidos entre Canadá, USA., México y Panamá, que a su vez financian la red hospitalaria Shriners para niños. (N. de la T.)

—Necesito echarle un vistazo al cadáver, a sus efectos personales y al informe recibido.

—Que sea rapidito. —Sus zapatos resonaron por el pasillo. Viró hacia el área D, introdujo su tarjeta de acceso en la ranura y le permitió el acceso a la sala—. Cajón doce —le recordó—. Utiliza tu llave maestra y yo abriré el resto.

Eve decodificó el cajón y de éste salió una nube de vaho gélido junto con Lamont. O lo que quedaba de él.

—Menudo trabajito le han hecho —farfulló, examinando su cuerpo destrozado y quebrado.

—Claro. El parte dice que el vehículo, una furgoneta negra Airstream, se saltó la curva y se fue directamente a por él, que se encontraba de pie en la calzada. Todavía no lo hemos examinado, simplemente lo hemos almacenado. No es una prioridad.

—No, éste puede esperar. —Eve cerró de nuevo el cajón—. ¿Qué llevaba encima?

—Dos de cincuenta en créditos; una unidad móvil de pulsera; su identificación y varias tarjetas de acceso; un par de caramelos de menta; una agenda electrónica y una libreta. Ah, y una navaja —examinó la extensa y delgada hoja—. Supera el límite legal, diría yo.

—Sólo por uno o dos milímetros. Necesito su unidad móvil, la agenda electrónica y la libreta.

—Por mí, de acuerdo. Firma y son tuyos. Oye, tengo que volver. Odio tener a los clientes esperando.

Eve firmó el libro de registro.

—¿Se han tomado las huellas a los efectos?

—No tengo ni la más repajolera idea. Que te diviertas.

Eve se volvió hacia Peabody cuando se cerraron las puertas del sector.

—Sacaremos las huellas primero y las verificaremos. Vamos a grabar.

Peabody se aseguró el equipo al hombro.

—¿Aquí? ¿No prefieres ocuparte de esto en otra parte?

—¿Por qué?

—Bueno, esto está lleno de cadáveres.

—¿Y tú quieres ser policía de homicidios?

—Preferiría vérmelas con ellos de uno en uno. —Pero

preparó el equipo y se puso a trabajar—. Aquí tenemos unas huellas claras.

—Las investigaremos después de comprobar su comunicador y su agenda. Seguramente pertenecen a Lamont.

Eve sacó el comunicador y le dio la vuelta. Era un modelo de última generación, elegante y complejo. Y se acordó de los caros zapatos del hombre.

—¿Cuánto les pagará Roarke a estos tipos? —Giró el control para visionar todas las transmisiones entrantes y salientes realizadas durante las últimas veinticuatro horas—. Anota cualquier número que aparezca. También tendremos que investigarlos.

Observó los números aparecer rápidamente en la pantalla y frunció los labios. El vídeo estaba desactivado. Pero las voces se recibían alto y claro.

—Sí.

—Me están vigilando. —Dedujo que se trataba de Lamont, decidió Eve, por su leve acento francés y el nerviosismo que tornaba su voz más aguda—. La *poli* ha estado aquí. Me están vigilando. Saben algo.

—Tranquilízate. Estás protegido. Esto no es algo de lo se pueda hablar por el comunicador personal. ¿Dónde estás?

—No pasa nada. Estoy a salvo. Me he escabullido hasta el asador de abajo de la calle. Me hicieron subir a la oficina y Roarke también se encontraba allí.

—¿Y qué les contaste?

—Nada. No me sacaron nada. Pero te digo una cosa, no pienso cargar yo con el muerto. Quiero largarme. Necesito más dinero.

—Tu padre se sentiría decepcionado.

—Yo no soy mi padre, y sé cuándo es el momento de abandonar. Te he proporcionado todo lo que necesitabas. Ya he terminado mi labor. Ahora quiero mi parte, esta noche, y me largo. Ya he cumplido con mi parte del acuerdo. Ya no me necesitas.

—No, tienes razón. Será mejor que finalices tu jornada como cualquier otro día. Nos pondremos en contacto después para indicarte dónde puedes recoger tu parte. Tenemos que seguir siendo cautelosos. Tu trabajo ha concluido, no así el nuestro.

—Dame lo que busco y por la mañana me habré esfumado.

—Nos ocuparemos de eso.

—El muy imbécil firmó su propia sentencia de muerte —masculló Eve y meneó la cabeza—. Codicia o estupidez.

Había otra llamada: Lamont reservando un compartimiento privado en un transporte interplanetario a Vegas II. Utilizó un nombre y un número de identificación falsos.

—Envía una unidad a su casa, Peabody. Me apuesto lo que quieras a que nuestro chico había hecho las maletas y lo tenía todo a punto para largarse.

La siguiente era una llamada entrante, una voz grabada, dándole instrucciones concisas.

Esquina de la Sexta con la Cuarenta y tres, a la una en punto.

—Investiga los números, Peabody —ordenó Eve al tiempo que tomaba la agenda del día.

—Ya estoy con el primero. Es un código privado.

—Utiliza mi número de autorización y consíguelo. Quien quiera que fuera el interlocutor no se dio cuenta de que Lamont llamaba desde su propio comunicador. Debió de dar por supuesto que se encontraba en una cabina pública, o de lo contrario, se habría llevado el aparato. Y aunque hubiera querido llevárselo, los agentes que vigilaban a Lamont ya estaban en la escena.

—El código está protegido —le dijo Peabody—. No van a liberarlo.

—Oh, claro que lo harán. —Eve sacó rápidamente su transmisor. Al cabo de treinta segundos tenía al jefe Tibble al aparato, y apenas dos minutos después, contaba con la autorización personal del gobernador.

—Colega, pero mira que eres buena. —Peabody se la quedó mirando con admiración—. Le has gruñido al gobernador.

—Va y me sale con la mierda esa sobre la ley de privacidad. ¡Políticos! —Apretó los dientes, flexionó y relajó los dedos mientras esperaba a que cayera el último muro de la burocracia—. Bueno, menudo gilipollas.

—¿Qué ocurre? ¿De quién se trata? —Peabody estiró el cuello para ver la información de la pantalla de Eve.

—Es la línea privada de B. Donald Branson.

—Branson. —La sangre abandonó el rostro de Peabody—. Pero Zeke... Anoche...

—Transmite esa llamada a Feeney, consigue que verifique la voz. Tenemos que saber si el que hablaba era Branson. —Se movía de prisa mientras impartía la orden—. Contacta con el vigilante apostado en la habitación de Clarissa —prosiguió mientras recorrían el pasillo a paso ligero—. Dile que nadie entre o salga de allí hasta que lleguemos.

Sacó su pequeño comunicador cuando se internaron en el frío de la calle.

—McNab, baja al despacho de Mira. Quiero que subáis a Zeke de nuevo. Enciérrale hasta que te vuelva a llamar.

—Zeke no sabe nada de Casandra, Dallas. Él nunca...

Eve le lanzó una breve mirada a Peabody cuando subieron al coche.

—Herramientas y Juguetes, Peabody. Me parece que estaban utilizando a tu hermano de alguna manera.

Capítulo dieciocho

Clarissa se había marchado. De nada serviría echar la bronca y atemorizar al guardia de servicio, pero Eve lo hizo de todos modos.

—La mujer le mira, le sonríe con lágrimas en los ojos, y le pide que le permita sentarse en los jardines. —Eve puso los ojos en blanco y le dio un capirotazo a la nota que Clarissa había dejado en su agenda—. Entonces se vale de su manido recurso de «¿puedes traerme una botellita de agua?» tal como hizo con Zeke y nuestro estúpido héroe corre a llevársela.

Se paseó alrededor de la sala de conferencias, esperando a que llevaran a Zeke.

—«¡Anda! ¿Pero adónde se ha ido?» Tardó treinta putos minutos en comunicarlo porque estaba convencido de que una cosita tan dulce como ella seguía por allí en alguna parte. ¿Pero se le ocurre mirar en su habitación? ¿Ve la conmovedora nota de despedida?

Eve volvió a desdoblarla mientras Peabody continuó prudentemente en silencio.

Lo siento, siento tanto lo sucedido. Fue culpa mía. Todo fue culpa mía. Por favor, perdónenme. Estoy haciendo lo mejor para Zeke. No pueden hacerle responsable de esto. Nunca podré mirarle de nuevo a la cara.

—Así que le deja a él sosteniendo la vela. ¡Qué bonito es el amor verdadero! —Pese a que Peabody guardaba silencio, Eve levantó una mano en alto y comenzó a repasar los hechos—. Zeke los oye pelear a través del conducto de ventilación del taller. Se trata de la casa de Branson, de su taller. El hombre sabe que Zeke está allí abajo. De acuerdo con Clarissa, estaba loco por evitar que se supiera que la pegaba. Así que, ¿por qué no arregló el conducto? El personal estaba compuesto por androides, por lo que no le preocupan. Pero ahora tiene a otro ser vivo en la casa.

—¿Crees que quería que Zeke lo oyera?

—Deduce, Peabody. Llevo desde anoche dándole vueltas a esto.

—¿Desde anoche? —Peabody se quedó boquiabierta—. Pero, Dallas, en el informe preliminar no hay nada que...

Se interrumpió, e hizo una mueca de dolor cuando Eve la fulminó con la mirada.

—¿Leíste mi informe preliminar, agente Peabody?

—Ponme las esposas y azótame —farfulló Peabody—. Es mi hermano.

—Me reservaré los azotes para más tarde. No, no mencioné nada en el informe preliminar porque mi preocupación principal era transcribir la historia de Zeke y exculparle. Pero todo el asunto apestaba a montaje. Hábil, organizado, bien ejecutado, pero un montaje, al fin y al cabo.

—No lo entiendo.

—Tú no puedes ver más allá de Zeke. Sigue los pasos. Atrajeron a Zeke desde el oeste. Me importa un huevo lo bueno que sea, podrían haber encontrado a alguien que realizara el trabajo sin tener que hacerle venir desde tan lejos. Pero le trajeron a él, a un tipo soltero, un naturista. Branson sacude a su esposa, pero deja que meta a un joven atractivo en la casa. Y le engañan para que realice un trabajo de carpintería cuando, según sospechamos, está dibujando planos para el mayor asedio terrorista que se conoce en la ciudad desde las Guerras Urbanas.

—Nada de esto tiene sentido.

—No de forma independiente, pero sí lo tiene cuando unes las piezas. Necesitaban un hombre de paja.

—Pero, por el amor de Dios, Dallas, Zeke lo mató.

—No lo creo. ¿Por qué no hemos hallado el cadáver? ¿Por qué esta mujer, intimidada y asustada, se las apaña para deshacerse de todo en menos de cinco minutos?

—Pero... ¿quién murió?

—Por esta vez, no creo que muriera nadie. Herramientas y Juguetes, Peabody. He visto diversos prototipos de androides que el departamento de I + D de Roarke está fabricando. No distinguirías la diferencia ni aunque los mirases con atención. —Echó una ojeada cuando entró Zeke, seguido por la doctora Mira.

—¿Doctora?

—Zeke es paciente mío, y se encuentra en un estado de considerable ansiedad. —Mira lo acompañó con afecto hasta una silla—. Si crees necesario interrogarle, quiero estar presente.

—Zeke, ¿quieres que venga tu abogado? —preguntó Eve, y él se limitó a negar con la cabeza. La compasión amenazaba con salir a la superficie. Sabía de primera mano lo deprimente que podría resultar testificar. Encendió la grabadora y se sentó frente a él—. Solamente quiero hacerte unas preguntas. ¿En cuántas ocasiones has visto a Branson?

—Sólo lo vi dos veces. Una, a través de la pantalla del comunicador y la otra, anoche.

—¿Sólo una vez antes de anoche y fue vía imagen digital? —Pero el hombre sí había reconocido de inmediato a Zeke. Según se informaba, Branson estaba borracho como una cuba, pero había reconocido a Zeke nada más verle. «La puta y el chapuzas», había dicho el tipo según había citado Zeke—. Así que el contacto que mantuvisteis fue a través de Clarissa. ¿Cuánto tiempo pasabais juntos?

—No demasiado. Charlábamos cuando estuvo en Arizona. Almorzamos juntos un par de veces. —Alzó la vista rápidamente—. Fue algo inocente.

—¿De qué hablabais?

—Sólo de... cosas. De todo tipo de cosas.

—¿Te hacía preguntas sobre ti?

—Supongo, sí. Se mostraba tan relajada y feliz. No como aquí. Le gustaba que le hablara sobre mi trabajo, y le interesaba la cultura naturista. Decía que se asemejaba mucho a una religión apacible y agradable.

—Zeke, ¿se te insinuó ella?

—¡No! —Irguió los hombros—. No pasó así. Estaba casada. Sabía que estaba casada. Lo que sucede es que se encontraba sola. Entre nosotros surgió algo —dijo con tal asombro que a Eve se le encogió el corazón por el muchacho—. Fue instantáneo, y ambos lo sabíamos, pero no íbamos a hacer nada al respecto. Yo ignoraba cómo la trataba su marido, únicamente sabía que no era feliz.

—Anoche fue la primera vez que viste a Branson en persona. ¿Nunca bajó al taller, nunca te llamó para hablar sobre el proyecto?

—No, nunca bajó.

Eve se recostó. Estaba dispuesta a jugarse lo que fuera a que Zeke no había conocido aún a B. Donald Branson en carne y hueso.

—Es cuanto necesito por ahora. Zeke, vas a tener que quedarte aquí, en la Central.

—¿En una celda?

—No. Pero tienes que quedarte aquí.

—¿Puedo ver a Clarissa?

—Hablaremos de eso más tarde. —Eve se levantó—. El oficial te acompañará a la zona de esparcimiento. Me parece que hay una cabina para dormir a un lado. Creo que deberías tomarte un tranquilizante y descansar un rato.

—No tomo tranquilizantes.

—Yo tampoco. —Se ablandó lo suficiente para sonreírle—. Utiliza la cabina, de todos modos. Descansa un poco.

—Zeke. —Había tanto que Peabody quería decir, que deseaba hacer, pero se contuvo y le miró con gravedad—. Puedes confiar en Dallas.

—Subiré dentro de un minuto. —Mira le dio una palmadita en el brazo a Zeke—. Utilizaremos la meditación. —Aguardó hasta que entró el agente para acompañarle—. Las pruebas casi han finalizado y puedo darte una evaluación.

—No la necesito —la interrumpió Eve—. Es para el informe, no para mí. No se van a presentar cargos contra él.

Mira se relajó paulatinamente. Durante las últimas dos horas, la apariencia íntegra del muchacho se había deteriorado sensiblemente.

—Está sufriendo. La idea de haber segado una vida, aunque fuera de forma accidental...

—No fue accidental —la corrigió Eve—. Fue un montaje.

Si no me equivoco, B. Donald Branson está vivito y coleando, y lo más seguro es que esté con su esposa. No tengo tiempo para entrar en detalles —prosiguió—. Le echaste un vistazo a la declaración de Clarissa, visionaste la grabación.

—Sí. Se trata de un caso clásico de abusos y de autoestima destrozada.

—Clásico —convino Eve, asintiendo—. Igual que en los libros de texto. Idéntico, frase a frase, a un caso de estudio. No se le pasó nada por alto, ¿verdad?

—No sé de qué hablas.

—Sin amigos, sin respaldo familiar. Una mujer delicada y desvalida, dominada por un hombre mayor y más fuerte. Él bebe y la pega. La viola. Y ella lo soporta. «¿Adónde voy a ir, qué voy a hacer?»

Mira unió sus manos.

—Veo que su incapacidad para cambiar su situación te parece un signo de debilidad, pero eso no es algo en absoluto atípico.

—No, es muy típico. A lo que me refiero es a que es así como ha actuado. Engañó a Zeke, me engañó a mí, y te habría engañado a ti. Creo que la habrías pillado, y seguramente ella supuso lo mismo. Por eso se ha largado. Y cuando examinemos las finanzas de los Branson, te garantizo que el dinero también habrá volado.

—¿Y qué razón tendrían los Branson para fingir la muerte de B. Donald?

—La misma que tenían para urdir la del hermano. El dinero. La misma razón por la que lo programaron para desviar a parte del equipo del tema principal. Otra vez por dinero, con cierta dosis de venganza entremezclada. Los vincularemos con Apolo. Tarde o temprano, algo encajará en su lugar. Cuida de Zeke. Si estoy en lo cierto, podremos decirle que no mató a nadie. Pongámonos en marcha, Peabody.

—No consigo seguirte —le dijo Peabody—. No logro verlo con claridad.

—Lo harás cuando tengamos el resto de las piezas. Revisa esos informes financieros.

Peabody se esforzó por mantener el paso mientras bajaban hasta el garaje.

—Por Dios, Branson transfirió cincuenta millones, que es casi todo el líquido de la empresa, a una cuenta codificada extraplanetaria. Lo hizo anoche, dos horas antes de que Zeke...

—Revisa sus cuentas personales.

Peabody montó en el coche mientras trabajaba con una mano.

—Seis cuentas, con sumas en torno a veinte y cuarenta millones cada una. Las vació ayer.

—Unos bonitos ahorros para Casandra. —Mientras conducía, Eve contactó con Feeney directamente a su transmisor personal.

—Los registros de voz concuerdan —le dijo—. ¿Cómo vamos a arrestar a un tipo muerto?

—Estoy en ello. Investiga a Herramientas y Juguetes Branson; echa un vistazo a los androides que producen. ¿Tenemos la orden para pinchar las líneas de Monica Rowan?

—Ya están intervenidas. No hay nada por el momento.

—Mantenme informada —finalizó la transmisión—. Peabody, contacta con la policía de Maine, y pide que un coche patrulla pase por su domicilio. Deseo saber los secretos de Mónica.

A Lisbeth no le hizo la menor gracia ver a la policía ante su puerta. Miró fijamente a Eve e ignoró a Peabody.

—No tengo nada qué decirle. Mi abogado me ha aconsejado que...

—Ahórreselo. —Eve entró de un empujón.

—Esto es acoso. Una llamada a mi abogado y le quitarán la placa.

—¿Estaban unidos los hermanos Branson, Lisbeth?

—¿Disculpe?

—J. C. debió de hablarle sobre su hermano. ¿Qué opinión tenían el uno del otro?

—Eran hermanos. —Lisbeth se encogió de hombros—. Dirigían juntos una empresa. Tenían sus más y sus menos.

—¿Se peleaban?

—J. C. no se peleaba con nadie, de veras. —Algo parecido al dolor chispeó en sus ojos y no tardó en apagarse—. Discrepaban de cuando en cuando.

—¿Quién dirigía el cotarro?

—B. D. era quien se encargaba. —Lisbeth agitó una mano—. A J. Clarence se le daba mejor tratar con las personas, y disfrutaba francamente haciendo su aportación a nuevos proyectos. No le molestaba que B. D. llevara las riendas.

—¿Qué relación tenía con Clarissa?

—Le agradaba, naturalmente. Es una mujer encantadora. Creo que le intimidaba, en cierto modo. Ella es muy formal y distante, pese a ese aire de fragilidad que tiene.

—¿De veras? ¿Pero ustedes eran amigas?

—Teníamos un trato cordial. Después de todo, ambas manteníamos una relación con un Branson. Hacíamos vida social, con y sin ellos.

—¿Alguna vez le contó que B. D. la maltratara?

—¿Que la maltrataba? —Lisbeth prorrumpió en una breve carcajada—. Si el hombre la idolatraba. Solamente tenía que agitar las pestañas y ronronear, y B. D. se ponía a saltar.

Eve dirigió un vistazo fugaz a la pantalla de la pared y reparó en que estaba apagada.

—¿Hace días que no ve las noticias?

—Sí. —Volvió la cabeza y, por un momento, pareció cansada y tensa—. Me estoy ocupando de solventar algunos asuntos personales antes de ingresar en el centro de rehabilitación.

—¿Entonces no se habrá enterado de que B. Donald Branson fue asesinado anoche?

—¿Qué?

—Se cayó durante una pelea mientras pegaba a su esposa.

—Eso es ridículo. Es absurdo. No se le ocurriría ponerle la mano encima a Clarissa. Él la adora.

—Clarissa afirma que lleva años abusando físicamente de ella.

—Pues es un embustera —espetó Lisbeth—. Él la trataba como a una reina, y si dice lo contrario, miente descaradamente.

De pronto guardó silencio y se puso muy pálida.

—Usted no encontró las fotografías en su correo, ¿verdad, Lisbeth? Se las entregó alguien en quien confiaba... alguien que creía que se preocupaba por J. C.

—Yo... las encontré.

—No tiene sentido mentir para proteger a los Branson. Él está muerto, y ella se ha largado. ¿Quién le dio las fotografías de J. C., Lisbeth? ¿Quién se las dio y le dijo que él la engañaba?

—Vi las fotos. Las vi con mis propios ojos. J. C. estaba con esa puta rubia.

—¿Quién se las entregó?

—Clarissa. —Parpadeó una vez, dos, y las lágrimas comenzaron a brotar—. Ella me las trajo, y estaba llorando. Me dijo lo mucho que lo sentía. Me suplicó que no le contara a nadie que me las había dado ella.

—¿Cómo las consiguió?

—No le pregunté. Las vi y me volví loca. Me dijo que llevaba meses engañándome y que ya no podía seguir fingiendo que no sabía nada. Que no podía soportar que me hiciera daño y que J. C. arruinara su vida por una zorra barata. Sabía lo celosa que yo era, ella lo sabía. Cuando llegué a casa de J. C., él me lo negó. Me dijo que estaba loca, que no había ninguna rubia. ¡Pero yo lo había visto! Y lo siguiente que supe es que estaba cogiendo aquella taladradora. Ay, Dios mío. ¡Dios mío, J. C.!

Se derrumbó en la silla, lamentándose.

—Tráele un tranquilizante, Peabody. —La voz de Eve no denotaba compasión alguna—. Pediremos que venga un coche a recogerla. McNab puede tomarle declaración cuando haya recobrado la compostura.

—Sé que andamos escasos de tiempo. —Peabody subió de nuevo al coche—. Pero me siento como si fuera tres pasos por detrás.

—Branson está vinculado a Casandra. Clarissa está vinculada a Branson. Zeke está vinculado a Clarissa. Nos han hecho creer que ambos hermanos Branson tuvieron un final definitivo y violento con una semana de diferencia. Entretanto, las cuentas están vacías. Zeke vino libremente desde la otra punta del país para trabajar en casa de Branson, y en un par de días, se enzarza con éste a causa de Clarissa y supuestamente le mata. Pero Clarissa, con el pretexto de sentir miedo y preocupación por Zeke, se deshace del cuerpo.

»Ésa es la parte que me tenía descolocada, pero si un tipo te dice que ha matado a otro, normalmente lo crees. Seguimos sin tener cadáver, y nada en la programación del androide indica que le introdujeran órdenes para que se asegurara de que el cuerpo se hundiera. Los sensores del equipo de búsqueda no detectan nada, el cuerpo no flota, pero sabemos que fue arrojado al río.

—Los androides no flotan, y los sensores buscan carne, sangre y huesos.

—Veo que lo vas captando. Ahora, conectemos esos puntos. Zeke mató a un androide. Tenemos la declaración de Lisbeth de que nunca hubo palizas ni violaciones, y lo más probable es que, de lo contrario, ella habría estado al tanto. De no haberlo visto ella misma, J. C. se lo hubiera contado. Tenemos la coincidencia de que Zeke resulta estar en el sitio adecuado en el momento oportuno para escuchar las palizas y violaciones, entonces Clarissa recurre a él en busca de ayuda. Ya le ha investigado; sabe la clase de hombre que es, y casi con toda probabilidad actúa sutilmente para que él no lo vea como una provocación.

—Mi hermano no comprende a las mujeres —murmuró Peabody—. Sigue siendo prácticamente un crío.

—A ésta no la entendería aunque llegara a cumplir cien años. Tiró el anzuelo y pescó a su presa. Branson y ella se deshicieron del hermano, lo que me lleva a creer que no estaba implicado con el grupo Casandra. Se libraron de él porque era influyente. Me asignan el caso a mí y no quieren que investigue en profundidad, teniendo en cuenta la clase de conversación que acabé manteniendo con Lisbeth, así que se ponen en contacto conmigo por el asunto de los atentados. Volar la ciudad hará que pase a un segundo plano la negociación entre la defensa y la acusación, ya que sé que no puedo hacer nada al respecto para cambiar las cosas.

—¿Hubieran contactado con cualquiera que estuviera al frente del caso del homicidio de J. C. Branson? ¿Por eso se acercaron a ti? —reflexionó Peabody—. Pues ése ha sido su gran error.

—Que magnífica forma de hacerme la pelota, Peabody. Que manera tan elegante y sutil.

—He estado practicando.

—La arenga política no era más que una cortina de humo para distraer nuestra atención y hacernos perder el tiempo. Lo que les interesa es el dinero y el puro placer de la destrucción.

—Pero ya tienen dinero.

—Cuanto más, mejor. Sobre todo si has crecido huyendo, escondiéndote, puede que rozando la buena vida. ¿Qué te apuestas a que Clarissa Branson pasó sus años de formación en Apolo?

—Eso es mucho suponer, teniente.

—«Somos leales» —citó Eve mientras traspasaba la verja de seguridad hacia la zona de aparcamiento, que se encontraba bajo las oficinas de Roarke en el centro de la ciudad.

Peabody se quedó ligeramente embobada cuando entraron en el ascensor privado, pero a Eve le sonó el comunicador antes de que su ayudante pudiera realizar comentario alguno.

—¿Teniente Dallas? Le habla el Capitán Sully del Departamento de Policía de Boston. Las patrullas acaban de dar parte de un incidente en el domicilio de Mónica Rowan. La mujer ha sido víctima de lo que parece ser un chapucero robo con allanamiento de morada. Está muerta.

—Maldita sea. Necesitaré un informe detallado del incidente; máxima prioridad, capitán.

—Le informaré de cuanto pueda tan rápido como sea posible. Lamento no poder serle de más ayuda.

—También yo —murmuró Eve cuando finalizó la llamada—. ¡Maldita sea!, debería haber levantado un muro a su alrededor.

—¿Cómo ibas a saberlo?

—Ahora lo sé, aunque ya es un poquito tarde. —Salió del ascensor y pasó por delante de la eficiente ayudante de Roarke sin detenerse.

Aunque la eficiencia de la mujer prevaleció, pues Roarke abrió personalmente la puerta cuando Eve llegó.

—Teniente, no te esperaba en persona.

—Voy de camino. Estoy contra las cuerdas. —Le miró a los ojos, deseó poder decirle... deseaba hacerlo—. Las piezas están encajando y se nos acaba el tiempo.

—Entonces querrás tu cebo. —Roarke la miró a los ojos—. Supongo que el cebo son varios millones en bonos falsos... y que tú eres el anzuelo.

—Nos estamos acercando. Con un poco de suerte, podré poner fin a esto. Yo... Peabody, date un paseo —dijo sin volver la vista.

—¿Teniente?

—Que te des un paseo, Peabody.

—Ya me voy, teniente.

—Escucha... —comenzó Eve—. De verdad que voy apurada de tiempo, así que no puedo extenderme mucho. Siento lo de antes.

—Sientes que esté irritado.

—Vale, muy bien. Siento que estés irritado, pero tengo que pedirte un favor.

—¿Personal u oficial?

Oh, así que iba a ponerle las cosas difíciles. Adoptó una mirada seria y se le contrajo un músculo de la mejilla.

—Ambas cosas. Necesito todo lo que puedas encontrar sobre Clarissa Branson, todo. Y lo necesito a toda leche. No puedo pedírselo a Feeney, y aunque pudiera, tú lo harás más rápido y no dejarás rastro.

—¿Adónde quieres que te envíe la información?

—Llámame a mi unidad móvil personal y me lo pasas. No quiero que sepa que la estoy investigando.

—No lo sabrá. —Se dio la vuelta y cogió un amplio maletín de acero—. Tus bonos, teniente.

Eve trató de sonreír.

—No te preguntaré cómo los has conseguido tan rápido.

Roarke no le devolvió la sonrisa.

—Más vale que no lo hagas.

Ella asintió, levantó el maletín y se sintió desgraciada. No recordaba una sola ocasión en que hubieran estado cinco minutos juntos sin que Roarke la tocara de algún modo. Se había acostumbrado tanto a ello, dependía tanto de eso, que sintió la pérdida como si fuera un bofetón con la mano abierta.

—Gracias. Te... ¡A la mierda! —Le agarró del pelo, engullendo lo que para ella fue un gran trago de orgullo, y apretó fuertemente la boca contra la de su marido—. Nos vemos luego —farfulló, se dio la vuelta rápidamente y salió furiosa.

Roarke sonrió, ligeramente, y se fue hasta su escritorio para ocuparse del favor que ella le había pedido.

—¿Te encuentras bien, Dallas?

—Sí, joder. Estoy que te cagas. —Estaba vestida únicamente con una camiseta interior y unos vaqueros, hecho que avergonzaba levemente a Feeney tanto como a ella.

—Puedo llamar a una agente para que, esto... para que termine.

—Dios, no quiero que ninguna patosa de Detección Electrónica me manosee. Hazlo y punto.

—De acuerdo, está bien. —Se aclaró la garganta e hizo rotar los hombros—. Es un rastreador inalámbrico. Estará colocado justo sobre tu corazón. Imaginamos que te harán un escáner, así que vamos a cubrirlo con esta cosa; es igual que la piel. Lo utilizan con los androides. Si llegan a detectarlo, creerán que se trata de una imperfección de tu piel.

—Así que pensarán que tengo un grano en la teta. Vale.

—Ya sabes que Peabody podría encargarse de esto.

—Por Dios, Feeney. —Alguien tenía que dar el primer paso, de modo que se subió la camisa con impaciencia mientras mantenía la mirada fija por encima del hombro del Feeney—. Coloca esa maldita cosa en su sitio.

Pasaron cinco embarazosos minutos para ambos.

—Será... esto... será mejor que mantengas la camisa ahuecada durante un par de minutos, hasta que se seque la tira de piel.

—Cuenta con ello.

—Yo mismo me encargaré del rastreador. Podremos monitorizar tu posición a través del latido de tu corazón. Hemos manipulado este comunicador de pequeño tamaño. —Aliviado de que lo peor hubiera pasado, cogió el aparato de la mesa—. Lleva un micrófono de baja frecuencia para que no sea detectado por un escáner, pero el radio de alcance es una mierda. Tendrás que hablar pegada al micro para que te oigamos. No es más que un apoyo.

—Entiendo. —Eve se quitó su unidad de comunicación de la muñeca y lo sustituyó por el otro—. ¿Hay algo más que deba saber?

—Estamos apostando hombres por toda la Estación Central. No estarás sola. Nadie entrará hasta que tú lo indiques, pero allí estaremos.

—Me alegra saberlo.

—Dallas, un chaleco protector interferiría con el rastreador.

Eve le miró fijamente.

—¿No puedo llevar chaleco?

—Tú eliges. O el chaleco o el rastreador.

—Joder, de todas formas es muy probable que me disparen a la cabeza.

—¡Maldita sea!

—Estaba bromeando. —Pero se pasó la mano por la boca—. ¿Alguna pista sobre el objetivo?

—Nada por el momento.

—¿Has inspeccionado los androides de Herramientas y Juguetes Branson?

—Sí, tiene una nueva línea de cerebritos. —Esbozó una ligera sonrisa—. Con un nuevo revestimiento, además, muy similar a la piel. Pero son juguetes —agregó—. No he visto nada de tamaño humano.

—Eso no significa que no lo tengan. ¿Son capaces esos juguetes de representar una escena como la que tuvo lugar en casa de los Branson?

—Si midieran un metro ochenta en vez de quince centímetros, claro. Esos pequeños monstruitos te producen escalofríos.

—Es mi comunicador personal —dijo cuando oyó la señal—. Tengo que atender la llamada. Es privada.

—De acuerdo, estaré afuera. Estamos listos para ponernos en marcha cuando quieras.

Ya a solas, sacó su pequeño comunicador y conectó la modalidad privada, desplegando y colocándose los auriculares.

—Al habla Dallas.

—Tengo tu información, teniente. —Roarke entrecerró los ojos—. ¿Dónde está tu camisa?

—En alguna parte... Aquí. —La cogió y la levantó—. ¿Qué tienes?

—Se puede encontrar información sobre ella con solo indagar en los primeros niveles. Nacida en Kansas hace treinta y seis años, de padres profesores, y familia de clase media. Una hermana, casada y con un hijo. Estudió en el sistema educativo local y trabajó durante un breve periodo de tiempo como dependienta de una tienda. Se casó con Branson hace unos diez años y se mudó a Nueva York. Supongo que eso ya lo sabes.

—Quiero lo que hay debajo.

—Eso pensé. Los nombres de los padres que figuran en sus informes tienen, efectivamente, una hija llamada Clarissa, nacida hace treinta y seis años. Sin embargo, murió cuanto tenía ocho. Ahondando en los niveles, encontramos que esta niña fallecida tiene informes escolares y laborales y una licencia de matrimonio.

—Falsos.

—Sí, en efecto. Rebuscando en los archivos médicos de Clarissa Stanley se indica que hace años que dejó atrás los treinta y seis. Tiene cuarenta y seis. Rastreando la entrada de datos, parece que Clarissa renació hace doce años. Quién o qué fuera antes, ha sido borrado. Podría recuperar parte de dicha información, pero no sería rápido.

—Con esto me basta, por ahora. Ella quería una nueva identidad y quitarse diez años de encima.

—Si haces los cálculos, verás que habría tenido la misma edad que Charlotte Rowan cuando se destruyó el cuartel general de Apolo.

—Ya los había hecho, gracias.

—Dado que seguí tu mismo curso de pensamiento, fui un poco más lejos.

—¿Más lejos?

—Puede que algunos no estén de acuerdo —dijo y le lanzó una prolongada mirada—, pero, por lo general, las personas que mantienen una relación íntima tienen ciertos intereses en común y un conocimiento general sobre las ambiciones y actividades de su pareja.

Un sentimiento de culpa volvió a hacer presa en su pecho.

—Escucha, Roarke...

—Calla, Eve, por favor —dijo aquello de un modo tan amable que ella así lo hizo—. Dado que al parecer Clarissa puede tener estrechos vínculos con Rowan y con Apolo, investigué un poco a B. Donald. No encontré nada, salvo que ha realizado cuantiosas y, quizá, cuestionables contribuciones a la Sociedad Artemisa.

—¿Otra deidad griega?

—Sí, y es hermana gemela de Apolo. Dudo que encontremos información financiera al respecto. Pero, remontándome una generación, encontré que E. Francis Branson, el padre de B. D., contribuyó con cuantiosas sumas a esta misma organización. Además fue miembro activo durante un breve espacio de tiempo, de acuerdo con los archivos de la CIA. No sólo conocía a James Rowan, sino que trabajó con él.

—Lo que estrecha el vínculo entre los Branson y los Rowan. Branson creció con Apolo; igual que Clarissa. Se casaron y continúan por el mismo camino. Somos leales. —Tomó aire—. Gracias.

—No hay de qué. Eve, ¿es mucho el riesgo que estás a punto de correr?

—Contaré con apoyo.

—No te he preguntado eso.

—Nada que no pueda manejar. Te agradezco la ayuda.

—Es un placer.

En su garganta bullían las palabras, disparates en su mayoría. Y Feeney asomó la cabeza por la puerta.

—Tenemos que ponernos en marcha, Dallas.

—Sí, de acuerdo. Ya voy. Hora de marcharme —dijo, brindándole una media sonrisa a Roarke—. Nos vemos esta noche.

—Cuida de lo que es mío, teniente.

Eve sonrió de nuevo mientras se guardaba el comunicador personal. Sabía que Roarke no se había referido a los bonos.

Contar con refuerzos y con un rastreador no impidió que se sintiera sola y expuesta mientras se movía por entre el aplastante gentío de la Estación Central. Divisó a algunos policías cuyos rostros conocía. Sus ojos pasaron de largo sobre ellos, y viceversa, sin delatar interés alguno.

Los altavoces resonaban en lo alto, anunciando las llegadas y salidas de los transportes. Las unidades públicas de comunicación se encontraban abarrotadas de viajeros habituales haciendo llamadas a casa, a sus amantes o a sus corredores de apuestas.

Eve pasó por delante de ellos. Desde la furgoneta de vigilancia aparcada a dos manzanas de distancia, Feeney reparó en que el latido de su corazón era acompasado y regular.

Eve vio a los vagabundos que habían entrado para guarecerse del frío y a quienes la seguridad de la Estación no tardaría en echar de nuevo a la calle. Había vendedores despachando las noticias, en papel y en discos, así como recuerdos, bebidas calientes y cerveza fría.

Tomó las escaleras en vez de la cinta mecánica y bajó en dirección al punto de encuentro. Levantó el brazo como si fuera a retirarse el cabello y farfulló a su unidad de comunicación de pulsera:

—Saliendo del nivel principal hacia el punto de encuentro. Todavía no se ha establecido contacto.

Sintió temblar el suelo y escuchó el quejumbroso bramido de un tren de alta velocidad saliendo de la estación.

Se quedó parada en el andén, sujetando firmemente el maletín con una mano y dejando la otra a la vista. Si iban a cargársela, lo harían allí, con rapidez, aprovechando la multitud que aguardaba la llegada de su transporte. Uno de ellos la mataría, el otro le arrebataría el maletín, y ambos se perderían en medio de la confusión.

Eso es lo que ella haría, pensó Eve. Así es como ejecutaría el plan.

Vio a McNab por el rabillo del ojo, con un abrigo amarillo chillón, zapatos azules y gorro de esquí, sentado en un banco de la zona de espera mientras jugaba con una consola.

Imaginó que en esos momentos la estarían escaneando. Encontrarían que iba armada, algo que ya esperaban. Si tenía suerte, y Feeney era avispado, no detectarían el rastreador.

La cabina pública, que se encontraba a sus espaldas, comenzó a sonar con un sonido alto y estridente. Eve se giró y respondió sin dudar.

—Dallas.

—Tome el tren que se dirige a Queens. Compre el billete a bordo.

—Queens —repitió con la boca prácticamente pegada al minienlace de pulsera. La persona que llamaba ya había colgado—. Próximo tren en llegar —agregó.

Se dio la vuelta y se dirigió hacia las vías cuando comenzó el estrépito. McNab se guardó la consola en el bolsillo y se puso a caminar pausadamente detrás de ella. Contar con él había sido un acierto, pensó Eve. Nadie tenía menos aspecto de *poli* que McNab. Llevaba puestos unos auriculares, meneando ligeramente la cabeza y los hombros como si estuviera escuchando música que le animara a bailar. Su cuerpo se plantó junto al flanco de Eve como si de un escudo se tratase.

El aire que desplazaba el tren les alcanzó. El silbido se fue apagando y la gente comenzó a subir y a apearse del tren a empujones.

Eve no se molestó en intentar buscar asiento, sino que se sujetó a un agarradero de seguridad, afirmó los pies al suelo y se preparó para la salida.

McNab entró por la fuerza justo en el último momento y comenzó a canturrear entre dientes. Eve estuvo a punto de sonreír cuando reconoció una de las canciones de Mavis.

El viaje hasta Queens fue agobiante, caluroso y, afortunadamente, breve. Pero incluso tan corto paseo hizo que se sintiera agradecida de no ser una oficinista, condenada a tomar el transporte público día sí, día también.

Se apeó en el andén. McNab pasó por su lado sin inmutarse y se dirigió al interior de la estación.

A continuación enviaron a Eve al Bronx y luego a Brooklyn. Después le hicieron ir a Long Island y de nuevo a Queens. Decidió que iba a levantar los brazos en alto y a rogar que un disparo láser la atravesara si tenía que tomar un tren más.

Entonces los vio llegar. Uno por la derecha y el otro por la izquierda. Repasó la descripción del Manitas en su cabeza y decidió que se trataba de los dos tipos que se habían encargado de sus entregas y le habían arrancado la lengua.

Retrocedió, alejándose de la multitud de cansados viajeros habituales y reparando en que el equipo de dos hombres había adoptado una postura amenazante.

No iban a correr ningún riesgo, pensó Eve, y cuando uno de ellos se abrió rápidamente el abrigo para mostrar el lanzaexplosivos de la policía, supuso que tampoco tenían intención de hacer prisioneros.

Chocó intencionadamente con un hombre que esperaba detrás de ella, levantando la mano para simular que intentaba recobrar el equilibrio.

—Contacto establecido. Dos hombres. Armados.

—Teniente. —Uno de ellos deslizó la mano por su brazo—. Yo llevaré el dinero.

Dejó que la ayudara a recobrar el equilibrio. No se trataba de hombres, advirtió tras echarle un detenido vistazo. El Manitas tampoco se había equivocado en eso. Eran androides. Ni quiera desprendían olor.

—Recibirá el dinero cuando me digan el objetivo, y éste sea confirmado. Ése es el trato.

Él android sonrió.

—Tenemos nuevos términos. Nosotros nos llevaremos el dinero, mi compañero la cortará en dos aquí mismo, y el objetivo será destruido como celebración por la causa.

Eve vio a McNab abriéndose paso por la cinta mecánica como una exhalación al tiempo que mostraba el pulgar levantado, indicándole que el objetivo había sido localizado.

Eve se echó hacia atrás y con el maletín le asestó un fuerte golpe en las rodillas al androide que tenía a su espalda. Aprovechó el movimiento para agacharse y desplazarse a un lado, y a continuación lo agarró de los tobillos y lo hizo tambalear en el momento en que el androide se disponía a disparar. La ráfaga hizo un agujero del tamaño de un puño en el pecho de su cómplice. Eve se levantó súbitamente, pidiendo a voces a los civiles que se pusieran a cubierto, y aferrando fuertemente la mano del tipo con la que sujetaba el arma y retorciéndosela. El disparo siguiente impactó en el hormigón, su estela estuvo a punto de chamuscarle el pelo. Eve podía oír chillidos, pies tropezando y el atronador clamor de un tren que llegaba.

Eve impulsó su peso hacia atrás, derribando al androide junto consigo misma. Ambos rodaron por entre un tropel de ajetreados pies y personas que caían al suelo como si fueran bolos.

No logró llevar la mano hasta su arma, y la del androide se había perdido en medio de la estampida. Los oídos le pitaban a causa del ruido, y el suelo se sacudió bajo su cuerpo como si hubiera sido alcanzado por un trueno. El androide se puso en pie rápidamente; en su mano brillaba algo afilado y plateado.

Eve se arrastró hacia atrás, elevó las piernas y estrelló los pies contra su entrepierna. Él no se dobló en dos como habría hecho cualquier hombre, sino que se tambaleó hacia atrás, agitando los brazos como si fuera un molinillo para tratar de recuperar el equilibrio. Eve tomó impulso para ponerse en pie e intentó agarrar frenéticamente al tipo, pero falló.

El androide se precipitó a las vías y desapareció bajo la mancha plateada del tren en marcha.

—Por Dios, Dallas, no podía llegar. —McNab la asió del brazo, resollando y con la cara llena de verdugones rojos—. ¿Conseguiste algo?

—No. Maldita sea, necesitaba que uno de ellos continuara operativo. Ahora no nos sirven para nada. Pide que envíen una unidad de limpieza y control de masas. ¿Cuál es el objetivo?

—El Madison Square, están evacuando y desactivando los artefactos en este preciso instante.

—Larguémonos de Queens cagando leches.

Capítulo diecinueve

*L*a primera carga explotó exactamente a las ocho y cuarenta y tres, en la cubierta superior de la sección B del Madison Square. El encuentro, un partido de *hockey* entre los Rangers y los Penguins, se encontraba en su ferozmente disputado primer tiempo. Nadie había marcado y únicamente había producido un herido leve cuando un defensa del equipo atacante de los Penguins había cortado el avance de su oponente, golpeándole con el bastón a dos manos... un poco más arriba del pecho.

Se habían llevado de la cancha al defensa de línea de los Rangers, sangrando profusamente por la nariz y la boca.

Ya se encontraba en urgencias cuando estalló la bomba.

El Departamento de Policía y Seguridad de Nueva York había actuado con rapidez en cuanto fueron detectados los explosivos. El partido fue suspendido, y se anunció que se iba a proceder a la evacuación del estadio.

Las noticias fueron recibidas con abucheos, blasfemias y, procedente de la parte del estadio ocupada por los seguidores de los Rangers, con una lluvia de papel higiénico y latas de cerveza reciclados.

Los hinchas de la ciudad de Nueva York se tomaban el *hockey* muy a pecho.

Pese a ello, la marea de agentes y oficiales uniformados habían logrado evacuar cerca del veinte por ciento de los asistentes del Madison Square de un modo más o menos ordenado. Según se había informado, tan sólo cinco policías y doce civiles habían sufrido heridas de carácter leve. Y solamente se habían realizado cuatro detenciones por agresión y conducta inmoral.

La estación de Pennsylvania, que se encontraba bajo el estadio, estaba siendo desalojada con tanta rapidez como era posible, desviando todos los transportes entrantes y salientes.

Ni siquiera el oficial más optimista esperaba sacar a todos los mendigos y personas que dormían en las aceras, refugiándose en la estación en busca de calor, pero se hizo el esfuerzo de llevar a cabo una batida por puntos habituales y escondrijos.

La gente no tardó en captar la situación cuando explotó la bomba, vomitando acero, madera y los restos del borracho que había estado dormitando en el suelo de las gradas entre las localidades 528 y 530.

Atravesaron las salidas como si de una marea embravecida se tratase.

Cuando Eve llegó a la escena, daba la sensación de que el grandioso edificio antiguo vomitara personas.

—Haz lo que puedas —le gritó a McNab—. Aleja a estas personas de aquí.

—¿Qué vas a hacer tú? —le respondió a gritos entre alaridos y sirenas. Trató de agarrarla de la chaqueta, pero sus dedos se escurrieron—. ¡No puedes entrar ahí! ¡Por Dios bendito, Dallas!

Pero ella ya se encontraba abriéndose camino a empujones y golpes entre la presión de cuerpos que salían.

En dos ocasiones la aplastaron con la suficiente fuerza para hacer que le pitasen los oídos mientras pugnaba por apartarse de las puertas y de las frenéticas prisas por escapar.

Subió hacia el tramo de escaleras más próximo, trepando por encima de los asientos del mismo modo en que la gente lo hacía para ponerse a salvo. Por encima de su cabeza podía ver uno de los equipos de emergencias sofocando de manera efectiva diversos focos de fuego. Los asientos a pie de pista no eran más que astillas humeantes.

—¡Malloy! —vociferó a su transmisor—. Anne Malloy. Confirma tu posición.

Las palabras le llegaron entrecortadas debido a las interferencias provocadas por la electricidad estática.

—Tres... desactivadas... detectadas diez...

—Tu posición —repitió Eve—. Confirma tu posición.

—Equipos desplega...

—Maldita sea, Anne, dame tu posición. Aquí no hago nada. —No hago nada, pensó, observando a la gente abrirse camino con uñas y dientes hasta las salidas. Vio a un niño salir disparado de la multitud igual que el jabón que escapa de entre los dedos mojados, trastabillando al levantarse y estampándose de morros sobre el hielo.

Volvió a maldecir sin piedad y saltó por encima de la barandilla. Cayó al suelo a cuatro patas, deslizándose sobre el hielo como loca hasta que se frenó con las punteras de las botas. Agarró al niño por el cuello de la camisa y lo arrastró consigo lejos de la multitud descontrolada.

—Llevamos cinco hasta ahora. —Le llegó la voz de Anne con mayor claridad ahora—. Aquí lo estamos consiguiendo. ¿Cuál es el estado de la evacuación?

—No sabría decirlo. Joder, esto es igual que un manicomio. —Eve se pasó bruscamente la mano por la cara y vio que tenía la palma manchada de sangre—. Cincuenta por ciento evacuado aquí arriba. Tal vez más. No tengo contacto con el equipo de Pennsylvania. ¿Dónde narices estás?

—Me desplazo hacia el sector dos. Estoy en el subsuelo de la estación. Saca a esos civiles.

—Tengo a un niño conmigo y está herido. —Lanzó una mirada al chaval que llevaba bajo el brazo. Estaba blanco como la pared y tenía un fuerte golpe en la frente del tamaño del puño de un bebé, pero respiraba—. Lo sacaré y volveré.

—Llévatelo de ahí, Dallas. El tiempo se acaba.

Eve logró ponerse en pie, resbaló y se agarró torpemente a la barandilla.

—Saca a tus hombres, Malloy. Aborta la operación y sal ya.

—Seis desactivadas; quedan cuatro. Tengo que aguantar. Dallas, si la cagamos aquí abajo, nos podemos despedir de la estación Pennsylvania y del Madison Square.

Eve se cargó el niño al hombro tal y como haría un bombero y se dirigió a las escaleras.

—Sal de ahí, Anne. Salva vidas, y no un maldito edificio.

Cruzó a trompicones por entre los asientos, apartando a patadas bolsas, abrigos y comida que la gente había dejado.

—Siete, nos quedan tres. Vamos a conseguirlo.

—¡Por el amor de Dios, Anne! ¡Mueve el culo!

—Ése es un buen consejo.

Eve parpadeó para retirar el sudor de sus ojos y vio a Roarke en el preciso momento en que éste cogía al niño de su hombro.

—Sácale afuera. Me voy a por Malloy.

—¡Y una mierda!

Fue lo más que acertó a decir antes de que el suelo comenzara a sacudirse. Vio cómo se resquebrajaba la grieta en la pared que tenían a sus espaldas y aferró a Eve de la mano.

Saltaron de la tribuna y corrieron hacia la puerta donde los policías, ataviados con el equipo protector, empujaban, prácticamente arrojaban, a los últimos civiles al exterior. Eve sintió que los tímpanos se le contraían un instante antes de oír la explosión. La barrera de ardiente calor los golpeó desde atrás. Sintió que sus pies perdían contacto con el suelo y que la cabeza le daba vueltas a causa del estruendo y del sofoco. Y la fuerza de la gigantesca onda expansiva les lanzó al otro lado de la puerta. Algo caliente y pesado se derrumbó detrás de ellos.

La supervivencia era ahora primordial. Lograron ponerse en pie sin soltarse las manos, y continuaron avanzando a ciegas mientras sobre ellos caía una lluvia de rocas, vidrio y acero. El aire estaba saturado de sonidos: el quejido del metal, el estrépito del acero, el estruendo de la piedra al caer.

Eve tropezó con algo y vio que se trataba de un cuerpo atrapado debajo de una plancha de hormigón tan ancha como su cintura. Le ardían los pulmones y tenía la garganta anegada de humo. Puños de cristal, afilados como diamantes, cayeron sobre ellos, propulsados por unas atroces explosiones secundarias.

Cuando su visión se aclaró, pudo ver lo que parecían cientos de rostros conmocionados, montañas de humeantes cascotes y demasiados cadáveres como para contarlos.

Entonces el frío viento azotó su cara y supo que estaba viva.

—¿Estás herido? —le gritó a Roarke, sin ser consciente de que sus manos permanecían unidas.

—No. —De algún modo, todavía tenía al niño inconsciente sobre su hombro—. ¿Y tú?

—No, creo que no... No. Llévalo hasta una ambulancia —le dijo a Roarke. Se detuvo, resollando, dio media vuelta y parpadeó. Desde el exterior, el edificio no mostraba grandes desperfectos. Salía humo de las aberturas dentadas que antes habían sido las puertas, y las calles estaban cubiertas de cascotes carbonizados y retorcidos, pero el Madison Square Garden continuaba en pie.

—Desactivaron todas menos dos. Sólo dos. —Pensó en la estación de abajo; en los trenes, los pasajeros y los vendedores. Se limpió la suciedad y la sangre de la cara—. Tengo que volver y ver la situación.

Roarke mantuvo su mano firmemente sujeta. Había vuelto la vista cuando salieron despedidos por la puerta. Y lo había visto.

—Eve, no queda nada a lo que volver.

—Tiene que haberlo. —Se zafó de él—. Algunos de mis hombres están dentro. Tengo personas ahí. Lleva al niño a una ambulancia, Roarke. Ha sangrado mucho.

—Eve... —Vio la expresión de su cara y lo dejó estar—. Te esperaré.

Eve cruzó de nuevo la calle, evitando pequeños focos de llamas y de piedra humeante. Ya podía ver a los saqueadores corriendo alegremente por el barrio y rompiendo ventanas. Agarró a un agente uniformado, viéndose obligada a sacar la placa cuando éste se la sacudió de encima y le dijo que moviera el culo.

—Lo siento, teniente. —Tenía la cara mortalmente blanca y los ojos vidriosos—. El control de masas es una mierda.

—Reúna un par de unidades y detened el saqueo. Comience a ampliar el perímetro y establezca algunos sensores de seguridad. ¡Tú! —llamó a otro agente—. Despeje la zona para que los equipos médicos atiendan a los heridos y comience a apuntar nombres.

Continuó la marcha, obligándose a impartir órdenes y a poner en marcha los procedimientos rutinarios. Para cuando estuvo a tres metros del edificio, supo que Roarke no se había equivocado. No quedaba nada a lo que volver.

Vio a un hombre sentado en el suelo, con la cabeza entre las manos, y lo reconoció como miembro del equipo de Bombas y Explosivos gracias a la banda amarilla fluorescente que cruzaba su chaqueta.

—Oficial, ¿dónde está su teniente?

Él alzó la vista y Eve vio que estaba llorando.

—Había demasiadas. Todo estaba sembrado de bombas.

—Oficial. —Su respiración tendía a entrecortarse y el corazón le palpitaba fuertemente. No debería dejar que eso le sucediera—. ¿Dónde está la teniente Malloy?

—Nos ordenó salir cuando quedaban las dos últimas. Sólo se quedaron dos hombres y ella. Únicamente quedaban dos bombas. Desactivaron una. Oí a Snyder gritarlo por los auriculares, y la teniente les dijo que despejaran el área. La última les estalló. La última maldita bomba.

Bajó la cabeza y se puso a llorar igual que un niño.

—Dallas. —Feeney llegó a la carrera y sin aliento—. Me cago en todo lo que se menea, cuando llegué me fue imposible acercarme a menos de media manzana. No conseguía escuchar una mierda por el transmisor.

Pero había escuchado el latido de su corazón, alto y fuerte, y aquello le había mantenido cuerdo.

—Dios bendito. —Se agarró con la mano a su hombro mientras miraba hacia la entrada—. ¡Madre de Dios!

—Anne... Anne estaba allí adentro.

La mano de Feeney se tensó sobre su hombro, y entonces la rodeó con el brazo.

—¡Dios mío!

—Fui de los últimos en salir. Casi habían acabado. Le dije que saliera. Le dije que abortara la operación y que se fuera. No me hizo caso.

—Tenía que hacer su trabajo.

—Necesitamos al equipo de Búsqueda y Rescate. Tal vez...

—Sabía que aquello era imposible. Anne habría estado prácticamente encima de la bomba cuando ésta había explotado—. Tenemos que mirar. Tenemos que asegurarnos.

—Me ocuparé de ponerlo en marcha. Debería verte un médico, Dallas.

—Si no es nada. —Tomó aire y lo expulsó pausadamente—. Necesito su dirección.

—Nos ocuparemos de hacer lo que haga falta aquí y después te acompañaré.

Eve se dio la vuelta, sondeó los grupos de personas, los estragos causados en los coches que habían estado demasiado próximos al edificio, los pedazos destrozados de metal.

Y bajo las calles, en la estación, la situación sería peor, deliberó. Inimaginablemente peor.

Todo por dinero, pensó mientras el calor surgía de ella como si se tratase de un géiser. Todo por dinero, y en memoria de un fanático sin una causa justa, no cabía la menor duda.

Se juró que alguien iba a pagar por ello.

Transcurrió una hora antes de que regresara junto a Roarke. Él se encontraba de pie, con el abrigo ondeando al viento, mientras ayudaba a los servicios médicos a subir a los heridos a las ambulancias.

—¿Está bien el chico? —le preguntó Eve.

—Se pondrá bien. Encontramos a su padre. El hombre estaba aterrorizado. —Roarke alargó el brazo y le limpió una mancha de la mejilla—. Se dice que las bajas no son muchas. Muchos murieron a causa del pánico en la salida. Otros tantos lograron salir, Eve. El número de víctimas mortales que podría haber alcanzado el millar es, en estos momentos, de menos de cuatrocientas personas.

—Yo no puedo contar las vidas de ese modo.

—A veces es lo único que puede hacerse.

—Esta noche he perdido a una amiga.

—Lo sé. —Sus manos se elevaron para tomar su rostro entre ellas—. Y lo siento mucho.

—Tenía marido y dos hijos —apartó los ojos y clavó la mirada en la noche—. Estaba embarazada.

—¡Dios mío! —Eve meneó la cabeza cuando Roarke se disponía a atraerla contra sí.

—No puedo. Me derrumbaré y no puedo hacerlo. Tengo que informar a la familia.

—Te acompañaré.

—No, es un asunto policial. —Se llevó las manos a los ojos y las retuvo ahí durante un momento—. Nos ocuparemos Feeney y yo. No sé cuándo llegaré a casa.

—Me quedaré aquí un rato más. No les vendrá mal otro par de manos.

Eve asintió y se dispuso a darse la vuelta.

—¿Eve?

—Sí.

—Ven a casa. Lo necesitarás.

—Sí. Claro que iré. —Se marchó en busca de Feeney y para armarse de valor para comunicar unas noticias que destrozaban las vidas de los familiares.

Roarke dedicó dos horas más a trabajar con los heridos y con aquellos que no cesaban de llorar. Pidió que les llevaran toneladas de café y sopa a la zona; una de las necesidades que el dinero podía costear. Pensó en Eve mientras los cadáveres eran trasladados al de por sí saturado Instituto Forense, y en cómo día tras día se enfrentaba a las exigencias de la muerte.

La sangre; la pérdida; el olor de ambas cosas parecía arrastrarse sobre su piel y colarse debajo de ella. Eve vivía con eso.

Dirigió la mirada al edificio, a los daños y los destrozos ocasionados. Eso podría arreglarse. No eran más que piedra, acero y cristal, y tales cosas podrían reconstruirse con tiempo, dinero y sudor.

Roarke sentía la necesidad de poseer edificios como aquél. Símbolos y estructuras. Lo hacía para obtener beneficios, sin duda, pensó mientras alargaba el brazo para coger un trozo de hormigón. Por negocios y por placer. Pero no le era necesario mantener una sesión con Mira para comprender por qué un hombre que había pasado su infancia en sucios cuartuchos con goteras y ventanas rotas sentía la necesidad de poseer. De preservar y construir.

Una debilidad humana que resarcir, supuso, y que se había transformado en poder.

Poseía el poder para asegurarse de que aquello fuera reconstruido, de que recobrara su antiguo ser. Podía dedicar dinero y esfuerzos a tal fin y verlo como una especie de justicia.

Y Eve velaría por los muertos.

Se dio la vuelta y se marchó a casa, a esperar a su esposa.

Eve condujo a casa en medio del frío húmedo y gélido previo al alba. De camino a la zona residencial se vio rodeada de carteles brillantes y parpadeantes. «Compra esto y sé feliz. Mira esto y emociónate. Ven aquí y asómbrate.» La vida en Nueva York continuaba su curso.

El vapor se desprendía de los puestos de comida ambulante, manaba de las alcantarillas y salía expelido del maxibús que se detuvo a recoger pasajeros diseminados que habían trabajado el turno de noche.

Algunas prostitutas, obviamente desesperadas, exhibían su mercancía y atraían la atención de los viajeros.

—Te ofrezco un sexo, tío. Por veinte pavos en metálico o en créditos echarás el polvo de tu vida

Los viajeros subieron con desgana al autobús, demasiado cansados para pagar por sexo barato.

Eve vio a un borracho recorrer la calle a trompicones, meneando su litrona de cerveza como si de una batuta se tratase. Y a un grupo de adolescentes reuniendo dinero para comprar perritos de soja. Cuanto más descendían las temperaturas, más se incrementaban los precios.

Así era la filosofía del libre comercio.

Se detuvo abruptamente junto a un bordillo y se inclinó sobre el volante. El agotamiento había dado paso a un estado de crispada energía nerviosa y pensamientos enloquecedores.

Había conducido hasta una ordenada casita en Westcherster y pronunciado las palabras que habían desgarrado a una familia destrozada. Le había comunicado al marido que su esposa estaba muerta, y había escuchado llorar a los niños por una madre que jamás volverían a ver.

Luego se había marchado a su oficina y se había encargado de escribir y rellenar los informes. Y se había ocupado de vaciar la taquilla de Anne porque aquello era algo que debía hacerse.

Y después de todo eso, pensó, podía atravesar la ciudad, ver las luces, la gente, los negocios que se realizaban y las inmundicias, y sentirse... viva, comprendió.

Éste era su lugar; con su suciedad y sus dramas, con su fulgor y su lado desagradable. Putas y chaperos; insatisfechos y gente de dinero. El pulso nervioso de la ciudad corría por sus venas.

Formaba parte de ella.

—Señora. —Un puño mugriento golpeó la ventanilla—. Oiga, señora, ¿quiere comprar una flor?

Eve miró la cara que se asomaba a través del cristal. Era

LEAL ANTE LA MUERTE

un rostro anciano y bobalicón, y la suciedad incrustada en sus arrugas era indicio de que no había visto una pastilla de jabón en diez años.

Bajó la ventanilla.

—¿Tengo aspecto de querer comprar una flor?

—Es la última. —Esbozó una sonrisa desdentada y levantó un patética flor marchita que supuso sería una rosa—. Le haré un buen precio. Se la dejo en cinco pavos.

—¿Cinco? Ponga los pies en la tierra. —Se dispuso a desembarazarse del hombre y a subir la ventanilla. Y entonces se encontró rebuscando en el bolsillo—. Tengo cuatro.

—Muy bien. —Echó mano a los créditos y le ofreció la flor antes de marcharse arrastrando los pies apresuradamente.

—Y ahora a la tienda de licores más cercana —masculló Eve y se apartó del bordillo con la ventanilla bajada. Aquel hombre tenía un aliento asombrosamente fétido.

Condujo hasta casa con la flor sobre el regazo. Y al cruzar las verjas, vio las luces que Roarke le había dejado encendidas.

Después de cuanto había visto y hecho aquel día, la sencilla bienvenida que suponían aquellas luces en la ventana estuvo a punto de hacerla llorar.

Entró sin hacer ruido, y subió las escaleras tras arrojar la chaqueta sobre el remate de la baranda. Allí se respiraba paz y elegancia. La madera estaba pulida y los suelos relucían.

También formaba parte de eso, pensó.

Y cuando le vio esperándola, supo que Roarke también era parte de su ser.

Llevaba puesto un batín y tenía el volumen de la televisión bajo. Nadine Furst informaba de la noticia, y mostraba un aspecto pálido y feroz en el lugar de la explosión. Vio que Roarke había estado trabajando, revisando informes bursátiles, acuerdos complejos, lo que fuera que hiciera, en el ordenador del dormitorio.

Se sintió tonta y se escondió la flor a la espalda.

—¿Has dormido?

—Un poco. —No se acercó a ella. Eve parecía completamente exhausta, como si pudiera romperse con el más leve contacto. Tenía los ojos lastimados y una expresión frágil—. Tienes que descansar.

—No puedo. —Acertó a esbozar una media sonrisa—. Estoy de los nervios. No tardaré en calmarme.

—Eve. —Se acercó a ella, pero continuó sin tocarla—. Te pondrás enferma.

—Estoy bien. De veras. Durante un rato me sentí como si me hubieran dado una paliza, pero ya ha pasado. Me derrumbaré cuando esto acabe, pero ahora estoy bien. Tengo que hablar contigo.

—De acuerdo.

Le rodeó, cambiando la flor de sitio para que no la viera, se acercó a la ventana y se quedó mirando hacia la oscuridad.

—Intento averiguar por dónde empezar. Han sido un par de días nefastos.

—Ha sido duro hablar con los Malloy.

—¡Dios mío! —Apoyó la frente contra el cristal—. Lo saben. La familia de un policía lo sabe en cuanto nos ve aparecer ante su puerta. Viven con eso día y noche. Lo saben nada más verte, pero se cierran en banda. En sus caras puedes ver que son conscientes de ello y que se niegan a creerlo. Algunos simplemente se quedan ahí, de pie, otros no te dejan decir palabra... comienzan a parlotear, entablan conversación, se dedican a moverse de un lado a otro mientras recogen la casa. Es como si, al no pronunciar las palabras, al no decir nada, no fuera real.

—Entonces lo dices, y se vuelve real.

Se volvió de nuevo hacia él.

—Tú vives con eso.

—Sí. —Mantuvo la mirada clavada en la de Eve—. Supongo que así es.

—Lo siento. Siento mucho lo de esta mañana. Yo...

—Eso ya lo has dicho. —Esta vez, cuando fue hasta ella, la tocó, posando tan solo una mano en su mejilla—. No tiene importancia.

—Sí que la tiene. Claro que importa. Tengo que hacerte comprender esto, ¿vale?

—De acuerdo. Siéntate.

—No puedo, simplemente, no puedo. —Levantó las manos, frustrada—. Tengo todo esto revolviéndose en mi interior.

—Pues deshazte de ello. —La detuvo tomando su mano y levantando la flor—. ¿Qué es eso?

—Creo que es una flor mutante muy enferma. La he comprado para ti.

Ver a Roarke sorprendido era algo tan raro que estuvo a punto de echarse a reír. La mirada de Roarke buscó la suya y Eve pensó, esperó, que lo que había visto en sus ojos antes de que él volviera a bajar la vista y se pusiera en pie fuera atónito placer.

—Creo que es algo bastante tradicional. Después de una pelea, se regalan flores y se le compensa al otro por ello.

—Querida Eve. —Tomó la flor del tallo. El frío había provocado que los bordes del capullo mostraran un aspecto ennegrecido y rizado. El color era una mezcla entre el amarillo de un moratón que ya desaparece y el orín—. Me fascinas.

—Bastante patético, ¿eh?

—No. —Esta vez posó la mano en su mejilla, hundiéndola en su cabello—. Es adorable.

—Si su olor se asemeja al del tipo que me la vendió, puede que quieras que la fumiguen.

—No lo estropees —le dijo suavemente, y le rozó los labios con los suyos.

—Es lo que hago... lo estropeo todo. —Retrocedió de nuevo antes de sucumbir y aferrarse a él—. No lo hago a propósito. Y esta mañana hablaba en serio, aunque eso te cabree. Creo que normalmente los *polis* estamos mejor solos. Qué sé yo, como si fuéramos una especie de curas, para que así no nos llevemos el pecado y la pena a casa.

—Yo también tengo unos cuantos pecados y penas a mis espaldas —dijo con firmeza—. Ya te han salpicado un par de veces.

—Sabía que te cabrearías.

—Así es. Dios mío, Eve, eso me duele.

Eve abrió la boca y volvió a cerrarla trémulamente otra vez.

—No pretendía hacerte daño. —Ignoraba que pudiera causarle dolor. Lo cual formaba parte del problema, comprendió. De su problema—. No tengo esa facilidad con las palabras que tienes tú. Carezco de ella, Roarke, y punto. Las cosas que me dices... o que piensas... te veo pensarlas y... se me para el corazón.

—¿Acaso crees que amarte hasta la locura me resulta fácil?

—No. No creo que lo sea. Lo que creo es que debería ser imposible. No te mosquees. —Se apresuró a continuar al ver la peligrosa chispa en sus ojos—. No te enfades todavía. Deja que acabe.

—Pues haz que merezca la pena. —Dejó la flor—. Porque estoy muy harto y muy cansado de tener que justificarle mis sentimientos a la mujer que es dueña de ellos.

—No consigo mantenerme equilibrada. —Oh, cómo odiaba admitirlo, cómo odiaba decirle aquello en voz alta al hombre que con tanta frecuencia y facilidad era el causante de que su equilibrio se tambalease—. Recobro el equilibrio, y durante un tiempo lo mantengo, y comprendo que así es como soy ahora, como somos ahora. Y luego, algunas veces, simplemente te miro y me tambaleo. Y se me hace imposible respirar a causa de todos estos sentimientos que se agolpan y se aferran a mi garganta. No sé qué hacer, cómo enfrentarme a ello. Pienso «estoy casada con él. Llevamos casados casi seis meses, y todavía hay ocasiones en que entra en la habitación y el corazón me da un vuelco.»

Exhaló de forma un tanto temblorosa.

—Eres lo mejor que me ha pasado. Eres lo que más me importa en esta vida. Te quiero tanto que me da miedo, y supongo que de poder elegir, no cambiaría nada. Y, bueno..., ahora ya puedes cabrearte, porque he acabado de hablar.

—Como si me hubieras dejado alguna opción. —Vio que los labios de Eve esbozaban una sonrisa nerviosa y se acercó a ella. Deslizó las manos hasta sus hombros y por su espalda—. Yo tampoco tengo otra opción, Eve. Ni querría tenerla.

—No nos vamos a pelear.

—Me parece que no.

Continuó con los ojos clavados en los de Roarke mientras tiraba del cinturón de su batín.

—He acumulado energía por si tenía que pelearme contigo.

Roarke bajó la cabeza y le mordisqueó el labio inferior.

—Sería una lástima desperdiciarla.

—No voy a desperdiciarla. —Lentamente, le hizo retroceder hacia la cama, subir los llanos escalones de la plataforma—. He atravesado la ciudad y me he sentido viva. —Le despojó del batín y le mordió en el hombro—. Voy a demostrártelo.

Cayó sobre la cama encima de él y su boca fue como una fiebre. La frenética explosión de energía le recordó la primera vez que habían pasado juntos en esa cama, la noche en que había arrojado toda precaución y control por la ventana y le había dejado que la llevara allá adonde ambos necesitaban ir.

Ahora sería ella quien le llevara, con manos ágiles y toscas y labios ardientes y voraces. Tomó exactamente lo que quería, y lo tomó todo.

La luz grisácea y tenue que se filtraba por la claraboya bañaba su cuerpo. La visión de Roarke se tornó borrosa, pero la observó mientras lo aniquilaba. Delgada, ágil, feroz; en su piel comenzaban a aflorar los moratones causados durante aquella noche infernal como si se tratasen de las medallas de un guerrero.

Los ojos de Eve brillaban mientras se afanaba en hacer que ambos alcanzaran el éxtasis.

Una y otra vez se abatió sobre su cuerpo, acogiéndole en su interior, rodeándole, con la piel perlada de sudor y la respiración entrecortada.

Arqueó el cuerpo hacia atrás, consumida por el placer. Roarke la agarró de las caderas, pronunció su nombre y dejó que le cabalgara.

Eve tenía la piel resbaladiza a causa del sudor cuando se derrumbó encima de él, cuando se fundió con él. La rodeó con los brazos y la sostuvo así, con la mejilla de Eve descansando sobre su pecho.

—Duérmete un rato —murmuró.

—No puedo. Tengo que ir a la Central.

—Llevas veinticuatro horas sin dormir.

—Estoy bien —respondió y se incorporó—. Casi mejor

que bien. Necesitaba esto más que dormir... De veras, Roarke. Y si crees que me vas a obligar a tragarme un sedante, piénsatelo dos veces.

Se bajó de encima de él y se levantó.

—Tengo que mover el culo. Ya me echaré una siesta en la Central si me da tiempo.

Buscó una bata con la mirada, y tomó la de él.

—Necesito que me hagas un favor.

—Éste es un buen momento para pedirlo.

Le miró y esbozó una amplia sonrisa. Roarke parecía saciado y satisfecho.

—Seguro que sí. En cualquier caso, no quiero que Zeke continúe encerrado en la comisaría como hasta ahora, pero necesito tenerlo vigilado un poco más de tiempo.

—Mándamelo aquí.

—Ah... podría dejar mi coche aquí si me llevo uno de los tuyos. Trabajar en él le daría algo con qué mantenerse ocupado.

Roarke giró la cabeza y la observó.

—¿Tienes pensando involucrarte hoy en algún derrumbe o explosión?

—Nunca se sabe.

—Pues llévate el que quieras menos el 3X-2000. Sólo lo he conducido una vez.

Eve comentó algo acerca de los hombres y sus juguetes, pero Roarke se sentía benevolente, y no le dio ninguna importancia.

Capítulo veinte

*A*preciado camarada,

Somos Casandra.

Somos leales.

Estamos seguros de que has estado viendo a las malditas marionetas de los medios de comunicación liberales informar sobre los incidentes acaecidos en la ciudad de Nueva York.

Nos repugna escuchar sus lloriqueos y lamentos. Pese a que nos divierte que condenen la destrucción de los patéticos símbolos de su ciegamente oportunista sociedad, que mantiene al país bajo su yugo, nos enfurece su declaración simplista y predecible sobre el tema.

¿Dónde está su fe? ¿Dónde su comprensión?

Continúan sin entender, sin comprender qué somos y qué queremos de ellos.

Esta noche hemos golpeado con la cólera de los dioses. Esta noche hemos observado a las ratas carroñeras. Pero esto no es nada, nada, comparado con lo que haremos.

Nuestro adversario, la mujer a quien el destino y las circunstancias estimaron oportuno que nos enfrentemos en nuestra misión, ha resultado ser problemática. Es diestra y fuerte, si bien no nos sentiríamos satisfechos con menos.

Es cierto que, gracias a ella, hemos perdido cierta retribución monetaria, con la cual, comprendemos, habías contado. No te preocupes por eso.

Disponemos de una estado financiero solvente, y le chuparemos hasta la última gota de sangre a esta apática ciudad antes de que hayamos terminado con ella.

Debes confiar en que concluiremos lo que hemos empezado. Tu fe y tu compromiso con la causa no deben desfallecer. Pronto, muy pronto, caerá el símbolo más preciado de su corrupta y quejumbrosa nación.

Está prácticamente hecho.

Pagarán una vez que lo hayamos llevado a cabo.

Nos veremos, en persona, dentro de cuarenta y ocho horas. Los documentos necesarios están en orden. La próxima batalla se librará y ganará en este lugar, nos ocuparemos de llevarla a cabo personalmente. Él lo hubiera esperado. Él lo hubiera exigido.

Prepárate para la próxima fase, querido camarada. Pues pronto nos reuniremos contigo para beber a la salud de quien nos puso en este camino. Para celebrar nuestra victoria y preparar el escenario para nuestra nueva república.

Somos Casandra.

Peabody se dirigió con paso firme a la sala de conferencias. Acababa de dejar a Zeke y se sentía un tanto temblorosa a causa de la conversación que habían mantenido con sus padres a través del comunicador. Ambos había insistido en que se quedaran en el Oeste, aunque por razones distintas.

Zeke no podía soportar la idea de que le vieran en las presentes circunstancias. No se encontraba en una celda, pero poco faltaba.

Peabody, por su parte, estaba empeñada en exonerar a su hermano de toda culpa y que retomara de nuevo su vida a su manera.

Pero su madre se había esforzado por no llorar, y su padre había mostrado un aspecto aturdido e impotente. Tardaría mucho en sacarse la imagen de sus rostros de la cabeza.

El trabajo era la solución, decidió. Desenmascarar a esa puta mentirosa y asesina de Clarissa. Y después romperle su escuálido cuello igual que si fuera una ramita.

Entró en la sala de conferencias con esa violencia bullendo bajo su uniforme almidonado y vio a McNab.

«¡Joder!», fue lo único que le cruzó por la cabeza, y se dirigió directamente a por un café.

—Llegas temprano.

—Me figuré que tú también lo harías. —No sólo eso, además había calculado lo que pretendía hacer, y dio el primer paso acercándose a la puerta y cerrándola—. No vas a darme la patada sin una explicación.

—No tengo por qué darte explicaciones. Queríamos acostarnos, y lo hemos hecho. Y sanseacabó. ¿Han llegado los informes del laboratorio?

—Yo diría que no hemos terminado. —Debería ser así, sabía que debería serlo. Pero llevaba días sin dejar de pensar en ese rostro cuadrado y severo y en su cuerpo asombrosamente sensual. Semanas. Dios, quizá meses. Sería él mismo quien dijera cuándo se había acabado.

—Tengo cosas más importantes en la cabeza que tu ego, McNab. —Bebió un sorbo de café de forma pausada—. Como, por ejemplo, mi cita semestral con el dentista.

—¿Por qué no te guardas tus lamentables insultos hasta que tengas un surtido mejor? No funcionan. He tenido tu cuerpo debajo del mío.

Y encima, pensó. Y alrededor y dentro.

—«He tenido» son las palabras clave. Tiempo pasado.

—¿Por qué?

—Porque así son las cosas.

Se acercó a ella, quitándole la taza de la mano y dejándola de golpe.

—¿Por qué?

El corazón de Peabody comenzó a palpitar con fuerza. Maldita sea, se suponía que no debía sentir nada.

—Porque así es como quiero que sea.

—¿Por qué?

—Porque habría estado junto a Zeke de no haber estado revolcándome contigo. Y si hubiera estado con él, hace un momento no habría tenido que decirles a mis padres que mi teniente está intentando exonerarle de un cargo por homicidio.

—Eso no es culpa tuya, ni mía. —Le sacó de quicio que la respiración de Peabody comenzara a agitarse. Le asustaba mortalmente que pudiera echarse a llorar—. Es culpa de los Branson. Y Dallas no permitirá que él cargue con el muerto. Contrólate, Dee.

—¡Debería haber estado con él! Debería haber estado con él y no contigo.

—Estuviste conmigo. —La tomó de los brazos, y le propinó una rápida y sorprendente sacudida—. No puedes cambiarlo. Y quiero que estemos juntos de nuevo, Dee. No hemos terminado.

Y la besó, con una rabia impotente, con incontrolable lujuria y una desconcertante confusión que le devoraban por dentro. Peabody dejó escapar un gemido, algo a medio camino entre la desesperación y el alivio. Y le devolvió el beso con toda la violenta ira, necesidad y desconcierto que bullían en sus entrañas.

Eve entró en la sala y se detuvo en seco.

—¡Por Dios bendito!

Ambos estaban demasiado ocupados tratando de devorarse el uno al otro como para escucharla.

—Joder. —Se apretó los ojos con los dedos, esperando en parte que desaparecieran antes de que los fulminara con la mirada. No hubo tal suerte—. Separaos. —Hundió las manos en los bolsillos y trató de ignorar el indiscutible hecho de que McNab tenía las manos pegadas al culo de su ayudante—. ¡He dicho que os separéis!

El grito sí tuvo el efecto deseado y ambos se separaron de un salto como si alguien hubiera introducido un resorte entre sus cuerpos.

—¡Vaya!

—A callar —les advirtió Eve—. No digáis ni una palabra. Sentaos y cerrad el pico. Me cago en todo lo que se menea, Peabody. ¿Dónde está mi café?

—Café. —Peabody parpadeó con la vista desenfocada y la sangre hirviendo en su interior—. ¿Café?

—Ahora mismo. —Eve señaló el autochef y acto seguido echó un vistazo a su pequeña unidad de pulsera de forma efectista—. Ya estáis de servicio. Lo que aquí haya sucedido antes de este instante es cosa vuestra. ¿Queda claro?

—Ajá, por supuesto. Escucha, teniente...

—Cierra el pico, McNab —le ordenó—. No quiero discusiones, explicaciones ni cualquier imagen verbal sobre las actividades a las que te dedicas en tu tiempo libre.

—Tu café, teniente. —Peabody lo dejó sobre la mesa y le lanzó una inequívoca mirada admonitoria a McNab.

—¿Y los informes del laboratorio?

—Voy a revisarlos ahora mismo. —Inundada de alivio, Peabody se fue apresuradamente hasta una silla.

Llegó Feeney. Las bolsas bajo sus ojos corrían el peligro de desbordarse por debajo de su nariz. Peabody se levantó de nuevo al verle y preparó más café.

Él tomó asiento y le agradeció el gesto con una ligera inclinación de cabeza.

—Los equipos de emergencias han logrado bajar hasta el punto de la última explosión, la última localización conocida de Malloy. —Se aclaró la garganta, alzó su taza y bebió—. El escudo protector parecía estar en su lugar, pero la carga detonó. Han dicho que fue muy rápido.

Nadie dijo nada durante un momento, luego Eve se puso en pie.

—La teniente Malloy era una buena policía, que es lo mejor que puede decirse de cualquier persona. Murió cumpliendo con su deber y tratando de darles tiempo a sus hombres para que se pusieran a salvo. Nuestro deber es encontrar a los responsables de su muerte y encerrarlos.

Abrió el informe que había llevado, sacó dos fotografías y se desplazó a los tablones para colocarlas donde correspondían.

—Estos son Clarissa Branson, alias Charlotte Rowan, y B. Donald Branson. No pararemos —dijo Eve, girándose con los ojos brillantes y fríos—, no descansaremos hasta que estas dos personas estén entre rejas o muertas. Peabody, los informes del laboratorio. McNab, quiero un informe de los transmisores de Mónica Rowan. Feeney, necesito entrevistar de nuevo a Zeke. Puede que si te ocupas tú, pulses algún botón que a mí se me haya pasado por alto. Podría haber oído o visto algo, que pueda darnos una pista de dónde buscar.

—Me encargaré de ello.

—Y quiero, también, otro asalto con Lisbeth Cooke. Ocúpate tú. Si puedes sacar tiempo, seguramente puedas sonsacarle algo más si vas a su casa y juegas a ser su paño de lágrimas.

—¿Es una llorona, esa mujer? —Quiso saber Feeney.

—Podría ser.

Feeney dejó escapar un suspiro.

—Me llevaré pañuelos a porrillo.

—Tiene que haber un rastro —prosiguió Eve, escudriñando los rostros de su equipo—. Dónde se escondieron; adónde irán a continuación; dónde y cuándo darán el siguiente golpe. Ya sabrán que estamos investigando a Apolo y probablemente sepan que hemos descubierto, o que no tardaremos en descubrir, que Clarissa es la hija de James Rowan.

Se volvió nuevamente hacia el tablón y clavó en él otra foto.

—Esta es la madre de Charlotte Rowan. Creo que fue su hija quien dio la orden de ejecución. Si eso es cierto, tened claro que nos enfrentamos a un individuo que posee una mente fría y calculadora. Una actriz consumada a quien no le importa mancharse las manos de sangre. Junto con su marido, ha ordenado o llevado a cabo el asesinato de cuatro personas, que nosotros sepamos, a una de las cuales le unían vínculos sanguíneos y otra era familia política, y es responsable de las muertes de cientos de personas mediante actos terroristas, que no son más que un chantaje encubierto para obtener cuantiosas cantidades de dinero.

»No dudará en matar de nuevo. No tiene conciencia, moral ni lealtad salvo para sí misma y para un hombre que lleva treinta años muerto. No se trata de una criatura que actúe por impulso, sino que es calculadora. Ha tenido treinta años para planear lo que se propone llevar a cabo. Y, por el momento, nos gana por goleada.

—Tú te has cargado a dos de sus androides —señaló McNab—. Y ella se ha quedado sin los bonos.

—Por esa misma razón va a atacar de nuevo, y con crueldad. El dinero forma parte del motivo, pero no lo es todo. El análisis de Mira indica que tiene un ego gigantesco, una misión y que es orgullosa. Debido a eso, ella es la mismísima Casandra. —Eve dio un toquecito a la foto con el dedo—. No sólo la mujer como tal, sino el concepto en sí. No se puede tratar o negociar con ella porque es una embustera, y disfruta haciendo el papel de diosa, adicta al poder y a la sangre. Cree en aquello que dice. Pese a que lo que dice sea mentira.

—Todavía contamos con todos los escáneres —apostilló McNab.

—Y los utilizaremos. El equipo de Bombas y Explosivos debe de estar destrozado, y querrán justicia para Anne. Se dejarán la piel en esto.

—El informe del laboratorio. —Peabody le tendió la copia—. Las muestras de sangre, piel y cabello de la chimenea de los Branson concuerdan con el ADN de B. Donald Branson.

Eve tomó el informe y advirtió la renovada preocupación en los ojos de Peabody.

—Han sido lo bastante listos para pensar en eso. Guardaron sangre, y ella dispuso de tiempo más que de sobra para colocar las otras muestras mientras fingía limpiar el tinglado.

—Todavía no han encontrado ningún cuerpo. —Peabody volvió la cabeza para observar a McNab mientras hablaba—. En estos momentos tienen buceadores allá abajo. —Movió los hombros—. Me mantendré en contacto.

La boca de Peabody estaba a punto de comenzar a temblar, pero consiguió reprimirse y asintió enérgicamente.

—Te lo agradezco.

—La policía de Maine me ha devuelto la unidad central de comunicación de la casa de Mónica Rowan —continuó—. Hallaron un montón de distorsionadores de voz y codificadores de red en la cocina. Los datos de los videodispositivos han sido bloqueados. Me ocuparé de descifrarlos.

—Que lo disfrutes. Yo me encargo de la casa de los Branson y de las oficinas. Si pasa cualquier cosa, quiero que me localicéis de inmediato. —Extrajo su transmisor con brusquedad cuando este sonó—. Aquí Dallas.

—Al habla el sargento Howard de Búsqueda y Rescate. Mis buzos han encontrado algo. Creo que querrá ver esto.

—Indíqueme su localización. Voy para allá. —Lanzó un vistazo hacia McNab. Peabody se acercó cuando éste se puso en pie.

—Teniente, sé que tienes motivos para excluirme de esta parte de la investigación, pero no creo que dichas razones sean válidas en este momento. Con el debido respeto, solicito acompañarte en calidad de ayudante.

Eve consideró aquello, y tamborileó los dedos sobre su muslo.

—¿Vas a seguir hablándome así? ¿De manera estirada y formal, utilizando frases largas y educadas?

—Si no consigo lo que quiero, sí, teniente.

—Me gustan las buenas amenazas —decidió Eve—. Te vienes conmigo, Peabody.

El viento soplaba emitiendo un siseo semejante al de un nido de serpientes furiosas, haciendo que se agitaran las sucias aguas del río. Eve se encontraba sobre el destartalado y mugriento muelle, helada hasta los huesos, cuando un miembro del equipo de Búsqueda retiró la sábana que cubría el cuerpo.

—Lo más probable es que no hubiéramos dado con esto de no habernos dicho que comenzáramos a buscar una máquina. E incluso sabiendo eso, hemos tenido suerte. No se creería lo que la gente tira a este río.

El hombre se acuclilló junto con ella.

—Tiene muchísimo mejor aspecto del que a estas alturas tendría una persona ahogada. No hay hinchazón ni descomposición. Los peces han hecho de las suyas, pero no les va lo sintético.

—Sí, tiene razón. —Eve podía apreciar las muescas y dentelladas allí donde los peces habían hincado sus dientes. Al parecer alguno le había sacado el ojo izquierdo antes de darse por vencido. Pero el buzo no se equivocaba; tenía muchísimo mejor aspecto que un ahogado.

Se parecía a B. Donald Branson: guapo y atlético, si bien notablemente más desaliñado. Le volvió la cabeza aplicando la yema de un dedo sobre la barbilla, seguidamente examinó el grave daño causado en la base posterior del cráneo.

—Pensé que los sensores estaban fallando cuando lo vi allí abajo. Nunca antes había visto un androide tan bien conseguido. De no ser por la mano jamás habría sabido que no se trataba de un cadáver reciente.

En algún momento la muñeca había recibido una herida lo bastante severa como para desgarrar el revestimiento de piel. La estructura, surcada de sensores y chips, asomaba con claridad a través de ella.

—Naturalmente, cuando lo hayamos sacado de aquí y le podamos echar un buen vistazo a la luz...

—Sí, habrá que analizarlo detenidamente. ¿Ha tomado fotografías?

—Oh, puede estar segura.

—Tomaremos algunas para incluir en el informe. Y necesitaré que lo metan en una bolsa sellada y que lo envíen al laboratorio. Grábalo desde todos los ángulos, Peabody.

Eve se levantó, haciéndose a un lado para llamar a Feeney.

—Voy a enviar el androide al laboratorio. Necesito que alguien de Detección Electrónica se ponga a trabajar con el equipo de esos cabrones. Quiero que se investigue su programación. ¿Podemos interconectarlo con nuestro sistema? ¿Obtener una recreación de la noche en que Zeke estuvo en casa de los Branson?

—Puede que sí.

—¿Podríamos profundizar lo suficiente para establecer un margen de tiempo para el programa y el programador?

—Es posible. ¿Son graves los daños?

Echó un nuevo vistazo mientras Peabody grababa el cráter del cráneo.

—Considerables.

—Haremos cuanto podamos. ¿Esto exculpa a Zeke?

—No existe ninguna ley que condene por la muerte de un androide. Podemos dejarlo en destrucción de propiedad, pero no creo que los Branson vayan a presentar ningún cargo.

Feeney sonrió.

—Buen trabajo. ¿Quieres comunicárselo tú?

—No. —Volvió a mirar a Peabody—. Que se entere por su hermana. —Se guardó el transmisor e hizo una señal a Peabody—. Hemos terminado aquí. Pongámonos en marcha.

—Dallas. —Se acercó y posó una mano sobre el brazo de Eve—. Estaba asustada cuando veníamos de camino. Temía que estuvieras equivocada. En el fondo sabía que aunque se tratara de Branson, sería un accidente tal y como había dicho Zeke. No habría ido a la cárcel, pero hubiera pagado por ello. Durante toda su vida.

—Ahora puedes decirle que no hay necesidad de que lo haga.

—Deberías ser tú quien se lo diga. Tenías razón —dijo antes de que Eve pudiera hablar—. Y eso tendrá mayor peso.

Zeke estaba encorvado hacia delante, con las manos colgando entre sus rodillas y la vista clavada en ellas como si éstas pertenecieran a un desconocido.

—No lo entiendo —repitió pausadamente, como si de nuevo aquella voz no fuera la suya y no acabara de salir de su boca—. Dices que era un androide que se parecía al señor Branson.

—No mataste a nadie, Zeke. —Eve se inclinó hacia él—. Lo primero de todo, métete eso en la cabeza.

—Pero se cayó. Se golpeó en la cabeza... había sangre.

—Esa cosa cayó al suelo, tal y como se le había ordenado que hiciera. Había sangre porque se la habían inyectado bajo la capa de piel. La sangre de Branson. La colocaron allí para hacerte creer que le habías matado.

—Pero ¿por qué? Lo siento, Dallas, pero esto es una locura.

—Forma parte de un juego. Él está muerto, y su aterrada y maltratada esposa, que ahora se encuentra huída, se encarga de hacer desaparecer el cuerpo convenientemente. Pueden adoptar la identidad que quieran, ir donde se les antoje, y disponen de un buen montón de pasta para ocultarse. Creyeron que tendrían mucho más para cuando descubriéramos esto. Si es que llegábamos a hacerlo.

—Él la golpeó. —Zeke levantó súbitamente la cabeza—. Yo lo oí... lo vi.

—No fue más que una representación, una actuación. Unos pocos moratones es un precio pequeño por ganar la partida final. Ya orquestaron la muerte del hermano de B. D. Necesitaban poder acceder al líquido de la empresa. Con el hermano muerto... tildado de maltratador y violador, tal como esperaban, iniciarían sus nuevas vidas. Él ha vaciado todas sus cuentas. Probablemente lo habríamos investigado como si fuera otro acto atroz que hubiera cometido. Pero han dejado cabos sueltos.

Zeke sacudió la cabeza y Eve trató de explicárselo rápidamente al tiempo que luchaba por controlar su impaciencia.

—¿Por qué iba a dejar un hombre como ése que su esposa se fuera a un spa al Oeste, que pasara tiempo sin nadie que la vigilara? Según lo que me dijo en la entrevista, él ni siquiera confiaba en ella como para dejarla salir a la puerta de su casa. Pero permite que te meta en la casa. Es un tipo irracionalmente celoso, pero le parece estupendo que un jovencito guapo pase todo el día en la misma casa que su esposa. Y ella casi no tiene voluntad ni para levantarse de la cama, pero no pierde el tiempo e introduce las órdenes a un androide a fin de que se deshaga del cadáver de su marido, y lo hace en el tiempo que tú tardas en llevarle un vaso de agua. Y todo mientras se encuentra en un estado de conmoción absoluta.

—Es imposible que esté implicada —susurró Zeke.

—Sólo así todo cobra sentido. Vivía con un hombre del que afirma que lleva casi diez años maltratándola, pero está dispuesta a dejarle por ti, alguien a quien apenas conoce... y todo después de mantener un par de conversaciones acerca de su situación.

—Nos enamoramos.

—Ella no es capaz de amar a nadie. Te utilizó, y lo lamento.

—Eso no lo sabes. —Su voz se tornó grave y fiera—. No puedes saber lo que sentíamos el uno por el otro. Lo que sentía por mí.

—Zeke...

Eve simplemente levantó los dedos de su pierna para impedir la protesta de Peabody.

—Tienes razón, no puedo saber lo que sientes. Pero sí sé que no mataste a nadie. Sé que la mujer que decía amarte te tendió una trampa para que cargases con las culpas. Sé que esa misma mujer fue responsable de las muertes de cientos de personas la semana pasada. Una de esas personas era amiga mía. Eso sí lo sé.

Se puso en pie y había comenzado a pasear por la habitación cuando entró Mavis igual que si fuera un torbellino.

—¡Hola, Dallas! —Con una deslumbrante sonrisa, el cabello arreglado en una explosión de rizos púrpuras y los ojos de un desconcertante tono cobrizo, Mavis abrió los brazos, haciendo volar los flecos color esmeralda de treinta centímetros de largo, que le corrían desde la axila hasta la muñeca—. ¡He vuelto!

—Mavis. —Eve se esforzó por cambiar el chip y pasar de la tristeza a lo absurdo—. Pensaba que no volverías hasta la semana que viene.

—Eso fue la semana pasada, hoy ya es la semana que viene. ¡Hey, Dallas, ha sido total! Hola, Peabody. —Sus ojos risueños aterrizaron en Zeke y se tornaron serios al tiempo que hacía una mueca de dolor. Incluso alguien que, como Mavis, albergara tal nivel de felicidad, podía sentir la ira y el dolor—. ¡Uf!, llego en un mal momento, ¿no?

—No. Es perfecto. Sal conmigo afuera un momento. —Eve meneó la cabeza, indicándole a Peabody que se ocupara de Zeke, y salió del despacho junto con Mavis—. Me alegro de verte. —Y, de pronto, se sintió más que alegre. Mavis, con su vestuario maravillosamente ridículo; su cabello, sometido a constantes cambios; y su genuino disfrute de la vida, era el antídoto perfecto para la tristeza.

—Me alegro muchísimo de verte. —Eve la estrechó en un feroz abrazo que hizo soltar unas risillas tontas a Mavis mientras le propinaba a Eve unas palmaditas relajantes en la espalda.

—¡Vaya! Pues sí que me has echado de menos.

—Claro que sí. Te he echado muchísimo de menos. —Eve retrocedió y le brindó una amplia sonrisa—. ¿Has montado una buena, no?

—Sí, ni que lo digas. —El angosto pasillo no impidió que Mavis girara tres veces en redondo sobre sus plataformas aerodeslizantes—. ¡Ha sido estratosférico, maravilloso, lo más de lo más! He venido a verte, pero mi próxima visita es Roarke, y supongo que debo advertirte que pienso darle un besazo en todos los morros.

—Sin lengua.

—Aguafiestas. —Mavis se echó los rizos hacia atrás, ladeando la cabeza—. Pareces echa polvo, agotada, completamente exhausta.

—Gracias, justo lo que me faltaba para animarme el día.

—No, lo digo en serio. Me he enterado de lo que sucede... no he tenido mucho tiempo para ver las noticias, pero lo que no he visto, lo he oído por ahí. No me creo toda esa mierda del resurgir de las Guerras Urbanas. ¿Quién iba a querer pasar el tiempo volando a la gente por los aires? Es tan, ya sabes, tan del siglo pasado. ¿Y bien, que está ocurriendo?

Eve sonrió y se sintió estupendamente al hacerlo.

—Ah, no mucho. Tan sólo que tenemos un cansino grupo terrorista que se dedica a volar edificios de renombre y a chantajear a la ciudad para que le paguen unos cuantos millones de pavos. Unos androides han intentado acabar conmigo, pero me los cargué. El hermano de Peabody ha venido desde Arizona, y se ha visto mezclado en todo esto porque se enamoró de una putilla mentirosa que pone bombas, y creyó que había matado a su marido por accidente. Pero sólo se cargó a otro androide.

—¡Ostras! ¿Eso es todo? Llevo un tiempo ausente. Suponía que estarías liada.

—Roarke y yo tuvimos una pelea, y luego una buena sesión de sexo desenfrenado como compensación.

El rostro de Mavis se iluminó.

—Eso está mejor. ¿Por qué no te tomas un descanso y me cuentas más sobre eso?

—No puedo. Estoy ocupada salvando a la ciudad de la destrucción, pero puedes hacerme un favor.

—Ya que me lo pides así. ¿Qué quieres?

—Se trata de Zeke, el hermano de Peabody. Necesito mantenerle vigilado. Nada de prensa ni contactos exteriores. Voy a mandarle a mi casa, pero sé que Roarke está ocupado, y no quiero que el pobre se quede con Summerset. ¿Puedes quedarte un rato y hacerte cargo de él?

—Claro. Leonardo está inmerso en unos diseños. Dispongo de mucho tiempo para hacer cosas. Puedo animarle en tu casa.

—Gracias. Llama a Summerset para que envíe un coche a recogerte.

—Apuesto a que me envía una limusina si se lo pido con amabilidad. —Encantada ante tal perspectiva, se volvió en dirección a la puerta—. En fin, preséntame para que Zeke sepa con quién va a entretenerse hoy.

—No. Peabody se encargará de las presentaciones. Él no

querrá verme en estos momentos. Necesita cabrearse con alguien... y yo soy ese alguien. Dile a Peabody que nos reuniremos en el garaje. Tenemos que hacer unas cuantas visitas.

—Has pasado unos días muy duros, Zeke. —Mavis se chupó el glaseado rosa de los dedos y contempló la posibilidad de comerse otro de los coquetos pastelitos que Summerset les había servido. «Control; gula», deliberó. «Control. Gula. Que sea gula», se decidió y cogió otro.

—Estoy muy preocupado por Clarissa. —Zeke se sentó y se sumergió en su desdicha.

—Mmm, hum.

Al principio, Zeke se había mostrado tímido con ella, de modo que Mavis se había visto forzada a sacarle cada palabra con sacacorchos. Así pues, se había pasado la primera hora parloteando acerca de la gira, de Leonardo, sazonándolo todo con pequeñas anécdotas sobre Peabody que habían traspasado sus defensas.

Mavis sintió una sensación de triunfo cuando le vio sonreír por primera vez. Había logrado hacerle hablar de su trabajo. Ella no comprendía nada en absoluto, pero había evidenciado su interés dejando escapar algunos sonidos, y no apartando sus brillantes ojos cobrizos de la cara de Zeke.

Se habían acomodado en el salón principal, frente al fuego que había encendido Summerset, anticipándose a su llegada. Y cuando el mayordomo les llevó té y pasteles, Zeke había aceptado una taza por educación. Para cuando Mavis le hubo sonsacado toda la historia a fuerza de encanto e insistencia, Zeke se había tomado ya dos tazas y tres pasteles.

Zeke se sintió mejor. Luego se sintió culpable por ello. Mientras estuvo retenido en la Central de Policía había tenido la impresión de que pagaba por sus crímenes, por no haber llevado a buen término su hazaña de rescatar a Clarissa. Pero allí, en esa hermosa casa, con el fuego crepitando y el cuerpo entibiado gracias al fragante té, era como si le recompensaran por sus pecados.

Mavis encogió las piernas bajo el trasero y se sintió tan cómoda como el gato que se desperezaba sobre el respaldo del sofá.

—Dallas te ha dicho que mataste a un androide.

Zeke se sobresaltó y dejó el té.

—Lo sé, pero no entiendo cómo puede ser eso posible.

—¿Qué te ha dicho Peabody?

—Me ha dicho que... que lo que sacaron del río era una máquina, pero...

—Puede que lo diga para hacer que te sientas mejor. —Mavis giró el cuerpo hacia él, asintió con los ojos desorbitados y colmados de ingenuidad—. Tal vez te esté encubriendo. ¡Ah, ya lo tengo! Está chantajeando a Dallas para que lo corrobore y que así puedas salir impune de todo.

La idea era tan absurda que Zeke se hubiera echado a reír. Pero estaba tan escandalizado que lo más que pudo hacer fue abrir los ojos como platos.

—Dee nunca haría eso. No podría.

—Oh. —Mavis frunció los labios en un mohín y seguidamente se encogió de hombros—. Bueno, pues imagino que debe haberte dicho la verdad, ¿no? Supongo que las cosas debieron pasar como ellas dicen, y que golpeaste a un androide que se parecía a ese cabrón de Branson. De lo contrario, Peabody estaría mintiendo y violando la ley.

Zeke no había atado cabos de ese modo con anterioridad. Ahora que Mavis lo había hecho, bajó la mirada y la clavó en sus manos. Los pensamientos se agolpaban en su cabeza.

—Pero si se trataba de un androide... Clarissa... Dallas cree que Clarissa lo orquestó todo. Tiene que estar equivocada.

—Quizá. Aunque raras veces se equivoca en este tipo de cosas. —Mavis se estiró exageradamente, pero mantenía los ojos fijos en Zeke. Comenzaba a comprenderlo, pensó. Pobre chico—. Digamos que Clarissa no sabía que era un androide. Pensó que realmente te habías cargado a su marido, y luego... Oh, eso no encajaría. —Frunció el ceño—. Me refiero a que, ¡vaya!, a menos que se deshicieran del cuerpo, la policía se hubiera dado cuenta enseguida de que era un androide. Fue ella quien se deshizo del cuerpo, ¿verdad?

—Sí. —En efecto empezaba a comprender, y el corazón de Mavis se agrietó igual que una cáscara de huevo—. Estaba... asustada.

—Sí, bueno, ¿quién no lo estaría? Pero si no hubiera ocultado el cuerpo, todo habría acabado aquella misma noche. Nadie habría pensado que Branson estaba muerto. La policía no hubiera perdido el tiempo y dado así la ventaja a Branson para desaparecer. Supongo, mmm... —Ladeó la cabeza—. Supongo que si Dallas no se hubiera imaginado que se trataba de un androide, jamás hubieran encontrado el cuerpo. Entonces todos creerían que el tipo era pasto de los peces, y que Clarissa había huido porque estaba demasiado flipada con toda la historia. ¡Caramba!

Se incorporó como si la idea acabara de ocurrírsele.

—Eso significa que de no ser porque a Dallas se le ocurrió esa posibilidad y no cejó hasta tener pruebas, se hubieran salido con la suya, y tú aún creerías que habías matado a un hombre.

—¡Dios mío! —Ya no sólo lo había comprendido, sino que el hacerlo había causado una explosión que le había arrancado las tripas de cuajo—. ¿Qué he hecho?

—Tú no has hecho nada, cielo. —Mavis bajó las piernas del sofá y se inclinó hacia delante para posar la mano sobre la suya—. Fueron ellos. Te endosaron un crimen. Lo único que hiciste fue ser quién eres. Un chico simpático que siempre piensa bien de los demás.

—Tengo que pensar en ello. —Se puso en pie, temblando.

—Claro. ¿Quieres echarte un rato? Esta casa cuenta con unas habitaciones de invitados alucinantes.

—No, yo... le dije a Dallas que me pondría con su coche. Eso es lo que haré. Pienso mejor cuando utilizo las manos.

—De acuerdo.

Le hizo ponerse el abrigo, se lo abrochó y le propinó un beso maternal en la mejilla. Cerró la puerta después de que saliera Zeke y se dio la vuelta, dejando escapar un chillido de sorpresa cuando vio a Roarke en las escaleras.

—Eres una buena amiga, Mavis.

—¡Roarke! —Esta vez dio un gritito y subió saltando las escaleras—. Tengo una cosa para ti. Dallas me dio permiso. —Con eso, le lanzó los brazos al cuello y le plantó un fuerte y ruidoso beso.

Para ser tan poquita cosa, menudo gancho tenía, pensó Roarke.

—Gracias.

—Pienso contarte hasta el último segundo de la gira. Pero tendrá que esperar, ya que Dallas me ha dicho que estarías ocupado.

—Por desgracia, así es.

—Así que se me ha ocurrido que Leonardo y yo podríamos invitaros a cenar... ¿Te parece bien la semana que viene? Será una especie de celebración para contaros y daros las gracias. Gracias, Roarke. Me diste la oportunidad de conseguir todo cuanto deseaba.

—Fuiste tú quien lo hizo posible. —Tiró de uno de sus rizos, observando, con cierta fascinación, cómo se estiraba y volvía a su posición inicial—. Tenía la esperanza de llevarme a Eve a ver tu último concierto en Memphis. Pero las cosas se complicaron.

—Eso he oído. Parecía estar hecha unos zorros. Supongo que puedes ayudarme a raptarla cuando cierre el caso. Iremos a ver a Trina para que le haga un tratamiento completo: relajación y sesión de belleza. Todo el repertorio.

—Será un placer.

—También tú pareces cansado. —Y no lograba recordar haber visto antes verdadera fatiga en sus ojos.

—Ha sido una noche espantosa.

—Tal vez Trina debiera encargase también de ti. —Su única respuesta fue un vago «hum», y Mavis sonrió—. Te dejo que vuelvas a lo que estabas haciendo. ¿Te parece bien que me dé un chapuzón?

—Diviértete.

—Eso siempre. —Bajó las escaleras alegremente, echó mano a su gigantesca bolsa y se encaminó hacia el ascensor que llevaba a la piscina de la casa. Pensaba llamar a Trina y concertar esas citas, incluyendo la terapia erótica.

Habida cuenta de que lo había probado con Leonardo, sabía que podía obrar maravillas.

Capítulo veintiuno

*E*ve examinó cada uno de los archivos y discos del despacho de Branson. El tipo había cubierto bien su rastro. Incluso los datos de su comunicador privado habían sido borrados. Se lo enviaría a Feeney, pero dudaba que encontrara algún dato informático en los archivos que el tipo hubiera pasado por alto.

Acorraló a la ayudante de Branson, luego al ayudante de J. C., pero no obtuvo de ellos otra cosa que sorpresa y confusión.

Branson había mantenido su lugar de trabajo al margen de todo, decidió.

Hizo una batida por los laboratorios, examinó los androides en desarrollo. Colocó otra pieza del rompecabezas en su lugar cuando el jefe del laboratorio, con el espíritu de la cooperación, le dijo que habían fabricado una réplica androide de cada uno de los hermanos Branson. Le explicó que lo habían hecho a instancias de Clarissa, algo que le pilló por sorpresa. Una petición personal, que no constaba en libros y registros.

Los prototipos habían sido acabados y enviados a la casa unifamiliar de los Branson tan sólo tres semanas atrás.

«Qué extraordinaria coincidencia», pensó Eve mientras deambulaba por la cadena de producción con sus ordenados estantes repletos de pequeños androides, bicicletas para niños y juguetes espaciales.

Tomó en sus manos una excelente reproducción de un arma aturdidora de la policía y sacudió la cabeza.

—Estas cosas deberían estar prohibidas. ¿Tienes idea de cuántos establecimientos de veinticuatro horas son asaltados al mes con una de estas réplicas?

—Yo tenía una cuando era niña. —Peabody sonrió con

nostalgia—. La llevé a escondidas y se la oculté a mis padres. En mi casa no se permitían juguetes violentos.

—Los naturistas tienen razón en eso. —Eve la dejó en su sitio, apartándose de la cadena y adentrándose en el laberinto de regalos. Comenzaban a flaquearle las fuerzas. Tenía la impresión de estar paseando a través de una cortina de agua—. Mierda, ¿quién compra estas cosas?

—A los turistas les encantan. Zeke ya se ha aprovisionado de llaveros, guantes e imanes.

La sección de Nueva York estaba repleta de reproducciones: llaveros, bolígrafos, figuras de acción, imanes y cajas de abalorios que abarrotaban tiendas y mostradores a disposición de los turistas voraces.

El Empire State Building, el Pleasure Dome, el edificio de las Naciones Unidas, la Estatua de la Libertad. El Madison Square Garden y el hotel Plaza, advirtió, frunciendo el ceño al ver la detallada reproducción del hotel dentro de una bola. La levantó, la agitó y cayó una lluvia de purpurina como si fuera confeti en la noche de Año Nuevo.

«¿Se trataba de un buen negocio o de una ironía?», se preguntó.

—Apuesto a que esa clase de cosas van a venderse ahora como rosquillas. —Peabody miró con un gesto sombrío el globo cuando Eve volvió a dejarlo en su lugar—. Un artículo estrella.

—La gente está enferma —decidió Eve—. Miremos en la casa. —Sentía los ojos llenos de arenilla a causa de la falta de sueño—. ¿Tienes algo en el bolso que me espabile?

—Sí, tengo unas pastillas autorizadas.

—Dame una, ¿quieres? Odio estas cosas, me ponen nerviosa. Pero estoy perdiendo la concentración.

Se tragó la pastilla que Peabody le dio, sabiendo que la energía artificial que ésta le iba a proporcionar la pondría de mal humor.

—¿Cuándo echaste la última cabezadita?

—Ni me acuerdo. Conduce tú —le ordenó Eve. Dios, odiaba ceder el control, pero tenía que elegir entre Peabody o el piloto automático—. Hasta que esta mierda haga efecto.

Se subió al asiento del pasajero, echó la cabeza hacia atrás y dejó que su cuerpo se relajara. Transcurridos cinco minutos, su organismo estaba a tope.

—¡Vaya! —Abrió los ojos de golpe—. Ahora sí que estoy despierta.

—Esto te dará más de cuatro horas, puede que seis. Luego, si no te acuestas, caerás redonda. Igual que un árbol después de ser talado.

—Si no rellenamos algunas de estas lagunas en un margen de cuatro o seis horas, más vale que me estrelle. —Por fin, con el cuerpo a cien por hora, contactó con McNab de Detección Electrónica—. ¿Conseguiste hacerte con el comunicador personal de Maine?

—Estoy con ello ahora. Tenía un distorsionador de clase A, pero nos estamos ocupando de eso.

—Llévame todo lo que tengas al despacho de mi casa. Si para las cinco no has conseguido ningún dato relevante, me traes la unidad entera. Ahórrame la llamada y dile a Feeney que le he enviado el comunicador personal de Branson. Lo han borrado, pero puede que logre conseguir alguna información.

—Si hay algo que obtener, lo haremos.

La siguiente llamada fue para Whitney.

—Capitán, he terminado en Herramientas y Juguetes Branson y voy de camino a su residencia.

—¿Algún progreso?

—Nada concreto por el momento. Sin embargo, sugiero que se tomen medidas para explorar y asegurar el edificio de Naciones Unidas. —Pensó en los bonitos y costosos *souvenirs*—. El siguiente objetivo de Apolo fue el Pentágono. Si Casandra sigue sus pasos, ese emplazamiento es la elección lógica. En cuestión de tiempo había una demora de varias semanas, pero no podemos arriesgarnos a que se ciñan al calendario impuesto por Apolo.

—Estoy de acuerdo. Tomaremos las medidas necesarias.

—¿Crees que se pondrán de nuevo en contacto? —preguntó Peabody cuando Eve cortó la transmisión.

—No cuento con ello.

Realizó una última llamada a la doctora Mira.

—Tengo una pregunta —comenzó tan pronto apareció en

pantalla el rostro de Mira—. Teniendo en cuenta el tono de las exigencias y el hecho de que dichas exigencias no se hayan cumplido. Y sumando a lo anterior el que los objetivos no fueran destruidos y que las pérdidas de vidas humanas hayan sido mínimas, ¿contactará Casandra nuevamente conmigo para jugar a las adivinanzas?

—Es poco probable. No has ganado las batallas, pero tampoco las has perdido. Sus objetivos no se han cumplido, mientras que los tuyos están cada vez más cerca de hacerse con cada caso. De acuerdo con tu informe, que acabo de terminar de leer, crees que ahora son conscientes de la línea de investigación que sigues. Conscientes de que conoces sus identidades y su pauta.

—¿Y su respuesta a eso sería...?

—Cólera, necesidad de ganar. Un deseo de restregarte una victoria total por las narices. No creo que se sientan obligados a avisar o a burlarse la próxima vez. En la guerra la única regla es que no hay reglas, Eve.

—Estoy de acuerdo. Tengo que pedirte un favor.

Mira trató de disimular su sorpresa. Eve raras veces pedía nada.

—Por supuesto.

—Zeke ya está al corriente de la trampa, de la implicación de Clarissa.

—Comprendo. Esto va a resultarle duro.

—Sí, no lo está llevando bien. Mavis está con él en mi casa, pero creo que no le vendría mal contar con tu consejo. Si es que tienes tiempo para hacerle una visita a domicilio.

—Haré un hueco.

—Gracias.

—No es necesario que me lo agradezcas —dijo Mira—. Hasta luego, Eve.

Satisfecha, Eve concluyó la llamada y la ojeada que echó le avisó de que habían llegado a la casa de los Branson. Peabody ya había aparcado.

—En marcha. —Entonces vio que Peabody se aferraba al volante, y que tenía los ojos anegados de lágrimas—. Ni se te ocurra —espetó—. Sécate las lágrimas.

—No sé cómo darte las gracias por pensar en él. Por pensar en él después de cómo se ha comportado y con todo lo que está pasando.

—Pienso en mí. —Eve abrió la puerta de golpe—. No puedo permitirme el lujo de que mi ayudante pierda la concentración a causa de la preocupación por un miembro de su familia.

—Claro. —Peabody, que no era tan tonta como para tragarse aquello, salió gimoteando del vehículo. Pero se había secado los ojos—. Cuentas con toda mi atención, teniente.

—Que siga siendo así. —Eve anuló el sello policial y entró en la casa—. Los androides han sido desactivados y están retenidos. —Pero se retiró la chaqueta hacia atrás de modo que pudiera acceder fácilmente a su arma—. Esto debería estar vacío, pero nos enfrentamos a personas que poseen tecnología punta y conocimientos de electrónica. Podrían haber atravesado el sello. Te quiero alerta mientras estemos aquí, Peabody.

—Completamente alerta, teniente.

—Comenzaremos por los despachos.

El de Branson era masculino, distinguido, decorado en tonos burdeos y verdes con madera oscura, butacas de piel y pesado cristal. Eve se detuvo en el umbral, sacudiendo la cabeza.

—No, es ella quien tiene la fuerza, quien lleva las riendas. —Su mente volvía a estar dolorosamente despejada—. No debería haber perdido el tiempo en la fábrica de su marido. Es ella quien manda.

Cruzó el vestíbulo y entró en el elegante ambiente femenino del despacho de Clarissa. Eve decidió que sala de estar era un término más adecuado para denominar aquella estancia en tonos rosas y marfil, con sus delicadas sillas con cojines en colores pastel. Sobre la repisa de mármol había una colección de bonitos jarroncitos, colmados de diminutas flores. Éstas mostraban un aspecto deslucido y marchito, y agregaban un aroma desagradable a la etérea fragancia del ambiente.

Había un sofá cama con un cisne blanco pintado en los cojines, lámparas con pantallas polarizadas y cortinas de encaje.

Eve fue hasta el pequeño escritorio de largas patas curvas y examinó el transmisor de pequeño tamaño y el ordenador.

La colección de discos resultó ser un conjunto de programas sobre moda y compras, unas pocas novelas, románticas en su mayoría, y un diario que hablaba de labores del hogar, más compras, citas de almuerzos y eventos sociales.

—Tiene que haber más. —Eve retrocedió—. Remángate, Peabody. Pongamos patas arriba esta escalofriante habitación.

—A mí me parece bastante mona.

—Cualquiera que viva rodeada de color rosa por todas partes debe estar mal de la olla.

Revisaron cajones, buscando debajo y detrás de estos. El pequeño armario contenía más suministros de oficina y una diáfana bata. Rosa, para no variar.

No hallaron nada, ni siquiera polvo, detrás de los cuadros a la acuarela con elegantes jardines como tema.

Entonces Peabody encontró el tesoro.

—Un disco. —Lo sostuvo en alto con aire triunfal—. Estaba dentro de este cojín que tiene un cisne pintado.

—Pongámoslo. —Eve lo insertó en la ranura y no le agradó en absoluto que se visionara sin impedimento alguno—. Lo oculta pero no se toma la molestia de codificarlo. Ay, no me lo trago.

Se trataba de un diario escrito en primera persona, detallando palizas, violaciones y abusos.

Le oí entrar. Pensé... creerá que estoy dormida, me dejará en paz. Hoy me había esmerado tanto por hacerlo todo bien. Pero cuando le oí subir las escaleras, supe que estaba borracho. Luego pude olerlo cuando se acercó a la cama.

Mantuve los ojos cerrados. Creo que dejé de respirar. Rogué que estuviera demasiado borracho para hacerme daño. Pero nadie escucha cuando uno reza.

«Te estás haciendo la muerta, pequeña.» Las palabras, la voz, el recuerdo hizo mella en Eve como si fueran colmillos. El olor a alcohol y a caramelo; las manos tironeando y magullando.

Le supliqué que parara, pero ya era demasiado tarde. Sus manos me apretaron la garganta para impedirme gritar, mientras me penetraba, me hacía daño, y sentía su aliento caliente en mi cara.

«No, por favor. No lo hagas.» A Eve no le había servido de nada suplicar. Agarrándole la garganta con las manos, sí. Apretando hasta que no veía más que puntos rojos, y sentía únicamente el dolor ardiente y desgarrado de otra violación. Con aquel aliento repugnante y dulzón sobre su cara.

—Teniente. Dallas. —Peabody le tomó la mano y la sacudió—. ¿Te encuentras bien? Estás muy pálida.

—Estoy bien. —Maldita sea. Necesitaba un poco de aire—. Es falso —acertó a decir—. Clarissa sabía que alguien lo encontraría durante la investigación. Examínalo todo, Peabody. Quiere que terminemos de leerlo.

Eve se acercó a la ventana y la abrió de par en par. Se asomó fuera, tenía que sacar la cabeza y respirar. El aire gélido le escoció las mejillas, raspó su garganta como si se tratara de trozos de hielo.

No regresaría al pasado, se prometió. No podía permitirse volver atrás. Se mantendría en el presente, dueña de la situación.

—Habla de Zeke —le dijo Peabody, alzando la voz—. Con un lenguaje amoroso bastante florido, continúa hablando de cuando lo conoció, de cómo se sentía al saber que iba a venir.

Alzó la vista, aliviada al ver que Eve había recuperado el color en su cara, pese a que sospechaba que no sólo se debía al azote del frío viento.

—Relata que bajó al taller; eso cuadra con lo que nos contó. Luego dice que se armó de valor gracias a él, y que por fin iba a abandonar a su marido. Se acaba cuando escribe que está haciendo las maletas y a punto de llamar a Zeke para empezar una vida de verdad.

—Se cubrió las espaldas. Si decidía no huir, tendría el disco, fechado y registrado, para respaldar su historia. Imagino que supuso que resultaría demasiado arriesgado someterlo a análisis.

—Esto no nos sirve de nada. Todo lo que hay escrito no es más que lo que uno esperaría encontrar si su historia fuera auténtica.

—Pero no lo es, así que hay más. Esto es una tapadera. —Eve cerró la ventana, dio media vuelta y comenzó a pasearse por la habitación—. Es la imagen... ¿cómo se dice?, una fachada. Bajo dicha fachada nos enfrentamos a una mujer fuerte, decidida y despiadada, que quiere que la traten como a una diosa. Con sobrecogimiento y temor. El color que la identifica no es el rosa. —Eve levantó un cojín de raso y lo arrojó—. Es el rojo; un rojo vivo e intenso. No se trata de una flor delicada. Ella es veneno: exótico, sensual, pero veneno al fin y al cabo. No habría pasado en esta habitación más tiempo del que hubiera tardado en amueblarla.

Eve se detuvo, esperando a que su mente acelerada aminorara el ritmo. «Malditos productos químicos», pensó. Cerró los ojos con lentitud.

—Entraría aquí, seguramente despreciando todas estas fruslerías. Una fachada falsa. Adornos de sociedad. Los odia. Le va lo atrevido, pero esto forma parte de la puesta en escena. Lleva años representando un papel. Esta habitación tiene como objeto mostrarle a la gente lo compasiva y femenina que es, pero no es aquí donde trabaja.

—El resto de la casa son habitaciones de invitados, aseos, salas de estar y cocina. —Peabody no se movió de donde estaba sentada, observando a Eve trabajar. Observando el funcionamiento de su mente—. Si no trabajaba aquí, ¿dónde si no?

—Cerca. —Eve abrió los ojos, examinó el pequeño armario—. El dormitorio principal se encuentra al otro lado de la pared, ¿no?

—Sí. La pared de enfrente está ocupada por enormes armarios vestidores de hombre y de mujer.

—Todos los armarios son grandes. Exceptuando éste. ¿Por qué conformarse con este rinconcito? —Se metió como pudo y comenzó a palpar la pared con los dedos—. Ve por el otro lado y métete en el armario. Golpea la pared. Da tres buenos golpes, y regresa.

Eve se puso en cuclillas mientras esperaba y sacó unas gafas de gran alcance amplificador del maletín en el que guardaba el equipo.

—¿Por qué he tenido que hacerlo? —preguntó Peabody una vez regresó.

—¿Has golpeado fuerte?

—Sí, teniente. Toc, toc, toc. Me duelen los nudillos.

—No he oído nada. Tiene que haber un mecanismo, un resorte.

—¿Una habitación secreta? —Peabody trató de verlo desde otra perspectiva—. Que rocambolesco.

—Retrocede, me estás tapando la luz. Tiene que estar aquí. Espera. ¡Joder! Dame algo con lo que pueda hacer palanca.

—Tengo algo. —Peabody hurgó en su bolso en busca de su navaja suiza multiusos, seleccionó el delgado abridor y se lo tendió a Eve.

—¿Fuiste una *girl scout*?

—Hasta que llegué a Scout Águila, señora.

Eve dejó escapar un gruñido, introdujo suavemente el abridor en la diminuta rendija de la reluciente pared de marfil. Se le escurrió dos veces antes de conseguir hacer cierta palanca, y profiriendo una maldición entre dientes, empujó con fuerza. La pequeña puerta se abrió, revelando un panel de control.

—Muy bien, vamos a intervenir esta cosa. —Se afanó por espacio de cinco escasos minutos, cambió el peso del cuerpo de una rodilla a la otra, se limpió el sudor de la cara y comenzó de nuevo.

—¿Por qué no dejas que pruebe, Dallas?

—No tienes más idea de electrónica de la que tengo yo. ¡A la mierda! Retrocede. —Se puso en pie, su hombro impactó solidamente contra la nariz de Peabody. Dispuso de un minuto para aullar y comprobar si sangraba antes de que Eve sacara el arma.

—Oh, teniente, no es necesario que...

Eve disparó a la cerradura de control. Los circuitos chisporrotearon, saltaron chispas, y el panel de marfil se abrió suavemente.

—¿Cuál era la contraseña que empleaban en los cuentos? Ábrete Sésamo. —Eve se adentró en un pequeño cuarto triangular, echando una ojeada al reluciente panel de control, el elegante equipo que le recordaba, con cierta incomodidad, al que Roarke tenía detrás de una puerta cerrada con llave—. Casandra operaba desde aquí —dijo.

Pasó los dedos por encima de los controles, probando con órdenes manuales y verbales. Las máquinas permanecieron en silencio.

—Estarán codificadas —murmuró—, y sin registrar, y probablemente contengan un par de trampas.

—¿Quieres que haga venir al capitán Feeney?

—No. —Eve se frotó la mejilla—. Cuento con un experto a sólo cinco minutos de aquí. —Sacó su comunicador personal y llamó a Roarke.

Roarke echó un vistazo al destrozado panel de control y meneó la cabeza.

—Sólo tenías que llamar.

—Eso he hecho, ¿no?

—Sí, pero la delicadeza tiene sus ventajas, teniente.

—La rapidez tiene sus ventajas. No quiero meterte prisa...

—Pues no lo hagas. —Se introdujo en el cuarto, dejando que sus ojos se adaptaran a la tenue iluminación—. Enciende tu linterna hasta que pueda poner en marcha los controles.

Roarke sacó del bolsillo una delgada linterna con forma de bolígrafo y, sentándose delante de los controles, la sujetó entre los dientes tal como haría un ladrón.

Eve vio que los ojos de Peabody acusaban reconocimiento y sospecha, y se interpuso entre ambos.

—Coge el coche y ve al despacho de mi casa. Prepárate para recibir la información. Enviaremos todo lo que encontremos aquí. Alerta al resto del equipo.

—Sí, teniente. —Pero estiró el cuello para mirar por encima del hombro de Eve. Roarke se había quitado la chaqueta y subido las mangas de su camisa de seda. El hombre tenía unos brazos espléndidamente definidos—. ¿Estás segura de que no quieres que os ayude?

—Pírate. —Eve se agachó para sacar una linterna de su equipo—. Todavía veo tus zapatos —dijo de forma amable—. Lo que significa que el resto de tu persona no ha cumplido aún mis órdenes.

Sus zapatos dieron elegantemente media vuelta y desaparecieron.

—¿Es necesario que estés tan atractivo cuando haces eso? —inquirió Eve—. Distraes a mi ayudante.

—No es más que una de las pequeñas complicaciones de esta vida. Ah, me parece que no voy a necesitar la linterna, después de todo. Luces —ordenó y la habitación se iluminó.

—Bien. Mira a ver si puedes encontrar los controles que abren el archivero de ahí. —Se dio la vuelta hacia el armario—. Le dispararía, pero podría causar daños al contenido.

—Intenta ser paciente. Ya voy. Tenía un gusto excelente en cuestión de equipos. Estos ordenadores son como los míos. Cerraduras, allá vamos. —Pulsó las teclas y Eve escuchó el *clic*.

—Ha sido pan comido.

—El resto no va a serlo. Necesito un poco de silencio.

Eve extrajo un cajón, lo levantó y lo llevó hasta la sala de estar. Acertaba a oír los pitidos y zumbidos de las máquinas mientras Roarke trabajaba en ellas, sus esporádicas órdenes con voz tensa. No sabría decir por qué aquello le parecía tan relajante, pero resultaba extrañamente satisfactorio saber que él se encontraba en el cuarto de al lado, trabajando con ella.

A continuación se dispuso a revisar los archivos en papel, olvidándose de él y de todo lo demás.

El cajón contenía cartas, escritas a mano con una osada caligrafía alargada, que James Rowan había dirigido a su hija; la hija a la que no se refería como Charlotte. La hija a quien llamaba Casandra.

No era una correspondencia de tipo sentimental o paternal entre padre e hija, sino que se trataba de entusiastas directrices dictatoriales de comandante a soldado.

La guerra debe librarse, el gobierno actual debe ser destruido. En nombre de la libertad, de la independencia, por el bien de las masas, que ahora se encuentran bajo el yugo de aquellos que se denominan nuestros líderes. Saldremos victoriosos. Y cuando mi tiempo haya pasado, tú ocuparás mi lugar. Tú, Casandra, mi joven diosa, eres la luz que nos conducirá al futuro. Serás mi profeta. Tu hermano es demasiado débil para llevar la carga con decisión. Se parece demasiado a su madre. Tú eres mía.

Recuerda siempre que toda victoria tiene un precio. No debes dudar en pagarlo. Muévete como una furia, como una diosa. Ocupa tu lugar en la historia.

Había otras que seguían el mismo esquema. Ella era su soldado y su sustituta. La había moldeado, de un dios a otro, a su imagen y semejanza.

En otro archivo encontró copias de certificados de natalidad de Clarissa y su hermano, así como sus certificados de defunción. Había recortes de periódicos y revistas, artículos sobre Apolo y su padre.

Había fotografías de él: públicas, ataviado con un traje como un político, con el cabello reluciente y una deslumbrante sonrisa amistosa; otras de carácter privado, equipado con toda la parafernalia de guerra, la cara manchada de negro y los ojos fríos. Unos ojos letales, pensó Eve.

Había mirado ojos como aquellos cientos de veces a lo largo de su vida.

Fotografías familiares, privadas, de James Rowan y su hija. La pequeña con aspecto de hada llevaba un lazo en el cabello y un arma de asalto en las manos. Su sonrisa era feroz, y tenía los mismos ojos que su padre.

Encontró toda la información sobre una tal Clarissa Stanley: números de identificación, las fechas de nacimiento y de defunción.

Otra fotografía mostraba a Clarissa de joven. Vestida con traje militar, estaba de pie junto a un hombre de cara adusta con una gorra de capitán ensombreciéndole los ojos. A sus espaldas se veía un anillo de montañas cubiertas de nieve.

Había visto aquel rostro con anterioridad, pensó, y se quitó las gafas de aumento para echarle un mejor vistazo.

—Henson —murmuró—. William Jenkins. —Sacó su unidad móvil de comunicación y solicitó información para refrescarse la memoria.

William Jenkins, Henson. Fecha de nacimiento, 12 de agosto de 1998. Billings, Montana. Casado con Jessica Deals. Una hija, Madia, nacida el 9 de agosto de 2018. Director de campaña de James Rowan...

—De acuerdo. Para. —Se puso en pie, y dio una vuelta por la habitación. Recordó que había examinado los datos con anterioridad. Henson tenía una hija de la misma edad que Clarissa. Una hija que no figuraba en los registros, que no había sido mencionada desde el atentado de Boston.

Se había identificado el cuerpo de una niña entre las ruinas de aquella casa de Boston. La hija de Henson, pensó Eve. No la de Rowan. Y William Henson había criado a la hija de Rowan como si fuera suya.

Había completado su adiestramiento.

Se sentó de nuevo y se puso a rebuscar entre los papeles otra carta, otra foto, otra pieza. Encontró otro montón de misivas de Rowan a su hija, y comenzó a leer.

—Eve, ya estoy dentro. Tienes que ver esto.

Se fue hasta donde se encontraba Roarke, llevándose consigo las cartas.

—Lleva adiestrándola desde que era una niña —le dijo Eve—. Hizo que fuera ascendiendo de rango. La llamaba Casandra. Y Henson tomó el relevo cuando él murió. Tengo una foto tomada hace más de diez años, después del atentado, en la que aparecen Henson y ella.

—La entrenaron bien. —Maldito sea si no había admirado su habilidad con los ordenadores, los códigos y los laberintos que había instalado en ellos—. He encontrado transmisiones realizadas desde este equipo a Montana. Puede tratarse de Henson. No se utilizaron nombres, pero ella le mantiene informado de los progresos.

Eve bajó la vista al monitor.

—Apreciado camarada —leyó.

—No entiendo a los políticos —dijo después de leer la primera transmisión—. ¿Qué intentan demostrar? ¿Qué intentan ser?

—Conceptos como comunismo, marxismo, socialismo, fascismo. —Roarke meneó los hombros—. Democracia, república, monarquía. Para ellos todo es lo mismo. Se trata del poder y de la gloria. La revolución por la revolución. Política, religión, para algunos se trata de que continúe vigente su punto de vista limitado y personal.

—¿Conquistar y gobernar? —se preguntó Eve.

—Transferir. Échale un vistazo. En pantalla —ordenó Roarke, y el plasma de la pared se encendió—. Tenemos esquemas y planos, códigos de seguridad e información. Estos son los objetivos de Apolo, comenzando por el Centro Kennedy.

—Guardaban informes —murmuró—. Daños a la propiedad y costes, número de fallecidos. Dios, tienen una lista de los nombres.

—Son informes de guerra —dijo Roarke—. Bajas en su bando, bajas en el nuestro. Las cuentas cuadran. Sin sangre, la guerra pierde su sexualidad. Y aquí... datos suplementarios, dividir pantalla. Estas son la información y las imágenes del Radio City. Fíjate en que los puntos rojos indican la ubicación de los explosivos.

—Siguiendo los pasos de papi.

—Tenemos nombres y localizaciones de miembros de grupo.

—Transfiéreselos a Peabody a mi ordenador de casa. Iniciaremos la búsqueda. ¿Están listados todos los objetivos?

—Sólo he mirado los dos primeros. Supuse que querrías ver lo que hay disponible por ahora.

—Está bien. Primero pásale la información a Peabody, continuaremos después. —Bajó la mirada a la carta que llevaba en la mano mientras él comenzaba a transferir los datos. Y se le heló la sangre.

—Dios, el Pentágono no era el próximo objetivo. Tuvieron que abortar un atentado entre el estadio y el Pentágono. No se menciona cuál era, tan sólo se habla de problemas con el equipo y de dificultades financieras. «El dinero es un mal necesario. Abastece bien tus arcas.» —Arrojó la carta a un lado—. ¿Cuál era el siguiente al estadio en la lista de Apolo?

Roarke solicitó los datos y ambos clavaron la mirada en la flecha blanca de la pantalla.

—El monumento a Washington, previsto para dos días después del atentado en el complejo deportivo.

Eve le puso la mano en el hombro y le dio un apretoncito.

—Actuarán esta noche, mañana como muy tarde. No esperarán ni se pondrán en contacto. No pueden correr ese riesgo. ¿Cuál es el objetivo?

Roarke dio la orden y tres imágenes aparecieron en pantalla.

—Elige tú misma.

Eve sacó bruscamente el transmisor del bolsillo.

—Peabody, quiero que un equipo de Explosivos y Bombas se desplace al Empire State Building, otro a la Torre de La Libertad y uno más a la Estatua de la Libertad. McNab y tú cubrid el Empire State, que Feeney vaya a la Torre de la Libertad. Tenme listo un escáner de largo alcance. Me dirijo a mi casa. Quiero que todo el mundo mueva el culo cagando leches. Que se pongan un equipo antidisturbios y que vayan armados. Quiero que se lleve a cabo una evacuación inmediata y que se acordone el sector entero. Nada de civiles a menos de tres manzanas de los objetivos.

Se guardó el comunicador en el bolsillo.

—¿Cuánto tardará tu helicóptero en llevarnos a la isla de la Libertad?

—Muchísimo menos que esos juguetes que utiliza tu departamento.

—Pues transfiere la información a mi ordenador y también al del helicóptero. Pongámonos en marcha.

Cruzó la puerta a la carrera y bajó las escaleras. Roarke estaba al volante de su coche con el motor en marcha antes de que Eve hubiera cerrado la puerta.

—La Estatua es el objetivo.

—Lo sé. Irán a por el símbolo. El mayor que tenemos. Es mujer, es política. —Roarke condujo hasta su casa a una velocidad tal que hizo que Eve se mantuviera pegada al asiento—. Y que me aspen si van a volarla.

Capítulo veintidós

—¡*T*eniente! ¡Dallas! ¡Señora! —Peabody salía a trompicones por la puerta principal cuando Eve se apeó de un salto del coche.

—Vete —le dijo a Roarke—. Yo te sigo.

—La información todavía sigue llegando. —Peabody se escurrió en el césped helado y recuperó rápidamente el equilibrio—. He comunicado las órdenes a la Central. Los equipos están siendo movilizados.

Eve tomó el escáner.

—Ponte el equipo protector al completo. Realiza una exploración antes de entrar. No pienso perder a nadie más.

—Sí, teniente. El capitán quiere que le informes de tu destino y del tiempo estimado de llegada.

Eve se dio media vuelta cuando el suave zumbido del helicóptero a reacción empañó el aire, observando cómo abandonaba rápidamente el pequeño hangar.

—¡Qué Dios me ayude, voy a subirme a ese trasto! El destino es la isla de la Libertad. Te comunicaré el tiempo de llegada cuando lo sepa.

Se agachó para evitar la ráfaga de aire y le lanzó el escáner a Roarke; acto seguido colocó una mano en la puerta abierta y apoyó un pie en el riel. Le lanzó una fugaz mirada a Roarke.

—Qué poco me gusta esto.

Él le brindó una sonrisa.

—Ponte el cinturón, teniente —le avisó cuando ella cogió impulso y entró—. Cierra la puerta. No tardaremos mucho.

—Lo sé. —Se abrochó el cinturón de seguridad y se armó de valor—. Ésa es la parte que odio.

Roarke despegó en vertical, haciendo que a Eve se le encogiera el estómago mientras establecía contacto con Whitney.

—Señor. Me dirijo a la isla de la Libertad. Debería estar usted recibiendo la información en estos momentos.

—Así es. Movilizando refuerzos y equipos de Explosivos y Bombas a cada emplazamiento. El tiempo estimado de llegada a la isla de la Libertad es de doce minutos. Dame el tuyo.

—¿Cuál es nuestro tiempo estimado, Roarke?

Sobrevolaron árboles y edificios mientras el motor ronroneaba suavemente. Roarke le lanzó una mirada con sus ojos perversamente azules.

—Tres minutos.

—Pero... —Logró dominarse para no gritar cuando él puso en marcha los propulsores. El ronroneo se transformó en el rugido de una pantera, y el helicóptero surcó el cielo igual que si fuera una piedrecilla arrojada por una honda. Eve se agarró al asiento con tanta fuerza que los nudillos de las manos se le pusieron blancos y en su cabeza resonó «¡Mierda, mierda, mierda!». Pero su voz sonó relativamente controlada—: Llegaremos en tres minutos, capitán.

—Informe a su llegada.

Colgó y se esforzó por respirar de forma regular con los dientes apretados.

—Quiero llegar allí viva.

—Confía en mí, cariño.

Dejaron la ciudad a un lado, ajustó el rumbo y el helicóptero se ladeó drásticamente. Eve sintió que los ojos se le salían de sus órbitas.

—Tendremos que realizar una exploración de la zona. —Cogió el artefacto y lo examinó—. Nunca he utilizado uno de estos.

Roarke alargó el brazo y pulsó un botón en la base del escáner. El aparato emitió un débil zumbido.

—¡Por Dios bendito! ¡No sueltes los controles! —le gritó.

—Si alguna vez quiero chantajearte, puedo amenazarte con hablarle a tus colegas del pánico que tienes a las alturas y a la alta velocidad.

—Recuérdame que te dé una buena tunda si sobrevivimos. —Se secó la mano sudorosa sobre los muslos, luego preparó su arma—. Vas a necesitar mi arma paralizadora. No puedes entrar desarmado.

—Tengo lo que necesito. —Le lanzó una amplia sonrisa mientras volaban por encima del agua.

Eve dejó pasar aquello y solicitó la información al ordenador del panel de control.

—Cinco localizaciones, desde la base a la corona —dijo, examinando la imagen—. Si continúan adelante con sus planes, ¿cuánto tardarías en desactivarlas?

—Depende. No lo sabré hasta que no vea los artefactos.

—Los refuerzos llegarán dentro de nueve minutos. Si éste es el objetivo, vas a tener que encargarte tú de desactivarlas.

—Activar sensor de largo alcance y pantalla —ordenó Roarke. El monitor del salpicadero se encendió con un pitido. Eve vio luces, sombras y símbolos—. No cabe la menor duda de que éste es el objetivo. Dos personas, dos androides y un vehículo.

—¿Han activado las bombas?

—No puedo hacer una lectura de explosivos con este equipo. —Tomó nota mentalmente para agregar dicha función—. Pero están ahí.

—¿Androides aquí y aquí? —Tocó la pantalla con el dedo, indicando los puntos negros que mostraba.

—Custodiando la base. ¿Has estado alguna vez en la dama?

—No.

—Debería darte vergüenza —dijo afablemente—. Hay museos instalados en la base. La estatua está sobre un pedestal de varios pisos de altura. Juntando ambas cosas, es fácil que alcance los veinte o veintidós pisos. Hay ascensores, pero, dadas las circunstancias, no me parece que sea recomendable subir en ellos. Iremos por las estrechas escaleras metálicas en espiral que suben hasta la corona. Luego hay un pequeño tramo y prosigue la ascensión hasta la antorcha.

Eve se pasó la mano por la boca.

—No serás el dueño, ¿verdad?

—No es propiedad de nadie.

—De acuerdo. Bajemos. —Rechinando los dientes, se desabrochó el cinturón—. Necesitaré que te acerques para tener un buen ángulo de tiro para abatir a los androides.

Roarke apretó un botón de debajo del salpicadero. Se abrió un compartimiento en el que había un fusil láser de largo alcance con mira de infrarrojos.

—Prueba con esto.

—Joder, podrían caerte cinco años entre rejas por transportar uno de estos.

Él se limitó a sonreír cuando Eve sacó el arma y comprobó su peso.

—O tú podrías liquidar a dos androides antes de que aterricemos. Me decanto por ti, teniente.

—Mantén esta cosa nivelada. —Abrió la puerta, apretando los dientes al sentir la bofetada del viento, y se tumbó boca abajo sobre el suelo de la cabina del piloto.

—Tenemos uno a las tres en punto y otro a las nueve. Abatiremos primero al de las tres, luego giraré, así que prepárate.

—Tú ocúpate de darme ángulo —farfulló y se ajustó la mira.

La Estatua de la Libertad se alzaba en medio de la oscuridad y de una leve bruma. Sosteniendo la antorcha en alto, su rostro parecía sereno y, en cierto modo, afable.

Su interior estaba iluminado, así como su entorno, dotándola de un resplandor, de un propósito. ¿Cuántos no habían visto aquella bienvenida, aquella promesa, tras cruzar el océano con destino a un nuevo mundo?, pensó Eve. ¿A una nueva vida?

¿Cuántas veces no la habría visto ella misma sin concederle mayor importancia, pensando simplemente que era algo que estaba ahí? Que siempre había estado ahí. Y por dios que seguiría estándolo, se juró.

Lo primero que vio fue el otro helicóptero, el aparato de carga oculto a la sombra de la estatua. A través de la mira nocturna se le veía de un vivo color rojo en un fondo verde.

—Entrando en posición de tiro —le advirtió Roarke—. ¿Lo ves?

—No, no lo... Sí. Sí, tengo a ese bastardo. Un poco más, un poco más —murmuró, luego fijó el disparo. Abrió fuego, alcanzándole limpiamente en la parte media del cuerpo. Dispuso de un momento para ver implosionar a la máquina, para asimilar la sacudida causada por la potencia del rifle, que ascendía enérgicamente del brazo hasta su hombro, luego Roarke viró bruscamente.

—Ahora ya saben que estamos aquí —le dijo—. Así que vamos a ocuparnos de que sea un dos contra dos. El androide se mueve, se acerca a las seis en punto. Uno de los puntos del interior está bajando con rapidez.

—Pues nosotros seremos más rápidos. Vamos, vamos, vamos.

—Él también tiene un rifle de largo alcance —dijo Roarke con ligereza cuando una ráfaga de luz pasó a centímetros del parabrisas—. Maniobras de evasión. Cárgatelo, Eve.

Enganchó la bota en la base de su asiento al tiempo que el helicóptero oscilaba y danzaba.

—Lo tengo. —Disparó y observó el haz de luz explotar en el suelo cuando su objetivo realizó un brusco viraje—. La cagué, por ahora.

Tomó aire y lo retuvo, haciendo caso omiso del resplandor y la llamarada de fuego en el exterior. Avistó al androide en el punto de mira, lo fijó y le frió limpiamente a la altura de la cintura.

—¡Baja esta cosa al suelo! —Vociferó, poniéndose a cuatro patas para agarrarse a la puerta—. Si tienes oportunidad, cárgate su medio de transporte. —Dejó el rifle sobre el asiento—. Se lo pensarán dos veces antes de volar este sitio si no tienen modo de escapar.

Eve vió como el suelo se iba aproximando velozmente y comenzó a respirar entre rápidos jadeos para bombear adrenalina.

—Les mantendré ocupados tanto como pueda.

—Espera hasta que aterrice. —Una punzada de pánico se le clavó en el vientre al darse cuenta de lo que ella pretendía hacer—. Maldita sea, Eve, espera hasta que baje.

Vio como se acercaban al suelo y la velocidad disminuía.

—El tiempo se acaba —le dijo y saltó.

Mantuvo las rodillas flexionadas para absorber el impacto. Pese a eso, sintió un agudo dolor abrirse paso desde sus botas hasta las piernas cuando cayó y rodó sobre el suelo. Se puso en pie, con el arma en la mano, y corrió en zigzag hasta el acceso a la estatua.

Una ráfaga de calor pasó de largo por su lado. Eve se arrojó al suelo, rodó de nuevo y devolvió el ataque. Liberó la funda sujeta a su pantorrilla al tiempo que se levantaba y sacó el paralizador. La puerta recibió la potente descarga de las dos armas y Eve se sumergió en el interior.

El ataque provenía de arriba. Eve vio a Clarissa completamente ataviada con uniforme de combate, un láser de asalto en las manos y dos granadas de mano sujetas a cada costado.

—¡Se acabó! —gritó Eve—. ¡Todo ha terminado, Clarissa! Hemos encontrado tu habitación, tu información. Tus transmisiones a Montana nos conducirán directamente a Henson y a los demás. Hay cientos de policías de camino a dicho lugar.

Una enorme explosión sacudió el suelo. Al otro lado de la puerta se pudo ver un estallido de luz. Roarke, pensó Eve con una sonrisa desprovista de humor.

—Dile adiós a tu transporte. No puedes salir de la isla. Ríndete.

—La volaremos. Lo volaremos todo. No quedarán más que cenizas. —Clarissa disparó de nuevo—. Tal y como había planeado mi padre.

—Pero tú no estarás aquí para ocupar su lugar. —Eve se pegó a la pared. El primero de los artefactos se encontraba al fondo de la habitación, colocado dentro de una delgada caja de metal. Alcanzaba a ver las luces rojas parpadear. ¿Cuánto tiempo quedaba?, pensó—. Todo lo que él deseaba se vendrá abajo si tú no ocupas su lugar.

—Ocuparé su lugar. Somos Casandra. —Descargó un chorro de calor y luz mientras corría escaleras arriba.

Eve tomó aire y fue tras ella. El calor le quemaba los pulmones, los ojos le lloraban y las lágrimas le nublaban la visión.

Oyó a Clarissa llamar a gritos a su marido, exhortándolo en nombre de la muerte, la destrucción. De la gloria. Las antiguas escaleras metálicas ascendían en espiral por el cuerpo de la estatua. Vio el segundo artefacto, y por un segundo dudó si debía encargarse de desactivarlo ella misma.

Y ese momento de dudas la salvó de recibir la descarga láser en plena cara. La ráfaga le pasó de largo y se llevó tres de los peldaños metálicos.

—¡Era un hombre magnífico! Un dios. Y fue asesinado a manos de las fuerzas fascistas de un gobierno corrupto. Representaba a la gente. A las masas.

—Mató a gente, mató a las masas. Niños, bebés y ancianos.

—Sacrificios por el bien de una guerra justa.

—¿Justa?, ¡Y una mierda! —Eve giró en busca de cobijo, disparó a ciegas hacia arriba, en dirección a las descargas. Escuchó un aullido de rabia o dolor; no sabía a ciencia cierta a cuál de las dos cosas era debido. Esperaba que fuera por ambos.

A continuación volvieron a ascender a toda velocidad.

Vio la tercera bomba. Roarke ya se había ocupado de la primera, se dijo. Tenía que ser así. Sus oídos no percibían ningún ruido de disparos o lucha provenientes de abajo. Él tenía el camino despejado y hacía lo que era preciso.

Echó un vistazo a la unidad de comunicación de su muñeca. Restaban seis minutos para que llegaran los refuerzos.

Le ardían las pantorrillas y le costaba respirar. La visión se le nubló durante un instante y las armas que sujetaba en sus manos se tornaron pesadas e incómodas.

Se acercaba el momento en que caería redonda. Se apoyó contra la pared para recobrar el aliento y la orientación. «Ahora no, ahora no.» Podía resistir; lo superaría.

Finalmente escuchó un movimiento a su espalda.

—¿Roarke?

—La primera ya está —le gritó desde abajo de las escaleras, con voz crispada y fría—. Voy a por la segunda. Ésta tiene un temporizador. Dispuesto para las ocho en punto. Está lista para explotar.

—Vale, vale. —Se pasó el dorso de la mano por la boca. Eran las siete y cincuenta minutos.

Se apartó de la pared y continuó subiendo. Ni siquiera se detuvo a mirar el cuarto artefacto. Su labor consistía en ocuparse de los Branson.

Corría por puro nervio cuando llegó arriba. Sentía las piernas como si fueran de gelatina. A medida que se deslizaba por la pared, contempló la asombrosa vista desde las ventanas del mirador. La última bomba estaba colocada justo en el centro de la corona de la estatua.

—Clarissa.

—Casandra.

—Casandra —se corrigió Eve, moviéndose ligeramente, intentando explorar la habitación tanto como le era posible—. Si mueres aquí, el trabajo de tu padre quedará inconcluso.

—Será un gran momento en la historia. La destrucción de los símbolos más queridos de la ciudad. La estatua se desmoronará en nombre de mi padre, y el mundo lo sabrá.

—¿Cómo va a enterarse el mundo? Si estás sepultada bajo toneladas de piedra y acero, ¿cómo lo sabrán?

—No estamos solos.

—Están localizando y deteniendo al resto de tu grupo mientras hablamos. —Echó un nuevo vistazo a la pequeña unidad de su muñeca, sintiendo el sudor deslizarse por su espalda—. Henson —pronunció el nombre con la esperanza de desestabilizar a su presa—. Sabemos dónde está.

—Nunca le cogeréis. —Clarissa disparó impulsada por la furia—. Era el amigo más leal de mi padre. Me crió y completó mi adiestramiento.

—Después de que mataran a tu padre y a tu hermano. —Roarke iba subiendo, se dijo. Desactivarían juntos la última bomba. Había tiempo—. Tú no te encontrabas en la casa.

—Estaba con Henson. Madia murió en mi lugar. Fue lo justo. Oímos la explosión a manzanas de distancia. Vi lo que habían hecho esos cerdos.

—Así que Henson se hizo cargo de ti. ¿Y qué me dices de tu madre?

—Esa puta despreciable. Ojalá hubiera podido matarla con mis propias manos, verla morir. Cómo habría disfrutado, recordando todas las veces que me regañó. Mi padre la utilizó como recipiente, nada más.

—Y cuando dejó de serle útil, la abandonó, llevándose a tu hermano y a ti consigo.

—Para enseñarnos, para entrenarnos. Pero yo era su luz, sabía que sería la elegida. Otros no veían en mí más que a una niña bonita de voz dulce. Pero él lo sabía. Sabía que realmente era una soldado, su diosa de la guerra. Lo sabía, igual que lo sabía Henson. Igual que lo supo el hombre con quien me casé.

Branson. Eve sacudió la cabeza para despejarla. Santo Dios, se había olvidado de él.

—Estaba en el ajo desde el principio.

—Por supuesto. Jamás me habría entregado a un hombre que no fuera digno. Podía hacer que creyeran que lo haría... igual que con Zeke. Qué chico tan patético, iluso y crédulo. Gracias a él pudimos hacer que salieran bien los últimos pasos del plan. La muerte de los Branson, que el dinero se encuentre en cuentas privadas, que yo huyera presa de la culpa y el miedo. B. D. y yo continuaremos con nuestra misión desde otro lugar, con otras identidades. Y con toda la riqueza de esta sociedad corrupta para respaldar nuestra causa.

—Pero eso ya no es posible. —Escuchó pasos en la escalera a su espalda. Había llegado el momento de actuar.

—No me da miedo morir aquí.

—Bien. —Eve cruzó la abertura como una bala, disparando una poderosa ráfaga. Vio cómo el impacto hacía caer a Clarissa, y cómo la sangre brotaba de su muslo. Se acercó despacio, quitándole de una patada el arma de su mano todavía temblorosa—. Pero preferiría que vivieras en una celda durante mucho, mucho tiempo.

—Tú también morirás aquí. —Clarissa resollaba mientras Eve la desarmaba.

—Y una mierda. Tengo un as guardado en la manga.

Roarke cruzó la puerta. Eve se dispuso a sonreírle y entonces vio un movimiento detrás de él.

—¡A tu espalda! —le gritó.

Roarke se giró y se revolvió. La descarga del arma de Branson le quemó la manga. Eve vio el fino hilillo de sangre saltar a sus pies. Ambos hombres luchaban ya, enzarzados en un mano a mano. Sin modo de conseguir un buen ángulo de disparo, Eve se dispuso a actuar.

Clarissa se revolvió y cogió a Eve por detrás de las rodillas, haciendo que cayera hacia delante. Eve profería maldiciones cuando la siguiente descarga hizo trizas el cristal. El viento se coló adentro, así como el rugido de helicópteros y el clamor de sirenas.

—¡Es demasiado tarde! —chilló Clarissa, sus preciosos ojos estaban desmesuradamente abiertos y mostraban una expresión salvaje—. Mátale, B. D. Mátale mientras ella observa, hazlo por mí.

El arma se escurrió en la mano de Roarke. Un dolor ardiente ascendió como un rayo por su brazo mientras que el olor de su propia sangre le hizo mostrar una expresión feroz. Desde algún punto a su espalda, escuchó a Eve gritar y el sonido de pasos corriendo.

Pero lo único que podía ver era la despiadada sed de muerte en los ojos de B. D.

Una serie de descargas alcanzaron el techo cuando el arma osciló de nuevo, provocando una lluvia de cascotes que, llevados por el viento, cayeron sobre su cara como si fueran diminutas balas.

Roarke vio las estrellas cuando una mano se cerró sobre su garganta, y arremetió contra el cuerpo de Branson. El impacto les hizo saltar por encima de la barandilla y atravesar el cristal dentado.

Eve oía gritos, sin conseguir distinguir unos de otros. Los suyos; los de Clarissa. Había cruzado media habitación cuando vio caer a Roarke. El corazón se le detuvo, su mente quedó irremediable y completamente en blanco. Las luces de los helicópteros que llegaban le cegaban mientras iba corriendo hasta la ventana.

«¡Roarke!» Su nombre atravesó su cabeza a gritos, pero de la garganta tan sólo escapó un sollozo estrangulado. La vertiginosa altura hacía que la cabeza le diera vueltas, pero su mirada inquieta pudo aún distinguir el pequeño cuerpo contraído sobre el suelo de abajo.

Tenía medio cuerpo fuera de la ventana, y ni la menor idea de qué iba a hacer, cuando vio a Roarke. No estaba muerto y hecho pedazos en el suelo, sino que se aferraba a un pequeño reborde de bronce corroído con las manos ensangrentadas.

—¡Aguanta! ¡Por el amor de Dios, aguanta!

Se disponía a salir cuando Clarissa la envistió por la espalda. Su equilibrio se tambaleó y el aliento abandonó de golpe sus pulmones. Casi en el último momento se le ocurrió girar y lanzar una patada, estrellando la bota en el pecho de Clarissa primero y en su cara después.

—¡No te me acerques, puta!

Eve escuchó gemidos y sollozos a su espalda mientras se asomaba al gélido viento, apoyando con firmeza su cintura sobre el alféizar de la ventana, y le tendía la mano a Roarke.

—¡Agárrate a mí, Roarke!

Él sabía que estaba resbalando. La sangre le chorreaba por el brazo y entre los dedos.

Se había enfrentado a la muerte con anterioridad, la sensación de saber que ese preciso aliento podría ser el último que tomara no era nada nuevo para él.

Pero eso era algo que de ningún modo iba a consentir. No cuando su mujer le observaba con una expresión aterrada en los ojos, llamándole, arriesgando la vida para salvar la suya. Apretó los dientes, apoyando el peso en su brazo herido. Cuando alzó el otro hacia ella un nauseabundo dolor tomó posesión de su cabeza, de su vientre.

Y la mano de Eve le aferró fuerte y con firmeza.

Eve clavó las punteras de las botas en la pared para sujetarse, y le tendió la otra mano mientras todos sus músculos protestaban a causa del esfuerzo.

—Te subiré. Dame la otra mano. Voy a subirte. Date prisa.

Los dedos se le escurrieron al agarrarlo en cuanto la sangre los tornó resbaladizos, y se le nubló la visión. Lo aferró entonces de la muñeca, tirando de él hacia arriba. Roarke empujó con fuerza, impulsando su cuerpo centímetro a centímetro. Vio como el sudor resbalaba por la cara de Eve, cayéndole y concentrándose en sus ojos.

Su brazo alcanzó entonces el alféizar de la ventana y se sujetó a él. Tras un último impulso se derrumbó encima de ella.

—Dios bendito, Roarke. ¡Dios santo!

—¡El tiempo! —Se bajó de encima de ella, cayendo prácticamente sobre el último artefacto explosivo. La cuenta atrás mostraba que quedaban cuarenta y cinco segundos—. Sal de aquí, Eve —dijo con frialdad mientras se ponía manos a la obra.

—Desactívala. —Se esforzó por recobrar el aliento—. Desactívala.

—No queda tiempo. —Clarissa se puso en pie como pudo,

maltrecha y ensangrentada—. Todos moriremos aquí. Los dos hombres a quienes amé han muerto siendo mártires por la causa.

—Que le den a tu causa. —Eve sacó el comunicador—. Que mantengan la zona despejada. Queda una activa. Nos estamos ocupando de ello. —Cortó la comunicación mientras se escuchaban voces y órdenes—. Viva o muerta —dijo, mirando a Clarissa a los ojos—, tú pierdes.

—Muerta —dijo—. A mi manera.

Saltó por la ventana mientras gritaba el nombre de su padre.

—Santo Dios. —Eve deseaba dejarse caer de rodillas, pero se apoyó contra el artefacto—. Acaba con esta cosa, ¿de acuerdo?

—Estoy en ello. —Pero tenía los dedos resbaladizos y su organismo le pedía a gritos que se derrumbara a causa de la pérdida de sangre. La cuenta atrás mostraba que quedaban veintiséis segundos, veinticinco, veinticuatro...

—Va a estallar cerca. —Se aisló del dolor, tal como había aprendido a hacer de niño. Termina, aguanta. Sobrevive—. Prepárate para salir y yo te seguiré.

—Ahórrate la saliva. —Se puso a su lado. Diecisiete, dieciséis, quince. Le colocó una mano sobre el hombro, fundiéndose en un solo ser con él. Las luces procedentes de un helicóptero, que sobrevolaba en círculos, se colaron súbitamente por las ventanas, iluminando el rostro de Roarke. El rostro de un ángel de la muerte con la boca de un poeta y los ojos de un guerrero. Llevaban un año juntos y todo había cambiado.

—Te quiero, Roarke.

La respuesta de su marido fue un gruñido que a punto estuvo de hacerla sonreír. Apartó la mirada de su semblante y la posó en la cuenta atrás. Nueve, ocho, siete...

Apretó la mano sobre su hombro y contuvo el aliento.

—¿Te importaría repetirlo, teniente?

Eve exhaló de golpe y fijó la mirada en la pantalla de la cuenta atrás.

—Lo has desactivado.

—A falta de cuatro segundos. No está mal. —La estrechó

con el brazo bueno. Aquellos fieros ojos de guerrero se clavaron en los suyos—. Bésame, Eve.

Ella dejó escapar un grito de alborozo, y haciendo caso omiso de las luces, los alaridos de las bocinas, el incesante sonido de su comunicador, Roarke aplastó la boca contra la de Eve.

—Estamos vivos.

—Y así seguiremos. —Enterró el rostro en su cabello—. Por cierto, gracias por subirme.

—No hay de qué. —Le lanzó los brazos al cuello, llena de júbilo, lo estrechó y retrocedió de un brinco cuando él se quejó—. ¿Qué? Ay, dios mío, tu brazo. No tiene buena pinta.

—Así es. —Se limpió la sangre primero de su cara y luego de la de ella—. Pero aguantará.

—Ajá. —Le desgarró la manga y miró la herida con el ceño fruncido, haciéndole un torniquete sin perder tiempo—. Esta vez pienso arrastrarte hasta un hospital, colega. —Se tambaleó, sacudiendo la cabeza cuando él la sujetó.

—Pediremos una cama enorme. ¿Estás herida?

—No, lo que pasa es que me caigo de sueño. —Su mente se volvió ingrávida y soltó una risilla—. Pero las malditas sustancias químicas me proporcionaron las cuatro o seis horitas que necesitaba. Me encuentro bien. Aunque tengo que acostarme cuanto antes.

Le rodeó la cintura con el brazo y se dieron la vuelta. Juntos echaron una mirada hacia las luces de la ciudad que se extendía al otro lado del agua, resplandeciendo y parpadeando en medio de la oscuridad.

—Menuda vista, ¿eh?

Roarke la rodeó con el brazo; no estaba tan claro quién sujetaba a quién.

—Sí, es alucinante. Vayámonos a casa, Eve.

—De acuerdo. —Cogió el comunicador mientras se encaminaba, cojeando, hasta la puerta—. Al habla la teniente Eve Dallas. Por aquí, todo despejado.

—Teniente —llegó la voz de Whitney al tiempo que una leve fatiga se apoderaba de ella. Había desaparecido incluso el ímpetu de la adrenalina—. ¿Informe?

—Ah... —Meneó la cabeza, pero no logró que se despejara—. Los explosivos han sido desactivados, el equipo de Explosivos y Bombas pueden hacerse cargo. Los Branson saltaron por la ventana. Necesitaremos una unidad de traslado de cuerpos para retirar lo que quede de ellos. Señor... Roarke está herido. Voy a llevarle al hospital.

—¿Su estado es grave?

Bajaron a trompicones por las escaleras, cambiaron de posición y prosiguieron con el descenso. Eve tuvo que reprimir una risita.

—Bueno, estamos hechos una piltrafa, gracias, capitán. Pero seguimos en pie. ¿Podría hacerme un favor?

Vieron como Whitney fruncía el ceño en la pantalla.

—¿Usted dirá?

—¿Podría localizar a Peabody, a McNab y a Feeney? Dígales que estamos bien. Bueno, casi bien del todo. Estarán preocupados y no me siento con fuerzas para hacer una llamada a tres bandas e informarles. Ah, y dígale a Peabody que vaya a recoger a Zeke y que le emborrache. Así sobrellevará mejor lo sucedido aquí.

—¿Cómo dice?

Eve se tambaleó al llegar a la planta baja, y miró a Roarke con perplejidad mientras éste se sacudía de risa.

—Esto... lo siento, capitán. Creo que tenemos interferencias en este canal.

Roarke le quitó el aparato de forma complaciente y cortó la comunicación.

—Mejor así, antes de que le pidas a tu superior que se una a la juerga.

—Dios bendito, no puedo creer lo que he dicho. —Salió al gélido viento, hizo una mueca a causa de las deslumbrantes luces oscilantes de los helicópteros que estaban aterrizando. Se pasó la mano por la cara mientras los equipos comenzaban a saltar y a correr hacia la estatua—. Larguémonos de aquí antes de que diga alguna otra sandez.

Para cuando lograron arrastrarse mutuamente hasta el helicóptero a reacción, Eve sólo tenía ganas de acurrucarse en un rincón, en cualquiera, y pasarse una semana durmiendo. Bostezando, movió la cabeza y miró a Roarke mientras tomaba los controles. Estaba cubierto de sangre, con la camisa hecha jirones, y guapísimo. Sonrió a pesar de la fatiga y la preocupación.

—¿Roarke? Ha sido un placer trabajar contigo.

Sus ojos desprendían un feroz brillo azul y le brindó una deslumbrante sonrisa mientras los reactores cobraban vida y comenzaban a rugir.

—El placer ha sido mío. Como siempre.

• • •

OTROS TÍTULOS DE
NORA ROBERTS
BAJO EL SEUDÓNIMO
J . D . ROOB

• • •

ÉXTASIS ANTE LA MUERTE

• • •

Murieron con una sonrisa en el rostro. Tres aparentes suicidios: un brillante ingeniero, un abogado de mala fama y un político controvertido. Tres extraños entre sí que no tenían nada en común, ni ningún motivo aparente para acabar con sus vidas.

La teniente Eve Dallas cree que esas tres muertes son sospechosas y su instinto demuestra tener razón cuando las autopsias revelan unas pequeñas quemaduras apenas apreciables en los cerebros de las víctimas. ¿Se trata de una anormalidad genética o un método de asesinato con una tecnología muy sofisticada?

La investigación de Eve se sumerge en el provocador mundo de los juegos de realidad virtual, en el cual las mismas técnicas para provocar disfrute y deseo pueden hacer que la mente se convierta en el arma de su propia destrucción.

FESTIVA ANTE LA MUERTE

• • •

Nueva York, 2058. A nadie le gusta estar solo y mucho menos durante las vacaciones de Navidad. Para Personalmente Tuyo, la agencia de citas más elegante de la Gran Manzana, es la época ideal para unir a las almas solitarias.

Un asesino en serie disfrazado de Santa Claus tiene atemorizada a la ciudad. Sus víctimas aparecen macabramente engalanadas con ornamentos navideños. La teniente Eve Dallas, responsable del caso, le sigue la pista y ha realizado un descubrimiento inquietante: todas las víctimas del asesino han utilizado los servicios de Personalmente Tuyo.

Mientras el perverso Santa Claus continúa festejando la Navidad de forma tan sádica, Eve se adentra en el exclusivo mundo de las personas que buscan el amor verdadero para desvelar la personalidad de un asesino que ama todo aquello que no puede tener y que por eso mismo lo destruye. Un mundo en el cual el poder del amor conduce a hombres y mujeres hasta el más drástico acto de traición.

CONSPIRACIÓN ANTE LA MUERTE

• • •

En las calles de Nueva York ha aparecido el cuerpo sin vida de un vagabundo al que habían extirpado el corazón con una perfección quirúrgica impecable. Este atroz asesinato se convierte en el primero de una lista de inexplicables casos con un denominador común: todas las víctimas son marginados sociales y les ha sido extraído algún órgano con una precisión magistral.

La teniente Eve Dallas es la responsable del caso y en su investigación descubre sucesos similares en diferentes ciudades. Eve es consciente de que se enfrenta a un asesino en serie, con un inquietante complejo de megalomanía. Y todos los indicios apuntan al equipo de cirujanos más prestigioso y respetado del país.

Cuando la teniente está muy cerca de resolver el caso, se convierte en la principal sospechosa del asesinato de una agente. Debe entregar su arma y su placa, y con ello todo aquello por lo que durante años ha luchado: su identidad. Pero una identidad no se limita a los símbolos y Eve será capaz, una vez más, de resurgir de las cenizas.

Nora Roberts, *pseudónimo de J. D. Robb*

Nació y creció en Maryland, en el seno de una familia de lectores empedernidos.

En su juventud trabajó como secretaria en una asesoría legal, pero dejó el trabajo fuera de casa cuando nacieron sus hijos.

En 1979, una fuerte ventisca de nieve obligó a Nora y a su familia a permanecer en casa durante varios días, y fue entonces cuando empezó a escribir. Su primer libro fue publicado dentro de la serie Silhouette en 1981.

Es miembro de varios grupos de escritores y en su palmarés cuenta con numerosos premios literarios del género.